Übersichtskarte
Ausschnitt der linksrheinischen römischen Provinzen Germania superior und Germania inferior.
Rechtsrheinisch germanisches Stammesgebiet („Germania magna")

Jens Gerlach

CAPSARIUS

Historischer Roman

*Bibliografische Information der Deutschen Nationalbibliothek:
Die Deutsche Nationalbibliothek verzeichnet diese Publikation in der
Deutschen Nationalbibliografie; detaillierte bibliografische Daten
sind im Internet über http://dnb.dnb.de abrufbar.*

*TWENTYSIX
Eine Marke der Books on Demand GmbH*

*© 2020 Jens Gerlach
Überarbeitete Auflage*

*Herstellung und Verlag:
BoD – Books on Demand, Norderstedt*

ISBN: 9783740771782

Kapitel 1

Germania superior 83 n. Chr

Fast geräuschlos und synchron tauchen die Ruder in das trübe Wasser der Laugona[1], nur ein sehr leisen Knarzen von Holz ist zu hören. Das dichtbewachsene Ufer, wie eine grüne Wand. Der Graureiher ist so überrascht von ihrer plötzlichen Anwesenheit, dass er statt aufzufliegen uns bewegungslos, den gerade gefangenen Frosch noch im Schnabel, erschrocken anstarrt – gut so!

„Die Männer sind gut eingespielt" denkt Quintus Tilius als er seinen Helm kurz abnimmt, um sich den Schweiß von der Stirn zu wischen. „Verdammte Hitze" murmelt er und fängt dabei den leicht genervten und durchaus besorgten Blick seines Optio[2] Gaius auf und antwortet mit einem leichten Nicken.
Ja, ja noch zwei Flussbiegungen, dann würden sie den Rückweg antreten. Dienstvorschrift XVII der Classis Germanicus[3] für Patrouillenfahrten - „Mindestens einfache Speerwurfweite, also 80 Fuß, Abstand zum Ufer halten" – sehr witzig, die Laugona ist hier nur etwa 90 Fuß breit und ihr Boot, eine schnittige Flussliburne, ist inklusive der Ruder gut 30 Fuß breit – sie unterschreiten damit den vorgegebenen Mindestabstand deutlich.
Als Zenturio[4] und Kommandant dieses Bootes teilt er die Bedenken seines Optio durchaus – mehr Abstand zum Ufer wäre besser, aber was sollen sie machen, diese Patrouillenfahrten sind absolut notwendig.

---

[1] Römischer Name für den Fluss Lahn
[2] Optio ist ein Dienstgrad (Unteroffizier) der römischen Armee
[3] Classis Germanicus, Name der römischen Binnenflotte am Rhein
[4] Zenturio ist ein Dienstgrad (höherer Offizier) der römischen Armee

Sie folgen dem gewundenen Flusslauf nun bereits seit Sonnenaufgang, bisher eine typische Fernpatrouille, keine Besonderheiten, reine Routine.
Es ist dabei zunehmend schwülwarm geworden, Mücken schwirren, Libellen brummen leise vorbei, plötzlich prallt die Sonne in einer heißen Flut auf sie nieder.
Quintus Tilius schließt kurz seine Augen. Sonne und Wärme, die Wüste Syrias[5], flimmernd und durch die trockene Hitze so viel angenehmer als diese Schwüle hier, immer mehr Bilder der Heimat, klar und in schneller Folge.
Verdammt, aufpassen! Quintus reißt die Augen auf und schlägt sich mit dem Handrücken auf die Nase – der Schmerz macht ihn wieder wach.

Praktisch im selben Moment kommt das Signal des im Bug knienden germanischen Spähers – eine leichte, sachte Armbewegung – die zum sofortigen Stillstand der Ruder und einem leisen Gleiten des eleganten Schiffes führt. Nur das Wasser der Laugona gluckert an der Bordwand, sonst ist nichts zu hören. Jetzt sieht Quintus auch den Grund des Signals. „Dann also los" flüstert Quintus, als er leise seinen Schild aus der Halterung nimmt.

An der Lahn, August 2018

Sonne satt, wie im Urlaub - habe ich mich eingecremt? Nichts ist ärgerlicher als ein Sonnenbrand. Wie komme ich auf Urlaub – ich habe keinen Urlaub. Ja es ist echt heiß, die Sonne ballert vom Himmel, aber ich habe definitiv keinen Urlaub.
Ein heftiger Schlag auf den Oberarm – erwischt, scheiß Mücken!

---

[5] Syria, Name einer römischen Provinz, die etwa das heutige Syrien sowie die südöstliche Türkei umfasste

Durch meine halbgeschlossenen Augenlider sehe ich vor mir die Lahn trübe dahinfließen.
Ach ja klar, Libellen fotografieren am Heuchelheimer See. Die prachtvolle Gelbe mit den schwarzen Streifen ist so cool. Wenn man sich die Makroaufnahmen ansieht, diese riesigen und schillernden Insektenaugen, dann braucht man keine Alienfilme mehr zu gucken.

Ich schau mich um, kein Fotoapparat zu sehen.
Und komisch, an eine Sandbank an der Lahn kann ich mich gar nicht erinnern – Kiesgruben gibt's, aber Kiessandbänke?
Nun machen sich auch die schmerzhaft drückenden Kieselsteine am Rücken und Hintern bemerkbar. Ich blicke an mir herunter, mein Blick bleibt an meiner Männlichkeit hängen. Oh Mann - nackt! Nackt an der Lahn!
Himmel, wo sind meine Klamotten? Schnell richte ich mich auf, sind etwa Leute hier? Scheiße, wäre das peinlich. Hektische Blicke - Gott sei Dank, niemand zu sehen.
Vielleicht habe ich die Sachen im Auto gelassen, drüben an der Böschung der B49.
Das Gegenargument: wieso sollte ich tagsüber nackt vom Auto zur Lahn laufen, also Schwachsinn!
Irgendetwas stimmt hier definitiv nicht. Alkohol und Drogen fallen aus. Obwohl, man hört ja von K.O.-Tropfen und so. Ich kann mich aber an nichts in der Richtung erinnern, also auch Quatsch.

Ich gehe in die Hocke, Richtung Schnellstraße ist nichts zu sehen oder zu hören. Wieviel Uhr ist es eigentlich?
Vielleicht noch so früh, dass ich mit etwas Glück hier irgendwie unbemerkt verschwinden kann.
Mein Blick bleibt am Dünsberg hängen. Das gibt's doch nicht – wo ist denn der Wald hin? Alle Bäume sind weg, stattdessen sind 15 – 20 Rauchsäulen zu sehen, die dünn in den Himmel steigen.

Ein dumpfer Schlag und Kiesgeprassel führen meinen Blick wieder zur Lahn.
Scheiße, doch nicht alleine! Wollte ich vielleicht statt Libellen die Reenactment-Truppe im Römerlager bei Waldgirmes fotografieren?
Moment, dieses Schiff da habe ich doch schon mal gesehen, das war doch im römischen Marinemuseum in Mainz, oder?

Diese Hobby-Römer sehen echt fit und profimäßig aus.
„Hallo, cooles Landungsmanöver, schade, dass ich keine Kamera dabeihabe."
Keine Antwort. Siedend heiß fällt mir wieder ein, dass ich hier blöd nackt rumstehe. Ich blicke wieder an mir herunter und wieder hoch. Was hat der Typ eben gesagt? Etwas zischt in der Luft, dann Dunkelheit.

Germania superior 83 n. Chr

Der Schlag sitzt, der nackte Germane fällt wie ein Sack Hirse zusammen.
„Gut gemacht, Gaius." Quintus Tilius steht mit gezogenem Schwert und mit Schild neben dem bewusstlosen Germanen. War zu erwarten, dass der Germane die Aufforderung, sich sofort hinzulegen, nicht versteht.
„Hängt ihm was über, ist ja nicht zum Ansehen der Typ!"
Sein Optio Gaius wird erneut unruhig, ein Blick in die Runde, Rückversicherung per Augenkontakt mit unserem germanischen Späher; der schüttelt den Kopf, außer dem Gefangenen ist niemand hier am Ufer.
„Der Gefangene reicht, wir kehren um."
Erleichtert und routiniert schnurrt Gaius die Befehle zum Fesseln des Gefangenen und für das Ablegemanöver runter, das Schiff schnellt unter den kräftigen Ruderschlägen flussabwärts voran.

Quintus nimmt den schweißnassen Helm ab, der Fahrtwind kühlt angenehm, das schlanke und elegante Schiff beweist wieder mal seine exzellenten Qualitäten. Es gibt einfach keine Schiffe, die hinsichtlich Geschwindigkeit und Manövrierbarkeit mit den römischen leichten Flussliburnen vergleichbar sind. Etwa 50 Fuß[6] lang, knapp 10 Fuß breit, Mast mit Segel, 18 Männer an den Rudern plus vier weitere Besatzungsmitglieder. Leicht, schnell und effektiv, ideal für Flusspatroullien.

Quintus setzt sich neben den bewusstlosen Gefangenen. Es ist übrigens sein Mantel, mit dem der Germane verhüllt wurde, „Danke Gaius", Quintus grinst in sich herein.
Die goldene, fein gearbeitete Mantelspange, die er vor 2 Jahren auf dem Markt in Antiochia[7] erworben hat, glitzert auf der Schulter des Germanen.
Entspannt lehnt sich Quintus an die Bordwand und hängt seinem Gedanken nach.
Die Sonne und das unbeschreiblich helle Licht Syrias, der Geruch der Gewürze des Markts in Antiochia, das Geschrei der Händler. „Schaut mein Herr, diese herrliche Spange, echt Gold." Natürlich, was sonst.
Mit einem dumpfen Geräusch entfaltet sich ihr Segel und bringt Quintus Tilius wieder in die Realität zurück.
„Gut, dass der Wind gedreht hat, Gaius, Jupiter Dolichenus ist uns offensichtlich gewogen."
„Du sagst es Zenturio, Hin- und Rückweg überwiegend unter Segel ist eher selten."
Gaius sieht hoch zufrieden aus, bedeutet dies doch, dass sie noch in der vorgeschriebenen Zeit zurück sein werden; und damit kein Verstoß gegen die Dienstvorschriften.

---

[6] 1 römischer Fuß sind etwa 30 cm – 50 Fuß sind also ca. 16m, d.h. 10 Fuß sind etwa 3m
[7] Antiochia war die Hauptstadt der römischen Provinz Syria (Syrien), heute die türkische Stadt Antakya

Quintus betrachtet den neben ihm sitzenden bzw. zusammengesunkenen Gefangenen nun genauer. Irgendwie seltsam dieser Germane, sehr gut rasiert, keine Schwielen an den Händen und Füßen, sehr kurze Haare mit einem fast römischen Haarschnitt. Anderseits schwächlich und ziemlich alt für einen germanischen Kundschafter. Möglicherweise hat er an der Laugona ein Gelübde oder ähnliches zu erfüllen, für das er nackt sein muss? Oder irgendwas religiöses vielleicht?
Oder er war einer der in der Region noch vereinzelt vorkommenden Landoudioer[8], dieser Keltenstamm hat ja heilige Männer, Druiden genannt. Dazu passt auch die Beobachtung, dass der Bereich des ehemaligen keltischen Oppidums Dunumbriga[9] offensichtlich noch bewohnt ist. Eine sehr wichtige Information für seinen Patrouillenbericht. Bisher waren sie davon ausgegangen, dass die Region hier an der Biegung der Laugona nach Norden wenn überhaupt dann nur spärlich bewohnt ist.
Quintus wirft noch einen letzten Blick nach Norden. Vielleicht hat die Besetzung des Oppidums Dunumbriga sogar eine militärische Relevanz? Das wird den Präfekten sicher interessieren.

An der Lahn, August 2018

Leichte Übelkeit und rasende Kopfschmerzen, ich brauch eine Großpackung Ibuprofen.
Stöhnend hebe ich den Kopf. Ein heftiger Stoß in die Seite, mir bleibt die Luft weg. Scheiße, was soll das?

---

[8] Landoudioer, keltisch-germanischer Volksstamm, der das Lahntal bewohnte
[9] Keltisch dunum = Fort, Oppidum, Burg sowie briga = Berg. „Dunumbriga" ist ein fiktiver Name für das Oppidum „Dünsberg", der historische Name für das Oppidum ist nicht bekannt

Japsend schaue ich in die Richtung aus der der Stoß kam.
Da sitzt leicht grinsend einer der Hobby-Römer mit protzigem Helm und schimmernder Rüstung neben mir.
Muskulöser Kerl, gut gebräunt, allerdings mit einer großen Narbe auf der Wange. Wer hat denn da bei der Wundbehandlung so gepfuscht, wohl Kassenpatient, was?
Der Typ sieht irgendwie nicht unsympathisch aus, wenn er nicht so grob wäre. Mit seinen pechschwarzen Haaren, den dunklen Augen und der geraden Nase könnte er vielleicht griechischer oder türkischer Abstammung sein, oder Iraner. Jedenfalls Typ Romeo, was für Frauen.
Ein schneller Blick nach unten, Gott sei Dank, die haben mir so eine Art Umhang verpasst. Das Grinsen meines Sitznachbarn wird breiter.
„Danke für die Klamotte, hast du vielleicht auch eine Hose für mich?"
Statt einer Antwort ein erneuter echt heftiger Schlag.
Schmerz überall, verdammt, den habe ich nicht kommen sehen, pfeifend ziehe ich Luft. „Arschloch!" will ich sagen, bekomme aber kein Ton raus, da ich bemüht bin, überhaupt paar Atemzüge hinzukriegen.
Was sind das denn für durchgeknallte Typen hier, spinnen die? „Du bist..." Seine Hand schnellt vor und verschließt meinen Mund, gleichzeitig taucht ein unangenehm spitzer und scharf aussehender Dolch vor meinem linken Auge auf. Fuck! Sind die komplett irre?

Erst jetzt merke ich, dass ich an Händen und Füßen gefesselt bin. Eine Gänsehaut läuft langsam vom Haaransatz südwärts, kalter Schweiß, der Kopfschmerz ist schlagartig weg. „Physiologische Angst- und Fluchtreaktion", heftiges Ein- und Ausatmen.
Die Hand auf meinem Mund verschwindet, der Dolch bleibt, mein Sitznachbar grinst weiter, eher freundlich anteilnehmend als hämisch, und legt den Finger auf seinen Mund. Psst, verstehe, ich soll die Klappe halten. Der

Scheiß-Kidnapper kann mich mal, als Hobby-Römer verkleidet, was soll das werden? Ich nicke, er auch, der Dolch verschwindet an seiner Seite.

Mein Blick bleibt an seinem Gürtel hängen, der unglaublich aufwändig verarbeitet und mit silbernen Einlegearbeiten verziert ist. Daran hängt auch noch ein Schwert. Auch sonst hat er sich viel Mühe gegeben, wie ein Römer auszusehen – spielt wohl einen Offizier oder so. Sein Brustpanzer aus plierten Stahlspangen sieht aus, als ob er schon einiges abbekommen hat.
Auch die übrigen Typen im Boot sind nicht ohne, alle sehr kräftig wie sie da synchron die Ruder durchziehen. Ihre Klamotten und Rüstungen sehen echt „Vintage" aus.
Wie lange die wohl geübt haben, so perfekt ein nachgebautes antikes Schiff zu bedienen?
Vorne im Bug hockt so eine Art Waldschrat mit langen Haaren, ohne Rüstung dafür mit einem freien muskulösen Oberkörper, wohl der Bodybuilder unter den Typen hier.

Da habe ich morgen bei der Arbeit den Kollegen aber mal was zu erzählen. Es sei denn, es ist eine echte Entführung durch gewaltbereite Hobby-Römer.
Trotz meiner Angst muss ich etwas grinsen, weil die Vorstellung so idiotisch ist, gleichzeitig kommen die Kopfschmerzen mit Macht zurück.
Mein Grinsen wird von meinem Nachbarn erwidert – sehr witzig, du Arsch.

Die nächsten Stunden verbringe ich wegen der heftigen Kopfschmerzen mit geschlossenen Augen und der Hoffnung, dass dies alles ein großer Quatsch ist und die Kopfschmerzen verschwinden. Letzteres geht in Erfüllung…

Germania superior 83 n. Chr

„Gaius, ich brauche gleich zwei Männer, die mich mit dem Gefangenen begleiten, außerdem kommt der Mattiaker[10] als Dolmetscher mit."
Quintus Tilius sieht zu dem mattiakischen Späher rüber.
„Wie ist nochmal dein Name?"
„Berowulf."
„Gut Berowulf, du kommst mit mir."
„Zu Befehl, Zenturio!"

Sie verlassen jetzt die Laugona und rudern, weiterhin unter Segel, in den breiten Rhenus[11] flussabwärts. Die Sonne steht jetzt knapp über den westlichen Hügeln. Auf dem linken Rhenusufer tauchen die Häuser und öffentlichen Gebäude von Confluentes[12] auf, schon im Schatten gelegen, während die grandiose, über 1200 Fuß lange Rhenusbrücke noch in der Sonne liegt.
Eine berittene Truppe überquert glitzernd die Brücke. Sicher Kameraden meiner Cohors VII Raetorum Antoniniana equitata[13], Quintus schaut ihnen nach, wie sie im schnellen Trab in Richtung Kastell verschwinden.

Sie nähern sich zügig der Hafenanlage von Confluentes, auch hier herrscht noch große Geschäftigkeit, es ist laut und sieht nach geordnetem Chaos aus. Mehrere Frachtschiffe werden noch be- oder entladen, auf den Molen stapeln sich Waren. Ochsenbespannte Karren und bepackte Mulis warten in Reihen, die Händler und Seeleute beeilen sich, noch vor Sonnenuntergang fertig zu werden.

---

[10] Mattiaker, germanischer Volksstamm, der den Raum vom Main bis zur Lahn, den Taunus und die Wetterau, besiedelte
[11] Rhenus ist der römische Name für den Rhein
[12] Confluentes ist der römische Name für die heutige Stadt Koblenz
[13] 7. Berittene Kohorte aus Rätien. „Kohorte" ist eine Einheit der römischen Armee (heute etwa Kompanie), Rätien war eine römische Provinz um den Bodensee und dem angrenzenden Alpenraum

Mit ihnen ist auch die Liburne der Südpatrouille angekommen. Beide Schiffe steuern parallel die Anlegemolen an.
„Na Quintus, hast du einen schönen Fang gemacht?"
Das ist Marius Maximus, ein Zenturio der Classis Germanicus, der germanischen Flotte. Wenn der ins Reden kommt…
„Tja, Marius, Fortuna war mit mir."
„Mmh, der Gefangene sieht ja interessant aus, komische Frisur für einen Germanen. Naja - wie steht`s, Quintus, willst du mal sehen ob auch Venus dir hold ist – es hat doch der neue Gasthof am Ufer der Mosella[14] aufgemacht, den wollte ich mir nach dem Dienst mal ansehen."
Quintus kann sich ein Grinsen nicht verkneifen. „Bist du nicht fest liiert, Marius?"
„Liiert? Und wenn schon, du Spielverderber. He, du Idiot, was soll das denn?"
Die letzten Worte gelten nicht Quintus, sondern Marius Steuermann, der einen ablegenden Frachtkahn übersehen und heftig touchiert hat.
Das ist die Gelegenheit das Gespräch zu beenden. Das Anlegemanöver läuft wie am Schnürchen, eine Routinesache.

Der Gefangene hat sich die ganze Zeit erstaunt umgesehen und sieht ihn nun mit fragenden Augen an.
Ein Wink, er versteht und steht auf. Die Männer haben ihm schon die Fußfesseln abgenommen.
„Also gut Gaius, ich geh dann mal mit dem Gefangenen zum Kommandanten. Bis später."
Sein Optio nickt und grüßt vorschriftsmäßig mit einem Faustschlag auf seinen Brustpanzer.
Quintus, Berowulf und der Gefangene in Begleitung von zwei Soldaten verlassen schnellen Schrittes den Hafen.
Auf dem Weg zum Prätorium[15] überlegt Quintus, was der

---

[14] Mosella ist der römische Name für den Fluss Mosel
[15] Prätorium: Wohnhaus eines röm. Kommandanten, z.B. des Befehlshabers einer Legion oder eines Kastells

Kommandant wohl zu seinem exotischen Gefangenen sagen wird. Im Kopf legt er sich zudem den Bericht der Patrouillenfahrt zurecht, den er gleich vortragen wird.
„Zenturio Quintus Tilius, 1. Kohorte, meldet sich zum Patrouillenbericht in Begleitung eines Gefangenen."
Die Wache am Tor des Kastells salutiert und gibt den Weg frei.

Am Rhein, August 2018

Wieso ist mir das nicht schon eher aufgefallen? Keine Städte an der Lahn, zum Beispiel Limburg hätte man doch sehen müssen. Und überhaupt keine Straßen und Autos, einfach nix! Was ist hier los? Also doch die Drogentheorie oder ein andauernder Tagtraum? Praxistest nicht bestanden! Niemand hat im Tagtraum schmerzhaften Sonnenbrand oder wird im psychischen Drogenrausch tatsächlich verkloppt.
Die dann verbleibende Hypothese will ich aber auch nicht anerkennen. Gut, dass die Kopfschmerzen fast weg sind, allerdings scheint die Beule an der Stirn, wo mich der als Römer verkleidete Schläger erwischt hat, rekordverdächtig ausgebildet zu sein. Schon die kleinste Berührung der Stirn ist schmerzhaft. Wenn ich hier fertig bin, gibt's saftige Anzeigen wegen Körperverletzung, Freiheitsberaubung und und und. Da könnt ihr Gift drauf nehmen, meine „römischen" Freunde!

Nach der doch eher eintönigen Fahrt auf der Lahn, wie gesagt ohne Hinweis auf irgendwelche menschlichen Aktivitäten, kommen wir auf den Rhein.
Hier ist erstaunlich viel los auf dem Wasser, mehrere auch auf Antike gemachte Segel- und Ruderboote sind unterwegs. Allerdings fehlen die üblichen Rheinschiffe, die

Schleppkähne oder Ausflugsdampfer. Wir fahren flussabwärts, vor uns erscheint eine imposante Brücke aus Holz, auf der linken Rheinseite taucht eine kleinere Stadt auf. Eigentlich müsste hier doch irgendwo Koblenz sein. Diese kleine Stadt ist definitiv nicht Koblenz und diese große Holzbrücke nicht die Autobahnbrücke.

Unser Schiff schwenkt nach links ab und steuert auf einen Hafen zu. Vom Hafen führt eine Kopfsteinpflasterstraße, „natürlich" ohne Autos, zwischen ebenfalls sehr auf antik gemachten Häusern den Hang hinauf zu einer Art Burg. Naja, soll wohl ein Kastell sein, die spielen hier ja Römerzeit.
Könnte das alles hier eine gigantische Filmkulisse sein, Gladiator II oder so? Never ever, viel zu aufwändig. Und wie kann man die Autobahn und eine ganze Großstadt verstecken?
Mein Sitznachbar tauscht sich mit einem weiteren Hobby-Römer eines parallel ankommenden Schiffs aus. Dabei kommt Fortuna und Venus vor. Und war die „Taberna" nicht ein Gasthaus? Gut, das große Latinum ist jetzt auch schon 27 Jahre her, aber so paar Vokabeln sind offensichtlich hängen geblieben. Schon irre, dass die Schauspieler hier für ihren Sandalenfilm Latein sprechen, und so flüssig.

Jetzt werden mir endlich die Fußfesseln abgenommen, Gott sei Dank können wir mal runter von dem Kahn, mein Hintern fühlt sich schon völlig taub an von dem stundenlangen Sitzen auf den Holzplanken. Mit dem obligatorischen heftigen Stoß beginnt der Abmarsch.

Die Häuser entlang der Straße sehen wirklich seltsam aus, teils Fachwerk teils gemauert aber vom Stil eher irgendwie mediterran, alle ziemlich bescheiden aber straßenseitig mit durchgehenden Kolonnaden, quasi überdachten Bürgersteigen. Fast alle Häuser haben kleine Läden im Erdgeschoss, schlecht zu erkennen was da verkauft wird. Die höchsten Gebäude sind zweistöckig, die meisten aber einstöckig. Außer paar Esel- und Ochsenkarren null Verkehr, aber viele Fußgänger. Alle Leute sind als Römer oder als Kelten oder was auch immer verkleidet und tun so, als ob sie noch nie etwas anderes getan hätten. Einige schauen mich sogar erstaunt an, was ich jetzt eher lächerlich finde – ihr seht seltsam aus, nicht ich! Total albern, hier mit den antiken Klamotten rumzulaufen, sogar mit Kindern. Habt ihr alle nichts zu tun oder was?

Also eins muss ich meinem Sitznachbarn lassen, cool-lockeres Befehlen hat er drauf, irgendwie strahlt er eine natürliche Autorität aus. Jedenfalls kommen alle seinen Aufforderungen umgehend und engagiert nach.
Egal, ich habe mit ihm auf alle Fälle noch eine Rechnung offen, bei passender Gelegenheit – brutal schlagen und mit einem Messer vorm Gesicht rumfuchteln geht nämlich gar nicht.
Eine rausgeputzte Dame mit echt aufwändigem retro-antikem Kleid, schmuckbehangen sowie einer irren, ja kunstvollen Frisur, überquert mit Gefolge vor uns die Straße. Wir warten, bis sie den Laden gegenüber betreten hat.

Wir kommen an einem marmorgefassten Brunnen vorbei, wo Leute sich Wasser holen und andere sitzen, sich unterhalten und die Abendsonne genießen. Wenn nicht alles so komplett irre wäre, könnte ich direkt Lust bekommen, beim Römerspielen mal mitzumachen.
„Aber erst nehmt ihr mir mal die Fesseln ab und entschuldigt euch. Das ist übrigens Freiheitsberaubung, hier Leute, ihr seid meine Zeugen – die haben mich gekidnappt!"
Das musste jetzt mal gesagt werden. Mein vor mir gehender Sitznachbar schaut mich über die Schulter mit einem interessierten Blick an, einer meiner zwei Begleiter haut mir als Antwort mit dem Schaft seines Pilums (so nennt man doch den römischen Speer, oder?) so heftig auf den Rücken, dass

mir ungewollt die Tränen in die Augen schießen.
„Wichser, wir sprechen und noch", keuche ich.
Die Leute am Brunnen sehen mich an wie, ja wie eigentlich? Wie einen Fremden, wie einen Gefangenen!

„Ich BIN ein Gefangener", durchzuckt es mich, und nur noch sehr schwach „Lass es bitte ein Drogenrausch oder besser ein übler Traum sein!"
Das Blut pocht in meinen Ohren, eine Mischung aus Angst und Wut durchflutet mich – und die Kopfschmerzen sind auch wieder da. Allein unter gewalttätigen Idioten, die noch dazu Römer spielen – wie krank und irre ist das denn! Aber ist es auch gefährlich? Wollen die mich vielleicht sogar umlegen? Aber wieso denn?
Da spüre ich eine Hand am Oberarm und schau in die ernsten aber freundlichen Augen meines Sitznachbarn.
„Omnia bene, amicus meus", das wiederholt er 3-4-mal, sehr langsam und jedes Wort betonend.
Ich denke er meint „Alles gut mein Freund", soviel Latein habe ich noch drauf. Er will mich wohl beruhigen, hat anscheinend meine Panikattacke bemerkt. Wie war das noch, was heißt „Danke" auf Latein? Ich versuch`s mit „Gratias!"
Er lacht kurz und klopft mir aufmunternd auf die Schulter. Das beruhigt mich nun tatsächlich ein wenig. Vielleicht ist der Typ doch nicht so gestört und aggressiv, auch wenn ich ihn sicher nicht „Freund" nennen werde.

Unser Ziel ist offensichtlich das Kastell. Wir müssen am Tor warten; jeder der da rein will, wird von den grimmig-gelangweilt tuenden Hobby-Wachen kontrolliert.
Ich schau mich um, ein Römerkastell habe ich mir irgendwie anders vorgestellt. Die Verteidigungsmauern sind seltsamerweise außen weiß verputzt mit quadratisch eingeritzter, also imitierter „Quadersteinoptik", noch dazu mit rotgefärbten Fugen. Das sieht irgendwie albern oder besser gesagt deplatziert aus - weiße Kacheln passen eher zu einem

Bad als zu einer Verteidigungsanlage. So eine mittelalterliche Ritterburg aus Bruchstein wirkt dagegen doch deutlich militärischer. Die bestimmt 8m hohen, weißglänzenden, glatten Mauern wirken viel zu modern, wer sich da in der Requisite wohl vertan hat?
Die vor den Mauern angelegten doppelten, etwa 5m tiefen Spitzgräben sind akkurat angelegt. Wenn man da mal reingefallen ist, stell ich mir schwierig vor, da wieder rauszukrabbeln. Das mächtige Doppeltor wird von 2 Türmen eingerahmt, von oben guckt ab und zu eine weitere Wache auf uns runter.

Vor uns gibt's jetzt Ärger, ein Händler oder sowas, der zwei bepackte Esel mit sich führt, darf offensichtlich nicht ins Kastell rein und macht beim Abgang seinem Ärger mit lauten lateinischen Sprüchen Luft. Toller Schauspieler! Ich grinse ihn an, er macht eine eindeutige Geste - du mich auch.
Endlich sind wir dran. Die Wache am Tor grüßt nach einer kurzen Ansage meines Sitznachbarn zackig und lässt uns rein. Im Kastell geht es die gepflasterte breite Straße geradeaus bis zu einer Straßenkreuzung. Hier stehen paar ansehnliche Gebäude, wir gehen rechts rüber in eines dieser Hauptgebäude. Durch eine schön gearbeitete breite Holztür mit Messingbeschlägen betreten wir eine kleine aber hohe Halle. Nach Innen wird die Halle durch Säulen von einem nett angelegten Innenhof im Atriumstil ergänzt. Hier ist es ruhiger und angenehm kühl, wozu auch die imposante Brunnenanlage mit mehreren bronzenen, reich verzierten Wasserspeiern und einem großen, geschwungenen Wasserbecken beiträgt.

Ein älterer Mann mit weißem Gewand (eine Tunika, oder?) führt uns durch den mit schön angelegten Beeten eingefassten Innenhof in ein größeres, nur spärlich möbliertes Zimmer, dessen verputzte Wände mit feinen geometrischen Mustern und phantastisch leuchtenden Farben bemalt sind.

Der Boden besteht aus einem einzigen riesigen Mosaik, das wohl eine griechisch-antike Landschaft darstellen soll.
Wow, was für ein Aufwand die hier betreiben – sieht teuer aus!
Zentral im Raum steht ein mächtiger Tisch, auf dem mehrere Becher und ein großer Keramikkrug sowie eine ausladende, gut gefüllte Obstschale stehen. Schlagartig wird mir bewusst, wie durstig und hungrig ich bin. Meine Zunge kommt mir auf einmal pelzig verdickt und trocken vor, mein Magen knurrt erbärmlich, ich könnte glatt einen Kasten Cola und 10 Big Mäc verdrücken!
Mein Sitznachbar füllt einen Becher, den er mir mit einem Lächeln überreicht. Auf Ex, köstlich leicht gesäuertes kühles Wasser! Mein „Retter" füllt erneut den Becher.
„Du hast jetzt was gut bei mir."
„Gratias", antwortet er, wir grinsen uns an.

Gerade als ich die ersten Weintrauben im Mund habe, geht eine Seitentür auf und ein Schauspieler, der offensichtlich ein höheres Tier darstellen soll, kommt in Begleitung von zwei weiteren uniformierten Offizieren in den Raum. Mein Sitznachbar stellt die Obstschale zügig auf den Tisch zurück und grüßt wie alle anderen Anwesenden zackig mit einem dumpfen Schlag auf die Brust:
„Ave Legat Cornelius Sulla!"

Germania superior 83 n. Chr

Nachdem er den Präfekten[16] gegrüßt hat, geht Quintus Tilius erneut durch den Kopf, dass der Germane „Gratias" gesagt hat, sich also bedankt hat. Er kann daher Latein

---

[16] Präfekt ist die Bezeichnung für einen römischen Kommandeur einer Kohorte oder eines Kastells

bzw. kennt unsere Sprache! Das ist selten bei einem gefangenen Germanen, oder doch Kelten? Auf jeden Fall wird das Cornelius Sulla interessieren und seinem Bericht nochmal richtig Würze geben. Und der Germane kann auch höflich und zivilisiert sein, er bedankt sich wenn man ihm Essen und Trinken gibt, vielversprechend..."

Präfekt Cornelius Sulla ist wie immer in Zivil, er trägt eine wundervoll drapierte Toga in blau mit türkisen Verzierungen. Der letzte Schrei aus Rom? Aber Quintus Tilius weiß, die prächtige Toga täuscht. Cornelius Sulla ist ein ausgezeichneter Soldat und Kommandeur, der allerdings das militärische Handwerk nicht liebt, sondern beherrscht. Militärische Aufdringlichkeit und Zurschaustellung sind ihm zuwider, deshalb trägt er nur Uniform, wenn dies nötig oder verlangt ist.
„Quintus mein Freund, wen hast du denn da mitgebracht? Wie war deine Fernpatrouille?"
Quintus berichtet ausführlich vom Ablauf der Patrouillenfahrt mit der Liburne auf der Laugona und von der Gefangennahme.
„Du sagst, ihr habt ihn in der Nähe unserer aufgegebenen Stadt Ubiorum[17] gefangen genommen?"
„Ja Präfekt."
„Und er ist vielleicht Kelte statt ein Germane? Das wäre wirklich seltsam, die keltischen Ubier sind bereits vor mehr als 100 Jahren unter dem Konsulat des glorreichen Cäsar ins Reichsgebiet umgesiedelt worden."
Quintus nickt. „Ja, aber es sind damals nicht alle Ubier gegangen. Außerdem wird berichtet, dass die Landoudioer, die wohl auch Kelten sind, in der Region noch vereinzelt

---

[17] Ubiorum aus Ubi (Ubier) und „orum" für Stadt, also „Stadt der Ubier". Ubiourum ist meine fiktive Bezeichnung für die einzige rechtsrheinische Stadtgründung der Römer, heute Waldgirmes. Der historische Name für diese Stadt ist nicht überliefert

siedeln. Gerade heute konnte ich beobachten, dass das ehemalige keltische Oppidum Dunumbriga weiter oder vielmehr wieder bewohnt ist, wenn auch nur von einer kleinen Gemeinschaft. Ich habe 18 Herdfeuer gezählt. Germanen siedeln nicht in ehemaligen keltischen Städten."
Der Präfekt reibt sich die Nase und runzelt die Stirn.
„Das ist richtig, Quintus. Du meinst also, dass Kelten verstärkt diese Region an der Laugona besiedeln und vielleicht sogar ihr ehemaliges Oppidum erneut nutzen?"
Cornelius Sulla läuft nachdenklich im Zimmer auf und ab.
„Die Frage ist, wie sind sie uns gegenüber eingestellt. Wenn es tatsächlich Landoudioer sind, wäre dies gut für uns, da sie Foederaten[18] sind. Sie könnten einen Puffer zwischen uns und den feindlich gesonnen Chatten[19] bilden. Vielleicht können wir sie sogar überzeugen, uns militärisch gegen die Chatten zu unterstützen."
Er bleibt abrupt stehen. „Gute Arbeit, Quintus. Wir bleiben an der Sache dran."
Cornelius Sulla kommt jetzt um den Tisch herum.
„Mmh, dein Gefangener sieht recht seltsam aus. Diese Frisur, seine glatte und gepflegte Haut, bemerkenswert. Auch scheint er schon älter zu sein. Ein Adeliger oder heiliger Mann?"
Quintus nickt. „Das denke ich auch, Präfekt. Und er versteht einige wenige Wörter Latein."
„Was? Das ist ja interessant!" Cornelius Sulla blickt den Gefangenen direkt an: „Nenne mir deinen Namen!"
Keine Reaktion, der Gefangene kaut nachdenklich auf seiner Unterlippe. Dann zeigt er auf sich „Hans Lanzspiel."
Dann deutet er auf den Präfekten und zieht fragend die Augenbrauen hoch.
„Er will wissen wie ich heiße. Also frech ist der ja schon!",

---

[18] Foederaten sind Völker oder Stämme, mit denen die Römer Freundschaftsverträge abschlossen
[19] Chatten, germanischer Stamm (aus dem sich „Hessen" ableitet)

der Präfekt ist leicht verärgert. „Wir sollten uns eine Bestrafung für diesen Kerl ausdenken!"
Eilig interveniert Quintus. „Er kennt unsere Gepflogenheiten nicht, Präfekt. Ich denke, er ist daher nicht respektlos, sondern schlicht unwissend."
Quintus drückt den sichtlich überraschten Gefangenen runter auf die Knie. Jupiter sei Dank hat dieser sofort verstanden was Quintus von ihm will und kniet sich brav hin.
Cornelius Sulla umkreist nachdenklich den knienden Gefangenen.
„Du sagst, er war nackt als ihr ihn fandet?"
Quintus nickt „Ja. Vielleicht hat er am Fluss ein Gelübde erfüllt, vermutlich ist er ein frommer Mann."
„Und er hat keinen Fluchtversuch unternommen?"
„Nein."
Der Präfekt dreht eine weitere Runde.
Fast geräuschlos betreten mehrere Sklaven den Raum und zünden die an den Wänden montierten mehrarmigen ölbetriebenen Kandelaber sowie die großen, schmiedeeisernen Kohlebecken an. Im flackernden Licht verlassen sie ebenso leise wieder den Raum.
„Vielleicht ist er nur zu Hause rausgeflogen" grinst der Präfekt schließlich, seine Adjutanten schmunzeln zustimmend.
Quintus wiegt den Kopf. „Ich glaube das eher nicht, denn die nächste germanische oder auch keltische Siedlung ist mindestens 2-3 Wegstunden entfernt von der Stelle, an der wir ihn gefunden haben. Sieh nur, seine Füße sind ohne Kratzer und ohne Hornhaut."
„Mmh. Vielleicht ist er geritten?"
„Möglich, ein Pferd haben wir allerdings nicht gesehen."
Cornelius Sulla blickt versonnen auf den Gefangenen.
„Also gut Quintus, dann beginnen wir mal mit der Befragung."
Quintus nickt „Jawohl, Präfekt. Ich habe Berowulf, meinen mattiakischen Späher als Dolmetscher mitgebracht.
Berowulf, komm her, wir wollen den Gefangenen befragen."

Am Rhein bei Koblenz, August 2018

Der Neue, der hier den militärischen Oberchef spielt, sieht bisschen freakig aus mit seinem kunstvollen umgehängten Gewand (Toga, oder?) und autoritär ist er auch. Na Klasse!
Na kurzem Geplauder wollte er wohl wissen wie ich heiße. Ich habe dann ganz primitiv auf „Ich Tarzan, du Jane" gemacht. Aber das kam gar nicht gut an, ich musste auf die Knie, aber immer noch besser, als wieder geprügelt zu werden.
Ich muss vielleicht doch etwas vorsichtiger sein, sonst verletzen diese Irren mich doch mal heftiger oder sperren mich in so ein dreckiges Verlies oder so.
Was ist das für ein Stück, das die hier spielen? Ich blick das nicht, dieser ganze Aufwand, für was? Zumindest beherrschen die Typen Latein fließend, das ist schon beeindruckend und spricht für ein gewisses Niveau.

Ui, in einer Wolke aus Schweiß kommt jetzt dieser einen Kelten oder Germanen spielende langhaarige Typ in die Szene, der auf dem Schiff den „Mister Unnahbar" gespielt hatte. Die Optik und das Outfit des großen, hageren Kerls sind nicht schlecht: lange ursprünglich blonde Haare würde ich sagen, jetzt aber rot getönt. Zehn-Tage-Bart, leuchtendhelle Augen, relativ enggeschnittene Hose, die von einer simplen Lederkordel als Gürtel gehalten wird, nackter muskulöser Oberkörper. Obenrum eine Art Poncho ohne Kapuze, die schlichten Lederschuhe vom Typ Mokassins. Und wie gesagt, er stinkt sehr „männlich". Na mein Verständnis hat er, nach sicherlich 16 Stunden anstrengender Flussfahrt. Warum stinken die „Römer-Schauspieler" nicht so? Das ist irgendwie auffällig. Mein Sitznachbar zum Beispiel riecht eher dezent und leicht nach Kräutern und Öl. Seltsam, offensichtlich nutzen die sehr effektive Deos.

Der müffelnde Hobby-Germane stellt sich vor mich und quatscht mich in einem unverständlichen Kauderwelsch voll. Kein Latein würde ich sagen. Mein Lieber, keine Ahnung was du mir sagen willst. Dann in einem neuen Anlauf in einer anderen Sprache, genauso abstrus. Ach kapiere, die halten mich für Seinesgleichen und er spielt hier den Dolmetscher. Kannst du vergessen, da liegt mir ja Latein noch eher!
„Ich verstehe dich nicht – nix capito, Hombre, i don`t understand you, yo no hablo espanol!"
Mehr fällt mir erstmal nicht ein, aber der Blick von dem Germanenschauspieler daraufhin ist nicht schlecht!

Germania superior 83 n. Chr

„Das ist kein Germane und kein Kelte" erklärt Berowulf entschieden.
Quintus denkt das gleiche und nickt. „Danke Berowulf, du kannst jetzt gehen."
Der Späher grüßt zackig und verlässt geräuschlos den Raum. Der Präfekt schickt auch die beiden Offiziere hinterher, sie sind nun zu dritt im Raum.
Im Flackern der vielen Öllampen sind ihre Gesichter schwer zu erkennen. Der Präfekt läuft erneut nachdenklich auf und ab. „Schön, und was jetzt?" Die Frage des Präfekten richtet sich natürlich an Quintus.
„Ich würde mir gerne den Gefangenen mal über längere Zeit vorknöpfen. Wie gesagt, er hat „Gratias" gesagt und mich auch teilweise verstanden. Ich werde rauskriegen wer er ist, woher er kommt und ob er für uns nützlich sein kann. Das wäre mein Vorschlag."
Der Präfekt ist stehengeblieben. „Wie ich dich kenne planst du dieses Vorknöpfen ohne jede Gewaltanwendung, richtig?", das leichte Lächeln auf seinen Lippen ist trotz des

Schattenspiels der flackernden Beleuchtung gut zu erkennen. Cornelius Sulla atmet hörbar ein und nickt. „Also gut, versuch es. Wenn du die Verantwortung übernimmst, kann der Gefangene sich ohne Fesseln unter Aufsicht im Kastell bewegen. Außerhalb erstmal nicht, dafür bräuchten wir zunächst Fortschritte. Bitte berichte mir regelmäßig. Du kannst wegtreten."
„Zu Befehl, Präfekt!" Quintus grüßt, als Cornelius Sulla den Raum verlässt.
Das kann ja unterhaltsam werden. Der Gefangene erwidert Quintus Blick und sagt „Bonum?"
Ah ja, das Wort „Gut" kennt er also auch. Quintus schmunzelt verhohlen, die sprachlichen Fähigkeiten des Gefangenen sind wirklich erstaunlich und erfreulich, das könnte wirklich eine spannende Sache werden mit diesem Germanen. Wenn ihn sein durch langjährige Erfahrungen als Verhörspezialist geschultes Gefühl nicht völlig trügt, wird dieser seltsame keltische Druide oder germanische Priester oder was auch immer, noch für so manche Überraschung gut sein.
Bevor sie das Prätorium verlassen, nimmt er dem Germanen die Handfesseln ab, was der Gefangene mit einem freudigen Ruf quittiert.
„Komm mit", er winkt dem Gefangenen zu, ihm zu folgen. Mal sehen was Automedon davon hält, wenn sie einen Dauergast im Haus haben.

Kapitel 2

Bei Koblenz, August 2018

Ja! Endlich bin ich diese scheiß Handfesseln los, ein super Gefühl die Arme wieder frei bewegen zu können. Während ich Dehnungsübungen veranstalte, tauschen mein Sitznachbar und ich unsere Kombination „Gratias – Grinsen" aus. Er winkt mir ihm zu folgen, wir verlassen den Besprechungsraum. Begleitet von einem sehr unauffälligen, schweigsamen Schauspieler, soll wohl so eine Art Diener sein, durchqueren wir den jetzt in der Dunkelheit liegenden Innenhof der prächtigen Villa und stehen kurz darauf auf der Straße.
Dort wartet dieser langhaarige, müffelnde Dolmetscher und auch die beiden Wachleute.
Ein kurzes Gespräch, dann drehen sich die drei nach einem Abschiedsgruß um und sind fast sofort im Dunkeln verschwunden. Das ganze Kastell liegt absolut ruhig da, es ist kaum was zu hören und alles total dunkel. Lediglich ein paar Fackeln an einigen Hauswänden geben spärliches Licht, dadurch sind die Gebäude nur schemenhaft zu erkennen.
Sind die alle schon im Bett oder was? Ich hätte eher gedacht, dass Schauspieler nach dem Set gerne einen drauf machen; vielleicht aber auch nur ein Vorurteil.
Meine Augen gewöhnen sich langsam ans Dunkle, es riecht leicht nach Holzfeuer und Pferden. Zu zweit laufen wir los und folgen an der Straßenkreuzung der Straße nach Westen, an der mehrere baugleiche, langgestreckte Gebäude liegen. An der Kopfseite eines dieser Gebäude zieht mein Begleiter, oder besser mein Aufpasser, einen Schlüssel und öffnet eine Tür. Ah ja, offensichtlich wohnt er hier.

Wir betreten das Gebäude und stehen in einem Raum, der durch drei Öllampen spärlich beleuchtet wird. Mein Aufpasser reicht seinen Helm und die Rüstung sowie seinen

umhangartigen Mantel einem älteren, grauhaarigen Typen, seinem Diener. Vielleicht spielt der aber auch einen Sklaven, die gab`s ja damals bei den „Römern".
Der Diener verschwindet mit den Klamotten in einen Nachbarraum. Mein Aufpasser schaut mich aufmerksam an und sagt „Hans."
Ich nicke und antwortete „Hans" auf mich zeigend, was er nachmacht und mit dem Zeigefinger auf sich deutend erklärt „Quintus. Zenturio romanus". Dann sieht er mich fragend an. Aha, du heißt also Quintus und bist ein römischer Zenturio, verstehe. Wenn ich mich richtig an Asterix und Obelix erinnere, war ein Zenturio ein Offizier der römischen Legion. Also ist er kein normaler Rekrut, sondern was Höheres.
Dachte ich mir schon, so wie er den ganzen Tag rumkommandiert; und belesen ist er anscheinend auch, zumindest kann er fließend Latein.
Und offensichtlich spricht er kein Deutsch. Was und wie soll ich dir, mein lieber Quintus, also sagen, wer ich bin? Wie soll ich dir meinen Job erklären oder erklären woher ich komme. Allein „Deutschland" wird ihm nichts sagen.

Halt, stopp, Moment mal. Jetzt tue ich schon so, als ob der Typ wirklich ein Römer ist! Ist er natürlich nicht, der Typ ist an meiner Entführung beteiligt! Andererseits ist das hier alles dermaßen irre und es ist spät und ich bin total müde. Da ist es fast einfacher, das komische Spiel „Wir sind bei den Römern" mitzuspielen.

Statt einer Antwort sehe ich ihn etwas hilflos mit hochgezogenen Schultern und ausgebreiteten Händen an. Er nickt verstehend und winkt mir wieder ihm zu folgen. Im angrenzenden Raum, der deutlich besser beleuchtet ist, steht ein reich gedeckter Tisch mit allerlei gut gefüllten Töpfchen sowie Brot und Obst. Jep, so gefällt mir das, ich habe einen Mordshunger! Wie das duftet, bestimmt total lecker!
Der den Diener oder einen Sklaven spielende Komparse

steht zudem wartend mit einem großen Krug in der Hand an der gegenüberliegenden Tür. Wir nehmen auf Holzschemeln, auf denen Kissen liegen, Platz und die nächsten zehn Minuten gibt es von mir nur kauende und leicht schmatzende Geräusche zu hören. Das Essen ist echt gut, frisch, teilweise seltsam gewürzt, süß–scharf und bisschen sauer, fast wie beim Chinesen. Quintus zeigt mir die Verwendung der übelriechenden aber extrem lecker schmeckenden Würzsoße. Damit ist alles prima geschmacklich anzupassen. Mein Aufpasser oder ehemaliger „Sitznachbar", also dieser Zenturio Quintus, beobachtet mich beim Essen. Ist mir aber echt egal, zumindest bis die erste Sättigung eintritt. Der Hobby-Diener schenkt jetzt verdünnten Wein aus, passt gut!
Während ich die letzten Soßenreste mit einem Brot aufnehme schaue ich Quintus in die Augen und beschließe spontan, ihm zunächst mal zu trauen, denn alle anderen hier haben definitiv eine noch größere Macke und haben mich noch schlechter behandelt als er. Die Sache mit dem Dolch werde ich bei Gelegenheit aber nochmal mit ihm diskutieren.

Das Essen war die Wucht, bestimmt auch deshalb, weil ich den ganzen Tag nichts zwischen die Kiemen bekommen habe. Und plötzlich überkommt mich der absolute Fallschlaf, war `ne harte Nummer, der Tag. Ich muss jetzt ganz schnell mal ein Bett finden.
Quintus hat mein nicht mehr ganz so frisches Aussehen offensichtlich richtig interpretiert.
„Hans" und ein Winken. Wir gehen in einen weiteren, diesmal fensterlosen Raum und dort steht tatsächlich überaus einladend ein Bett, himmlisch! Der Bedienungsschauspieler füllt Wasser in eine Schüssel, die auf einer Anrichte steht und legt eine Decke auf das Bett, guter Service.
Trotz völliger Übermüdung überkommt mich ein drängendes menschliches Bedürfnis. Ein Königreich für eine Toilette. Den Säcken hier würde ich zutrauen, mich bei diesem

Bedürfnis wieder ordentlich zu verarschen! Ich zeige zwischen meine Beine und verziehe dabei theatralisch das Gesicht, offensichtlich so eindeutig, dass Quintus nickt und vorangeht. Ach du Scheiße, kein Klo im Haus!
Wir verlassen die Wohnung und gehen wieder die Straße Richtung Kreuzung und von dort zu einem weiteren, größeren Gebäude.
Die gute Nachricht ist, hier gibt es ein Klo, die schlechte Nachricht, es sind ungefähr 20 Klos in einem Raum! Und außerdem sitzen da schon zwei Figuren, die offensichtlich diesem Geschäft nachgehen. Na super.
Quintus grüßt die beiden und nimmt auf einem Klo Platz, erledigt sein Geschäft, dabei sich lustig und lautstark mit den anderen beiden unterhaltend. Verschämt nehme ich das am weitesten von den drei Typen entfernte Klo. Das Erleichterungsbedürfnis ist größer als meine Scham, die auch meinem leider sehr geräuschintensiven Entleerungsgang geschuldet ist.
Sind das hier einfache Plumpsklos? Offensichtlich nicht, unter mir fließt ein wasserführender Kanal, der meine „Hinterlassenschaften" hurtig mitnimmt. Die Klositze sind in Marmorplatten eingelassen, auch der Fußboden besteht aus Marmor, alles sehr Nobel für ein öffentliches WC, da hat sich die Produktionsfirma für diesen Römerfilm aber finanziell weit aus dem Fenster gelehnt.
So, und was ist mit Klopapier? Hilfesuchend blickte ich zu Quintus rüber. Der demonstriert mir dann die römische Variante: man nehme den neben dem Klo liegenden Stab, an dessen einem Ende ein Schwamm steckt, befeuchtete diesen in dem vor jedem Klo stehenden Wasserbehälter und führe den Stab mit Schwamm durch die gespreizten Beine zum Wischen nach hinten. Klugerweise ist dafür eine entsprechende Aussparung im gemauerten Kloaufsitz vorhanden. Geht ganz gut - ich hoffe nur, das Wasser für den Schwamm sowie dieser selber werden hier häufiger mal gewechselt…

Quintus nickt kurz, wir brechen auf und ich folge ihm zurück in seine Wohnung und in mein Bett, ein letzter Gruß und ich bin noch bevor mein Kopf das Kissen berührt, eingeschlafen.

Germania superior, 83 n.Chr.

Das hat Hans nicht zum ersten Mal gemacht. Die Toiletten sind ihm zumindest vom Prinzip bekannt, er muss da schon Praxis gesammelt haben. Vielleicht ist dies nicht sein erster Kontakt mit Römern, grübelt Quintus, während er sich von Automedon, seinem Freund und Hausklaven, noch einen Becher Wein einschenken lässt.

Müdigkeit überkommt ihn, glücklicherweise hat er wegen der heutigen Fernpatrouille morgen Vormittag dienstfrei. Sein Dienst, formale Rekrutenausbildung, beginnt erst nach der Mittagsstunde.
„Ich werde morgen versuchen, mehr aus ihm herauszubekommen. Ein bisschen Latein versteht er ja, wieviel genau, wäre dann mal zu klären" überlegt Quintus laut. Automedon nickt zustimmend, während er das Lampenöl nachfüllt. Quintus ist völlig klar, dass für dieses Vorhaben ein gewisses Vertrauen notwendig ist. Dieser Germane - Hans - muss sich schon sicher fühlen, sonst wird er nicht reden.
Diese Erfahrungen hatte er häufig gemacht, wenn er in Dalmatia[20] oder in Syria Gefangene verhörte oder Abgesandte befragt hat. Wie der Präfekt schon sagte, Gewalt ist dabei nicht seine Linie, ineffektiv und seiner Meinung nach der römischen Armee unwürdig.
Seinen Ruf als begabter Verhörspezialist hat er sich im Laufe seiner militärischen Laufbahn erworben. Das fing

---

[20] Dalmatia: römische Provinz auf dem Balkan, umfasste ungefähr das Gebiet des ehemaligen Jugoslawiens

schon in seiner ersten Dienstzeit in der III. Legion Gallica in Syria an, wo er wegen seinen Sprachkenntnissen im Krieg gegen die Parther und im Jüdischen Krieg als Kundschafter und Übersetzer eingesetzt war. Sein damaliger Chef in der III. Legion, der Zenturio Marcus Lepidus, ein übler und brutaler Typ, prägte den Spruch „Quintus Tilius Verhörrezept: Beobachtungsgabe, Verständnis und die richtige Sprache – lasch aber effektiv."
Jedenfalls war er damit deutlich erfolgreicher als seine Kollegen, die sich auf die Folter verließen und damit häufig sehr zweifelhafte Resultate erzielten. Das hatte dann schließlich auch seinen Zenturio Marcus Lepidus überzeugt, dem Effektivität und Ergebnisse am wichtigsten waren, egal wie sie erzielt wurden. Seine damaligen Beförderungen zunächst zum Optio und dann zum Zenturio hatte er vor allem seinen großen Erfolgen bei Verhören und der nachrichtendienstlichen „Betreuung" von feindlichen Verhandlungsführern oder Abgesandten zu verdanken.
Diese erfolgreiche Methodik konnte er nach seiner Versetzung zur Legion IV Flavia Felix in Singidunum[21] im Krieg gegen die Daker und bei Aufständen in Dalmatia noch weiter verbessern.

Langsam dämmert Quintus aus seinen Erinnerungen wieder zurück in die Gegenwart und blickt auf, Automedon steht nun wartend neben ihm.
„Na Automedon, hat dich der heutige heiße Tag auch irgendwie an Antiochia erinnert?"
Automedon schaut ihn spöttisch an. „Ehrlich gesagt nein, dafür fehlt hier einfach der Duft der Gewürze des Basars, die sich im warmen Wind biegenden Feigenbäume und die nur leicht verhüllten Mädchen."
Sie lachen und Quintus lädt Automedon ein, mit ihm noch ein oder zwei Wein zu trinken und in Erinnerungen an die Heimat zu schwelgen.

---

[21] Singidunum: römischer Name für die heutige Stadt Belgrad

Dafür gehen sie in das kleine Atrium in der Mitte des Hauses, von dort sind die Sterne zu sehen und der leichte Wind zu spüren.
„Nun Quintus, bleibt unser neuer Gast länger?"
Quintus nimmt einen Schluck Wein.
„Gute Frage, Automedon. Ich denke eher schon, er ist irgendwie etwas Besonderes. Daher will ich unbedingt mehr von ihm erfahren. Du weißt ja, wie ich das mache."
Automedon schaut in den Nachthimmel und dann seinen Herren an. „Wenn du im Dienst bist, bin ich allein mit ihm. Ich nehme an, dass es dir sehr recht wäre, wenn ich in dieser Zeit einen vertieften Blick auf diesen Hans werfen würde, stimmt`s?"
Quintus prostet ihm lächelnd zu und ist sich erneut sehr sicher, dass er Automedon bald die Manumissio, die Freiheit, schenken wird. Er hat die Freiheit verdient und soll seinen Lebensabend frei und wenn er will in der syrischen Heimat verbringen.

Die Nacht ist warm, sie reden und schweigen und trinken. Und träumen von ihrem Zuhause. Es sind bereits zwei Öllampen heruntergebrannt und die Nachtwache hat schon längst die 6. Stunde, also Mitternacht, ausgerufen, als sie sich zur Ruhe begeben.

Bei Koblenz, August 2018

Geräusche dringen an mein Ohr, irgendjemand ruft etwas und Pferde wiehern, dazu klirrende und rhythmische Geräusche.
Oh Gott war das ein geiler Traum, gewalttätige Hobby-Römer, aufwändige Kulissen, brutale Entführung, Schläge, Gemeinschaftsklos, ich musst unwillkürlich grinsen, war

abartig gut! Ich lasse noch halbschlafend den Traum genüsslich Revue passieren und kuschel mich fest in meine Decke.
Der leichte aber deutliche Geruch von Holzfeuer und noch etwas Undefinierbarem bringen mich dazu, die Augen als kleine Sehschlitze zu öffnen.

„Hans!"
Oh nein, bitte nicht, ich fahre schlagartig hoch und bin hellwach. „Das gibt's doch nicht!", ich schreie fast. Da sitzt wieder mein „Sitznachbar" der gestrigen „Bootstour" neben meinem Bett. Quintus, richtig? Dieser Schauspieler, der einen römischen Offizier, genauer einen Zenturio, mimt.
„Hans!", sagt der nochmal, ein Lächeln um die Mundwinkel.
„Quintus", stöhne ich, er nickt und grinst sehr breit.
Ich lasse mich zurückfallen – FUCK!
Es ist dasselbe Zimmer wie gestern, wir sind in der Wohnung von Quintus, in diesem verfluchten Römerlager oder Kastell oder was auch immer, verdammt, verdammt, verdammt! KEIN Traum!
Adrenalinschub vom Feinsten, Anflüge von Panik und Hektik, Fluchtgedanken, ich bin immer noch von den Idioten gefangen!

„Ego amicum vestrum", immer wieder und langsam wiederholt Quintus diesen Satz.
„Ego" heißt „ich" und „amicus" „Freund" das ist mir klar, er ist also mein Freund oder was. Und die Entführung und die grob-brutalen Spielchen gestern? Alles vergessen, Schwamm drüber oder was? Vergiss es!
Anderseits hatte ich doch für mich beschlossen, diesem Quintus erstmal zu trauen.
Resigniert würge ich „Gratias" heraus, was ihn dazu veranlasst laut zu lachen und mir mal wieder kräftig auf die Schulter zu hauen.

Er zeigt auf einen Stapel Klamotten, die auf einer Truhe liegen, davor stehen 3 Paar hohe Sandalen. Okay, das ist mal eine gute Idee, das Nacktsein gestern war alles andere als cool. Den Hintern zu Quintus gedreht, probiere ich zuerst das überdimensionale dunkelgrüne T-Shirt, das bis zu den Knien reicht. Nennt sich eine Tunica, oder? Passt soweit, ist aus Leinen und angenehm zu tragen, hatte schon befürchtet, dass der Stoff eklig kratzig ist.
Quintus zeigt mir, wie der mit Metallplättchen verzierte Ledergürtel das Ganze in eine passable Form bringt. Ganz annehmbar, fühlt sich gut an.
„Unterhosen habt ihr wohl nicht, oder?"
Rätselnder Blick von Quintus, ich winke ab, egal, geht auch so. Eins der drei Paar Sandalen, so halbhohe Teile mit viel Schnürung, passt ebenfalls ganz gut. Socken trägt man als Römer offensichtlich nicht. Quintus muss mir wie einem Dreijährigen die Schnürung binden, da lob ich mir doch Klettverschlüsse oder Schnürsenkel in Ösen. Die Eisenköpfe der Sohlen sollen wohl wie Stollen wirken.
Naja komfortabel geht anders, die Sohle ist viel zu steif zum Abrollen, was noch durch den fehlenden Absatz verstärkt wird.
Quintus läuft mir mit seinen Sandalen was vor. Okay, scheint Übungssache zu sein und insgesamt viel besser als gestern, als ich den ganzen Tag barfuß rumlaufen durfte.

Gestern! Kein Traum, keine Drogen?
„Und wenn ihr jetzt alle noch echte Römer seid, ist der Irrsinn perfekt!"
Quintus schaut wieder fragend und zeigt dann auf eine große Schüssel und einen Wasserkrug, die auf einem kleinen Tisch stehen. Ich zieh meine Tunika wieder aus und beginne eine Katzenwäsche, Quintus schaut dezent in eine Ecke. Es gibt sogar einen kleinen Handspiegel, sieht aus wie poliertes Silber, den Griff bildet ein wundervoll gearbeiteter Löwe der den Spiegel in seinen Pranken hält. Ich sehe in dem Teil etwas verzerrt aus, die Beule an der Stirn

und der sich entwickelnde Bluterguss sind aber gut zu erkennen. Ihr Drecksäcke!
Die Handtücher sind natürlich kein Baumwollfrottee, gehen aber. Deo wäre jetzt nicht schlecht, aber die spielen hier ja Antike, daher Fehlanzeige.
Quintus hat sich wieder umgedreht und signalisiert mir, ihm in den Nebenraum zu folgen. Dort steht auf dem Tisch, an dem wir gestern Abend gegessen haben, nun ein sehr adrettes „Frühstück" mit geröstetem Brot, Honig, Milch Früchten, Käse und einem undefinierten Art Brei, offensichtlich aus Getreide. Nutella und Marmelade fehlen natürlich, ebenso Croissants und Kaffee.
„Ist klar, gab`s damals ja noch nicht", murmle ich vor mich hin. Quintus schweigender Gehilfe von gestern ist auch wieder da, offensichtlich als Bedienung, toller Job.
Mir egal, sieht lecker aus, ich hau rein, habe mächtig Kohldampf. Wer weiß, was die heute mit mir vorhaben, eine neue Bootstour etwa? Mal einen römischen Kerker besichtigen? Egal, ich gehe lieber satt als hungrig durch das kommende „Abenteuer".

Germania superior, 83 n.Chr.

Während Quintus dem Germanen Hans beim Frühstücken zusieht, überlegt er, wie sie beide besser kommunizieren könnten. Berowulf ist als Dolmetscher ja leider ein Totalausfall. Eine Möglichkeit wäre sicherlich, sich gegenseitig Wörter und Sätze vorzusagen und so zu versuchen, wenigstens rudimentär die Sprache des anderen zu lernen. Durch Befragungen von Gefangenen und im Austausch mit Abgesandten im Laufe seiner Dienstzeit bei der IV. Legion in Dalmatia, hat das auch soweit funktioniert, dass er nach etwa zwei Jahren zumindest rudimentäre Gespräche in der Landessprache führen konnte. Allerdings sind zwei Jahre keine Option.

Er runzelt die Stirn. Es wäre einfach gut, wenn er und Hans den Alltag besser hinkriegen würden und er bald mehr vom Gefangenen, ja von Hans, erfahren könnte.
Andererseits, lohnt sich der Aufwand für diesen Kelten oder Germanen, der Mitglied eines offensichtlich sehr abgelegenen Stamms ist, da er weder die am Rhenus übliche gallisch-keltische Sprache noch das mattiakisch-chattische Germanisch versteht? Kommt Hans vielleicht aus einem Land jenseits der Albis[22]? Gehört er zu den weit im Osten lebenden Skythen[23]? Ein Barbar durch und durch, letztlich ohne Wert für die römische Armee?
Dagegen sprechen seine guten Manieren. Er kann am Tisch mit Messer, Löffel und Becher umgehen, bedanken tut er sich auch, die römischen Toiletten sind ihm im Prinzip bekannt. Das spricht alles für eine Abstammung und Herkunft mit kultivierten Umgangsformen.

Nachdenklich schaut Quintus dem Germanen Hans beim Essen zu. Was ist das überhaupt für ein seltsamer Name, „Hans". Hatte er gestern nicht noch etwas Zusätzliches gesagt, vielleicht seinen Nachnamen? Vor- und Nachnamen, auch das spricht klar für eine den Römern ähnliche kulturelle Stufe. Offensichtlich hatte er „Hans" laut gesagt. Sie sehen sich an, komisch, irgendwie muss er schnell grinsen, wenn er diesen Germanen ansieht.
Ein kleiner Wink und Automedon stellt ihm auch Teller und Becher hin, Hans reicht ihm das Brot, gemeinsam nehmen sie ein, zwangsweise schweigsames, Frühstück ein.

---

[22] Albis ist der römische Name für die Elbe
[23] Skythen waren Reiternomaden, die die Steppen nördlich des Schwarzen Meeres bewohnten

Bei Koblenz, August 2018

So, nicht schlecht das Frühstück, zwar bisschen sehr herzhaft, aber gut und reichlich. Ich fühl mich erstaunlich gut und motiviert. Dieser Quintus hat ihn Hans genannt und dabei so nachdenklich geschaut. Das werte ich mal als positives Zeichen.
Also wir müssen deutlich an unserer Verständigung arbeiten, so geht das nicht weiter. Was zum Schreiben wäre gut.
„Quintus, Stift und Papier!"
Quintus schaut ratlos. „Papier – ach nee, vielleicht „Papyrus"? Und einen Stift."
Ich mache Mal- und Schreibbewegungen. Quintus strahlt, springt auf und kommt kurz darauf mit einem Stapel Papier, oder besser was Ähnlichem, wohl Papyrus, zurück. Außerdem legt er neben dieses Papier einige angespitzte, etwa 15 cm lange Röhrchen, die aussehen wie Schilfrohr oder was anderes, zumindest irgendwas Botanisches. Und jetzt stellt er noch ein fein gearbeitetes, gläsernes Tintenfass vor mich.
„Gratias" und wieder unser gemeinsames Schmunzeln.

Na dann wollen wir doch mal sehen. Die ersten Versuche sind eine grobe Kleckserei, Quintus zeigt mir die richtige Technik, ich hatte den Griffel einfach zu tief in die Tinte gesteckt. Noch paar Tests, dann schreibe ich erstmal „HANS" – „QUINTUS". Der nickt.
„GRATIAS" – „DANKE".
„Daaanee", versucht es Quintus. „Nein, Danke, mit K."
Moment, verwenden die Römer überhaupt das K so wie wir? Also mal mit C probieren: „DANCE" – „Danke", sagt Quintus lachend, also geht doch!
Quintus schreibt „ROMANUS - " und dann nichts. Ah ja, Römer, er will wissen was ich bin. Sein Blick ist jetzt wachsam, als er mir den Stift gibt.
„Tja mein Lieber, wer oder was bin ich eigentlich?"
DEUTSCHER, ich verbessere, wegen dem „sch", das die

Römer wohl vielleicht nicht kennen und schreibe DEUTSER. „Deutser" langsam und betont spricht Quintus das Wort und nickt leicht. Scheint er geschluckt zu haben ohne zu wissen was ein Deutscher oder Deutser ist. Er denkt sicher an einen exotischen Germanenstamm oder so. Soll er, ist erstmal okay.

Jetzt klopfe ich ihm mal zur Abwechslung auf die Schulter und wir legen los mit den essentiellen Dingen: ja/nein, ich/du/wir, Fluss, Boot, Haus, Tisch, lachen, laufen, sprechen, essen und so weiter.
Quintus schreibt sich manchmal die Wörter in einer Art Lautschrift auf, damit er sie besser aussprechen kann. Wir machen das doppelt, damit jeder von uns ein Exemplar unseres „Wörterbuchs" hat.

An den nächsten beiden Tagen wiederholt sich unser gemeinsamer „Sprachunterricht", immer unterbrochen, wenn Quintus zum Dienst muss. Das läuft dann so ab, dass sein Diener, der lustigerweise „Automedon" heißt, schweigend in das Zimmer kommt, mit dem prächtigen bebuschten Helm, der glänzenden Rüstung sowie einem längeren Rebenstock, scheint das Symbol eines Zenturios zu sein.
Er hilft Quintus dann beim Anlegen der Rüstung, Helm auf, Stock in die Hand und Quintus zieht los zum Dienst.
Jetzt ist es wieder so weit.
„Mach`s gut und verklopp nicht so viele Germanen!"
Quintus versteht natürlich nichts winkt aber locker im Gehen, die Tür fällt laut ins Schloss.

Raus darf ich nicht, habe anscheinend Hausarrest oder sowas. Ich bin also mit dem Diener Automedon allein, der wie immer schweigend seiner Arbeit im Haus nachgeht. Das muss man ihm lassen, er ist der perfekte Sklaven-Schauspieler, als ob er noch nie was anderes getan hätte. Zwei- dreimal habe ich versucht mit ihm zu sprechen, er hat nur wortlos geguckt und sich dann abgewendet, dann eben nicht, alter Miesepeter.

Komisch, wenn ich mich so in der Wohnung umsehe, kommt es mir langsam wie die Realität vor. Es ist einfach alles so echt, so real und irgendwie gar nicht inszeniert. Anderseits, vielleicht sitzt Quintus mit den anderen Komparsen gerade beim Bier und überlegen gemeinsam, wann sie mich mal wieder schlagen können oder welches Lösegeld für mich zu berappen ist.

Realität! Mann, wenn ich wirklich gerade bei den Römern bis, also so 2000 Jahre in der Vergangenheit, wie soll das gehen? Ist doch unmöglich! Ein Schauer durchfährt mich, wie komme ich zurück?
Meine Freundin Mira, meine Kumpel und meine Eltern machen sich bestimmt schon Sorgen, die Polizei sucht mich. Hans ist spurlos verschwunden, die halten mich irgendwann für tot! Was ist, wenn ich hier Zahnschmerzen bekomme oder eine Blinddarmentzündung? Mist, Mist, Mist, das kann alles nicht wahr sein!
Ich erwische mich, wie ich heftig atmend am Fenster stehe, mein Herz hämmert in der Brust, bitte aufwachen, das ist doch nur ein Traum! Minutenlang stehe ich mit geschlossenen Augen nur so da und konzentriere mich auf meinen Atem. Einatmen, ausatmen. Aufwachen ist nicht, kein Traum, das Spiel geht weiter. Der Panikschub verebbt.

Wenn Quintus weg ist, besteht meine Hauptbeschäftigung darin, die Wohnung zu besichtigen und durch ein Fenster das Leben draußen im Kastell zu beobachten.
Die Wohnung ist allgemein ziemlich dunkel, da es nur wenige und ziemlich kleine Fenster gibt. Dafür kommt die Hitze des Tages kaum rein. Die Fenster haben zwar Glasscheiben, das Glas ist aber trüb. Alle Fenster haben zudem Fensterläden aus Holz; jetzt im Sommer sind die Fenster aber immer offen und mit Vorhängen gegen Staub und

Wärme verhängt. Nur zwei Fenster sind so platziert, dass man stehend rausgucken kann, alle anderen liegen zu hoch. Keine Ahnung warum man das will, raus- und reingucken ist hier offensichtlich nicht so im Trend.
Die Zimmer sind eher klein, dafür sind die Wände und Decken schön verputzt und traumhaft bemalt. Jedes Zimmer ist in einer anderen Farbe gehalten, gelb, grün, dunkelrot und blau. Die bunten Wände sind mit auffälligen geometrischen Mustern bemalt, oft bekommt der Raum dadurch mehr Tiefe.
Das „Esszimmer" ist irgendwie der Mittelpunkt und am aufwändigsten gestaltet, der Boden mit eingelegten Mosaiken im Gegensatz zu den Holzdielen in den anderen Zimmern. Hier sind auch drei Liegen in U-Form aufgestellt, die Römer essen offensichtlich gerne im Liegen.
Möbel gibt's im Haus nur wenige, die aber von sehr hoher Qualität sind, sieht alles handgeschreinert aus. Es gibt nur einen kleinen Schrank (mit Gläsern, Geschirr und Öllampen drin), Klamotten und Anderes wird dagegen in Truhen verwahrt. Ein Bad fehlt ebenso wie bekannterweise ein Klo, die Küche ist winzig, Strom und fließendes Wasser ist „natürlich" nicht vorhanden. Der den Sklaven oder Diener spielende Automedon wohnt offensichtlich unterm Dach, in den 1. Stock traue ich mich aber irgendwie nicht rauf.

Bei diesen Wohnungsinspektionen komme ich immer mehr zur Überzeugung, dass es sich hier nicht um ein Filmset oder ähnliches handelt. Es sind nirgendwo moderne Materialien oder Installationen zu finden, alles ist extrem authentisch „alt". Keine Schraube oder Plastik sind zu sehen, auch wenn man vorsichtig kratzt und hinter die Dinge schaut, es sind keine modernen Installationen oder Konstruktionen zu finden.
Die Alternative zur Wohnungsbesichtigung bietet wie gesagt das „Ausdemfenstergucken". Also schauen was draußen so abgeht. Dafür kommen lediglich die beiden Fenster in Frage, die zur Straße vor dem Gebäude rausgehen.

Die Straße vor unserem Gebäude ist gepflastert und gut 6m breit. Auf der anderen Straßenseite liegt ein Gebäude, das genau dem Unsrigen entspricht. Offensichtlich sind das Kasernengebäude, jedenfalls sieht man Soldaten kommen und gehen. Quintus Wohnung ist praktisch der „Kopfbau" des langestreckten Gebäudes. Genauso wohnt uns gegenüber im Kopfbau ein anderer Offizier, der mich noch nie gegrüßt und noch nicht mal angeschaut hat, der hochnäsige Arsch. Wenn ich mich aus dem Fenster hänge, kann ich rechts das Ende der aufgereihten Kasernengebäude sehen. Ich schätze mal jedes Kasernengebäude ist etwa 60m lang und beherbergt zehn Mannschaftsunterkünfte plus dem zur Straße liegenden „Offizier-Kopfbau".
Wobei die Wohnung von Quintus deutlich größer ist als der Gegenpart auf der anderen Straßenseite. Quintus als Offizier hat echt Platz im Vergleich zu den Soldaten, die zu mehreren in den kleineren Wohnungen leben.
Links von unserem Gebäude ist die Umwehrung des Kastells zu sehen, eine hohe Mauer, sonst nichts. Parallel zur Mauer läuft eine weitere gepflasterte Straße.

Viel Aufregendes tut sich vor den Kasernen nicht, da hier alle offensichtlich Dienst nach Vorschrift machen, ein ziemlich ödes Programm.

Anscheinend bin ich wohl eingenickt, da die Sonne fast schon untergegangen und Quintus vom Dienst zurück ist. Er steht neben dem Bett und sieht mich besorgt an.
„Du krank?"
„Nein, gut."
Er hat mir was mitgebracht, noch mehr Papyrus und einen „Stift", diesmal keine Schilf-Einwegware, sondern aus Messing.
„Danke, Quintus", mehr bringe ich nicht raus. Irgendwie bin ich schlecht drauf, frustriert von dem Gefangensein hier. Ich wäre jetzt echt gerne zu Hause bei Mira, mit den Kumpels was trinken gehen…

Ich gebe Quintus zu verstehen, dass ich jetzt keine weitere Ergänzung unseres Wörterbuchs in Angriff nehmen möchte, einfach kein Bock. Er ist zwar offensichtlich enttäuscht, anscheinend verbringt er gerne Zeit mit mir. Zum Glück zwingt er mich nicht und lässt mich nach unserem gemeinsamen, schweigend eingenommen Essen, allein, wofür ich ihm echt dankbar bin.

Germania superior, 83 n.Chr.

Quintus beobachtet die Rekruten, die mit den überschweren Holzschwertern und den schweren, plumpen Holzschildern gerade den Kampf in Formation üben. Dieses Training ist überaus effektiv, da die Soldaten dann umso ausdauernder mit den leichteren, echten Waffen kämpfen können. Die Beaufsichtigung des Drills ist seine Pflicht aber ziemlich eintönig, zumal sein Optio Gaius die Sache optimal im Griff hat.
Nicht auszudenken, wenn er hier ausschließlich mit der Formalausbildung beschäftigt wäre, wie die Mehrheit seiner Kameraden im Zenturiorang. Das war auch der Grund, warum er unbedingt an die Front, also ans Grenzland, kommandiert werden wollte, die Möglichkeit für Fernpatrouillen und Feindaufklärung.

Dass er überhaupt dafür die Gelegenheit erhielt, von seiner Legion XIV Gemina an deren Standort Mogontiacum[24] zeitlich befristet für Fernpatrouillen entlang der Leguna hier ins Kohortenkastell von Confluentes abgeordnet zu werden, hat er im Wesentlichen der Fürsprache des Kastell-Präfekten Cornelius Sulla zu verdanken. Cornelius Sulla war von

---

[24] Mogontiacum ist die Provinzhauptstadt der römischen Provinz Germania superior, heute die Stadt Mainz

den hervorragenden dienstlichen Beurteilungen, die Quintus Vorgesetze in der Legion III. Gallica in Syria und der Legion IV. Flavia Felix in Singidunum, schwer beeindruckt. Außerdem fehlte ihm schlicht und ergreifend ein erfahrener Zenturio für die Fernpatrouillen.
Aber auch sein eigener Kommandant der Legion XIV Gemina, der Legat Julius Frontinius, zu dem Quintus ein sehr gutes, ja freundschaftliches Verhältnis hat, hatte die Abordnung unterstützt.
Julius Frontinius weiß seit der Zeit ihrer gemeinsamen Einsätze in der Provinz Dalmatia, dass Quintus nun mal ein ausgewiesener Spezialist für Aufklärung und Informationsbeschaffung ist. Außerdem ist dieses Kommando in Confluentes für die Laufbahn von Quintus sehr hilfreich und Quintus ist seinem Freund Julius Frontinius wirklich dankbar, dass der ihn auch in dieser Hinsicht seine Unterstützung angeboten hat.

Dass seine Wahl auf das Kastell in Confluentes fiel, einem typischen Auxillarkohortenkastell[25], lag daran, dass dort die „7. teilberittene Kohorte der Räter", die Cohors VII Raetorum Antoniniana equitata, stationiert ist. Als berittene Einheit ist es ihre Aufgabe, die rechte Rhenusseite, also die germanischen Stammesgebiete im Vorfeld der römischen Reichsgrenze, durch Patrouillen aufzuklären und zu kontrollieren. Wie der Name erkennen lässt, wurde die Einheit ursprünglich in der Provinz Rätien rekrutiert. Quintus erinnert sich noch gut daran, wie er bei seiner Alpenüberquerung von Dalmatia kommend nach Mogontiacum durch diese noch relativ „junge" Provinz gezogen ist.

„Diese Patrouillen, insbesondere die Fernaufklärung per Schiff, machen den Job hier deutlich spannender als die Routine in meiner Legion XIV Gemina in Mogontiacum",

---

[25] Auxillartruppen waren römische Hilfstruppen, die aus den römischen Provinzen rekrutiert wurden.

geht es Quintus durch den Kopf, als er auf den Rückweg vom Dienst entlang der Schmieden auf seine Wohnung zusteuert. Auf Grund der lauten Hammerschläge nickt er dem Schmied lediglich grüßend zu, der daraufhin seinen Hammer hinlegt, und sich die Hände an seiner Lederschürze abwischt.
„Na Zenturio, die neu eingetroffenen Rekruten sind ja mal wieder ein sehr gemischter Haufen, was?"
„Du sagst es, neben vielversprechenden Kandidaten gibt's leider auch einige absolute mentale Leichtgewichte."
Das Lachen und die Hammerschläge des Schmieds verfolgen ihn bis zu seiner Wohnung.
Die letzten Tage waren wirklich klasse, er ist mit Hans gut vorangekommen. Quintus summt eine Melodie, es ist ein Gassenhauer aus Antiochia, der zum Beginn seiner Militärzeit in den Kaschemmen praktisch jeden Abend gespielt wurde.
Während er nach seinem Haustürschlüssel sucht, bemerkt er, dass sich jemand von hinten nähert.
„Zenturio Quintus Tilus!"
Der zackige Ruf lässt ihn herumfahren.
„Der Präfekt möchte dich sprechen!"
Der neue, noch sehr junge Tribun[26] aus Rom, ganz der versnobte Sohn aus senatorischer Familie, vom Militär null Ahnung, blickt ihn hochnäsig an.
„Natürlich Tribun!"
„Es geht um den gefangenen Germanen."
„Dachte ich mir, Tribun."

Gemeinsam gehen sie los, Quintus einen halben Schritt hinter dem Tribun, wie es die Vorschrift vorgibt. Sie erreichen

---

[26] Tribun ist ein Staboffizier der römischen Armee; sie stammen aus senatorischen/hochstehenden Familien

bald die Principia[27], der Präfekt Cornelius Sulla erwartet sie dort bereits.

„Na Quintus, wie läuft es mit unserem neuen Gefangenen?"
„Gut, Präfekt, wir haben angefangen unsere gegenseitigen Sprachkenntnisse auf Papyrus festzuhalten."
„Auf Papyrus? Teurer Spaß!"
„Ja, aber dauerhafter als die Wachstafeln. Ich erhoffe mir Erkenntnisse, die von Wichtigkeit sind und uns strategisch weiterhelfen können."
Der Präfekt sieht ihn prüfend an. „Das erhoffe ich mir auch, Quintus. Ich vermute, du willst dafür ein Vertrauensverhältnis zu dem Germanen aufbauen?"
Quintus nickt zustimmend, „Und so an sein Wissen kommen?"
„Ja, das ist mein Plan. Der Gefangene ist noch sehr verzweifelt und unsicher, er scheint mit seiner Situation ziemlich überfordert zu sein. Ich kann auch noch nicht sagen, wer er ist und welche Bildung er hat. Er sendet völlig unterschiedliche Signale in der Frage."
Cornelius Sulla blickt sinnend vor sich hin. „Weißt du mittlerweile, zu welchem Stamm er gehört?"
„Ja, er ist Deutser. Ich habe von so einem Stamm nie gehört, vielleicht gehört er zu den Skythen?"
„Deutser", wiederholt der Präfekt, „Ich werde mich erkundigen, ob jemand von diesem Stamm gehört hat. Halt mich auf dem laufenden, Quintus."
„Jawohl, Präfekt!"
Damit ist er entlassen, im Abgang grüßt er den Tribun formvollendet, der seinerseits nur kurz nickt, was für ein Schnösel!
Nochmal gutgegangen, denkt Quintus, als er die Principia verlässt und den Heimweg antritt, zu viel Einmischung

---

[27] Principia: römisches Stabsgebäude einer Garnison, ist das verwaltungstechnische und religiöse Zentrum eines Kastelles.

„von oben" würde seinen Plänen mit Hans eher schaden.

Vor seiner Haustür wartet sein Optio Gaius mit den erledigten Aufträgen.
„Hier Quintus, wie du wolltest, Papyrus und mehrere Stili und Calami[28.] Wie du erwartet hast, war das ein teurer Spaß.
Der Ladenbesitzer unten im Vicus[29] hat mir sogar die Tür aufgehalten, als ich gegangen bin."
Gaius grinst Quintus breit an. „Danke Gaius, du kannst das Restgeld behalten und dafür auf meine Gesundheit anstoßen."
„Wird gemacht, Zenturio, du wirst dich bald sehr gesund fühlen", lacht Gaius, „und vielen Dank!"

Als Quintus seine Wohnung betritt, sieht er schon am Blick seines Sklaven Automedon, dass etwas nicht stimmt.
Hans sitzt wie ein Häufchen Elend auf seinem Bett, auf Nachfrage aber nicht krank. Für diese Info hat sich das Wörterbuch schon mal bewährt.
Offensichtlich hadert Hans wieder mit seiner Situation als Gefangener.
„Armer Kerl, am besten lassen wir ihn nach dem Essen allein", Automedon nickt zustimmend.

Bei Koblenz, August 2018

Die Tage vergehen und es ist mal wieder Abend, Quintus ist vom Dienst zurück und wir sitzen uns, genau wie auch die letzten Tage, am Tisch gegenüber, Papyrus,

---

[28] Stilus, Calamus: römische Schreibgeräte aus Metall oder Schilfrohr
[29] Vicus: zivile Ansiedlung, Dorf oder Kleinstadt in einer röm. Provinz, häufig benachbart zu einem römischen Militärlager/Kastell

Griffel (Calamus heißen die Dinger hier) und Tinte zwischen uns, um an unserem Wörterbuch weiterzuarbeiten.

„Ok Quintus, was steht heute an?"
Gut, das war jetzt wieder zu schnell, aber dass „OK" so viel wie „Gut" bedeutet, hat Quintus schon drauf.
Ich erwische mich jetzt nur noch selten dabei, dass ich an eine Römershow oder ähnliches glaube, irgendwie habe ich mich damit abgefunden oder besser, ich denke nicht mehr drüber nach, bei den „echten Römern" vor 2000 Jahren zu sein. Ist natürlich totaler Quatsch, aber meine Skepsis und Vernunft werden immer leiser.
Was mir häufig passiert sind kurze Anfälle von Traurigkeit und eine Art Heimweh. Ich denke dann an mein Zuhause und natürlich an meine Freundin Mira, was ist, wenn ich die alle nie mehr wiedersehe?
Gerade jetzt steigt wieder diese diffuse Gefühlswolke in mir auf - energisch wisch ich die Gedanken zur Seite, bringt nix, heute Abend vorm Einschlafen kommen diese schweren Gefühle sowieso zuverlässig zurück, dauerhaftes Trübsinn blasen ist einfach nicht mein Ding.

„Veni, Vidi, Vici", fällt mir spontan ein, der Spruch angeblich von Cäsar persönlich.
Quintus schaut mich verblüfft an. "Du Cäsar kennen?"
„Nein, aber hören von Cäsar."
Es macht mir einfach Spaß, Quintus auf die Schippe zu nehmen, Einer geht noch.
„Quod licet jovi non licet bovi!"
Quintus lacht laut los und schüttelt den Kopf, prustend ruft er "Du nicht normal!"
Da hat er recht, „Stimmt, Quintus."

Spontan nehme ich ein neues Blatt Papyrus und zeichne dort den Verlauf des Rheins, der Lippe, der Lahn, der Mosel und des Main ein, mit entsprechender Beschriftung. Als ich Aufblicke, steht Quintus hinter mir, starrt auf das Blatt

und ist dabei ganz blass.
Jetzt schaut er mich fast entsetzt an.
„Was ist? Ihr Römer keine ...?" Gut, „Landkarte" hatten wir noch nicht.
„Tabula geographica" schreibt Quintus leicht zitternd.
Was hat er denn? Wieso wirft es ihn so um, wenn ich hier paar Flüsse aufzeichne?
Er verlässt das Zimmer und kommt kurz darauf mit einem alten, bemalten Papyrus zurück. Es ist eine Weltkarte, offensichtlich der geografische Kenntnisstand, den die Römer haben.
"Karte von Eratosthenes", erklärt Quintus fast schon feierlich.
Ein paar Blicke genügen um festzustellen, dass die Geografie des Mittelmeerraums und des Schwarzen Meers ziemlich gut getroffen sind, während die Gebiete drum herum eher schematisch beziehungsweise teilweise völlig falsch dargestellt sind. Zudem ist das ganze ohne Maßstab und verzerrt gezeichnet, sodass man z.B. für Deutschland keine Details erkennen kann.

Ich zeichne auf meiner Karte Koblenz als Punkt „Confluentes" und ein Kreuz an die Lahn, kurz bevor diese nach Norden abbiegt, hier haben sie mich aufgegriffen. Quintus versteht und wird ganz aufgeregt, reibt sich die Hände und redet in einen Schwall auf mich ein.
„Langsam Quintus, langsam, ich nicht verstehen, langsam!"
Er sagt „Roma", also Rom. Ich zeichne schematisch die Alpen, die Poebene und den italienischen Stiefel, dort ein Punkt, da müsste ungefähr Rom liegen.
„Antiochia", okay, jetzt wird's schwierig, bin aber halbwegs zufrieden das östliche Mittelmeer soweit hinbekommen zu haben. Die Stadt liegt im äußersten Eck der Türkei, an der Grenze zu Syrien, also hier etwa, ein Punkt. Jetzt sehe ich, dass Quintus seine Karte von Eratosthenes so hält, dass ich nicht reingucken kann und er vergleicht wohl mein Werk damit. Soll er doch, ich denke im Groben sollte es

hinkommen.
„Gut?" frage ich, er nickt betroffen und ein bisschen blass um die Nase. Was hat er nur, ich begreife ihn einfach nicht.

Er legt seine „historische" Karte von Eratosthenes wieder auf den Tisch. Ich ergänze auf meiner Karte die Küstenlinie von Frankreich und Deutschland und zeichne England korrekt ein.
„So Britannia richtig."
Quintus springt heftig auf, wobei sein Stuhl umfällt, erschrocken schau ich ihn an. So kenn ich den sonst immer ruhigen und ausgeglichenen Quintus gar nicht, was ist denn bloß los?
Er kommt um den Tisch herum gestürzt und packt mich mit beiden Armen an den Schultern, sein Gesicht verzerrt von seinen Emotionen, sehr nah vor mir, sein heftiger Atem trifft meine Nase, seine Augen starren mich durchdringend an.
„Quintus, alles gut? Du krank?"
Er schnauft und lässt mich los, geht um den Tisch herum, hebt den Stuhl auf und setzt sich wieder hin, sichtlich um Fassung ringend. Vom Krach ist Automedon hereinkommen. Quintus raunzt ihn an abzuhauen, der Diener setzt den Befehl erschrocken und hurtig um.

Quintus schenkt sich was zu trinken ein und leert den Becher in einem Zug. Er ist immer noch etwas blass, die Narbe auf seiner Wange fällt dadurch mehr auf als sonst. Er setzt sich wieder und guckt auf meine Karte.
„Wo Deutse?"
Alles klar, ich umfahre grob ein Gebiet der Bundesländer Hessen, Thüringen, Niedersachen und Sachsen-Anhalt. Grübelnd schaut Quintus mich an. Ich mache ein Kreuz in die Lage von Gießen.
„Mein Haus hier."

Quintus Blick wandert zwischen mir und der Karte hin und her. Schließlich nickt er langsam. Hat er sich endlich beruhigt? Mir ist immer noch nicht klar, was ihn so aufregt, ist doch nur eine Karte!

Auf einmal durchfährt mich der Blitz der Erkenntnis: mein Wissen um Geographie und Erdkunde ist so unendlich viel besser und von außerordentlicher Bedeutung für die hier lebenden Römer! Quintus ist dies gerade voll bewusst geworden. Die sich daraus aus seiner Sicht ergebenden Möglichkeiten und Erkenntnisgewinne sind wahrlich atemberaubend!
Mir ist aber auch glasklar, sollten wir tatsächlich in der Vergangenheit sein, dürfen die Römer hier diese Kenntnisse von mir auf keinen Fall bekommen. Ich greife ja sonst irgendwie in die Geschichte ein!
Das Zeitparadoxon: ein Eingriff in die Vergangenheit bedeutet vielleicht meine Nichtexistenz in der Gegenwart, da die Geschichte anders verlaufen würde!
Nun bin ich es, der sehr beunruhigt und nervös wird. Ein Blick zu Quintus, der nickt sehr langsam, wir verstehen die auf dem Tisch zwischen uns liegende Ungeheuerlichkeit.

Die werden mich einknasten und alles Wissen aus mir rausquetschen. Ich werde hier sicher nicht mehr frei rumlaufen können, lebenslanger Kerker, Folter! Jetzt ist es echte Panik, mein Magen rebelliert, Schweißhände, Schwindel, ich halte mich am Tisch fest.
„Quintus Hilfe, ich Angst!"
Er schaut mich ernst an, zögernd sagt er schließlich die erlösenden Worte.
"Hans keine Angst, alles gut, ich helfen, ich Freund!"
Das beruhigt mich etwas.
Er blickt zur Tür und sagt eindringlich „Karte nur Quintus und Hans, andere Mensch keiner!"

Ich nicke, ist klar, die Karte ist unser Geheimnis. Mein Leben, zumindest meine Freiheit, hängt von der Wahrung des Geheimnisses und damit direkt von Quintus ab.

Er rollt meine Karte sorgfältig ein und verlässt den Raum. Ich höre ihn im Nachbarraum herumreusen, Gott sei Dank, kurz hatte ich befürchtet, er ignoriert unsere Abmachung und geht mit meiner Karte postwendend zu diesem Lagerchef, diesen Präfekten, und es wäre aus mit mir.

Nervös gehe ich auf und ab, wie in einem Käfig. Vielleicht sollte ich mir einen Plan B überlegen und von hier türmen? Die Idee, einen Plan B überhaupt zu entwickeln, beruhigt mich irgendwie, ich fühle mich nicht mehr ganz so hilflos.

Quintus kommt zurück ins Zimmer, wir sitzen uns schweigend gegenüber, denn es gibt nichts zu sagen.
Draußen ist es Nacht geworden, paar Aspirin wären jetzt echt gut, mein Kopf pocht wie blöd. Nachdem die Öllampe heruntergebrannt ist, wird das Zimmer nur spärlich von den Fackeln draußen am Gebäude beleuchtet. Ein nur kurzes „Gute Nacht" murmelnd suchen wir unsere Betten auf.

Ich liege noch lange wach, Sorgen und Heimweh lassen mich erst kurz vor Sonnenaufgang einschlafen.

Kapitel 3

Germania superior, 83 n.Chr.

„Es geht mir einfach nicht in den Kopf rein", denkt Quintus, während er im Heck des Patrouillenboots sich nur langsam entspannt, sie sind auf dem Rückweg ihrer Erkundungsfahrt, nur noch gut eine Stunde bis Confluentes. Woher hat Hans nur sein, nun ja „unheimliches" Wissen? Wieso kennt er entfernte Länder, weiß wo Städte entfernter Provinzen liegen und vor allem, wie kann er das alles auf einer Karte detailgenau und realistisch darstellen? Seine Karte sieht aus, als ob er als Vogel über diese Länder geflogen wäre! Das sind einfach unglaubliche Fähigkeiten. Welcher Gott greift hier in sein Schicksal, nein in unser aller Schicksal ein? Quintus spürt noch den Schock in sich, als er diese magische Macht zum ersten Mal mitbekam, das ganze Zimmer drehte sich damals um ihn, er war wirklich außer sich.

Denn wenn Hans diese unheimlichen, ja beängstigenden Fähigkeiten hat, was ergeben sich daraus für unendliche Möglichkeiten! Auf einmal kennt man Entfernungen und bessere, schnellere Wege zwischen Orten und Regionen, kann Straßen planen, kennt natürliche Hindernisse in unbekannten Regionen wie Gebirge und Flüsse, man kann auf dem Meer neue, schnellere und ungefährlichere Routen ausprobieren und so vieles mehr! Was auch immer passieren wird, er kann zumindest jetzt niemanden einweihen, das wäre für ihn und vor allem für Hans lebensgefährlich.

Sein Optio Gaius tritt neben ihn.
„Zenturio, noch eine Stunde bis Confluentes."
Quintus blickt einem mit lautem Geschnatter abfliegenden Paar Graugänsen hinterher.
Plötzlich werden sie durch den kaum hörbaren, leisen Ruf ihres Spähers Berowulf gewarnt – Feinde!

Automatisch greift Quintus sein Schild und zieht leise ein Pilum aus der Halterung. Sein Optio Gaius und Berowulf stehen leicht gebückt und angespannt am Bug, ihre Pila schon wurfbereit. Da, zwei bewaffnete Germanen, die ihre Pferde in der Laugona tränken, noch ca. 200 Fuß entfernt! Die beiden Germanen stehen bis zu den Knien im Wasser, ihre Stimmen sind schwach zu hören. Das Boot hat die Biegung des Flusses vollendet und gleitet jetzt mit der Strömung lautlos auf die Germanen zu, Ruder eingezogen, gleich sind sie in Wurfweite. Quintus balanciert das Pilum wurfbereit in der Hand. Schade dass sie jetzt nicht ein paar syrische Bogenschützen an Bord haben, die hätten die beiden Germanen schon lange erwischt. Plötzlich blicken die Pferde der Germanen mit gespitzten Ohren auf, Wasser tropft aus ihren Mäulern und jetzt sehen uns auch die beiden Germanen. Hektisch ziehen sie ihre Pferde vom Wasser weg, um zu flüchten. Die Pila fliegen durch die Luft, ein Pferd wird in den Hals getroffen und stürzt, ein Pilum trifft den Unterschenkel des einen Feindes, das Dritte (das von Quintus, wie er grimmig bemerkt) geht vorbei. Der verletzte Germane schreit kurz auf und reißt das Pilum aus seiner Wade, seine Hose verfärbt sich schlagartig dunkel. Die beiden Germanen schwingen sich auf das verbliebene unverletzte Pferd und galoppieren unter anfeuernden Rufen in den angrenzenden Wald.

Berowulf und Gaius sowie zwei weitere Soldaten stehen schon am Ufer, ihre Schwerter in der Hand und blicken den Flüchtenden nach.

Als Quintus zu ihnen stößt, hebt Berowulf einen Wollumhang hoch. „Chatten!"

„So nah an unserem Standort waren die noch nie", meint Gaius, Quintus nickt zustimmend.

Das ist alarmierend, sie haben in der letzten Zeit öfter feindliche Bewegungen feststellen können, aber noch nie so nahe bei Confluentes. Der Präfekt wird nicht begeistert sein, die Meldung muss zudem so schnell wie möglich an

die Legionen in Mogontiacum und Bonna[30] weitergegeben
werden, ebenso an das Kommando der Classis Germanica,
der Rheinflotte.
Gaius gibt dem verletzten Pferd mit seinem Schwert den
Gnadenstoß, es ist augenblicklich tot. Er schaut Quintus an
„Verfolgung?"
Die Blicke richten sich auf Berowulf, der in Richtung der
geflüchteten Germanen schaut.
„Das Pferd wird noch mindestens zwei Stunden laufen, ich
denke bis dahin haben sie ihren Trupp erreicht, denn alleine
sind die nie bis hierher vorgedrungen."
Jetzt muss Quintus entscheiden. „Fahren wir!"
In sehr zügiger Fahrt erreichen sie Confluentes in weniger
als einer Stunde.

Quintus Einschätzung, dass der Präfekt über die angetroffenen chattischen Späher nicht angetan sein wird, ist richtig.
Der Präfekt hat als Reaktion für morgen den Kriegsrat der
Kohorte, also eine Versammlung aller Zenturionen, einberufen. Es wird wohl um eine Intensivierung der Vorfeldaufklärung gehen. Während Quintus die Principia wieder verlässt und seine Wohnung ansteuert, sieht er schon die Meldereiter mit den Eilmeldungen zu den Kommandostäben
der benachbarten Legionen und dem Flottenkommando aufbrechen.

Bei Koblenz, September 2018

Schon wieder verloren, verdammt, dieser Automedon ist
aber auch in Fuchs! Dreimal hintereinander hat er mich
in Merels, ein Brettspiel das ich als Mühle kenne, besiegt.
„Nochmal?", fragt er.

---

[30] Bonna, eine große römische Stadt am Rhein, heute Bonn

„Nö, lass mal", das versteht Automedus zwar nicht wörtlich, weiß aber dass ich keine Lust mehr habe.
Es wundert mich doch etwas, wie engagiert Automedon sich für das Erlernen meiner Sprache interessiert. Irgendwie hatte ich immer angenommen, dass Sklaven total ausgebeutete und lediglich mit niederen Tätigkeiten beauftragte Leute sind. Also Automedon definitiv nicht, auch sein Verhältnis zu Quintus ist echt freundschaftlich, obwohl immer glasklar ist, wer Chef ist und wer zu gehorchen hat.

Während ich mir eine Portion Obst reinarbeite (die Pfirsiche sind extrem lecker) wird mir bewusst, dass ich jetzt schon gut 4 Wochen hier bin – wo immer das sein mag. Und ich fühl mich gut dabei! Mein Gewissen regt sich, sollte ich nicht viel häufiger an mein zu Hause, an meine Familie, Freunde und an Mira denken? Sollte ich sie nicht viel mehr vermissen? Mmh, sollte ich vielleicht, tue ich aber irgendwie immer seltener.
Es überwiegt irgendwie das Neue hier bei den Römern, ja, mittlerweile bin ich der Überzeugung, bei den echten Römern, vor 2000 Jahren zu leben. Ja klar ist das unmöglich, aber eben doch auch Realität!

Auch das Gefühl, ein Gefangener zu sein, hat sich relativiert. Klar, ich darf die Wohnung von Quintus nicht verlassen, ist schon ziemlich öde und schade, aber er und Automedus behandeln mich gut, mit Quintus bin ich praktisch befreundet. Auch sein Optio, Gaius, den ich manchmal kurz treffe, scheint mich zu mögen. Die anderen Offizierskumpels von Quintus, die er mal eingeladen hat, sind dagegen kritisch eingestellt, sehen in mir einen Gefangenen und potentiell feindlichen Germanen. Naja, was soll`s.

„Guten Abend!", Quintus ist zurück von seiner Patrouillenfahrt.
„Hi Quintus, na wie war`s, hast du wieder viele Germanen vermöbelt?"

„Nein, wir zwei gesehen, Pilum geworfen, einer verletzt, aber weg."

Ein Misserfolg? „Also keine Gefangenen gemacht?" Quintus schüttelt bedauernd den Kopf.

Aber er grinst: „Ich Neuigkeit für dich."

Ich schaue fragend.

„Du jetzt auch draußen erlaubt."

„Wirklich, ich darf raus aus Wohnung?"

„Ja!"

Ah, das sind ja mal echt gute Nachrichten! In der Sonne spazieren gehen, Neues sehen, Leute kennenlernen, super!

Heute Abend gehen wir gleich mal „auswärts" essen. Das Restaurant, die Taverna „Moselblick", liegt, wie der Name unschwer vermuten lässt, direkt am Moselufer und ist gut besucht, nur noch zwei Tische frei. Die Einrichtung ist gediegen, feingearbeitete Holztische mit passenden Holzbänken und Stühlen. Die Wände sind römertypisch bunt verziert, an der Stirnseite sogar mit einem Mosaik versehen, ein Abbild von Bacchus und Co. beim Saufen würde ich sagen.

Die Theke und der Eingang zur Küche sind im Dunst und dem Qualm der Öllampen kaum noch zu erkennen. Die Geräuschkulisse ist beeindruckend, vielleicht bin ich es auch einfach nicht mehr gewöhnt so unter vielen Leuten.

Kurz werden die Gespräche leiser, als wir „Exoten" (wohl mir geschuldet – „man" kennt mich anscheinend) den Raum zu einem der Tische durchqueren, aber das hält nicht lange vor. Als der Wirt kommt, um unsere Bestellung aufzunehmen, kann man ihn in dem allgemeinen Lärm kaum verstehen. Quintus bestellt für uns, eine nett anzuschauende weibliche Bedienung stellt uns gleich einen Krug Mulsum, den Gewürzwein kenne ich schon von unseren „abendlichen Sitzungen", auf den Tisch. Quintus quittiert meinen längeren, der Bedienung folgenden Blick, mit einem breiten Grinsen.

„Was denn? Ist erste Frau seit Wochen ich sehe und auch viel nett!"
„Ja, ja, nett und viel gute...", Quintus formt mit seinen Händen einen weiblichen Körper in der Luft.
Voll der Chauvi, aber wir sind ja unter uns und stoßen an
„Prost oder was immer ihr Römer auch sagt!"
„Vivas! Du sollst leben!", entgegnet Quintus fröhlich.

Das Essen, Pullum Gallicum, also gallisches Huhn, mit Liquamen-Kräutersoße und Koriander ist die Wucht! Dazu gibt's Brot und Austern aus Aquitanien[31], spanische Fischsoße und nordafrikanische Datteln.
„Quintus, wir hier jeden Abend essen!", Quintus grinst und bestellt verschärfend Wein aus bella Italia, na dann „Skoll".

„Ist hier noch frei?"
„Gaius! Na klar, setzt dich!"
Nach den ersten beiden Bechern Wein versucht Gaius mir römische Witze zu erzählen, mit mäßigem Erfolg.
„Gaius, ich nicht verstehen, nicht lustig", dafür laufen Quintus die Lachtränen über die Wangen.
Der Abend wird zunehmend ausgelassen, da einige Nachbartische mitbekommen haben, dass der exotische Germane ein bisschen Latein kann. Bald sitzen wir mit gut 15 Leuten an zusammengeschobenen Tischen und alles erzählt und lacht durcheinander. Mulsum und Wein steigen mir zunehmend zu Kopf, in dem Chaos ist die Bedienung auch kaum noch auszumachen, obwohl ich mir einmal kurz einbildete, dass sie mir lächelnd zugezwinkert hat, kann aber auch der Wunsch Vater des Gedankens gewesen sein.
Zu später Stunde verlassen wir unter großem Abschiedsgetöse die Location. Gaius will mich unbedingt per huckepack nach Hause bringen, weil er sich als Pferd fühlt und Quintus braucht jeden festen Gegenstand, um gerade stehen zu können.

---

[31] Aquitanien: Römische Provinz im Südwesten von Frankreich

„Ein sehr gut Abend, mein lieber Quintus!"
„Ja Hans und Frau in Taverne nett, oder?", Gaius lacht wiehernd und zustimmend.
Eingehakt gehen wir drei zurück ins Kastell, die Wache am Tor grüßt die beiden römischen Offiziere, insbesondere den abgefüllten Zenturio, mit einem verstohlenen Grinsen.

Germania superior, 83 n.Chr.

„Heute gibt's eine saftige Überraschung für dich mein lieber Hans", Quintus lächelt vergnügt vor sich hin, „Schluss mit der wochenlangen Katzenwäsche!"

Wie fast immer seit er das Haus verlassen durfte, hat Hans ihm beim Rekrutendrill zugesehen, das scheint ihn sehr zu interessieren. „Lass sie wegtreten", der Befehl geht an Gaius, der die Rekruten für heute entlässt, nicht aber ohne sie vorher nochmal richtig zusammen zu scheißen, was für ein Haufen Waschlappen sie sind.
„Das wird sich nie ändern", geht es Quintus durch den Kopf als er auf Hans zusteuert.
„Hi Quintus, ging doch schon ganz gut mit den Neuen, fast jeder Dritte hat das Übungsziel mit seinem Pilum getroffen und verletzt hat sich heute nur einer!"
„Ja, ja Hans, mich würde mal interessieren, wie du dich machen würdest."
„Ach ich glaube ich wäre ein Naturtalent."
„Ein was?"
„Sehr gut Rekrut!"
Quintus lacht und schüttelt den Kopf. „Komm mit, Hans, heute gibt's eine Überraschung für dich."

Sie steuern das größte Gebäude im Kastell an, die Thermen. Quintus geht vier- bis fünfmal die Woche hier hin, aber für

Hans ist es das erste Mal. Sie betreten die große Vorhalle, die mit prächtigem, farbigen Marmor ausgelegt ist.
„Wow, das nenne ich mal einen edlen Schuppen!"
Hans dreht sich begeistert im Kreis. Im anschließenden Apodyterium, dem Umkleideraum, legen sie alle Kleidung ab bis auf das Subligaculum[32].
„Das ist ja spaßig, jeder macht sich nackig!", typisch Hans. Nachdem sie ihre Klamotten in einem Loculi, einem abschließbaren, in die Wand eingelassenen Spind, verstaut haben, gehen sie in das Caldarium, dem Heißbaderaum.
„Ui, schön warm hier."
„Ja, probier mal die Badewannen hier an der Seite aus, aber Vorsicht, ist heiß."
Amüsiert sieht Quintus, was Hans für einen Spaß hat – und nötig hat er die gründliche Reinigung auf alle Fälle.
„Herrlich!", wieder Hans, als er von einem Sklaven mit sehr warmem Wasser übergossen wird, „hier bleibe ich!".

Nach einigem Geplansche durchqueren sie gemächlich das angrenzende Tepidarium, hier ist es deutlich kühler aber immer noch warm. Quintus unterhält sich kurz mit einem Kollegen, der Hans dann auch noch viel Spaß wünscht als er vom ersten Badetag erfährt.
Sie gehen ins Frigidarium, dem Kaltbaderaum, ein großer, hoher und imposanter Raum. Sie laufen um die Wette und springen kopfüber in das große Wasserbecken.
„Sag mal Quintus, gibt's so Thermen auch für Frauen?"
Hans lässt sich auf dem Rücken treiben und spuckt Wasser in die Luft.
„Ja klar, aber natürlich nicht hier im Kastell, nicht beim Militär."
„Ok, dann können wir ja mal in so eine andere Therme gehen."

---

[32] Ein Tuch als eine Art Unterhose, um die Hüfte verknotet damit es nicht runterrutscht

Lachend starten sie eine Wasserschlacht, anschließend lassen sie sich prustend mit kalten Wasser übergießen.
Danach zeigt Quintus Hans den Umgang mit dem bronzenen Strigilis. Hans ist zunächst skeptisch, ob man mit diesem Striegel oder Schaber wirklich Schweiß und Dreck runterkriegt, lässt sich dann aber überzeugen. Das anschließende Einölen bzw. Einsalben gefällt ihm dann aber schon deutlich besser.
„Hans, nun noch bisschen Entspannung."
„Ah gibt's hier doch Frauen?"
Nein, natürlich nicht, aber die ausgedehnte Massage war genau nach seinem Geschmack, wovon auch schließlich sein Schnarchen zeugt - Hans ist eingeschlafen, beim Massieren!

Bei Koblenz, September 2018

Also der Besuch im Spaßbad, die nennen das hier Therme, war das Beste was die Römerzeit bisher zu bieten hatte, einfach super!
Und offensichtlich echt günstig, Quintus meint, der Eintritt sei frei, alle Soldaten würden, wenn nicht täglich dann doch mindestens alle zwei Tage, die Thermen besuchen. Lediglich für die Massage ist was zu zahlen, aber kleines Geld.
Ich bin immer noch total überrascht, dass unser eher kleines Kastell ein eigens Bad hat. Und das auch noch so aufwändig ausgestattet, mit echt edlem Interieur, Marmor überall, eigentlich Luxus pur.

Also da man hier offensichtlich privat kein Bad besitzt, geht man dann eben häufig oder fast täglich in die Therme. Prima, ist genau mein Fall!
Und jetzt weiß ich auch, warum mir an meinem ersten Tag aufgefallen ist, dass die römischen Soldaten so wenig nach

Schweiß gerochen haben, im Gegensatz zu unserem germanischen Späher, der könnte ja rein olfaktorisch jede Menge Gegner außer Gefecht setzen!

Heute habe ich mir mal eine Rasur bei dem Barbier gegönnt, der sein Geschäft direkt an der Therme betreibt. Quintus gibt mir immer etwas Geld für sowas. Im Programm gab es auch eine Ganzkörperenthaarung, wenn man das wollte, ist aber nicht mein Ding, stell ich mir schmerzhaft vor.

Frisch und relaxt spaziere ich um die Therme herum, mich würde mal interessieren, wie die das Wasser in den Thermen so heiß kriegen und woher das ganze Wasser eigentlich kommt. Ich schreibe mir gerade in mein Wörterbuch „Wasserleitung" und „Heiß- und Kaltwasser" auf, als ich vom Drillplatz, der ca. 50 Meter entfernt ist, lautes Geschrei höre.
Während ich mit anderen, die das Schreien ebenfalls hören, auf eine Traube von Menschen zulaufe, sehe ich, dass dort Quintus und Gaius neben einem Soldaten knien und an diesem rumfuhrwerken. Hektisch wird nach einem „Medicus"[33] gerufen, die brauchen einen Arzt!
Neben Quintus stehend sehe ich, wie der einem armen Kerl, der auf dem Boden liegt und sich den Hals hält und schon bedenklich rot angelaufen ist, eine Biene aus dem Mund fischt.
„Scheiße, Bienenstich im Mund oder Rachenraum", entfährt es mir. Der Soldat zieht jetzt krampfhaft und laut fiepend Luft ein, die reicht nicht mehr, die Luftröhre ist durch die Schwellung des Stichs bereits fast vollständig verlegt. Die Gesichtsfarbe des Manns ist nun dunkelrot, die Augen quellen ihm mit entsetztem Ausdruck aus den Höhlen.
„Quintus, lass mich mal."
Ich knie neben dem armen Kerl, der mich panisch anschaut.

---

[33] Medicus: römische Bezeichnung für Arzt

„Quintus, dein Dolch", ich halte ihm meine Hand hin. Er guckt verständnislos und irritiert.
„Quintus, sofort deinen Dolch!"
Er zieht langsam seinen Dolch und gibt ihn mir zögernd, mich dabei scharf beobachtend.
„Halte mal meinen Schreibgriffel."
Ich überlege, wie war das noch, Luftröhrenschnitt, ich ertaste den Schildkorpel und den darunter liegenden Ringknorpel und setze dazwischen den Dolch an um einen vertikalen Schnitt zu setzen. Ein Aufschrei aus vielen Kehlen und mehrere Schwerter an meinem Hals. Ich schaue auf und Quintus in die Augen: „Bitte!", und nochmal „Bitte Quintus!"
Der vor mir liegende Soldat ist nun fast bewusstlos, mit rotschwarzem Gesicht und in verkrampfter Haltung, noch eine Minute und er ist erstickt. Quintus sieht mich intensiv prüfend an, ein kurzer Blick auf den fast toten Soldaten, dann ein Nicken,
„Schwerter weg, lasst ihn!"
Erleichtert und entschlossen setzte ich den Schnitt, der Dolch ist Gott sei Dank so scharf wie er aussieht.
„Quintus, jetzt der Schreibgriffel!", er legt diesen in meine Hand. Ich schiebe ihn vorsichtig durch den ca. drei Zentimeter langen Schnitt. Das laute Geräusch der einströmenden Luft und das hektische Atmen des Soldaten zeigen mir, dass die Sache soweit gelungen ist.
Der Soldat blickt verdattert, erleichtert und glücklich um sich, sein Gesicht ist nur noch gerötet, jetzt schaut er mich an und will was sagen. Ich lege den Finger auf den Mund, „Pst!", und schüttle den Kopf. Er nickt, dankbar nimmt er meine Hand, ein paar Tränen verlassen seine Augen und malen Streifen auf seine staubigen Wangen.

„Hurra, Bravo, ist ja unglaublich!", schreit alles durcheinander. Ich gebe Quintus, der mich anstrahlt und gleichzeitig noch völlig verblüfft ist, seinen Dolch zurück. Wir stehen auf, jetzt umarmt Quintus mich sogar kurz, meine Schultern

tun weh von den anerkennenden Schlägen, die auf mich einprasseln.
„Danke Jungs, war halb so wild", stapel ich tief und freue mich unbändig über die Anerkennung dieser harten Kerle.

Zwei Mann mit großen Taschen treffen ein, die Medici, also die Ärzte. Sie schauen sich verblüfft meine kleine OP an, die Blicke, die sie mir dann zuwerfen sprechen Bände.
„Wenn Stich weg, Griffel raus und...", keine Ahnung, was „zunähen und verbinden" heißt. Ich mache eine entsprechende Handbewegung, die beiden nicken.
„Dann viele Tage nicht sprechen."
Wieder Nicken der Ärzteschaft, auch mein Patient nickt kräftig mit und schüttelt mir nochmal dankend und lange die Hand, ein glückliches Lächeln im Gesicht und mit flötenartigen Atemgeräuschen.

Quintus lässt die Rekruten zügig abtreten, die letzte Stunde fällt wegen der Aktion aus, da alle noch total aufgeregt sind. Dann begleitet er den Helden (mich) nach Hause.
„Gehen wir in die Taverne?", er nickt.
„Ich will wieder gallisches Huhn!", er grinst.
„Hoffentlich ist die Bedienung wieder da!", er lacht.

Germania superior, 83 n.Chr.

Wie Quintus feststellt, ist die gestrige „Heldentat" von Hans immer noch Gesprächsthema Nr. 1 im Kastell, ständig wird er auf „seinen" Germanen angesprochen, dem er wahlweise Grüße ausrichten (Mehrheit) oder mal genauer anschauen soll, diesen seltsamen Vogel (Minderheit). Die Nachricht wird also auch den Präfekten erreicht haben, besser er bekommt gleich von mir einen Bericht, bevor sich die Gerüchte festsetzen.
„Gaius, du übernimmst hier, ich bin beim Präfekten."

Gaius nickt mit einem vielsagenden Blick.
„Zu Befehl, Zenturio!"
Er sieht ebenfalls die Notwendigkeit einer Abstimmung mit dem Präfekten in der Sache.

Die Luft ist schwer und riecht intensiv nach Feuchtigkeit, dunkle Wolken ballen sich am Himmel, es wird gleich regnen. Da, die ersten Tropfen, Quintus beschleunigt seine Schritte.
Der Sommerregen prasselt so laut auf das Dach des Prätoriums[34], dass die Wache ihn fast anschreien muss, der Präfekt hält sich im Sacellum, dem Fahnenheiligtum, auf.
Als Quintus das der gegenüberliegenden Principia angegliederte Sacellum erreicht, sieht er Cornelius Sulla, wie dieser das anstehende Fest um den Kult ihrer Feldzeichen vorbereitet.
„Ich grüße dich, Präfekt!"
„Ah, Quintus, ich habe dich schon erwartet, alle sprechen ja nur von deinem Germanen. Hat er wirklich das Leben des neuen gallischen Rekruten gerettet, indem er ihm den Hals aufschnitt?"
„Ja, das stimmt. Ich kniete dabei neben ihm und es war auch mein Dolch, den er dabei benutzte."
Der Präfekt verhüllt mit ein kostbaren, reichbestickten Tuch das Feldzeichen und verbeugt sich kurz vor dem Weihealtar. Dann dreht er sich zu Quintus um und blickt anschließend nachdenklich in die Ferne.
„Eine hervorragende Tat, meine ich. Ich habe noch nie von so einer Operationstechnik gehört, bewundernswert und sehr nützlich. Offensichtlich hast du einen ganz außergewöhnlichen Fang mit diesem Germanen gemacht, lieber Quintus. Zivilisiertes Benehmen, sehr schnelles Erlernen unserer Sprache und jetzt noch außergewöhnliche medizini-

---

[34] Prätorium: repräsentatives Wohngebäude eines römischen Kommandeurs in einem Kastell

sche Fertigkeiten. Also was sollen wir tun, ich kann den gefangenen Germanen ja schlecht belohnen, oder?"
Der Regen ist auch hier deutlich zu hören, die beiden Männer müssen daher ziemlich laut sprechen.
„Das stimmt, Präfekt. Wenn ich einen Vorschlag machen darf?"
Cornelius Sulla nickt.
„Wäre es vielleicht möglich, ihn als irregulären Probatus[35] mit dem Rang eines Capsarius[36] in die Armee aufzunehmen? Das hätte den Vorteil, dass wir seine Fähigkeiten im Dienst nutzen können und zugleich ein weiteres Aushorchen problemlos möglich ist. Ehrlich gesagt hat mich auch schon Julius Maximus, unser Medicus ordinarius[37], angesprochen, ob er nicht den Germanen unter seine Fittiche nehmen kann."
Der Präfekt überlegt und nickt dann schließlich. „Mmh, ein kühner und intelligenter Vorschlag. Du weißt, dass ich dies nicht alleine entscheiden kann, da ist die Verwaltung zu beteiligen und die Entscheidung fällt im Hauptquartier der Legion in Mogotiacum. Das dürfte aber nur eine Formalität sein, wenn ich den Vorschlag unterstütze und mich direkt an den Legaten38 Julius Frontinius per Brief wende. Also gut, ich nehme das auf meine Kappe, Quintus, wir machen das so wie von dir vorgeschlagen!"
Cornelius Sulla geht zum Ausgang des Sacellums.
„Schreiber, setze einen Brief an den Legaten der XIV. Legion auf, den Vorschlag den ich unterstütze hast du doch mitgekommen, oder?"
Sein privater Sekretär nickt beflissentlich. Quintus lächelt erleichtert, als sie die große Halle der Principia durchqueren.

---

[35] Probatus: Bezeichnung für einen römischen Rekruten
[36] Capsarius: Mannschaftsdienstgrad der röm. Armee, Sanitäter
[37] Medicus ordinarius: röm. Miltärarzt (höherer Dienstgrad)
[38] Legat: Befehlshaber einer Legion (heute etwa General)

„Danke, Präfekt."
„Du musst mir nicht danken, Quintus, dein Vorschlag ist exzellent, ich danke dir. Der Germane, Hans wie?"
„Hans Lanzspiel."
„Gut, also Hans Lanzspiel, macht mit den aktuellen Probati die laufende Grundausbildung fertig. Wenn er sie positiv abschließt, ernenne ich ihn zum Capsarius. Bis dahin soll er aber schon mal den Sanitätsdienst aufnehmen. Grüße an den Medicus ordinarius, die sollen voneinander lernen. Gib diesen Befehl bitte weiter, Quintus."
„Jawohl, Präfekt!"

Der Regen hat so schlagartig aufgehört wie er begonnen hat, aus den Regenrinnen plätschert Wasser auf das Pflaster. Quintus reibt sich erfreut die Hände, während er schnellen Schrittes die Via Prätoria[39] zum Drillplatz geht. Das ist ja prima gelaufen mit dem Präfekten. Quintus kann sich schon die Freude vorstellen, wenn er Hans die Nachricht überbringt.
„Hans, komm mal her."
„Hi Quintus, was läuft?"
Was soll das denn wieder heißen? Bestimmt wie es einem geht. „Ja, also hör zu, es gibt große Neuigkeiten!"
Während Quintus Hans alles erläutert, sieht er in dessen Gesicht verschiedene Stimmungen kommen und gehen.
„Also, was sagst du dazu?"
Hans guckt Quintus ernst an, dann erscheint langsam das bekannte typische Grinsen auf seinem Gesicht.
„Alles ist besser als ein beschissener Gefangener zu sein, der darauf wartet, misshandelt zu werden oder schlimmeres. Als Rekrut habe ich dann ja wohl auch Rechte, oder?"
„Du bist zwar kein römischer Bürger, aber als Auxillarsoldat unterstehst du natürlich dem römischen Provinzrecht, ja klar hast du Rechte, du bist doch kein Sklave! Aber ab jetzt

---

[39] Via Prätoria: Zentrale Straße in einem römischen Kastell/Lager, führt zum Hauptor

hast du auch ziemlich viele Pflichten, mein Lieber", grinst Quintus. Theatralisch schaut Hans in den Himmel mit den tiefziehenden Regenwolken „Oh je, ich wusste, die Sache hat einen Haken. Adieu du süßes Herumtreiberleben!"
„Ja, du wirst mich und Gaius jetzt von einer anderen Seite kennenlernen, Drill und Arsch aufreißen!"
„Klingt vielversprechend, mein Zenturio", lachend führt Hans so eine Art Gruß aus.
„Das muss noch besser werden, Rekrut. Komm, lass uns gehen und die Details besprechen."

Bei Koblenz, September 2018

In der Principia herrscht ein reges Treiben, die Schlange vor der Kleiderkammer bewegt sich nur langsam. Ich schließe kurz die Augen. Na super, jetzt werde ich auch noch so eine Art Soldat und Sanitäter bei den Römern. Andererseits überwiegen doch klar die Vorteile: ich bin für die damit kein Gefangener mehr! Ich kann mich frei bewegen, auch außerhalb des Kastells. Und Geld gibt`s auch noch, mal sehen was sich damit anfangen lässt. Und vielleicht bin ich den Römerärzten auch eine Hilfe, was Sinnvolles tun ist langsam wirklich nötig. Das Projekt Wörterbuch mit Quintus ist weitestgehend abgeschlossen, der Feinschliff kommt so langsam in der Umgangssprache. Wenn das meine Lateinlehrerin sehen könnte, wie ich hier mit den Römern locker palavere! Da wären bestimmt mehr als die lausigen vier Punkte in der Oberstufe rausgesprungen.
Tja, zudem werde ich mal gucken, ob ich die Bedienung in der Taverne „Zum Moselblick" mal daten kann, meine Freundin Mira erscheint vor meinem inneren Auge, oder ich lass es vielleicht doch, na, mal sehen…

„Nächster!" Die Schlange der neuen Rekruten rückt weiter, die zwei Männer vor ihm haben ihre Ausrüstung erhalten, jetzt ist er dran.
"Ah, der Germane."
Der Kleiderwart lehnt sich halb über seine Theke, auch seine im Hintergrund rumreusenden Gehilfen schauen auf.
„Kannst mich Hans nennen."
Der Typ zeigt ein schiefes Grinsen, die Hälfte seiner Zähne fehlen, die Verbliebenden machen den Eindruck, dass sie bald folgen werden. Er spuckt auf den Boden. „Klar doch Germane – Größe?"
„Knapp sechs Fuß."
Grunzende Zustimmung.
„Wäre es möglich, eine Feminalia, also so eine halblange Hose der Reiter, zu bekommen?"
„Nein!"
Dieser alte Sack, typischer Verwaltungshengst, Wünsche werden immer abgelehnt.
„Hast du private Waffen, Schwert oder Dolch?"
„Nö" („alter Sack" ergänze ich lautlos).
„Gut, die kannst du dir drei Türen weiter beim Custos Armorum[40] kaufen oder bei einem ausscheidenden Kollegen. Wie auch immer, da wirst einen hübschen Teil deines Viaticum[41] gleich wieder los. Nächster!"

Da ich keine Ahnung habe, was mein Geld wert ist und welche Preise reell sind, entscheide ich mich spontan, das römische Kampfschwert und den Militärdolch, Gladius bzw. Pugio genannt, gleich beim Custos Armorum zu kaufen. Auf meine Frage hin bekomme ich die Auskunft, dass ich mein Kettenhemd und den Helm draußen in der Schmiede abholen soll, ebenso den Schild, der noch seine Beschläge erhalten muss. Klamotten und Waffen habe ich

---

[40] Custos Armorum: Waffenwart der römischen Armee
[41] Viaticum: Handgeld, das jeder neue römische Rekrut bei Dienstbeginn erhält

jetzt, ein ganz schöner Kleiderberg, ich kann beim Tragen gerade noch so drüber gucken. Das Schwert und der Dolch baumeln mir irgendwo zwischen den Beinen rum.
Ich beschließ erstmal in meine Stube zu gehen und die Klamotten und Waffen dort abzulegen und das Kettenhemd, den Helm und den Schild später zu holen. Den ganzen Kram kann ich unmöglich gleichzeitig tragen.

Während ich die Straße zu meinem Kasernenblock hinübergehe, Waffen und Klamotten balancierend und dabei noch versuche, den frischen Pferdeäppeln auszuweichen, wird mir erneut bewusst, wie schade es ist, dass ich bei Quintus ausziehen musste. So sind aber nun mal die Regeln in der römischen Armee, man lebt als Soldat mit seiner Contubernia[42], der Stubengemeinschaft, zusammen.
In meinem Fall sind das vier Sanitäter, jeder im Rang eines Capsarius, so gute 25 Jahre jünger als ich und entsprechend interessant in der Unterhaltung. Naja, vielleicht etwas unfair von mir. Lucius II ist ein netter Kerl, während der ältere Lucius I ein ziemlicher Stoffel ist, der mich nicht mag, was auf Gegenseitigkeit beruht. Und Aulus und Valerius sind zwar echte Landeier, aber eigentlich nicht verkehrt.

Das Kasernengebäude ist ein verputzter Fachwerkbau, der auf einer hüfthohen Bruchsteinmauer steht. Die Wände der beiden Räume unserer Stube sind schlicht weiß aber sorgfältig verputzt, der Dielenholzboden abgenutzt aber sauber gearbeitet und gefegt. Wir haben Glück, denn die Stuben sind eigentlich für acht Personen ausgelegt, also die normale Anzahl einer Contubernia. Wir sind aber nur zu fünft und haben daher für unsere Betten vergleichsweise viel Platz. Bei den berittenen Kameraden auf der gegenüberliegenden Straßenseite stehen die Pferde gleich benachbart im

---

[42] Contubernia: Stube bzw. Stubengemeinschaft aus 8 römischen Soldaten. Auch im Marschlager und im Kampf leben und kämpfen die 8 Soldaten einer Contubernia gemeinsam

Stall, also Pferde und Reiter sind im gleichen Kasernengebäude untergebracht, nur durch eine Wand getrennt.

Ich schließe die Tür unserer Stube hinter mir zu, die andern sind beim Dienst. Schnell zieh ich mich um. Soldat Hans meldet sich zum Dienst! Schade, dass hier kein Spiegel hängt, ist bisschen wie Karneval mit Verkleiden und so.

Der hintere Raum, Papilio (lateinisch für „Zelt") genannt, ist der deutlich größere Raum. Hier stehen die Betten, die Truhen mit den privaten Sachen, ein Tisch mit Bänken sowie ein kleiner Herd. Hier wird gekocht, gegessen und geschlafen. Im Vorraum, der Arma (lateinisch für „Waffen"), sind unsere Waffen und sonstige militärische Utensilien sowie die Dinge für einen Marsch (Zelt, Kochgeschirr usw.) untergebracht.

Ich habe Hunger, mal sehen was die Jungs übriggelassen haben. Ah, frisches Brot mit Moretum, diesem echt leckeren Kräuterquark. Und dazu eine Schüssel von dem leider schon kalten Puls[43], dem Standard-Getreidebrei römischer Soldaten. Frisch gestärkt und in neuer Uniform, mache ich mich auf den Weg zum Dienst.

Zwei „Häuserblöcke" von unserer Mannschaftskaserne entfernt liegt das Valetudinarium[44]. Chef des Ganzen, also der Oberarzt, ist der Medicus ordinarius Julius Maximus, der etwa so alt ist wie ich und fachlich mächtig was drauf hat. In den Behandlungszimmern sind einzelne Bereiche für die Kranken oder Verletzten durch schwere Vorhänge abgetrennt. Julius Maximus winkt mir gleich zu.

---

[43] Puls: Bezeichnung des sehr nahrhaften Getreidebreis der römischen Soldaten
[44] Valetudinarium ist die Bezeichnung für ein röm. Militärkrankenhaus bzw. Lazarett

„Hans Lanzspiel, kennst du die Anatomie des Arms?"
„Nein, Medicus."
Ich bin ständig auf der Hut, mein Fachwissen, das ich mir als ausgebildeter Rettungssanitäter im Zivildienst und danach während Jobs beim Roten Kreuz in den Semesterferien, angeeignet habe, möglichst nicht zu offensichtlich darzutun. Ich muss einfach aufpassen, dass ich mich nicht verrate bzw. verplappere und dann doch wieder in Teufels Küche komme. Also z.B. gefesselt in einem Kerker mit paar kräftigen Kerlen, die dazu da sind, mein Wissen aus mir herauszuquetschen, gegebenenfalls im wahrsten Sinne des Wortes.
Julius Maximus verarztet gerade einen Soldaten, der sich eine Metallstange durch den Unterarm gerammt und dabei auch seine Elle gebrochen hat. Von Bakterien und Viren haben die hier natürlich keine Ahnung, aber sehr wohl Sorge vor Wundinfektionen. Neben ausgeglühten Metallinstrumenten arbeiten sie viel mit konzentriertem Essig, mit dem sie Wundauflagen oder Verbände tränken. Scheint ganz gut zu funktionieren, Essig als Säure tötet sicherlich die Mehrzahl an Bakterien ab bzw. hindert deren Wachstum. Am übelsten ist die fehlende Narkosemöglichkeit. Es ist manchmal kaum auszuhalten, sich die Schmerzen der operierten Soldaten anzusehen.
„Wenn die Wunde eitert, ist das gut, wenn sie sich entzündet schlecht", verkündet Julius Maximus. Ich überlege ihm zu zeigen, wie man Brüche eingipst, Gips kennen die bestimmt, überleg es mir dann aber doch anders.

Der Dienst dauert hier von Sonnenaufgang bis Sonnenuntergang. Ich habe gelernt, dass diese Zeit, also der Tag, immer genau 12 Stunden hat, genauso ist die Nacht immer 12 Stunden lang ist. Das bedeutet, dass die Stunden in der Nacht und am Tag sowie über das Jahr nicht gleich lang sind, z.B. immer Sommer ist eine „Tag-Stunde" viel länger als im Winter, ist auch ein System…

Mit Lucius I wasche ich die Kranken und Verletzten, wir legen neue Verbände an und unterstützen die Patienten beim Essen und Trinken. Durch die vielen Vorhänge besonders vor den Türen und Fenstern ist es angenehm luftig im Gebäude, trotz der Wärme draußen.
„Lucius sag mal, wie ist es denn im Winter hier. Also ich meine, wie wird das Lazarett denn geheizt. Oder ist es hier im Winter sackkalt, wäre ja schlecht für die Patienten."
Lucius I dreht seinen Patienten gerade auf die Seite und zeigt daher statt mit den Händen mit dem Kopf zum Boden.
„Wir habe doch ein Hypokaustum hier, also kein Problem."
„Ein was?"
Er ist fertig mit seinem Patienten. „Komm mal mit, du unwissender Barbar."

Wir durchqueren das Lazarett, an der straßenabgewandten Schmalseite des Gebäudes geht's durch eine Tür eine Treppe runter in einen Keller.
„So, das hier ist der Brennofen, der ab Herbst in Betrieb geht. Dahinter liegt der Heizraum, den du von hier nicht siehst, hinter der Wand da. Die heiße Luft wird vom Heizraum über die Tubuli, gemauerte Kanäle, in den Fußboden und in die Wände des Valetudinaria geleitet. Daher ist es im Winter hier richtig schön warm, so ähnlich wie in den Thermen."
Stimmt, von der römischen Fußbodenheizung habe ich schon gehört. Die muss man aber eigentlich „Fußboden- und Wandheizung nennen, da ja Boden und Wände beheizt werden.
„Echt coole Sache. Äh, ich meine danke, Lucius."
„Was ist denn „Echt coole Sache"?"
„Ach nur so ein Wort der Germanen, bedeutet so viel wie „alles prima" – lass uns wieder hoch gehen."
Mist, ich muss aufpassen, dass ich nicht einfach deutsch rede, ist mir so rausgerutscht.

Heute holt mich Quintus vom Dienstschluss ab, vorher nimmt er sich den Medicus ordinarius zur Seite für eine kurze Unterredung. Aha, die Blicke, die sie mir dabei zuwerfen machen klar, dass es sich um mich dreht. Mal sehen, ob ich aus Quintus herausbekomme, was die beiden so Wichtiges zu besprechen haben.
Ich grüße militärisch. „Melde mich ab, Medicus ordinarius!"
„Gut Hans Lanzspiel, wegtreten!"
Auch Lucius I grüßt zu uns rüber „Echt coole Sache!" ruft er lachend und auf Deutsch. Na klasse, das hat er sich also behalten...
Wir verlassen das Lazarett und treten auf die belebte Kastellstraße.
„Na wie war dein Tag?", fragt Quintus im Gehen „Viel zu tun oder langweilig?"
„Ach, war ganz ok, nur ein paar Kranke waschen und füttern und einen Verletzten versorgen, das Übliche eben. Und bei dir?"
Wir weichen einer uns im leichten Trab entgegenkommenden Turma[45] aus, deren Decurio[46] Quintus grüßt, wir grüßen zurück.
„Eigentlich auch wie immer, die neuen Rekruten machen sich so langsam."
Aber jetzt grinst er breit „Tja, morgen wird sich für dich der Dienst ändern, da beginnt der Ernst des Lebens, da hast du bei Gaius und mir Formalexerzieren und Waffendrill!"
Ich zwinkere ihm zu. „Na da freu ich mich aber. Und nun, was machen wir jetzt - Therme?"
Quintus nickt „Gaius kommt auch mit, wir treffen ihn da."

Als wir zu dritt gerade im Caldarium schön am Schwitzen sind, fällt mir die römische Heizung wieder ein.

---

[45] Turma: kleinste taktische römische Reitereinheit, 30 Reiter
[46] Decurio, Dienstgrad eines römischen Reiteroffiziers

„Sag mal Quintus, haben alle Häuser hier eine Hypocaust-Heizung?"
„Nein, nur die wichtigen Gebäude wie die Principia sowie das Haus des Kommandanten, also das Prätorium. Und natürlich euer Lazarett sowie die Thermen hier."
Das ist ja blöd „Und was ist mit unserer Kaserne, also meinem Contubernia? Was machen wir im Winter?"
Gaius lacht „Tja, Hans du wirst im Winter sicher ein bisschen frieren, aber es gibt ja Winterkleidung und dicke Decken. Wir, also Quintus und ich, haben natürlich eine Hypocaust-Heizung in unseren Wohnungen. Wie Quintus schon sagte, alle wichtigen Gebäude haben eine Heizung!"
Die beiden lachen sich schlapp.
„Das ist ja mal wieder typisch, die Herren Offiziere sitzen im Warmen und unsereiner friert sich im Winter den Arsch ab!"
Quintus schmunzelt breit „Ja, so ist das, also sieh zu, dass du auch schnell Unteroffizier wirst, so in fünf Jahren kannst du das schaffen, wenn du dich anstrengst. Oh je, wir sollten schnell rüber ins kalte Frigidarium gehen, Hans hat schon einen knallroten Kopf!"
Die beiden Säcke! Na wartet, im Schwimmbecken werde ich euch gleich mächtig tunken!

Kapitel 4

Germania superior, 83 n.Chr.

„Das ist ein Hinterhalt" – der Schrei von Gaius hallt über das Wasser und ist erschreckend laut. Auf Quintus wirkt dieser Laut im ersten Moment total unreal, absolut leise sein ist die erste Pflicht bei Aufklärungsfahrten, insbesondere hier auf der Laugona. Wurfspeere schwirren mit einem unangenehm zischenden Geräusch heran, vor ihnen ist die Lahn durch gefällte Bäume gesperrt. Quintus blickt schnell flussabwärts - keine Barrikade zu erkennen.
Doch halt, da, am Ufer hantieren jetzt paar Germanen mit Äxten,
„Die wollen uns den Rückweg versperren, Gaius, das Boot..." „wenden" wollte er noch sagen, doch der Schmerz, als ihn der Speer in den Oberschenkel fährt, ist zu groß.
„Scheiße" denkt er, aber die Speerspitze ist nicht sehr tief eingedrungen, war zum Glück ein Weitwurf ohne Durchschlagkraft. Vorsichtig zieht er den Speer aus seinem Schenkel, heftiger Schmerz, die Zähne tun weh vom zusammenbeißen. Das Blut strömt nach, aber nicht sehr stark, offenschlich keine Ader verletzt, Glück gehabt.
Der nächste Speer trifft ihn im Brustbereich, der Panzer hält, lediglich ein starker Schlag.
„Gaius, das Boot wenden", er merkt, dass die Bewegung schon eingeleitet ist, Disziplin und Übung zahlen sich jetzt aus.
Hinter seinem Schild kniend bellt Quintus seine Befehle heraus: „Zehn Mann rudern, acht Mann decken mit ihren Schilden!"
Das Aufschlagen der Speere auf das Schiff und auf Schilder, Helme und Panzer klingt jetzt wie ein prasselndes Feuer.
„Verfluchte Kerle, kommt doch her zu mir, ihr Feiglinge!"

Gaius ist im Kampfmodus, drei Wurfspeere stecken abgebrochen in seinem Schild, wütend brüllend steht er im Bug. Ein Ruderer ist offensichtlich tot, zwei weitere hängen zusammengesunken, mit Speeren im Oberkörper und Gliedern verletzt über ihren Rudern. Berowulf schlägt mit seiner Lanze einen anfliegenden Speer aus der Flugbahn, zieht einen Speer aus der Bordwand und wirft diesen zurück auf die Germanen. Die Marinesoldaten der Liburne wehren mit ihren Schildern die Wurfspeere ab und versuchen die rudernden Kameraden zu decken.

Quintus lugt vorsichtig über seinen Schild, es sind etwa 30 bis 40 Germanen auf jeder Flussseite plus die, die er flussabwärts beim Fällen der Bäume gesehen hat. Verdammt, die haben hier auf uns gewartet, das ist eine gut koordinierte Aktion.
Ein Speer streift mit einem lauten Schlag seinen Helm, der wie eine Glocke hallt und ihn kurz benommen die Augen schließen lässt. Verflucht nochmal! Auf dem Schiffsboden kauernd verbindet er sich mit seinem Focale[47] provisorisch den Oberschenkel. Dann nimmt er ein Pilum und sieht einen Germanen in Wurfweite, ha – Treffer!
Der nächste Speer trifft ihn in die Seite. Japsend geht er zu Boden.
„Quintus!" der besorgte Ruf von Gaius. Aber seine Lorica Segmentata[48] hat gehalten.
„Alles gut, ist nicht durchgedrungen!"
Dem Marinesoldaten, der Gaius den Rücken deckt, fährt ein Speer in den Hals. Gurgelnd und blutend fällt er rückwärts in den Fluss.
Gaius duckt sich und fängt Speer Nr. 5 mit dem Schild ab.

---

[47] Focale: Halstuch der römischen Soldaten
[48] Lorica Segmentata: römischer Schienenpanzer bestehend aus überlappenden, beweglichen Eisen- bzw. Stahlschienen

„Jetzt alle an die Ruder!" ruft Quintus, als er sieht, dass sie fast die Stelle passiert haben, an der die Germanen an der Barrikade zur Verlegung des Rückwegs arbeiten.
„Volle Kraft voraus, jetzt gilt`s Männer, zieht, zieht!"
Quintus steht jetzt zwischen den Ruderern und versucht weiterhin mit seinem Schild die anfliegenden Speere abzufangen. Gaius steht Rücken an Rücken zu ihm und tut das gleiche von der anderen Seite. Auch Berowulf fängt mit einem Schild, im Heck kniend, die germanischen Geschosse ab. Es gelingt ihnen nicht völlig, zwei weitere Ruderer werden getroffen. Aber die Speere werden weniger und sind nicht mehr kräftig im Flug – sie sind durch! Sie haben es geschafft!
„Wir kommen zurück, ihr verdammten Ärsche!", Gaius hat das Schlusswort.

Bei Koblenz, Oktober 2018

Ich renne mit Lucius II und Aulus zum Hafen, es hat Quintus erwischt! Scheiße, hoffentlich nicht so schwer, heftiges lautes Atmen, unsere beschlagenen Sandalen knallen auf dem Pflaster der Straße.
Als wir ankommen sind Quintus und sieben weitere Männer schon auf der Mole, vier davon können stehen, Quintus gehört dazu.
„Kann man dich nicht einmal alleine lassen", japse ich, völlig geschafft und gebückt, die Hände auf den Knien, Schweiß läuft mir übers Gesicht.
„Ich freue mich auch dich zu sehen, Hans!", entgegnet Quintus, gemeinsames Grinsen.
Er hat einen provisorischen Verband um seinen Oberschenkel, nicht durchgeblutet, gut.
„Lass deine Wunde nicht hier sondern oben im Valetudinarium versorgen. Gaius, kannst du ihn hinbringen? Ich muss mich hier um die Schwerverletzten kümmern."

Gaius brummelt was von er wäre Optio und ich hätte ihm gar nichts zu sagen, aber natürlich nimmt er den Arm von Quintus über die Schulter und stützt seinen Zenturio auf dem Weg in das Lazarett des Kastells.

Im Schiff liegen drei Tote. Verdammt! Wir sichten die Verwundeten, die Verletzungen sind teilweise heftig. Wir polstern die noch in den Körpern steckenden Speere, die wir erst im OP-Raum entfernen werden und stillen die blutenden Wunden. Jetzt ist auch Lucius I mit unserem „Krankenwagen" da, einem zweispännigen Eselkarren, auf dem man zwei Tragen mit Verletzten transportieren kann.
Bis spät in die Nacht operieren und versorgen wir die Verletzten, bei einem weiteren kommt aber jede Hilfe zu spät, er verblutet uns auf dem OP-Tisch. 2000 Jahre später hätte er es wohl geschafft, weil wir dann Blutkonserven gehabt hätten. Aber Fleischwunden, Stich- und Schnittverletzungen sowie Brüche können die römischen Militärärzte echt gut behandeln, Respekt!

Ein paar Tage später, Quintus ist schon wieder ziemlich fit und hinkt nur noch leicht. Seine Oberschenkelwunde heilt gut und hat sich nicht entzündet.
Wir sind seit längerem mal wieder in Quintus Wohnung zum Abendessen verabredet, Automedon hat nochmal Wein nachgeschenkt und sich dann leise zurückgezogen.
Aha, es gibt was Ernstes zu besprechen, Quintus druckst so rum, also ergreife ich die Initiative.
„Was ist los, Quintus, raus mit der Sprache."
Er genehmigt sich noch einen ordentlichen Schluck, dann ist er soweit.
„Also gestern Abend hat der Präfekt den Kriegsrat einberufen, also alle Zenturionen und Dekurionen haben gemeinsam beraten". Er blickt mir fest in die Augen „Es steht eine militärische Operation bevor."
Mmh, ja und? Bedeutet das Krieg oder was?
„Naja, klingt doch spannend."

Quintus verzieht das Gesicht und wiegt den Kopf.
„Kann sein, vielleicht aber auch nicht, denn es gibt Probleme. Der Plan sieht vor, dass unsere Kohorte parallel der Laugona vorstoßen und bei Feindkontakt die Chatten stellen soll. Wir sind dabei ein Teil einer sehr großen Militäroperation, ich darf dir keine weiteren Details sagen, Geheimsache." „Okay, verstehe."
„Okay?", Quintus zieht seine Augenbrauen hoch.
„Ich meine damit „gut, ich verstehe". Aber was hat das alles mit mir zu tun, wieso erzählst du mir das, insbesondere da die Sache doch geheim ist?"
Seufzend betrachtet Quintus seine Hände bevor er mir dann in resignierter Tonlage erklärt, dass die Römer praktisch null Plan haben von dem Gebiet, das sie durchsuchen bzw. durchqueren wollen. Zumindest alles, was außerhalb der Sichtweite der Lahn bzw. der einen, hier bekannten Straße liegt, scheinen sie praktisch nicht zu kennen. Das ganze Germanien scheint so eine Art „Black Box" für sie zu sein. Sie wissen nicht wirklich wo Gebirge, Flüsse oder andere natürliche Landmarken liegen, wo Wege und Straßen verlaufen und wo vielleicht Germanen siedeln. Und von der Größe des Gebiets und von den Entfernungen haben sie natürlich ebenfalls kaum Ahnung.

Wir holen unsere Detailkarte heraus. Dass bei mir zuhause seit Jahren auf der Innenseite der Klotür eine Art 3-D-Karte von Hessen mit angrenzenden Gebieten hängt, stellt sich nun als Vorteil heraus. Durch das jahrelange Anstarren auf diversen Sitzungen hat sich die Karte praktisch in meinen Kopf eingebrannt, hätte ich mir auch nie träumen lassen, dass diese „Klokarte" mal wichtig sein würde.
Quintus lässt Automedon alle Öllampen aufstellen, die im Haus zu finden sind. Das Licht ist damit leidlich, aber weit weg von gut. Wenn die wüssten, wie hell dagegen elektrisches Licht ist. Ich würde das den Beiden so gerne mal demonstrieren, die würden danach tagelang den Mund nicht wieder zu kriegen...

Nachdem Quintus Automedon aus dem Zimmer geschickt hat, ergänze ich unsere Detailkarte nun nach meinen Erinnerungen an die „Klokarte" entsprechend, zeichne einen Maßstab und erläutere Quintus dessen Funktion. Statt Kilometer benutzen wir die römische Meile, etwa 1,5 km müsste 1 Meile sein, wenn ich Quintus richtig verstanden habe. Der wird schon wieder ganz aufgeregt, reibt sich die Hände und sieht mir gebannt beim Zeichnen zu.
„Also ich weiß natürlich nicht, wo diese Chatten siedeln. Aber ganz sicher nicht in den unwirtlichen Gebirgsregionen von Vogelsberg, Taunus, Westerwald, Kellerwald oder Knüll", überlege ich laut. „Doch wohl eher in den Flusstälern oder sonstigen fruchtbaren Gebieten, oder?"
„Ja, so ist es", bestätigt Quintus nickend „Die Germanen siedeln in sehr kleinen Dörfern oder Ansammlungen von Gehöften. Richtige Städte, wie die Kelten mit ihren Oppiden[49], haben sie nicht."
Ich zeichne die Mittelgebirge und Flüsse ein. Mögliche Siedlungsgebiete schraffiere ich, also Flusstäler, Ebenen und die dort angrenzenden Regionen, z.B. das Gießener Becken, den Ebsdorfer Grund, die Region um Kirchheim, Schwalmstadt bis Fritzlar, die ich von Bahnfahrten kenne und wo zumindest „heutzutage" viel Landwirtschaft ist. Das sieht schon gut aus. Ich weiß auch, dass von Gießen aus (das es ja im Moment noch nicht gibt) Fernhandelswege durch die Wetterau zum Main und Rhein und nach Norden grob auf der Bahnstrecke Gießen - Kassel laufen müssen. Zudem eine Straße nach Nordwesten Richtung Sieger- bzw. Sauerland. Auch die zeichne ich in grober Orientierung ein. Quintus ist von meinen kartografischen Versuchen völlig begeistert, klopft mir immer mal wieder auf die Schulter, schenkt mir Wein nach und diskutiert, wie schnell man von A nach B kommt und welche Abkürzungen man nehmen könnte. Diese Karte zu erstellen ist für ihn wie Weihnachten und Ostern an einem Tag.

---

[49] Oppidum: eine befestigte, oft auf Bergen angelegte Stadt der Kelten

Es ist sehr spät geworden, das Licht der Öllampen zeichnet schattige Landschaften auf die Wände und auf unsere müden Gesichter. Wir starren versunken und leicht angetrunken auf die zwischen uns liegende Karte, müde drehe ich die leere Weinamphore hin und her. Ein Räuspern.
„Hans, ich glaube wir müssen die Karte dem Präfekten zeigen."
Ich bin wieder hellwach. „Was? Bist du irre?"
Ein Schauer läuft mir über den Rücken „Je nachdem, wie der Präfekt drauf ist, kann das bedeuten, dass ich als gefährlicher germanischer Seher wieder ein Gefangener bin, weggeschlossen im Kerker sitze wo man mir all mein Wissen rausquetscht, im wahrsten Sinne des Wortes. Ihr habt doch bestimmt so paar nette kräftige und hirnlose Typen als Folterknechte für sowas."
Mein hektisches und lautes Atmen füllt den Raum.
„Und dann bringt man mich schließlich um die Ecke, aus die Maus!"
Quintus runzelt fragend die Stirn. „Also man tötet mich, da mein Wissen gefährlich ist."
Wir schweigen, die Öllampen qualmen, draußen ertönt das Signal des Cornicen[50] zur Ablösung der Nachtwache.
Quintus schließt die Augen, konzentriert und die Zähne zusammenbeißend, seine Narbe auf der Wange zeichnet sich dadurch deutlich ab. Dann schaut er mich offen an und erklärt mir erstmal ausführlich, dass ohne die Karte und vielleicht anderes Wissen von mir, die ganze militärische Aktion misslingen könnte und viele Soldaten sterben würden. Der ganze Krieg könnte ein Fiasko werden, die Römer wären praktisch auf mich angewiesen. Überzeugt mich nicht.
„Das ist doch kein Krieg, wenn wir mit unseren 600 Hanseln gegen die Germanen ziehen und die vielleicht nicht mal finden!"

---

[50] Cornicen: Hornbläser der römischen Armee

Unwirsch schüttelt Quintus den Kopf „Hans, wie gesagt wir sind nur ein sehr kleiner Teil einer großen Militäroperation die übrigens der Kaiser selber befehligt."
Jetzt bin ich mal platt. „Was, der römische Kaiser persönlich? Domitian, oder? Ist der etwa hier?"
Quintus lehnt sich vor und senkt die Stimme. „Ja, Titus Flavius Domitianus ist unser Oberbefehlshaber in diesem Chattenkrieg und steht mit seinen Truppen tief in Germanien."
Etwas mutlos zeichnet er mit dem Zeigefinger einen Kreis auf der Karte „Wir können nur vermuten wo genau, aber ich darf dir nichts weitererzählen."
Ich genauso leise „Ja, ja, geheim, hast du schon gesagt. Also das mit dem Kaiser ist super spannend. Meinst du, wir treffen den mal?"
Quintus rollt mit den Augen. Auch wenn das echt aufregende Neuigkeiten sind, bleiben meine Bedenken, was den Präfekten angeht.
„Nochmal zu dem Präfekten und welche Konsequenzen das alles für mich haben kann."
Quintus legt seine Hand beruhigend auf meine. „Hans, ich kenne den Präfekten schon länger, er ist ein ehrlicher, aufrichtiger Mann und ein sehr tüchtiger und guter Befehlshaber. Ich kann ihm sicher die Zusage abringen, dass dir nichts passieren wird. Er wird den Wert der Karte sofort erkennen und ich denke auch den Wert, den du für ihn – für uns alle - darstellst. Wir zeigen nur ihm allein die Karte, also nicht den anderen Mitgliedern des Kriegsrats."
Er interpretiert meinen skeptischen Blick richtig „Hans, ich versteh deine Sorgen, aber ich kann nicht anders, ich bin römischer Offizier, das Wohl des Imperiums und das meiner Soldaten stehen bei mir ganz oben. Und als dein Freund versichere ich dir, dich mit ganzer Kraft zu unterstützen."
Okay, das war`s also, mehr Absicherung hat er also nicht zu bieten. Das Ganze gefällt mir gar nicht, ich habe weiter Angst und bin tierisch nervös. Wer weiß, ob Quintus diesen Präfekten und seinen Einfluss auf ihn richtig einschätzt. Ich

muss zudem höllisch aufpassen, dass die nicht mitkriegen, dass ich aus der Zukunft komme, sonst bin ich garantiert am Arsch gepackt. Allerdings habe ich hier nur Quintus, ich vertraue ihm, er ist mein Freund. Wenn ich mich jetzt gegen ihn stelle, wird er trotzdem die Karte verwenden und ich habe vielleicht nicht mehr seine ganze Unterstützung. Ich stöhne auf: „Also gut, verdammt nochmal. Ich verlass mich auf dich, Quintus."
Quintus legt mir wieder seine Hand auf den Arm. „Danke Hans. Und du kannst dich auf mich verlassen, ich bin dein Freund. Wir gehen morgen noch vor der zweiten Beratung des Kriegsrats zum Präfekten." Und mit aufmunternden Worten endend „Du wirst sehen, es wird dabei keine Probleme geben. Das hat mir auch der Haruspices[51] bestätigt. Und mein Stieropfer wurde von den Göttern wohlwollend angenommen."
Irgendwie erschöpft und gefrustet schließe ich die Augen. Na prima, die römischen Götter sind mit uns, das ändert natürlich alles. Der Quatsch mit Opfern und Götter, diese naive Religiosität, damit komme ich nicht klar. Insbesondere bei Quintus, der doch sonst so vernünftig und logisch agiert. Ein lausiges Gefühl, wenn das eigene Schicksal in den Händen anderer oder noch schlimmer der „Götter" liegt. Ich muss mir für morgen unbedingt eine gute Geschichte für den Präfekten überlegen. Ich brauche eine echt wasserdichte Story, wie ich an mein ach so tolles Wissen gelangt bin.

Germania superior, 90 n.Chr.

Sie durchqueren mit schnellen Schritten die große Querhalle und den Innenhof der Principia und erreichen den

---

[51] Haruspices: römischer Berufsstand, der die Zukunft voraussagte

an der Schmalseite liegenden Stabsraum. Der Präfekt wendet sich von seinen beiden Gesprächspartnern ab und ihnen zu, als die Wache sie meldet.
„Ah, Zenturio Quintus Tilius und der angehende Capsarius Hans Lanzspiel. Danke, steht bequem. Was ist denn der Anlass für diese Unterhaltung? Quintus, du weißt in einer Stunde tagt der Kriegsrat, also was kann denn da so wichtig sein?"
In immer noch kerzengerader Haltung und in gebührendem Abstand meldet Quintus „Präfekt, es ist eine wichtige Angelegenheit, etwas was für unseren Feldzug ganz entscheidend sein wird."
Cornelius Sulla zieht die Brauen hoch. „Lass hören."
„Unter 6 Augen, bitte."
Der Präfekt schaut Quintus und Hans prüfend an, dann nickt er in Richtung der zwei Anwesenden, „Ja Tribun, du auch bitte."
Der Tribun straft Quintus und Hans mit einem vernichtenden Blick, als er deutlich angesäuert ebenfalls den Raum verlässt.

Sie breiten schweigend die Karte auf dem großen Tisch aus. Quintus erläutert die Details der Karte, dabei von Hans unterstützt. Der Präfekt hört schweigend zu, ab und zu hat er Nachfragen.
Als sie schließlich enden, ist es eine Weile still im Zimmer. Cornelius Sulla studiert intensiv die Karte und reibt sich dabei nachdenklich das Kinn. Schließlich schaut er sie an.
„Das ist wirklich außergewöhnlich, ich bin sehr beeindruckt. Bevor wir uns aber mit den Konsequenzen und den Möglichkeiten, die sich aus dieser Karte ergeben, beschäftigen, habe ich aber noch Fragen an dich, Hans Lanzspiel."
Hans geht in Hab acht Position und drückt den Rücken durch. „Jawohl, Präfekt!"

„Vor 75 Jahren schlug der glorreiche Germanicus[52] am Fluss Adrana[53] die Chatten an deren Hauptort vernichtend." Der Präfekt deutet auf die Karte. „Wo könnte der Fluss Adrana liegen?"
Hans überlegt und betrachtet die Karte. „Nun, den Namen des Flusses kenne ich nicht. Ist vielleicht etwas zu seiner Lage bekannt?"
Der Präfekt schüttelt den Kopf. „Nur, dass seine Quelle sehr nah an der Quelle der Laugona liegt und er nach Osten fließt in einen noch größeren Fluss."
Hans zeigt auf die Karte „Hier, das müsste die Eder sein, unter diesen Namen kenne ich den Fluss. Da die Hauptstadt der Chatten sicher nicht im Gebirge, sondern dort liegt, wo man Ackerbau betreiben kann, würde ich diese Stadt hier am Unterlauf der Eder, also der Adrana, verorten."
Hans deutet auf das entsprechende, schraffierte Areal der Karte um sich dann mit einer Frage an den Präfekten zu wenden.
„Wenn es gestattet ist, hätte ich eine Frage, Präfekt" und nach dessen Zustimmung „Kam Germanicus damals von Mogontiacum, als er gegen die Chatten zog?"
Der Präfekt nickt.
„Gut, dann wären das etwa 200km" murmelt Hans leise, dann laut „Die Entfernung von dieser chattischen Hauptstadt bis nach Mogontiacum sollte etwa 130 – 140 Meilen betragen, je nachdem, wie direkt diese Heerstraße hier verläuft. Wenn man von Mogontiacum durch die Wetterau zunächst an die Laugona zieht, an dieser entlang bis ungefähr hier und dann zwischen Kellerwald und Knüll durch die dazwischen liegenden Ebenen zur Adrana zieht, wären das die von mir geschätzten 130 – 140 Meilen. Etwa hier müsste

---

[52] Germanicus: sehr bedeutender römischer Feldherr, Vater des Kaisers Caligula, Großneffe des ersten römischen Kaisers Augustus.
[53] Adrana: römischer Name für den Fluss Eder

von der Laugona nach Norden bzw. Nordosten ein Fernhandelsweg laufen, den habe ich hier schon eingezeichnet."
Hans ist jetzt in Fahrt.
„Man kann aber auch vom Rhenus her der Ruhr folgen. Hier, den lateinischen Namen für diesen Fluss kenne ich nicht. Und dann von Westen kommend die Eder, äh die Adrana, flussabwärts ziehen. Geht aber ziemlich durch die Berge. Oder noch weiter nördlich, über die Lippe und weiter östlich und dann hier nach Süden abbiegen, geht auch. Wie gesagt, hier am Maßstab kann man gut abschätzen, wie weit die Entfernungen jeweils sind."

Hans ist fertig und blickt sie an. Quintus schluckt und räuspert sich, als er dem Blick des Präfekten begegnet. Cornelius Sulla ist etwas blass geworden. „Bei Jupiter und allen Göttern" fast flüsternd, der schwer atmende Präfekt ringt um Fassung.
„Woher weißt du das alles?" der Präfekt hat sich gefangen. „Ich will sofort eine Auskunft!"
Jetzt ist es Hans, der sich nervös räuspert und Quintus einen hilfesuchenden Blick zuwirft. „Natürlich Präfekt. Ich war bei einem germanischen Seher in der Ausbildung, der mich über viele Jahre gelehrt hat. Wir sind dabei viel gereist, zu den verschiedenen Stämmen und dabei habe ich viele Orte und Landschaften kennengelernt und mit eigenen Augen gesehen."
Der Präfekt starrt ihn schweigend mit einem undurchsichtigen Gesichtsausdruck an.
„Und unser Gott Wotan ist mir häufig erschienen und hat mir im Traum ferne Länder gezeigt."
Der Präfekt scheint unbeeindruckt und betrachtet Hans weiter abschätzend und fragt schließlich an Quintus gerichtet „Was machen wir jetzt, was schlägst du vor?"
Quintus richtet sich auf, seine Stimme klingt ruhig und kräftig. „Ich bürge für Hans Lanzspiel. Ich schlage vor, dass wir seine Karte in unserem Feldzug nutzen und das Wissen von Hans Lanzspiel gegen unsere Feinde richten."

Von draußen schallen Kommandos, Pferde wiehern, ein berittener Trupp bricht zur Patrouille auf. Im Stabsraum der Principia ist es dagegen sehr still. Schließlich bricht Cornelius Sulla das Schweigen.
„Wir können diese Karte hier niemanden zeigen, das geht nicht, es gäbe einen Aufstand. Hans Lanzspiel würde als germanischer Seher sofort inhaftiert werden. Bist du ein Seher?" Die Augen des Präfekten blitzen.
„Nein, Präfekt, ich war nur zur Ausbildung bei einem Seher."
Der Präfekt atmetet laut ein und aus und schüttelt den Kopf, winkt Quintus und Hans, näher zu kommen und fährt dann mit leiser Stimme fort. „Wir machen Folgendes: nur wir drei kennen und nutzen die Karte, ist das klar?" Nicken.
„Zudem zeichnest du, Hans Lanzspiel, im Laufe des Feldzugs eine Karte so ähnlich wie diese. Allerdings darf auf der neuen Karte natürlich nur das enthalten sein, was wir im Feldzug sehen oder herausbekommen. Damit können alle in der Kohorte langsam an Hans Lanzspiels Fähigkeiten herangeführt werden." Wieder gemeinsames Nicken.
„Und du bürgst für ihn, Quintus. Wenn er Ärger macht, sperre ich ihn ein und dich gleich mit, verstanden?"
Hans schaut betroffen, aber Quintus stimmt sofort zu „Natürlich, Präfekt!"
Cornelius Sulla klopft sinnend mit einem Finger auf den Tisch „Nach dem Feldzug muss das Oberkommando von Hans erfahren. Nein Quintus, tut mir leid, es geht nicht anders. Die Sache ist zu wichtig. Du wirst Hans Lanzspiel dann nach Mogotiacum zum Legatus Augusti, dem Statthalter der Provinz Germania superior, bringen. Der wird dann final entscheiden, was mit Hans Lanzspiel passieren wird, ist das klar? Das ist ein Befehl und ich lass keinen Einwand zu!"
Nach einer kurzen, bedrückten Pause kommt gleichzeitig und niedergeschlagen ein „Zu Befehl, Präfekt." aus zwei Kehlen.
Cornelius Sulla rollt die Karte zusammen.

„Hier, nimm die Karte. Jetzt tagt der Kriegsrat, Quintus du bleibst natürlich und du Hans Lanzspiel, gehst zum Dienst - wegtreten!"

An der Lahn zwischen Limburg und Gießen, Oktober 2018

Wir sind tatsächlich ausgerückt! Mit stilvollem Getöse, aber sehr diszipliniert und routiniert, so sind sie, die Römer!
Allerdings gab es aus römischer Sicht vorab noch ein paar Bedingungen abzuklären. Vor paar Tagen sind die ersten Kraniche nach Süden gezogen, was von den Römern mit höchster Aufmerksamkeit verfolgt wurde. Wie mir Quintus mit großem Ernst erklärte, machen die Römer grundsätzlich nichts Wichtiges, ohne vorher eine Vorhersage zum Willen bzw. die Zustimmung der Götter – Auspizien - eingeholt zu haben. Und der Vogelflug ist dabei wohl die Nr. 1 unter den Vorzeichen. Die Kohorte hat drei sogenannte Auguren, die den Flug der Kraniche als gutes Vorzeichen gedeutet haben. Außerdem wurden Mars und Jupiter jeweils mehrere Stiere geopfert, damit nichts schief gehen kann.
Totaler Aberglaube, aber naja, wenn`s hilft und die Jungs hier beruhigt, von mir aus.
Wir sind fast komplett losgezogen. Lediglich eine Zenturie, also knapp 100 Mann sind in unserem Kastell in Confluentes zurückgeblieben.

Von unserem Sanitätskarren aus kann ich unsere etwa 500m lange Marschkolonne gut überblicken. Unsere Einheit ist eine Cohors quingenaria equitata, also eine teilberittene Kohorte. Die Sollstärke liegt bei etwa 600 Mann, 480 Mann Infanterie und 120 Reiter. Die Infanterie ist in sechs Zenturien mit jeweils 80 Mann, die Kavallerie in vier Turmae mit jeweils 30 Reitern gegliedert.

Hinzu kommen geschätzt nochmal gute 100 Mann für den Tross hinzu, also Wagenlenker und Muliführer, Schmiede und sonstige Handwerker und sowas. Naja, und natürlich noch so Leute wie wir, also die Sanitäter und die ganzen Chefs, also der Stab der Einheit mit seinem Personal.

Am ersten Tag sind wir auf einer gut ausgebauten Straße, die im Prinzip parallel zur Lahn verläuft, marschiert. Das ging sehr gut voran. Aber bereits am zweiten Tag wurde der Weg schlechter, die Marschgeschwindigkeit hat sich aber nicht deutlich reduziert, die Soldaten sind echt hart trainiert und das lange Marschieren gewohnt. Da haben wir vom Sanitätsdienst es besser, wir können ab und zu auf unserem Trosswagen mitfahren, was ich schon häufig ausnutze, meine Kondition ist noch nicht so dolle.
Gott sei Dank habe ich meine Caligula, die Militärsandalen mit der nagelbeschlagenen Sohle, mittlerweile gut eingelaufen. Läuft sich eigentlich prima, wenn man die Lauftechnik mal beherrscht. Ich hoffe mal stark, dass wir unser Gepäck weiterhin auf den Wagen bzw. auf den Maultieren belassen können. Denn mit dem ganzen Gepäck, also Zelt und Essen und was weiß ich noch auf den Schultern, könnte der Spaß, zumindest für mich, schnell vorbei sein.

Ich denke wir sind jetzt nach drei Tagen so 60-70 km marschiert und müssten nach meiner Karte hinter Limburg sein, das es natürlich nicht gibt.
Von vorne höre ich dumpfen Hufschlag.
„Salve Hans!"
Quintus pariert sein Pferd durch und reitet neben mir im Schritt.
„Na typisch, der Zenturio hoch zu Pferd und ich darf laufen."
Spöttisch fragt er „Kannst du denn überhaupt reiten?"
„Ich?", gespielte Empörung. „Na logisch, zumindest falle ich nicht gleich runter."

Ich muss ihm ja nicht unter die Nase reiben, dass ich im Alter von 15 Jahren aufgehört habe mit der Reiterei.
Quintus berichtet, dass sie bisher auf der Straße noch keine Chatten festgestellt haben, aber die beiden Schiffe, die weit voraus die Lahn aufklären, haben bereits mehrmals feindliche Germanen gesehen, die allerdings einer Konfrontation ausgewichen sind.
„Glaubst du, wir wurden schon entdeckt?"
Quintus nickt. „Wir müssen damit rechnen. Also dann bis heute Abend, da treffen wir uns zur Lagebesprechung, du weißt ja Bescheid", kurz grüßend reitet Quintus von dannen.
Ja, er meint die „geheime" Besprechung mit dem Präfekten in dessen Zelt, wo wir uns wie an jedem Abend anhand meiner Karte orientieren und den Weitermarsch planen.

Das Signal der Tuba ertönt, wir haben unseren heutigen Lagerplatz erreicht, endlich, wurde auch Zeit. Zudem brennt mir die Oktobersonne mächtig auf den Pelz. Obwohl, besser als Regen.
Also was den Lageraufbau auf unsrem Marsch angeht, sind die Römer so was von stur und effektiv. Jeden Abend wird ein im Spielkartenformat von ca. 100m x 150m großer Lagerbereich mit zwei ca. 1,5m tiefen Spitzgräben und einem ca. 1m hohen Wall umgeben. Im Wall werden vier Durchlässe, quasi Tore, in jede Himmelsrichtung angelegt. Oben auf den Wall kommt eine provisorische Palisade aus an beiden Enden angespitzten, ca. 2m langen Schanzpfählen, den Pila muralia[54]. Diese Pfähle werden mehrmals verwendet und auf dem Marsch mitgeführt. Untereinander mit Seilen verbunden, entsteht so ein sehr stabiles und schlecht zu überwindendes Geflecht aus spitzen Pfählen auf dem Lagerwall.

---

[54] Pila Muralia: an beiden Enden angespitzte Schanzpfähle, die als Hindernis, z.B. im Marschlagerbau, verwendet wurden

Jeder hat beim Lagerbau seinen festen Platz, alle Mann packen mit Hacke und Spaten an, lediglich die Aufklärer und Wachen sind damit beschäftigt, dass wir nicht beim Lagerbau von den Feinden überrascht werden. Nach gut zwei Stunden ist das Lager fertig, die Zelte werden nach dem gleichen Schema wie die Unterkünfte im Kastell aufgeschlagen. Prima System, man kann sich dadurch problemlos orientieren und weiß immer, wo man jemanden findet, sehr effektiv.
Bei der abendlichen Lagebesprechung im Zelt des Präfekten, das Zelt steht im Lager wie gesagt genau an der Stelle, an der im Kastell das Prätorium steht, wird deutlich, dass Cornelius Sulla erwartet spätestens in etwa drei Tagen auf Chatten zu stoßen. Also nach meiner Berechnung wäre das bei der bisherigen Marschgeschwindigkeit im Raum Wetzlar – Gießen, Städte, die es natürlich jetzt nicht gibt. In diesem Gebiet werden außerdem die ersten größeren Siedlungsbereiche der Germanen vermutet. Unsere mattiakischen Späher haben Hinweise auf eine größere Gruppe von chattischen Kämpfern, die vorher die mattiakischen Siedlungsgebiete im Südosten (für mich in der Wetterau) bedroht und teilweise geplündert haben und nun wieder nach Norden abgerückt sind. Offensichtlich wurden diese Germanen darüber informiert, dass wir in ihr Gebiet vorstoßen.

„Die werden hier entlang des Mons Taunensis[55] ziehen und dann zur Laugona, also sich uns von Süden nähern", erklärt Quintus anhand der Karte. „Da sie erst gestern abgezogen sind, dürften sie aber auch erst in zwei Tagen östlich von uns an der Lahn sein. Hans, wie sind denn die Wege im nördlichen Taunus, könnten sie schon vorher nach Nordwest zur Lahn marschieren?"
Woher soll ich wissen, wie die Wege im Taunus zur Römerzeit waren?

---

[55] Mons taunensis ist der römische Name für den Taunus

„Mmh, ich weiß nicht. Wenn die Täler nicht besiedelt sind, kann ich mir dort nur kleinere Pfade vorstellen. Schneller geht es sicher um den Taunus östlich und nördlich herum."
Cornelius Sulla ergreift das Wort, wobei er mich ansieht. „Soweit wir wissen, sind die Täler teilweise besiedelt und es gibt hier einen gut ausgebauten Handelsweg über den Taunuskamm nach Nordwesten."
Ich schlucke, will er mir beweisen, dass ich doch nicht so gut über die Gegend hier Bescheid weiß? Oder bilde ich mir das nur ein? Quintus ist offensichtlich nichts dergleichen aufgefallen. Mit gespreizten Fingern und leise vor sich hinrechnend vergleicht er die Entfernungen der möglichen Anmarschwege der Chatten.
„Aber auch dann können sie nicht schneller als in zwei Tagen an der Lahn sein", murmelt er vor sich hin.
Er stutzt. „Allerdings würden sie uns dann schon morgen treffen können!"
Der Präfekt und Quintus schauen sich an. „Wir müssen uns vorbereiten!"
Quintus ist jetzt ganz in seinem Element „Ich schlage daher vor, jetzt sofort Späher nach Südosten in die Täler des Taunus und östlich weiter flussaufwärts entlang der Lahn zu schicken. Und morgen in der Morgendämmerung schicken wir eine zweite Welle Kundschafter los und die Patrouillenboote wieder flussaufwärts. Sollten die Chatten also im Anmarsch sein, können sie uns zumindest nicht überraschen."
Der Präfekt nickt zustimmend. „Gut, und wir werden ab morgen in Gefechtsbereitschaft marschieren, die Reiter in einem Aufklärungsschirm mit zwei Meilen Durchmesser vor uns."
Cornelius Sulla rollt die Karte zusammen. „Hans Lanzspiel, hast du deine 2. Karte neu gezeichnet?"
„Jawohl Präfekt!"
„Und wurdest du dabei beobachtet?"
„Ja, mittlerweile habe ich ständig Zuschauer."

Der Präfekt lächelt erfreut „Das ist gut, dann hat sich dein Talent ja schon herumgesprochen. Ich hoffe, dass mich einer der Zenturionen oder Dekurionen bei einem Kriegsrat bald auf die Karte ansprechen wird, damit wir irgendwann auch diese Detailkarte hier offen verwenden können."
Quintus und ich verlassen das Zelt des Präfekten, die Wachen am Eingang werfen lange Schatten, die Sonne steht nur noch knapp über den Hügeln im Westen.
„Hast du Lust auf eine Partie Würfel heute Abend? Kleiner Wetteinsatz?"
Quintus schüttelt den Kopf „Ich muss die Kundschafter einweisen und morgen früh werde ich selber rausfahren mit einem Patroullienboot. Aber du kannst dich ja gerne vergnügen."
„Was man so Vergnügen nennt mit meinen vier Sanitätskameraden, sind alle nicht die hellsten Kerzen auf dem Kuchen."
Quintus schmunzelt, wird dann aber schnell ernst. „Komm mal mit."
Wir gehen auf den angrenzenden Lagerwall und schauen über die aus den spitzen Pila Muralia bestehende Verschanzung hinweg, rüber zur Lahn. Die auf dem Wall stehende Wache grüßt Quintus vorschriftsmäßig. Es ist jetzt fast ganz dunkel, ich kann Quintus Gesicht kaum erkennen. Plötzlich ein Ruf: Huh-Huhuhu-Huuuh, ein Waldkauz, ganz in der Nähe. Wieder Stille.
„Was ist denn los, Quintus? Spuck`s aus."
Räuspern, Ansage mit Anlauf. „Hans, pass morgen gut auf dich auf. Wenn es zum Kampf kommt halte dich raus, du bist Sanitäter und noch nicht gut geübt im Umgang mit den Waffen. Versprich mir das!"
Ach, er hat Angst um mich, das finde ich super nett!
„Na klar Zenturio, wird gemacht. Pass du selber auf, nicht dass dir ein Chatte wieder einen Speer ins Bein schießt."
Wir geben uns die Hand. „Ich sehe mich vor, dann mach`s gut, Hans", schnellen Schrittes entfernt sich Quintus und

ruft dabei Berowulf und die anderen Kundschafter zusammen.

Während ich auf unser Zelt zusteuere, sehe ich schon Lucius II im Schein eines Lagerfeuers mit dem Würfelbecher winken. „Pass auf dich auf, Quintus", murmle ich vor mich hin, „Na Lucius, willst du wieder verlieren? Um was spielen wir?"

Germania magna, 90 n.Chr.

Quintus hat die Berichte der zurückgekehrten Späher abgewartet. Sowohl von flussaufwärts und wie vermutet, aus einem der Seitentäler des Taunus, nähern sich chattische Truppen. Über die genaue Anzahl gibt es keine belastbaren Informationen, aber es werden zwischen 2000 und 3000 Krieger sein, also eine vier- bis sechsfache Übermacht. An Hand der Karte und der Angaben der Kundschafter, werden sich die Chatten von ihrem Standort aus gerechnet etwa 10 Meilen flussaufwärts vereinigen und das schon in den nächsten Stunden. Das heißt außerdem, dass sie etwa zwischen der 7. und 9. Stunde hier auftauchen können. Quintus erinnert sich an die Worte des Präfekten „Diese Karte ist fabelhaft, ohne sie wäre wir vielleicht in Marschformation, ohne Vorbereitung auf die Germanen getroffen."
Richtig, die Karte hat ihnen sehr geholfen, dank Hans!
Die Beratung des morgendlichen Kriegsrats auf Grund dieser Informationen ist kurz und entschlossen: etwa drei Meilen voraus verengt sich das Tal der Laugona zu einer kurzen Schlucht. Der Plan ist, vor diesem Engpass Aufstellung zu nehmen und die Germanen dort zu erwarten. Da die Straße durch die Schlucht läuft, müssen die Chatten da ebenfalls durch. Die Ufer der Laugona steigen hier an beiden Seiten sehr steil, teilweise als nackter Fels, auf gut 200

Fuß, an. Die Breite der begehbaren Bereiche zwischen Laugona und den Hügelflanken, also die Uferbereiche, beträgt geschätzt jeweils 60 – 100 Fuß. Durch diese beengten Verhältnisse werden die Chatten in der Aufstellung ihrer Truppen behindert und können nicht in Überzahl angreifen. Wir können unsererseits die aus dem Engpass kommenden Chatten jeweils konzentriert angreifen
oder abwehren. Der Weg durch die Schlucht verläuft auf der nördlichen Flusseite, das südliche Flussufer soll am Engpass durch Hindernisse gesperrt werden.
Unsere Kavallerie wird auf unseren Flanken in den bewaldeten Hügeln versteckt positioniert. Die Kavallerie hat den Auftrag eine Umgehung unserer Stellung zu verhindern. Weiterhin sollte sie im Bedarfsfall die Hügel herunterstürmen und die Chatten in der Flanke packen. Soweit der Plan.

Herbstlicher Morgennebel, über der Laugona wabern dicke Nebelschwaden. Die bunten Laubwälder auf beiden Seiten des Flusses erscheinen schemenhaft und wirken verwunschen.
Quintus steht im Heck der vorderen Flussliburne, die nun als Kampfschiff bewaffnet ist: Im Bug steht ein Skorpion, ein Torsionsgeschütz, das schwere Bolzen über 500 Fuß verschießt. Zudem werden die Ruderer durch seitlich eingesetzte Planken gut gegen Beschuss geschützt. Zwölf Marinesoldaten mit Schleudern und Wurfspeeren vervollständigen die Besatzung. Natürlich ist das Schiff dadurch nicht mehr so schnell und wendig, aber darauf kommt es im Kampf nicht an. Die 2. Flußliburne mit gleicher Ausstattung folgt in Kiellinie.
Der Nebel lichtet sich zunehmend, die fahle Oktobersonne setzt sich langsam durch. Aber alles ist feucht, von Quintus Helm fallen langsam Tropfen auf den Schiffboden.
Jetzt haben sie die flussaufwärts liegende Schlucht passiert und bewegen sich nun vorsichtig und nur sehr langsam flussaufwärts. Jederzeit können sie auf die Chatten stoßen, die Anspannung ist mit Händen zu greifen.

Zwei Enten flattern laut schnatternd auf. „Verdammt!" murmelt Quintus. Der junge Soldat neben Quintus fährt vor Schreck zusammen und schluckt die ganze Zeit angestrengt. „Hier trink mal was", Quintus reicht ihm seine bronzene Wasserflasche.
„Danke, Zenturio", krächzt es heiser.

Ein langer Schrei vom Ufer – germanische Reiter, gut 300 Fuß entfernt! Sie erscheinen wie Geister, von Nebelschwaden umgeben, in kleinen Gruppen vor dem bunten Wald.
„Ziel erkannt. Feuer frei!", mit scharfem Zischen fliegen zwei Geschützbolzen, zwei Treffer.
„Laden!" kommandiert der Geschützführer, „Feuer!"
Die Steuermänner halten die beiden Schiffe in der Flussmitte, Bolzen auf Bolzen schlägt in die germanische Kavallerie ein, die am beengten Laugonaufer schlecht manövrieren kann und nun in den Wald zurückweicht.
„Feuer einstellen!"
Nun kommen chattische Speerwerfer in Sicht, die im Zick-Zack rennend und dabei immer wieder Deckung nehmend, sich nähern.
„Boot klar halten zum Wenden. Achtung Soldaten, wurfbereit! Salve!"
Der Kampf beginnt erneut, Wurfspeere surren heran, die Boote werden eingedeckt von Wurfgeschossen, die Germanen sind in klarer Überzahl.
„Boote wenden, Ruder marsch!"
Nur zwei Leichtverletzte, das ist gut, sie rudern in schneller Fahrt flussabwärts, durch den Engpass hindurch auf die eigenen Stellungen zu.
Quintus beobachtet über seinen Schildrand hinweg die Germanen. Sehr gut, sie haben den Köder geschluckt und glauben wir fliehen. Im schnellen Lauf, immer die beiden römischen Schiffe beobachtend, rennen sie entlang der Lahn. Jetzt sind sie durch den Engpass durch, ein Aufschrei aus vielen erschrockenen Kehlen: die Germanen haben die aufmarschierte Kohorte entdeckt.

Die vorderen Germanen wollen stehen bleiben oder ausweichen, werden aber von den nachströmenden Kameraden, die noch nicht verstanden haben, warum sie die Verfolgung der Boote aufgeben sollten, nach vorne gedrängt.
Das mächtige, rhythmische Getöse durch Schwerter und Pila, mit denen die Römer auf ihre Schilde schlagen, die tiefen Kriegshörner und klaren Trompeten hallen durch das Tal. Dann ein lautes Gebrüll, die erste Reihe der Auxillarsoldaten rennt auf die Germanen zu, alle werfen zugleich ihre Pila. Stürzende, schreiende Germanen, die Schlacht ist entbrannt.
Quintus springt ins Wasser und eilt ans Ufer. „Legt ab und nehmt die Germanen mit den Skorpionen von der Flussmitte aus unter Feuer", brüllt Quintus. Dann rennt er zu seiner Zenturie, um am Kampf teilzunehmen.

An der Lahn zwischen Limburg und Gießen, Oktober 2018

Ich stehe mit Lucius II auf unserem Sanitätswagen, etwa 200m hinter den aufgestellten Soldaten. So können wir gut sehen was passiert.
Der Kampf entwickelte sich, nachdem zuerst unsere zwei Kampfschiffe aus dem Engpass auftauchten, dicht gefolgt von einer großen Anzahl an Germanen, die links der Lahn auf uns zu rennen. Es ist nicht klar zu erkennen, ob die ersten Germanen in diese echt gemeinen Fallen getreten sind, die die Römer im Boden vor ihrer Stellung gebaut haben: ca. 1m tiefe Gruben, gespickt mit scharfen Eisenstücken und mit Zweigen und Gras abgedeckt. Oder ob sie zuerst die aufmarschierten Römer entdeckt haben. Jedenfalls gab es bei den Chatten ein großes Durcheinander, einige stürzen (wohl in die Fallen), andere wollen weg, können aber wegen der Enge nicht. Naja, das Chaos hat der Präfekt ausgenutzt und den ersten Angriff befohlen. Die Pilumsalve saß,

es gab bei unserem Gegner ziemlich viele Tote und Verletzte. Daraufhin zogen sich die Germanen erstmal zurück.
Jetzt kommen einige berittene Anführer der Chatten, die wieder Ordnung schaffen und die Germanen in zwei etwa 200 Mann große Blöcke aufstellen, das sieht nach System und Taktik aus.
Da rennt ja Quintus, von der Lahn kommend.
„Hallo Quintus!"
Er hört mich nicht, da wieder laut ein Signal geblasen wird. Unsere erste Linie steht auf einem Wall der so aussieht wie unser Lagerwall, mit vorgelagertem Graben. Je drei der Schanzpfähle sind zu einer Art „Spanischen Reiter" zusammengebunden und vor unseren Stellungen platziert, sodass die Germanen sich nur auf drei Wegen unserer Stellung nähern können. Und dort steht jeweils eine Zenturie zum Empfang bereit.
„Sie kommen!", ruft Lucius II, „Wir müssen nach vorne mit dem Verbandszeug und der Trage!"
Stimmt, wir sind ja hier die Sanitäter. Während ich mir den Helm fester zubinde, merke ich plötzlich, wie nervös ich bin. Aber ich kann hier ja nicht sterben, denn ich lebe ja in 2000 Jahren. Oder kann ich hier doch sterben und die Zukunft ändert sich, also habe ich nie gelebt? Wahrscheinlich machen sich hier alle anderen deutlich andere Gedanken als ich…
Unsere drei Zenturien, jede gut 80 Mann stark, stehen vier Mann tief, sodass dabei 20 Mann eine Linie bilden. In Front steht der Zenturio, hinter der letzten Linie steht jeweils der Optio der Zenturie, der dafür sorgt, dass die Formation intakt bleibt. Dafür setzt jeder Optio einen langen, massiven Holzstab, durchaus auch mal schmerzhaft, ein.

„Komm, Lucius, zum Präfekten, da können wir vielleicht mehr sehen!"
Der Präfekt steht hinter den Linien auf einem aufgeschütte-

ten Hügel, der Tribun, drei Adjutanten, Signifiker[56], Standartenträger und die Cornicines um ihn herum, ernste Blicke, gelassenes Schweigen.
In zwei Blöcke aufgeteilt, greifen die Germanen jetzt mit großem Geschrei an. Von hier hinten sehen sie nicht sehr bedrohlich aus, anscheinend sind sie nur mit Speer und Schild bewaffnet, Rüstungen und Helme sehe ich nicht. Die berittenen Anführer scheinen hingegen besser ausgerüstet zu sein.
Fast wie beim Drill im Kastell, ruhige Kommandos von den in vorderer Font stehenden Zenturionen, die an ihrem querstehenden Helmbusch, der Crista, gut zu erkennen sind (Quintus sehe ich nicht).
„Pilum bereit!" „Pilum werfen!"
Die 60 Pila der ersten Reihe gehen als Salve raus, alle treffen. Jetzt erkennt man die geniale Konstruktion des etwa 2m langen Pilum: auf dem Holzschaft sitzt eine etwa 60cm lange, dünne Eisenklinge, die in einer massiven, pyramidenförmigen Spitze ausläuft. An der anderen Seite steckt auf dem Holzschaft eine eiserne Lanzenspitze, mit der man das Pilum zum Beispiel vor sich in den Boden stecken kann. Trifft das Pilum auf ein Schild, durchschlägt es diesen problemlos. Durch die Wucht des Aufpralls knickt die dünne Eisenklinge hinter der Spitze ab, sodass das Pilum nicht mehr zurückgeworfen werden kann. Da es in der Regel auch nicht mehr aus dem Schild gezogen werden kann, wird das Schild damit praktisch unbrauchbar.
Das kann ich jetzt gut erkennen, viele Germanen lassen ihre Schilder mit den eingeschlagenen Pila fallen und setzten den Kampf ohne Schildschutz fort. „Na viel Spaß dabei", murmle ich vor mich hin.

---

[56] Signifiker: Träger des Feldzeichens der Kohorte. Der Signifiker trägt als Auszeichnung ein Wolfsfell, wobei der Wolfsschädel über den Helm gezogen ist und das Wolfsfell den Rücken des Trägers bedeckt

Der 1. Pilasalve folgt eine zweite und dann eine dritte, die Reihen der Feinde sind komplett in Unordnung geraten, viele sind tot oder verwundet.
Jetzt das Hornsignal "Angriff!", unsere Soldaten gehen in enger Formation, Schild an Schild mit gezogenem Gladius, vor. An den drei Zugängen drücken nun die dichten Reihen der Römer und Germanen gegeneinander, es ist kaum Platz um Schwert oder Lanze einzusetzen. Dieses physikalische Kräftemessen gewinnen die Römer, da sie in Formation bleiben, einen geschlossenen Schildwall bilden und synchron als Block nach vorne drücken.
Die zurückweichenden Chatten werden nun mit dem Gladius bekämpft, die Germanen erleiden große Verluste.
„Sie fliehen!" Lucius II und ich grinsen uns an. Unsere Zenturien gehen geordnet auf ihre Ausgangsstellung zurück. Ich winke Gaius, der mit seinem Stab breit grinsend zurück grüßt. Mist, da kommt schon die 2. Welle der Chatten mit neuen Kämpfern, wieder als zwei Blöcke organisiert, brüllend angerannt. Hut ab, das sind tapfere Kerle, haben gesehen wie ihre Kameraden der 1. Welle große Verluste hatten, wurden während ihrer Aufstellung von unseren Kampfschiffen beschossen und trotzdem greifen sie mit großem Elan an.
„Pilum bereit!", „Pilum werfen!"
Eine neue Kampfrunde beginnt. Und es gibt jetzt etwas für uns zu tun.
„Sanitäter!"
Wir rennen nach vorne, links von uns sind Aulus und Valerius schon am Werkeln. Einem Soldaten fehlt die rechte Hand, Blut tritt spritzend-pulsierend aus der Wunde. Ich greife ihm in die Achsel, finde die Arterie mit dem Finger und drücke sie ab.
„Lucius, Druckverband!"
Er hat schon mit einem Stab und einem Verbandstück den Arm abgebunden. Zwei weitere Soldaten, Schnitt am Kopf, abgebrochener Speer im Oberschenkel, werden zu uns ge-

bracht. Wir schleppen sie zurück zu unserem Sanitätswagen, wo der Medicus und Lucius I sich weiter um sie kümmern.
„Schnell Hans, wieder nach vorne!"
Die 3. Welle der Chatten ist am Angreifen. Das Schlachtgetöse ist beeindruckend laut, hunderte schreiende Männer, Klirren von Rüstungen und Waffen, Hornsignale.
Ich versuche gerade hektisch, eine stark blutende Wunde in der Leistengegend irgendwie in den Griff zu kriegen, meine Hände und Arme sind voller Blut. „Gut, dass es noch kein Aids gibt", idiotischer Gedanke.
Von rechts aus Richtung Lahn höre ich lautes Geschrei. Die Chatten haben offenbar eins unserer Boote geentert, auf dem Boot wird heftig gekämpft. Was mir aber schlagartig eine massive Gänsehaut verpasst ist die Tatsache, dass ca. 20 m vor mir entfernt, ziemlich viele Germanen aus der Lahn, fast wie Flussgeister, auf uns zu kommen.
„Gaius!", mein Schrei lässt diesen herumfahren, aber zwei Germanen sind schon bei ihm. Mit seinem langen, eisenbeschlagenen Optiostab schlägt Gaius die Lanze des ersten zur Seite und rammt dem zweiten mit einem hässlichen Geräusch den Stab ins Gesicht. Fünf weitere Chatten kommen heran, eine Lanze trifft Gaius am Oberkörper, keine Ahnung ob der Kettenpanzer hält.
„Gaius, Gaius!", brüllend nehme ich meinen Schild auf, ziehe mein Gladius und renne los. Ein Chatte kommt mir mit vorgehaltenem Schild und stoßbereiter Lanze entgegen. Seinen ersten Stoß und den folgenden Schlag wehre ich mit dem Schild ab, sein nächster Schlag trifft meinen Helm der wie eine Glocke im Kirchturm dröhnt, mir ist kurz schwarz vor Augen, ich geh in die Knie und versuche mich mit dem Schild zu decken, verdammt, wo ist mein Schwert? Ein Schmerz in der Wade, ich rolle zur Seite, den Schild erhoben. Nur nicht den Schild verlieren, sonst spießt der Sack mich auf!

Zur Seite blickend sehe ich, wie Gaius einem Chatten den Gladius bis zum Heft in den Unterleib rammt. Auf dem Rücken liegend, Schild nach oben, versuche ich, aus der Kampfzone zu robben. Da liegt ja mein Gladius, beim Aufheben sehe ich, dass Lucius II mich wohl begleitet hat und heftig mit einem Chatten kämpft. Gaius ist weiter von mehreren Chatten umgeben, um ihn herum liegen tote Feinde.
„Nein!", entfährt es mir, ein Speer steckt in Gaius Oberschenkel.
„Ihr Schweine!", brüllend stehe ich auf, ein Chatte mit beidhändig geführter Lanze vor mir, ein heftiger Schlag, mein Schild fliegt weg, ich wieder auf den Knien, der Chatte hebt seinen Speer. Ich blicke auf seine Beine direkt vor mir, lange Hose aus grobem Stoff, mein Gladius dringt praktisch ohne Widerstand irgendwie in seine Wade, Blut tritt hervor. Er brüllt, aber hebt dann erneut seinen Speer - dann schaut er verblüfft auf die blutrote Gladiusspitze, die in seiner Brust aufgetaucht ist, er schaut mich fast fragend an, während er nach vorne sinkt. Diesen Blick werde ich nie vergessen.
Gaius setzt seinen Fuß auf den Rücken des Chatten und zieht sein Gladius raus um es im Bogenschlag sofort gegen den nächsten Gegner einzusetzen. Der tote Germane liegt halb auf mir, ich schiebe ihn weg und sehe wie Gaius, einen Speer im Brustkorb, in die Knie geht.
„Nein!" will ich rufen, aber vor Entsetzen bekomme ich keinen Ton heraus.

Wie betäubt bekomme ich nebelhaft mit, wie mehrere Pferde an mir vorbeipreschen, unsere Kavallerie. Sie schlagen auf die Chatten ein, die versuchen in die Lahn zu entkommen. Das funktioniert nicht, die Reiter sind zu schnell und wendig; mit ihren Wurflanzen und den langen Spathas, den speziellen Schwertern der Reiter, machen sie einen Chatten nach dem anderen nieder.

Langsam und immer noch halb taub, mich zwingend einen Fuß vor den anderen zu setzen, gehe ich zu Gaius. Er ist tot. Ich schließe ihm die Augen und ziehe den Speer aus seiner Brust. Sein Kettenhemd ist an mindestens zehn Stellen durchschlagen, er hat mehrere tiefe Schnitt- und Stichwunden an den Armen und Beinen, sein Helm ist von vielen Schlägen zerbeult. Verdammt und verflucht nochmal, wenn das kein gottverdammter Held ist, er hat mir das Leben gerettet, verfluchte Scheiße nochmal.
Tränen laufen mir die Backen runter, ich ziehe die Nase hoch.
„Du musst nicht weinen, Hans, so wollte er sterben."
Mit tränentrübem Blick erkenne ich Quintus, dessen eine Gesichtshälfte blutverschmiert ist.
„Quintus, bist du verletzt?" Meine quäkend-ängstliche Stimme und sein Kopfschütteln, seine beruhigende Hand auf meiner Schulter, das alles lässt mich jetzt wirklich losheulen. Quintus reibt sich sein Gesicht. „Ist das Blut eines verdammten Chatten."

Auf einmal ertönt ein lautes, vielstimmiges Jubelgeschrei „Roma Victor!"
Quintus strahlt mich an und hebt ebenfalls sein Gladius in die Höhe. „Hans, wir haben gesiegt!"
Ich schließe die Augen, ja super, ein toller Sieg. Diese Germanen wollten mich eben tatsächlich töten.
Gaius hat mir das Leben gerettet! Und Gaius ist tot!
Auf einmal fang ich an zu zittern, ich friere wie bekloppt und der Kloß in meinem Hals lässt sich durch schlucken nicht entfernen.

Kapitel 5

Germania superior, 83 n.Chr.

Die Krähen fliegen tief und krächzend um die Wette, das gegenüberliegende Rheinufer ist im Gemisch aus Nebel und Regenschwaden kaum zu erkennen. Tropfen fallen von der Kapuze durchs Gesichtsfeld. Die Saison der Patrouillenfahrten auf der Laugona ist bis zum Frühjahr erstmal vorbei. Leicht enttäuscht dreht sich Quintus um, grüßt mit einem Nicken die Wache und verlässt die obere Plattform des linken Torturms des Kastells, seinen dicken Wollmantel enger um sich ziehend.
Auf seinem Weg zu Hans lässt er sich das Gefecht vor gut einem Monat an der Laugona Revue passieren. Sie hatten bittere, aber kalkulierte Verluste: 83 Mann sind gefallen, besonders schlimm ist der Verlust seines Optio Gaius, den er sehr gemocht hatte und der ein ausgezeichneter Soldat war. Weiterhin gab es 124 Schwerverletze von denen einige nicht mehr dienstfähig sind. Anderseits haben sie ihren Auftrag voll erfüllt. Die Chatten hatten mehr als 700 Tote und sicher in der gleichen Größenordnung Schwerverletzte. Zudem haben sie 245 Gefangene gemacht und an die Sklavenhändler für gutes Geld verkauft. Germanen sind in Italien als Leibwächter oder Gladiatoren sehr begehrt.
Die Details des Grabsteins, den sie für Gaius anfertigen lassen wollen, will er jetzt mit Hans besprechen.
Quintus geht an der Principia vorbei und biegt dann rechts in die Straße zum Kohortenlazarett.
Der große Feldzug war als „Hammer – Amboss Strategie" aufgebaut. Die am Rhein stehenden Verbände marschierten von mehreren Standorten nach Osten in die Germania magna[57] ein und bildeten den Amboss. Die vier Legionen und Auxillartruppen unter Befehl des Kaisers, zusammen

---

[57] Germania magna: römische Bezeichnung für das Gebiet östlich des Rheins, von Germanen besiedelt.

etwa 50.000 Mann, marschierten ihnen von ihren Marschlagern in Germanien nach Westen entgegen, bildeten also den Hammer. Diese beiden aufeinander zulaufenden Bewegungen sollten die dazwischen befindlichen Chatten final besiegen. Der Plan war gut, leider funktionierte er aber nicht, dazu war er zu großräumig angelegt mit zu wenigen geografischen Kenntnissen. Die Chatten konnten daher zu einem großen Teil ausweichen, die Bewegungen der Römer waren einfach zu ungenau und zu unkoordiniert. Bei ihrer lokalen Aktion, also mit ihrer Kohorte, hat es gut funktioniert, Hans Karte sei Dank.

Beim Betreten der Krankenstation stellt Quintus fest, dass nur noch etwa 20 Verwundete hier liegen. Er legt seinen dicken Mantel ab, es ist angenehm warm im Lazarett.
„Ich grüße dich, Medicus"
„Salve, Zenturio Quintus Tilius. Hans ist hinten", der Medicus wendet sich wieder dem vor ihm liegenden Verletzen zu.
Hans schaut auf „Na Zenturio, was verschafft uns die große Ehre deines Besuchs?"
„Ich will dich abholen, hast du jetzt nicht Dienstschluss?"
„Doch, ich wollte in die Therme gehen, komm doch mit."

Es ist Hans ein großes Anliegen, dass Gaius einen standesgemäßen Grabstein bekommt, damit Gaius nicht vergessen wird. In den letzten Tagen lag er damit Quintus ständig in den Ohren, es war das wichtigste Thema überhaupt. Quintus versteht das, er kann sich auch noch gut an seinen ersten Kampf erinnern, der wie eingebrannt in seinem Kopf jederzeit abrufbar ist. Niemand steckt diese Erfahrung einfach weg. Und dass Hans Gaius sein Leben zu verdanken hat, kommt noch gesondert hinzu.
Während sie im Caldarium, dem Heißraum der Therme, schwitzen, legen sie die Inschrift und die Gestaltung des Grabsteins fest.

„Also gut, roter Sandstein und Gaius im Halbportrait mit allen seinen Ehrenzeichen. Darunter seine Laufbahn. Könnte man nicht noch „Er hat es den chattischen Wichsern so richtig gegeben" drauf schreiben?"
Quintus schüttelt lächelnd den Kopf „Es gibt Regeln für diese Grabinschriften. Ich habe aber noch einen anderen Punkt. Du weißt, dass wir irgendwann nach Mogontiacum müssen, du erinnerst dich an den Befehl des Präfekten?"
Hans verdreht die Augen. „Ja, leider. Können wir das nicht irgendwie rauszögern? Vielleicht vergisst er die Sache."

Quintus hat sich das auch schon überlegt, zumindest das Rauszögern dürfte klappen, da der Präfekt nach dem Feldzug jede Menge zu tun hat wie neue Rekruten einstellen, Berichte schreiben, sich um die Versorgung des Kastells im anstehenden Winter kümmern und so weiter. Im Moment ist der Präfekt zudem selber in Mogontiacum zur Lagebesprechung, Kommandeur im Kastell ist während der Abwesenheit der Zenturio Antonius Matius, der Pilus Prior[58] der Kohorte. Sein Kollege Antonius weiß nichts von dem Befehl und wird sie daher nicht nach Mogontiacum schicken.

Während sie rüber ins benachbarte Frigidarium zum Abkühlen und Schwimmen wechseln, bringt Quintus seinen zweiten Punkt an.
„Hans, ich will außerdem, dass du eine richtige Kampfausbildung bekommst. Du weißt selber, wie knapp du bei dem Gefecht davongekommen bist."
„Gaius hat mir das Leben gerettet, daher will ich auch, dass er alle Ehren erhält."
Hans blickt mürrisch und springt ins Wasserbecken, prustend kommt er wieder hoch. „Ich bezahle auch den Grabstein."
Netter Versuch vom Thema abzulenken. „Ist schon gut Hans, das Finanzielle übernehme ich, mein Gehalt liegt

---

[58] Pilus prior: Oberer Dienstrang für einen Zenturio

sehr deutlich über deinem. Und wie du weißt, mochte ich Gaius auch sehr gerne."
Sie hängen nebeneinander am Beckenrand und beobachten die anderen Schwimmer. Jetzt springen mehrere junge Rekruten ins Becken und beginnen eine ausgelassene Wasserschlacht; als sie Quintus bemerken verziehen sie sich schnell wieder. Quintus lächelt, na, Selbstbewusstsein müsst ihr aber auch noch lernen, Jungs.
„Also nochmal wegen der Kampfausbildung. Ich habe mit dem Medicus gesprochen, du wirst für drei Monate die Ausbildung mit den neuen Rekruten in meiner Zenturie ableisten. Mein neuer Optio soll morgen kommen, er kommt aus der Provinz Baetica[59]."
Hans taucht kurz unter und kommt langsam wieder an die Oberfläche, schüttelt sich die Ohren aus und streicht seine Haare glatt.
„Ist das nicht ganz unten auf der iberischen Halbinsel, also Andalusien?"
Quintus stutzt. „Andalusien? Was soll das sein?"
„Ach vergiss es, ging mit nur so durch den Kopf", Hans ist rot geworden und schwimmt zum gegenüberliegenden Beckenrand.
Quintus ist schon paarmal aufgefallen, dass Hans seltsame Namen nennt oder Behauptungen aufstellt um dann gleich alles abzustreiten oder als unwichtig darzustellen. Er nimmt sich vor, Hans bei passender Gelegenheit mal drauf anzusprechen.
Im gleichen Moment bekommt er einen Schwall Wasser ins Gesicht. Jetzt beginnen sie eine hübsche Wasserschlacht, an der sich die anderen Soldaten im Becken kräftig beteiligen, mit einer gewissen Verzögerung auch die neuen Rekruten.
„Na also, geht doch", denkt Quintus.

---

[59] Baetica: römische Provinz im Süden des heutigen Spaniens

Bei Koblenz, Dezember 2018

Ich fahre schweißgebadet hoch, der Puls rast und ich bin hellwach, mit aufgerissenen Augen starre ich ins Dunkle. Okay, okay ich sitze im Bett, alles gut. Schon wieder dieser Albtraum: die Schlacht, der sterbende Gaius, dann der Germane, der mich anstarrt mit einer blutenden Schwertspitze, die aus seiner Brust ragt. Dann verwandelt sich das Gesicht des Germanen, erschreckend erkenne ich mich selber, sterbend!
„Mensch Hans, halt die Klappe!" stöhnt verpennt Lucius I. Habe ich etwa wieder im Traum geschrien?
„Tschuldigung" flüstere ich ins Dunkle unserer Kammer.
Hoffentlich hört diese Horrorkacke bald auf, bestimmt so `ne „Posttraumatische Belastungsstörung" würde ein Psychofuzzi jetzt diagnostizieren. Naja, diese Typen sind hier ja noch nicht „erfunden".

Ich lausche dem Regengeprassel, aber wieder einschlafen ist nicht. Nach meinem selbstgemachten Kalender sollte morgen Weihnachten sein, extrem komische Vorstellung. Trotzdem steigt in mir Heimweh auf. Jetzt zu Hause sein, im Bett mit Mira. Mal richtig ausquatschen, guter Sex, Weihnachtsmarkt besuchen, Skifahren gehen, mit Freunden abhängen. Und hier, bei den Römern? Ja gut, Quintus ist echt ein Freund, aber eben kein so Richtiger, da wir über so vieles, gerade Dinge die mir wichtig sind, nicht reden können. Ein Mensch mit erfundener Vergangenheit ist irgendwie kein richtiger Mensch. Diese ganze Geschichte mit der Zeitreise oder was auch immer zieht mich echt runter, verdammt.
Und dieses nasskalte, graue Wetter, natürlich mal wieder keine weiße Weihnacht, schlägt mir auch aufs Gemüt.
Weiße Weihnacht, so ein Quatsch, die haben hier doch sicher nichts von Jesus und Co gehört.
Und dann natürlich die Sache mit Gaius und unsere

Schlacht, irgendwie fehlt grade das Positive oder Helle, zumindest mal eine nette Perspektive, etwas auf das ich mich freuen kann.
Ich versuche wieder eine bequeme Schaftposition zu finden, vergebens. Was mir seltsamerweise relativ viel Spaß macht, ist diese Militärausbildung, zu der Quintus mich verdonnert hat. Egal ob Konditionstraining, lange Märsche mit Gepäck, Lagerbau lernen, Waffenausbildung, Kampftechniken erlernen, Exerzieren und Formationstraining. Es gefällt mir irgendwie. Ich bin in den letzten Wochen auch schon ziemlich kräftig und fit geworden, habe bestimmt 7-8 kg abgenommen und gut Muckis aufgebaut.
Schon seltsam, meine Sympathie für die Kampfausbildung, lustige Ansicht für einen ehemaligen Kriegsdienstverweigerer! Ist wohl primär dem Kampf mit den Chatten geschuldet. Diese totale Hilflosigkeit und Todesangst möchte ich nicht nochmal erleben; wenigstens sich wehren können. Vielleicht hätte Gaius noch leben können, wenn ich in der Schlacht schon hätte kämpfen können.
Gaius ist tot – und ich? Ich lebe hier doch eigentlich auch nicht, kann ich 2000 Jahre vor meiner Geburt sterben?
Hans, es reicht, die Gedanken werden immer schwärzer, ich muss an die Luft! Während ich die Beine aus dem Bett schwinge fällt mir Weihnachten wieder ein; wie alt ist eigentlich Jesus geworden? Die Bibel ist nicht so meine Stärke, irgendwie habe ich ein Alter von so 30 Jahren im Kopf. Also ist er ungefähr vor knapp 60 Jahren gestorben. Vielleicht gibt's hier ja Leute, die ihn gekannt haben? Frühe Christen? Ob die irgendwie sowas wie Weihnachten feiern?

Ich schlag die Decken auf, ein Königreich für einen Kaffee! Wir hatten den Herd noch nachgefeuert, damit er bisschen nachwärmt, das ist aber Stunden her, jetzt ist es sackkalt in unserem Papilio. Bibbernd ziehe ich meine dicke, schön mollige langärmelige Wintertunica an. Für die Zeit außer Dienst habe ich mir bei einem der Reiter für eine hübsche

Stange Geld eine halblange, ledergefütterte Feminalia, die Kniehose der Reiter, besorgt. Mir doch egal, wenn mich meine Sanitätskumpels dafür auslachen. Jungs, die Hose wird sich durchsetzen, ihr solltet da besser auf jemanden hören, der 2000 Jahre alt ist! Jetzt noch die Filzsocken und die Winterstiefel.
So, fertig. Ich ziehe den dicken, ponchoartigen Kapuzenmantel, Paenula genannt, über und verlasse leise unsere Stube.
Der Regen ist doch tatsächlich in Schnee übergegangen, er rieselt gemächlich vom Himmel, fast schon romantisch durch die Fackeln beleuchtet. Das Kastell sieht völlig verändert aus, alles weiß und „sauber", die Geräusche seltsam gedämpft. Diese Winterstimmung tut mir gut, die negativen Gedanken haben sich versteckt, alles ist friedlich und fühlt sich irgendwie richtig an.
Ich gehe rüber zu den Pferden der Bereitschaft und streichle sie. Der Schneefall nimmt zu, ist bestimmt schon nach Mitternacht. „Frohe Weihnachten", flüstere ich dem großen Braunen ins Ohr – keine Reaktion.

Germania superior, 84 n.Chr.

„Nein, erst wenn der Schnee getaut ist oder zumindest trockener Frost herrscht."
Quintus winkt dem Wirt zu, ja, noch eine Amphore bitte.
„Der Präfekt ist ja kein Unmensch und so eilig ist es ja nun auch wieder nicht."
Hans schaut Quintus unglücklich an, leert seinen Weinbecher in einem Zug, knallt den Becher auf den Tisch und mault „Also ist nichts zu machen, wir müssen nach Mogontiacum zu diesem Oberchef des Ganzen hier?"
Quintus nickt „Ja, aber das kann noch zwei bis drei Wochen oder sogar länger dauern. Wir können uns mal überlegen,

ob wir den längeren Landweg nehmen oder per Schiff reisen. Schiff ist nicht so anstrengend, auf der Straße sind wir dafür flexibler und können selber bestimmen, wann wir ankommen."
„Landweg", Hans nimmt seinen dritten Becher in Angriff. Quintus studiert Hans im Zwielicht der Öllampen und Fackeln, die die Taverne „Moselblick" eher spärlich ausleuchten. Er hat sich ganz schön verändert in dem halben Jahr seit sie sich kennen. Kräftig und drahtig ist er geworden, nicht mehr so aggressiv und aufbrausend wie am Anfang. Und er spricht richtig gut Latein. Außerdem ist er durch die Ausbildung jetzt ziemlich geschickt mit Schild und Gladius, beim nächsten Gefecht muss er sich nicht mehr so viele Sorgen machen. Der Medicus ordinarius, eigentlich ein eher schweigsamer Vertreter, berichtet ihm immer wieder begeistert von Hans. Er hat viel von ihm gelernt und Hans ist ein exzellenter Schüler.

Was Quintus aber wieder zu den Sorgen bringt, die er hinsichtlich der Vorstellung von Hans beim Provinzgouverneur in Mogontiacum hat. Noch hat die Provinz Germania superior keinen „offiziellen" Statthalter, da der Provinzstatus formal noch nicht ganz erreicht ist. Bis dieser förmliche Status erreicht ist, wechseln sich die Kommandeure, also die Legaten, der beiden in Mogontiacum stationierten Legionen als kommissarische Statthalter ab.
Mit seinem eigenen Kommandeur, dem Legaten der Legion XIV. Gemina, Julius Frontinius, ist Quintus befreundet. Sie haben schon so manche Schlacht gemeinsam geschlagen, sie vertrauen sich gegenseitig. Julius Frontinius ist intelligent und ehrenhaft, er wird sie unterstützen und den Wert von Hans für uns alle, für Rom, erkennen, da ist sich Quintus sicher.
Anders sieht es mit Marcus Rubrius, dem Legaten der Legion XXI Rapax aus. Der hat keinen guten Ruf, ein glatter Karrieretyp, will noch hoch hinaus und geht dabei wohl auch über Leichen. Da kann es sehr gut sein, dass er Hans

tatsächlich für seine Zwecke „benutzen" wird, für sein eigenes Weiterkommen. Und damit sind Hans Befürchtungen, wieder als Gefangener zu enden, durchaus begründet, zumindest wenn Marcus Rubrius als kommissarischer Provinzgouverneur das Sagen hat.
Grimmig schlägt Quintus seine Faust in seine Hand, er muss unbedingt erreichen, dass Hans nur Julius Frontinius als Provinzgouverneur vorgestellt wird. Er hat es bisher nicht über sich gebracht, Hans von seinen Sorgen zu berichten.
„Na Quintus, jetzt guckst du ja schon fast so ernst aus der Wäsche wie ich. Vergiss es, das ist mein Job, du bist für gute Laune zuständig, wenn es um unsere Reise nach Mogontiacum geht."
Sie stoßen schweigend an, dabei kommt der Wirt an ihren Tisch.
„Hans Lanzspiel, meine Bedienung Livia, du kennst sie ja schon, schickt mich dich zu bitten, mal mit nach hinten zu kommen."
Hans ist so schnell auf den Beinen, dass er dabei fast den Tisch umstößt.
„Na klar, um was geht es den? Oh je, sie ist doch hoffentlich nicht krank?"
Der Wirt schüttelt den Kopf. „Nein, sie nicht, aber jemand anderes. Du wirst schon sehen."
Die Aussicht, nicht alleine mit Livia im Hinterstübchen sein zu können, trübt Hans Elan offensichtlich ein wenig. Quintus lehnt sich schmunzelnd zurück.
„Jetzt mach schon Hans, Frauen lässt man nicht warten."
Hans zieht eine Grimasse und folgt dann brav dem Wirt ins Hinterzimmer.

Dort sitzt Livia auf dem Fliesenboden, vor sich eine dicke Decke mit einem jungen, langhaarigen Hund, fast noch ein Welpe, der ungeschickt versucht, das hingehaltene Stück Trockenfleisch zu fressen.

„Hallo", Hans schaut sich um „Ah ja, das ist also der der Patient?"
Livia nickt „Alle anderen aus dem Wurf sind kerngesund, nur die Kleine mickert vor sich hin, die Mutter lässt sie kaum an die Zitzen und das Füttern per Hand ist nicht wirklich effektiv. Sie nimmt nicht richtig zu. Kannst du sie bitte mal anschauen, vielleicht ist sie krank? Du bist doch der berühmte Medicus, von dem hier im Vicus alle reden!"
Sie strahlt Hans mit ihren hellblauen Augen an und legt ihre Hand auf seinen Arm.
„Ähm, ja, also nein, ich bin kein Medicus sondern nur Sanitäter", stottert Hans, „Und mit Hunden kenn ich mich nicht so aus, aber ich kann ja mal schauen."
Hans kniet sich neben Livia und tastet den Hund ab, der zwar etwas abgemagert aber sonst ganz gesund aussieht.
„Wie alt ist er denn?"
„Nicht „er" sondern „sie" – so etwa sieben Monate."
Da das Tasten nichts Weiteres gebracht hat, schaut Hans dem Tier schließlich ins Maul. „Mmh, das könnte das Problem sein. Gibt es hier eine kleine Zange?"
Der Wirt nickt und verlässt das Zimmer. Livia schaut Hans ängstlich an „Was willst du denn tun?"
Jetzt ergreift Hans die Gelegenheit, seine Hand auf ihren Arm zu legen. „Vertrau mir, lass mich mal machen."
Der Wirt ist mit einer Zange zurück. Hans hält mit einer Hand das Maul auf und zieht mit der Zange einen Knochensplitter, der tief zwischen zwei Zähnen saß, heraus. Das Zahnfleisch ist an der Stelle rundum stark entzündet.
Die Kleine zuckte bei der „OP" nur kurz und leckt dann ausgiebig Hans die Hand.
„Schau mal, dieses Knochenstück ragte zwischen den Zähnen heraus, das hat der Mutter beim Säugen bestimmt weh getan. Das Zahnfleisch ist stark entzündet und blutet jetzt, das ist aber nicht schlimm, das gibt sich von alleine. Wichtig ist, dass der Störenfried draußen ist, ich denke das war die Lösung des Problems!"

Jetzt gibt Hans den Profi-Veterinär. „Gib ihr in den nächsten drei Tagen nur weiches Futter, damit das Zahnfleisch sich erholen kann. Ich komm dann nochmal vorbei, um mir die Patientin anzusehen."
„Danke sehr", Livia beugt sich zu Hans und küsst ihn leicht auf die Wange.
Wenn es einen Spiegel geben würde, hätte Hans sein leicht dämlich-glückliches Lächeln bemerkt.
„Sie mag dich", diese Worte Livias bringen Hans wieder in die Realität zurück.
„Wen? Äh, ja stimmt, sie will gar nicht mehr weg von mir", Hans krault dem Hund die Ohren, der sich daraufhin eng an ihn schmiegt. „So meine Kleine, ab zu Frauchen und bis bald."
Livia streicht ihre blonde Strähne aus dem Gesicht und schaut Hans tief in die Augen „Ja bis bald, ich freue mich schon."

Hans hat immer noch das leicht dümmliche Grinsen im Gesicht, als er sich wieder zu Quintus setzt.
„Na du siehst aus, als ob dir Venus persönlich begegnet ist", Quintus zwinkert vielsagend, „Voller Erfolg im Hinterzimmer?"
Hans lacht leicht ertappt „War ganz nett und erfolgreich. Ich sehe Livia in drei Tagen wieder."
„Respekt mein Lieber! Vielleicht solltet ihr euch irgendwo treffen, wo ihr ungestört seid."
„Also dich nehme ich auf keinen Fall mit, mein lieber Quintus, sorry."
„Sorry?"
„Ach egal!"
„Na dann auf das junge Glück!"
„Idiot!" lachend leiten sie die nächste Runde Wein ein.

Bei Koblenz, Februar 2019

Es riecht schon bisschen nach Frühling, die Schneeglöckchen sind bereits verblüht, in geschützten Winkeln blühen schon Scharbockskraut und Blausterne. Hoffentlich wird`s bald richtig Frühling, meine Lieblingsjahreszeit: das erste Hellgrün der Buchen, die Blühteppiche aus Buschwindröschen und Lerchensporn, getupft mit Veilchen, Lungenkraut und Schlüsselblumen, einfach superschön. Gut, das mit dem ersten Käffchen im Sonnenschein kann man hier knicken. Aber trotzdem, ich freu mich auf den Frühling, so wie jedes Jahr.

Ich stehe auf der Straße, die nach Osten entlang der Lahn führt. Hinter mir beginnt die riesige Holzbrücke, die über den Rhein nach Confluentes führt.
Hier, von der anderen, der „germanischen" Rheinseite aus, sieht Confluentes in der hellen Morgensonne echt malerisch aus. Gekrönt vom Kohortenkastell, liegt der Ort frisch ausgebreitet da; viele kleine Rauchfahnen versprechen wohlige Wärme und heißes Essen. Irgendwie mag ich das Kaff.

Ich bin mal wieder „spazieren gehen", was hier niemand außer mir tut. Quintus wollte schon den Medicus rufen, als ich ihm zum ersten Mal erklärte, dass ich schlicht durch die Landschaft laufen wollte. Schon irgendwie witzig, dass hier niemand diese Freizeitbeschäftigung kennt und offensichtlich auch nicht kennenlernen will. Banausen.
Es ist so fantastisch still hier, das fällt mir immer wieder auf. Ich höre nur meinen Atem, wenn ich die Luft anhalte - nichts. Diese Art von völliger Stille kennen wir in Deutschland gar nicht, ich habe etwas Vergleichbares mal im Urlaub nachts bei einer Wanderung in der Wüste von Arizona erlebt, als absolute Ausnahme. Hier ist das immer so! Kein Verkehr oder Geräusche von Maschinen oder ähnlichem, nichts von dem bei uns typischen Lärmbackground. Ich bilde mir auch ein, dass mein Gehör dadurch geschärft ist.

Oder ich höre wegen der Stille einfach Sachen, die ich früher nie gehört habe, wie das leise Plätschern der kleinen Rheinwellen unten am Ufer, das Scharren eines Tieres im Wald, das Flattern der Vögel dort im Gebüsch.

Es reizt mich total, hier mal eine richtig lange Wanderung, am besten mehrtägig, zu machen. Die Landschaft sieht einfach sowas von urig aus, so „unbenutzt", kaum 30m von der Straße war vielleicht noch nie ein Mensch gewesen! Der Wald zum Beispiel, ist völlig anders als der Nutzwald den ich kenne, unberührt, eine Wildnis. Ich habe letzten Monat sogar nachts Wölfe heulen gehört! Meinen Sanitäterkollegen und Quintus, denen ich das ganz aufgeregt erzählt hatte, haben mich damals allerdings so angeschaut, also ob ich Drogen genommen hätte, was daran jetzt das Besondere sein soll, hat sich ihnen nicht erschlossen. Auf meine Frage, ob es hier auch Bären gibt, kam gelangweilt „Ja natürlich." Quintus hat mich dann auf einmal so komisch angesehen, er hat bemerkt, dass Wölfe und Bären für mich etwas Ungewöhnliches sind – aber es eigentlich nicht sein sollten.
Blöd, ich muss noch mehr aufpassen.
Mein üblicher „Spazierweg" führt die Straße nach Osten, die so nach gut 10km an die Lahn stößt. Hier baut unsere Kohorte gerade eine kleine Befestigung oberhalb der Lahn, als Vorposten um das Vorfeld von Confluentes besser abzusichern. Geplant ist dort auch ein kleiner Hafen an der Lahn, um den Vorposten besser versorgen zu können. Letzte Woche waren die Vermessungsingenieure dabei, die Hafenanlage abzustecken. Das war interessant zu sehen, wie vom Plan der Übertrag auf das Gelände erfolgt, echt fit die Jungs.
Ich kehre um, da ich mich mit Berowulf verabredet hab. Tja, wir sind irgendwie über Religion ins Gespräch gekommen und er wollte mir den neuen Tempel zeigen, der vor allem für die einheimische Provinzbevölkerung errichtet wurde.

Wir haben uns vor dem Haupttor des Kastells verabredet, er ist schon da, locker wie immer.
„Salve, Berowulf, na alles gut bei dir?", schnaufe ich, vom Anstieg zum Kastell leicht außer Atem.
Er grinst „Du siehst ja schon richtig verschwitzt aus, mein lieber Hans. Warst du wieder „herumlaufen" oder wie du das nennst?"
„Ja, ja spotte nur. Und jetzt, gehen wir gleich los?"
Berowulf grinst schon wieder. „Gehen? Nein, ich habe uns zwei Pferde besorgt. Für die Kulthandlungen brauchen wir zwar nicht so viel, also keine Opfertiere, aber ein paar Dinge dann doch."
Ich klopfe ihm auf die Schulter „Sehr gut, bin heute auch schon genug „herumgelaufen!"
Wir gehen zu den Stallungen der Bereitschaft, Berowulf hat schon gesattelt und das Gepäck verstaut.

Unser Ritt auf einer gut ausgebauten Straße geht hoch auf den südlich von Confluentes liegenden Berg. Nach einem knapp einstündigen Ritt erreichen wir das Eingangstor der Ummauerung der neuen Tempelanlage und geben die Pferde an einen Burschen ab, der sie solange versorgt.
Berowulf reicht mir eine Toga „Die musst du anziehen, wenn du auch opfern willst."
Von mir aus, solange ich nicht in blutigen Tierkadavern rumfingern muss.
Wir betreten die in der Sonne durch die weißgekalkten Gebäude fast strahlende Tempelanlage. Diese ist vergleichsweise schlicht: ein quadratischer Tempel, etwa 15m x 15m, mit einem zentralen Kultraum (Cella genannt) sowie einem säulengestützten umlaufenden, überdachten Bereich. Im Freien vor dem Tempel stehen kleine Altäre, flankiert von einem Brunnen. Im Hintergrund sind an der Umfassungsmauer noch mehrere Gebäude zu sehen. Wir sind nicht die einzigen hier. Etwa zwanzig Menschen, Frauen und Männer, knien vor dem Hauptaltar in der Cella, auf dem einige Götterstatuen stehen.

Berowulf packt einen kunstvoll verzierten Kupferkessel aus, in den er Wasser aus dem offensichtlich geweihten Brunnen gießt.
„Wer wird hier eigentlich verehrt?" raune ich Berowulf zu.
„Das Götterpaar Teutates und Rosmerta, oder wie die Römer sagen Mercurius Teutenus und Rosmerta. Du musst nun leise sein."
Wir betreten, die Togas über unsere Köpfe gezogen, die Cella und knien vor einem Altar, auf dem eine männliche (wohl Teutates) und eine weibliche Figur (offensichtlich Rosmerta) stehen. Berowulf murmelt unverständliches Zeug und gießt etwas von dem Wasser aus dem Kupferkessel in eine Schale, dann legt er mehrere kleine Zweige auf einen Rost, unter dem ein Feuer brennt. Es riecht aromatisch. Nach weiterem Gemurmel verlassen wir den Tempelraum und machen Platz für die Nächsten. Weiter in der Toga verhüllt, umkreisen wir dreimal den Tempel. Schließlich zieht sich Berowulf die Toga vom Kopf.
„Sind wir fertig?" Er nickt und wir gehen zu unseren Pferden zurück.
„Was hast du denn geopfert und was wird das bewirken?"
Berowulf schwingt sich locker auf sein Pferd, bei mir sieht das Aufsteigen nicht so gekonnt aus, zumal die Römer den Steigbügel leider noch nicht erfunden haben.
„Teutates und Rosmerta bringen Erfolg bei Handel und Geschäften, Wohlstand, Überfluss und Fruchtbarkeit."
Wir biegen ab auf einen Pfad nach Osten. „Ah ja, das klingt vernünftig, obwohl ich nicht genau weiß, was gerade du mit Fruchtbarkeit willst!"
Berowulf dreht sich im Sattel zu mir um „Typisch Hans!", lacht er kopfschüttelnd „Immer einen lustigen Spruch parat!"
Wir reiten weiter und auf einmal sind vor uns verschüttete aber immer noch gut ausgebildete Wälle und größere Hügel zu erkennen. Das muss mal eine sehr große Anlage gewesen sein. Die Bäume enden und vor uns breitet sich die phantastische Kulisse des Rheintals aus.

„Mann Berowulf, was für eine super Aussicht! Klasse!"
Wir lassen das imposante Bild des glitzernden Rheins, der sich durch die steilen Berge schlängelt und das unter uns liegende Confluentes mit der imposanten Rheinbrücke auf uns wirken. Einfach atemberaubend.
„Die alten Wälle und die Hügel hier stammen aus einer Zeit, als mein Stamm und andere befreundete keltische Stämme an diesem Ort eine Befestigung und eine Siedlung angelegt hatten. Das ist schon sehr viele Jahrzehnte her, aber der Ort ist uns, also den Bewohnern dieser Region, immer noch heilig. Darum wurde hier auch der neue Tempel errichtet."
Das war glaube ich die längste Rede, die ich von Berowulf bislang gehört habe. Ich bin beeindruckt und dankbar für dieses teilhaben lassen.
„Das ist ja interessant, danke für die Führung und dass du mich mit in den Tempel genommen hast."
Er nickt ernst „Mit Quintus war ich auch schon einmal hier. Das verbindet mich mit meinen Freunden."
Ich bin ganz gerührt und weiß nichts zu sagen. Schweigend treten wir den Rückweg an.

Germania superior, 84 n.Chr.

Sie haben die Ausrüstung nochmal geprüft, alles an seinem Platz und in Ordnung. Der Decurio gibt den Befehl zum Aufsitzen. Die Soldaten schwingen sich daraufhin gekonnt auf die Pferde, wobei sie zunächst ihre Lanzen mit dem Lanzenschuh neben dem Pferd in den Boden rammen und sich dann an der Lanze festhaltend mit Schwung abdrücken und im Sattel landen. Bei Hans sieht das Ganze dagegen immer noch nicht so flüssig aus, stellt Quintus schmunzelnd fest. Schließlich ist auch er oben, ist einfach Übungssache. Mit immer noch rotem Kopf, genervt und schnau-

fend von der Anstrengung, lenkt Hans sein Pferd zu Berowulf und Quintus herüber und mault „Wieso gibt's denn keine Steigbügel? Das wäre doch viel leichter, immer dieses saublöde Gekraxel jedes mal."
„Steigbügel – was soll das sein?"
„Ach vergesst es, ich habe da so eine Idee, mal sehen..."
Quintus versteht Hans nicht; der römische Hörnchensattel ist aus seiner Sicht einfach optimal, egal ob man seine Bequemlichkeit auf Langstecken, die Möglichkeiten zum lenken des Pferdes oder den sicheren Sitz im Kampf betrachtet.

Julius Rufus, der Decurio ihrer Turma, pariert sein Pferd gekonnt vor ihnen durch.
„Nehmt ihr wieder die Spitze?" Quintus nickt „Ja, haltet etwa 200 Fuß Abstand, damit wir uns noch über Zeichen verständigen können."
„Zu Befehl, Zenturio!"
Die Turma verlässt in Dreiergliederung, also immer drei Reiter nebeneinander, den provisorischen Vorposten an der Laugona. Im schnellen Trab geht es die ersten Minuten über die Straße parallel zur Laugona nach Osten. Mit einem kurzen Galopp setzen sich Quintus, Berowulf und Hans an die Spitze der Truppe, dann geht es im Schritt weiter, sie sind in Feindesland.
„Also Hans, nicht reden, auch wenn's schwerfällt", flüstert Quintus diesem zu, „Das ist deine erste Patrouille, also Ohren und Augen auf. Wenn dir was auffällt, hebst du die Hand, verstanden?"
„Ja, ja", Hans blickt sich suchend um „Und was ist zum Beispiel verdächtig?"
Quintus rollt die Augen, Berowulf lehnt sich zu Hans rüber „Alles was du dafür hältst, lieber etwas zu viel als einmal zu wenig gemeldet!"

Außer dem dumpfen Hufschlag und Zwitschern und Singen der Vögel ist im Wald nichts zu hören. Da die Bäume noch kein Laub tragen, kann man sehr weit gucken, was ihre Spähtätigkeit erleichtert. Wollbänder und Polsterungen verhindern, dass Metallteile der Rüstungen oder des Zaumzeugs Geräusche machen. Alle blanken Metallteile wie die Trensen der Pferde, die Lanzenspitzen und die Kettenpanzer, sind mit Hilfe von Holzkohle stumpft gemacht worden, damit sie das Glitzern oder Reflexionen durch Sonnenlicht nicht verrät. Die Helme haben sie aus diesem Grund abgenommen, aber auch, damit sie besser hören können.

Jetzt verlassen sie die Straße und biegen links auf einen schmalen Pfad ab, sie müssen hintereinander reiten, Berowulf übernimmt die Spitze.
Quintus erinnert diese Reiterpatroullie an seine Aufklärungen in Dalmatia. Dort sind sie durch die Bergregionen gezogen, allerdings auf der Suche nach versteckten, schlecht bewaffneten Aufrührern. Hier ist es deutlich gefährlicher, die Germanen sind ganze andere Gegner.
Ein leiser Pfiff von Hans, der deutet nach rechts, da steht ein Rudel Hirsche friedlich äsend auf einer Lichtung.
„Gutes Zeichen, keine Menschen in der Nähe", kaum hörbar von Berowulf.

Sie sind nun gut drei Stunden unterwegs, von hinten schließt der Decurio auf und flüstert „Zenturio, sollen wir langsam kehrtmachen?"
Quintus ist enttäuscht, keine Feinde gesehen, anderseits ist sechs Stunden die normale Zeit für eine Spähpatrouille. „Ja Julius, gleich, noch bis auf den Bergrücken da vorne."
Der Decurio nickt und wendet sein Pferd.

Sie erreichen den Bergrücken, alles ruhig. Der Wald ist hier an einigen Stellen gelichtet, vielleicht sogar gerodet.
Da, Rauch! Hans und Berowulf zeigen gleichzeitig darauf.
Quintus gibt das Signal an die Turma, dreimal Faust nach oben – Feinde! Die Turma schließt leise zu den Dreien auf.
„Was meinst du Julius, was sollen wir tun?"

Der Decurio überlegt. „Nur ein Feuer, das werden nicht so viele sein", flüstert er „Wir versuchen sie einzukreisen."
Quintus nickt zustimmend. Der Decurio macht mit seiner Lanze eine halbkreisartige Bewegung und dann drei Stöße nach oben. Die Soldaten schwärmen daraufhin leise aus und reiten vorsichtig in einem Halbkreis auf die Feuerstelle zu. Quintus betrachtet die lange, gut ausbalancierte Reiterlanze in seiner Hand. Sie ist zum Stoßen da, kann gegen andere Reiter und gegen Infanterie eingesetzt werden. Zum Werfen ist sie zu schwer, dafür gibt es leichte Wurfspeere. Berowulf und mehrere andere Reiter führen etwa zehn solcher Wurfspeere in einem Köcher am Sattel mit sich.
Quintus signalisiert Hans, hinter ihm zu bleiben, Hans nickt. Plötzlich lautes Geschrei von vorne, alle geben die Sporen und preschen los, Quintus greift die Stoßlanze fester und reißt sein Pferd direkt neben dem Decurio zurück.

Es sind 15 Personen, Männer und Jungs, der Jüngste etwa zwölf Jahre alt, alle bewaffnet mit Bogen, drei Männer tragen zusätzlich Speere. Sehr kriegerisch sehen sie nicht aus und jetzt, umzingelt von 33 schwerbewaffneten Römern natürlich sehr verängstigt.
„Das sind doch Zivilisten", Hans drängt sich nach vorne und springt vom Pferd, Quintus sofort hinterher.
„Hans, bleib stehen, Berowulf macht das!"
Dieser verhandelt schon mit den Leuten, die ihre Bögen und Speere bereits auf den Boden gelegt haben. Julius Rufus, Quintus und Hans gehen zu Berowulf, der mit dem Anführer des Trupps spricht.
„Er nennt sich Bormo. Sie sind auf der Jagd, ist glaubhaft, hier seht, die ausgespannten Biber- und Hirschfelle."
Das sieht Quintus auch so, die Gruppe ist eindeutig auf der Jagd.
„Frag mal, woher sie kommen und zu welchem Stamm sie gehören."
„Es sind Landoudioer, also Germanen, allerdings keine Chatten. Ihr Wohnort liegt etwa drei Tagesmärsche von hier

im Nordosten", erläutert Berowulf.
Jetzt stellt Julius Rufus ein paar Fragen, Quintus wusste gar nicht, dass der Decurio germanisch spricht.
„Sie handeln mit Fellen, vor allem mit den „Kelten" wie sie sagen, die in Ubiorium leben."
Das ist ja hoch interessant, es leben also noch Menschen in der ehemaligen römischen Stadt Ubiorium! Quintus ist sich sicher, dass der Präfekt diese Nachricht ebenfalls spannend finden wird. Aber was macht Hans denn da? Er ist mit drei der Jugendlichen zu einem aufgespannten Biberfell gegangen und offensichtlich am Verhandeln, mit Händen und Füßen, jetzt lachen alle vier. Das beruhigt irgendwie alle Anwesenden, die allgemeine Anspannung löst sich, der Decurio befiehlt daraufhin der Turma, sich 100 Fuß zurück zu ziehen.
Hans gibt den drei Jungs nacheinander die Hand und kommt mit zwei dicken Biberfellen und breitem Grinsen zu Quintus.
„Toll, oder? Biberfelle! Und was für dicke Dinger! Das gibt irgendwas Warmes für den kommenden Winter!"
Sie brechen auf, Berowulf und Julius Rufus verabschieden sich von den Landoudioer, die Turma reitet zurück zum Stützpunkt.

Dort angekommen nimmt der Decurio Quintus zur Seite
„Zenturio, weißt du eigentlich, dass ihr beschattet werdet?"
„Was? Wie kommst du denn darauf?"
Julius Rufus fasst ihn am Arm „Nicht nach hinten schauen. Es ist ein Soldat, der immer eine dunkle Paenula trägt und fast immer auch die Kapuze des Mantels über den Kopf zieht, so als ob niemand sein Gesicht sehen soll. Der ist mit eurer Begleitung hier am Stützpunkt angekommen."
Er nickt Quintus zu „Seid vorsichtig!"
Quintus gibt ihm die Hand „Danke, das werden wir sein".

Zwischen Koblenz und Mainz, April 2019

Der Abschied von der Kohorte und von Confluentes war nicht leicht. Dem Medicus musste ich in die Hand versprechen, auf alle Fälle wieder zu kommen. Meine „Sanitätsjungs" gaben mir ein Schutzamulett und ich musste ihnen „bei allen Göttern" versprechen, es immer zu tragen. Dieser mich doch etwas wehmütig stimmende Abschied liegt jetzt zwei Tage zurück, seitdem sind wir auf Befehl des Präfekten auf unserem Weg nach Mogontiacum, also in die „Vorläuferstadt" des „heutigen" Mainz.

Wir sind zu sechst, neben Quintus und mir noch zwei Soldaten als Eskorte (ob zum Schutz oder als Aufpasser ist nicht ganz klar). Quintus bestand außerdem darauf, Berowulf mitzunehmen.
Tja, und Nr. 6 ist meine vierbeinige Freundin Tanta. Sie ist ein Abschiedsgeschenk von Livia; das andere war ein sehr langer und intensiver Kuss. Was war ich doch so blöd, wieso habe ich nicht schon früher bemerkt, dass Livia auf mich steht, die Winterabende wären deutlich angenehmer und abwechslungsreicher verlaufen! Aber Livia ist damit ein definitiver Grund, nach Confluentes zurück zu kehren. Irgendwie scheine ich der absolute Hauptgewinn für Tanta zu sein. Sie lässt mich praktisch nie aus den Augen, will immer dahin gehen wo ich hingehe und ist happy, wenn sie wie jetzt neben mir herlaufen kann. Ich habe mir zwar eine Lederleine und ein festes Halsband besorgt, aber deren Einsatz ist nur nötig, wenn sie ängstlich ist, z.B. wenn es laut zugeht mit unbekannten Leuten. Sonst bleibt sie immer nah bei mir, wie an einer unsichtbaren Leine.

Wir sind zu Fuß unterwegs, nach Mogontiacum sind es von Confluentes aus 75 Meilen also etwa 100km. An den regelmäßig am Straßenrand aufgestellten Meilensteinen kann man schön nachvollziehen, wie weit es noch ist. Diese Distanz- oder Meilensteine (Miliarium genannt) sind sowas wie unserer Autobahnschilder mit Angabe, auf welcher Straße man ist, welche Meile man erreicht hat, wie weit es bis zur nächsten größeren Stadt ist und wie diese heißt, außerdem wie weit es bis zur nächsten Straßenstation (sogenannte Mansio), oder um im Bild zu bleiben, bis zur nächsten Ausfahrt, ist.

Etwa alle 28 Meilen (ca. 40km) gibt es so ein Mansio, eine Herberge für Reisende, wo man essen und übernachten kann. Quintus meint, wir brauchen für die erste Strecke, also bis zum nächsten Mansio, nur gute acht Stunden. Das liegt vor allem an der sehr guten Straße, die natürlich nicht geteert und auch nicht durchgehend gepflastert ist, aber dafür eine feste, immer trockene da leicht gewölbte, federnde Oberfläche aus einem feinen Kies- Sandgemisch hat. Da läuft es sich mit den genagelten Sandalen optimal.

Es ist einiges los auf der Gasse. Neben Fußgängern wie uns, sind vor allem Lastkarren, entweder mit Pferden oder Mulis oder auch mit Ochsen bespannt, unterwegs. Die Ochsen, große grau-weiße Tiere, sind extrem langsam, wir überholen die bequem zu Fuß. Dafür können sie aber schwere Güter transportieren.

Seltener sind Reisewagen, also geschlossene Kutschen, die Personen von A nach B bringen. Neben privaten Kutschen gibt es solche, die zum sogenannten Cursus Publicus gehören.

„Der Cursus Publicus ist eine staatliche Einrichtung", erklärt Quintus „Darüber werden Nachrichten, Dokumente aber auch Personen und Waren transportiert. Jedes Mansio und jede Stadt sind verpflichtet, diese Transporte zu unterstützen, z.B. frische Pferde zu stellen und kostenlose Übernachtungen zu gewähren. Der Staat entschädigt diese Leistungen dann wieder."

Also sowas ähnliches wie die Post.

„Aha, klingt ja vernünftig. Und wenn jetzt mal was echt dringendes, z.B. eine extrem wichtige Nachricht weitergegeben werden muss, wie schnell geht das?"

Quintus rechnet leise vor sich hin. „Also ein Eilkurier des Kaisers braucht von Mogontiacum nach Rom etwa acht Tage."

Jetzt bin ich aber baff. „Ein Brief braucht bis dahin nur 8 Tage? Das ist ja sauschnell. Das sind doch bestimmt gute 900 Meilen" (für mich gute 1200km) oder so von Mogontiacum nach Rom, oder?"

Quintus nickt „Ja sogar knapp 1000 Meilen. Von Confluentes nach Mogontiacum kann ein Eilkurier eine Nachricht hin und noch am gleichen Tag die Antwort zurückbringen." Er ist sichtbar stolz auf diese Leistung „seines" Staates.

„Für diese Eilkuriere gibt es neben den Mansio auch noch Mutationes, Pferdewechselstationen, damit der Reiter ständig ein frisches Pferd zur Verfügung hat. Wir sind vor etwa drei Stunden an einer Mutationes vorbeigekommen, erinnerst du dich?"

Ja, war aber irgendwie unspektakulär, ein kleines Haus mit Stallungen.

Auf der Straße sind jetzt immer mehr Menschen unterwegs, bei Gegenverkehr „staut" es sich sogar manchmal, bis man das langsame Fuhrwerk oder die beladenen Sklaven vor uns überholen kann.

„Ja Tanta, ich rieche es auch, Holzfeuer und gebratenes Fleisch, Mann hab ich Hunger! Heh Quintus, was habt ihr beiden da eigentlich so Wichtiges zu besprechen?"

Quintus und Berowulf laufen schon einige Zeit in 10m Abstand vor uns her und unterhalten sich irgendwie vertraulich-intensiv.

„Das sind alte Geschichten, die dich sowieso nicht interessieren", dabei zwinkert Quintus mir kurz zu. Verstehe, ich soll die Klappe halten. Also gut, aber heute Abend werde ich dich mal löchern, mein Freund Quintus.

Jetzt taucht ein großes Mansio rechts der Straße auf, geschafft, war eine lange Etappe.

„Hans, schau mal, die haben hier sogar eine kleine Therme!"
Ich beschleunige meine Schritte „Ach die römische Zivilisation ist doch was Feines! Jetzt ist nur die Frage zu klären: erst essen und dann entspannen oder umgekehrt. Außerdem will ich ein Zimmer mit Blick auf den Rhenus."
Berowulf schüttelt den Kopf „Eigentlich heißt der Fluss Renos, die Römer haben daraus Rhenus gemacht."
Aja, wieder was gelernt, ansonsten ein bemerkenswerter Kommentar, Berowulf der Lokalpatriot.
Auf einmal bricht die Sonne kurz aus den Wolken hervor und beleuchtet das sich vor uns ausbreitende Rheintal in spektakulärer Weise, fast wie eine riesige Bühne mit Theaterbeleuchtung. Hinter dem Mansio kommt von rechts die Nahe und mündet in den Rhein. An deren Ufer liegt gut einen Kilometer entfernt die Siedlung Bingium[60], bei der die Straße mittels einer großen Holzbrücke die Nahe überquert und weiter Richtung Mogontiacum verläuft.
Vor uns liegen mehrere Inseln im Rhein, der Binger Mäuseturm ist natürlich nicht zu sehen, dafür zwei mächtige Schiffe mit riesigen, quadratischen, in der Sonne leuchtenden Segeln. Jedes Schiff hat bestimmt an die 30 Ruder pro Seite. Wie überdimensionale Wasserläufer bewegen sich die Schiffe in der Abendsonne. Jetzt eine Kamera und das alles hier filmen oder fotografieren, es ist eine unglaubliche Stimmung, wie ein komponiertes Gemälde. In den Bergen auf der gegenüberliegenden Rheinseite, jetzt natürlich ohne Wein sondern bewaldet, war ich öfter mit Freunden wandern. Erinnerungen steigen in mir auf…
„Schön nicht?"
Quintus und Berowulf sind neben mich getreten. „Ja einfach irre dieser Ausblick!"
Plötzlich sind die Farben weg, die Sonne ist wieder von den Wolken verschluckt worden, der Wind frischt auf.

---

[60] Bingium, Name einer römischen Siedlung, heute Bingen

„Lasst uns rein gehen", Quintus öffnet die schwere Eichentür des Mansio.
Im Vorraum spenden wir an den kleinen Hausaltaren für die Göttin Epona und den Gott Merkur die üblichen kleinen Opfergeschenke, ich glaube als Dank für unsere gesunde Ankunft und so, dann betreten wir gemeinsam den gut besuchten Speiseraum.

Germania superior, 84 n.Chr.

Sie haben Glück, es sind noch Zimmer frei, ansonsten ist das Mansio kurz nach ihrer Ankunft ausgebucht. Der Wirt erklärt ihnen auch warum: in drei Tagen beginnen die Ludi Cereris in Mogontiacum. Zu diesen mehrtägigen Spielen zu Ehren der Göttin Ceres wollen natürlich viele Leute dorthin und ordentlich feiern, die halbe Provinz sei auf den Beinen.
Quintus gibt den beiden Soldaten unserer „Eskorte" für den Abend frei, die beiden verabschieden sich prompt in Richtung Therme.
Nachdem sie ihr Gepäck im Zimmer verstaut haben, sitzen sie nun im gerammelt vollen Schankraum, es herrscht ein unbeschreiblicher Lärm, sehr gut. Quintus hat für sie den hintersten Tisch in der Ecke ausgesucht, was gleich von Hans maulend bemängelt wurde. Aber Quintus und Berowulf haben auf diesem Tisch bestanden. Während sie das etwas zähe Wildragout in sich reinarbeiten, flüstert Quintus „Hans, hast du den Typen mit dem dunklen Mantel bemerkt?"
„Was?" brüllt Hans zurück. Sehr gut, die Lautstärke im Raum ist groß, so kann sie niemand am Nachbartisch verstehen.
„Wir werden verfolgt, der Typ sitzt hier im Schankraum. Nicht umsehen! Berowulf und ich haben den Typen schon seit paar Tagen im Visier."

Hans tut so, als ob er das auf das Messer gespießte Fleisch kalt pustet und nickt unmerklich.
„Ach und warum erfahr ich das jetzt erst? Deshalb habt ihr auf der Straße so getuschelt, verstehe."
Flüsternd erklärt Berowulf „Den ersten Hinweis haben wir damals von dem Decurio Julius Rufus erhalten, du erinnerst dich bestimmt noch an den gemeinsamen Patroullienritt. Ich habe mich dann der Sache angenommen und es stimmt, der Typ versucht uns zu beschatten."
Schweigen, essen. „Ich geh mal aufs Klo". Hans steht auf, natürlich geht er unauffällig am Tisch des Spitzels vorbei. Als er zurück ist, kommt prompt die Ansage.
„Was für ein Arsch, den sollten wir uns mal vorknöpfen!" Das haben Quintus und Berowulf auf ihrem heutigen Weg auch schon überlegt, aber wichtiger ist es, den Grund für die Spitzeldienste zu erfahren und an den Auftraggeber heran zu kommen.
„Wer könnte daran Interesse haben, uns auszuspionieren?" Berowulf tut so, als ob er etwas trinkt, als er in den Becher spricht. „Mit welchem Zweck, was ist so Besonderes an uns?"
An uns nicht, denkt Quintus spontan, an Hans schon. Er ist sich sicher, dass Hans das Objekt der Ausspäherei ist. Er schaut zu ihm rüber, Hans sieht ihn verstohlen an und nickt, er denkt das also auch.
Da außer Hans und ihm nur der Präfekt Cornelius Sulla die große geografische Karte kennt sowie einen Eindruck von Hans und seinem außergewöhnlichen Wissen hat, müsste das Leck beim Präfekten liegen. Was Quintus ausschließt, unvorstellbar. Cornelius Sulla ist ein Ehrenmann; zudem hätte er das Ausspähen auch gar nicht nötig.
„Die meinen mich", Hans schaut beide an „Das ist klar. Ich denke ich bin denen wegen meiner besonderen medizinischen Kenntnisse und als Germane, ist gleich potentieller Spion, ein Dorn im Auge."

Zustimmende Stille am Tisch. „Tja und jetzt, was machen wir?" Hans setzt seinen Becher eine Idee zu fest auf den Tisch auf.
„Langsam Hans, wir dürfen dem Spion keinesfalls einen Anhaltspunkt geben, dass er aufgeflogen ist."
Quintus winkt dem Sklaven, der sie bedient „Wir wollen zahlen!" Und leise „Wir müssen an seinen Auftraggeber, an die Hintermänner ran."
Sie zahlen. „Geht ihr beiden aufs Zimmer, ich geh nochmal raus und komme nach. Wenn er sich auf Hans konzentriert, wird er euch folgen und dann auch auf sein Zimmer gehen."
Berowulf zischt ohne den Mund zu bewegen „Ich werde versuchen rauszukriegen, in welchem Zimmer er schläft, vielleicht ist er ja mal draußen, dann können wir seine Sachen durchsuchen."
Riskant, aber eine Möglichkeit.
„Guter Plan Berowulf, aber sei vorsichtig, nichts überstürzen, ja? Wenn du zurückkommst, gilt das übliche Klopfzeichen."
Sie trennen sich wie besprochen; in ihrem kleinen Zimmer vertreiben sie sich die Zeit mit Würfelspielen, aber Berowulf kommt nicht. Es sind bereits drei Stunden vergangen, aus den anderen Räumen hört man das Schnarchen der Gäste, ansonsten ist Stille ins Mansio eingezogen.
Hans gähnt „Ui bin ich müde, ich hau mich hin, keine Ahnung was Berowulf treibt. Was ist mit dir Quintus?"
Ebenfalls herzhaft gähnend schüttelt der den Kopf „Es geht noch, ich kann sowieso nicht schlafen solange Berowulf nicht da ist. Ansonsten weck ich dich in drei Stunden, Wachwechsel."
Hans nickt „Gut dass Tanta dabei ist, die bekommt bestimmt mit, wenn sich jemand anschleichen sollte, stimmts meine Gute?"
Der Hund leckt ihm die Hand, beide kuscheln sich auf das Bett und sind, wie deutlich zu hören ist, fast augenblicklich eingeschlafen.
Quintus reibt sich die Augen und setzt sich so unbequem

wie möglich, um wach zu bleiben. Doch sein Kopf sinkt ihm immer wieder auf die Brust.
Quintus schreckt hoch, was war das, dieses Geräusch? Er greift zum Dolch und stellt sich leise hinter die Tür. Tanta steht neben ihm und wedelt mit dem Schwanz. Da, das verabredete Klopfen 2 – 3 – 2, Berowulf! Er lässt ihn leise rein und schließt sofort die Tür.
„Und?"
Berowulf grinst, „Der Typ hat zu sehr in den Becher geschaut, schläft tief und fest, kein Profi, das Fenster war offen."
Sein Gesicht wird ernst. „Sein Auftraggeber ist der neue Tribun, dieser Balbus Nonius!"
Geschockt starrt Quintus ihn an „Bist du sicher?"
„Ja, ich habe ein Empfehlungsschreiben von diesem Balbus Nonius gefunden, in dem der Tribun bestimmt, dass dieser Spion, übrigens ein Actuarius[61] aus dem Stab der Kohorte, den Cursus Publicus für seine Nachrichten nutzen darf. Schön mit Unterschrift und Siegel. Und er soll ihm sofort, wenn es was Wichtiges gibt und ansonsten alle zwei Tage eine Nachricht schicken."
Damit ist die Sache klar. „Wie heißt der Mistkerl?"
„Anscheinend Vulpis, also Fuchs, soll wohl der Tarnung dienen."
Quintus reibt sich seinen steifen Nacken. „Danke Berowulf, das war ausgezeichnete Arbeit! Ich bin echt kaputt und müde, lass uns alles Weitere dann morgen besprechen", er reibt sich müde die Augen, „Wir brauchen einen gut überlegten Plan."
„Ja das sehe ich auch so" stimmt Berowulf zu, „Ich verschließe noch das Fenster und die Tür mit diesem Seil, so sollten wir nicht gestört oder überrascht werden. Und Tanta ist sowieso unsere beste Absicherung!"

---

[61] Actuarius: Mannschaftsdienstgrad der römischen Armee im Verwaltungsbereich, z.B. Schreiber oder Rechnungsprüfer

Die restliche Nacht verlief tastsächlich ruhig, zumindest bekamen sie keinen ungewollten Besuch. Ansonsten ist ruhig relativ, denn sie reihen sich mit Elan in den vielstimmigen Chor der Mansio-Schnarcher ein. Wohl dem, der jetzt nicht wach liegt.

Mainz, April 2019

Wir sind sehr früh aufgebrochen, direkt ohne etwas zu essen. Die Idee dabei ist, so vielleicht den Spion abzuhängen. Dafür müssen Quintus und Berowulf meine anfangs schlechte Laune ertragen, kein Frühstück geht eigentlich gar nicht. Auf einer Hügelkuppe warten wir eine Weile hinter Bäumen, der Spion ist nicht zu sehen, prima.

Dieselbe Straße wie gestern, parallel am Rhein entlang. Während wir gestern durchaus paar Höhenmeter gemacht haben, verläuft die Straße nunmehr eher auf einem Höhenniveau, dafür regnet es deutlich mehr, Sonne und Regen im Wechsel, typisches Aprilwetter, saublöd. Unsere geölten Reisemäntel sind zwar wasserdicht, aber sackschwer und eben ohne Gore-Tex Membran, irgendwann ist man nach einer Weile auch innen feucht, nämlich vom Schweiß.

Wir sind schon paar Stunden unterwegs, links und rechts tauchen jetzt ab und zu Bauernhöfe oder ähnliches auf, „Villa Rusticae", wie Quintus erläutert. Einige Leute sind zu sehen, die auf den Äckern arbeiten, hacken, Saatgut ausbringen und so etwas, natürlich alles von Hand.
„He Quintus, wie weit ist es denn noch?"
Keine Antwort, aber er zeigt nach vorne. Ah ja, da tauchen die ersten Häuser auf.
„Ist das schon Mogontiacum?"
Quintus nickt „Ja, das ist der nordwestliche Stadtteil, mehr ein Vorort."

Für einen Vorort geht es hier aber ziemlich nobel zu, also zumindest im Vergleich zu Confluentes. Die Straßen sind alle gepflastert, es gibt in Marmor eingefasste Brunnen und die Häuser sind groß und ansehnlich, die Leute haben hier wohl Geld.
Auf dem zentralen Marktplatz ist eine große, prunkvolle Säule zu bestaunen.
„Wow, das ist ja mal ein beeindruckendes Teil. Aber was soll die Säule denn hier, was bedeutet sie?"
Wir sind bewundernd stehen geblieben, Berowulf besorgt uns von einem der Stände, die um den Platz herum aufgestellt sind, etwas zu essen.
„Die Säule ist Jupiter geweiht und wurde von den hiesigen Bürgern aufgestellt", Quintus gibt den Reiseführer „Sie wollen damit zeigen, dass Mogontiacum ein wichtiger Ort ist und von treuen und den Göttern dankbaren Bürgern bewohnt wird."
Ist klar, da muss man schon Römer sein, um das alles aus einer prachtvollen Säule zu schlussfolgern.

Nach einem kurzen Imbiss setzen wir unsere Reise fort und verlassen den Ortsteil, die Straße wird jetzt beidseitig von Gräbern gesäumt, bestimmt auf einer Länge von einem halben Kilometer. Die Grabsteine sind unterschiedlich qualitätsvoll, aber man spürt überall die enge Verbundenheit mit den Verstobenen, irgendwie beeindruckend.
Die Gräber enden und es wird „großstädtisch", Häuser, öffentliche Gebäude, viele Querstraßen, Geschäfte, es sind immer mehr Menschen auf den Straßen, ebenso bespannte Fuhrwerke, Karren, Lastesel, viele Soldaten und Händler. Das Treiben wird immer bunter, wir sind in der Stadt Mogontiacum angekommen.
Auf den breiten Bürgersteigen kommen wir gut voran, durch die den Häusern vorgelagerten Kolonnaden können uns die Regenschauer jetzt ziemlich egal sein.
„Was sagst du dazu, Hans?"

Wir stehen an einer sehr großen Straßenkreuzung, die Straßen sind bestimmt acht Meter breit, ein irrer Verkehr. Was Quintus meint, sind die zwei mächtigen Tempel, die der Isis[62] und der Mater Magna[63] geweiht sind, wie man an den Inschriften lesen kann. Was mich aber noch viel mehr anturnt, ist das riesige Gebäude daneben
„Alter, das nenne ich mal eine Therme! Was für ein Riesenteil!"
Quintus und Berowulf grinsen um die Wette „Gemischte Thermen, Hans, für Frauen und Männer!"
Noch besser! „Okay ihr zwei, dann wisst ihr ja, wo ihr mich findet!"
Quintus wendet sich an unsere beiden Auxillarsoldaten, die uns bisher auf der Reise eskortiert haben.
„Danke für eure Unterstützung, Soldaten. Eure Anwesenheit ist nun nicht mehr notwendig, ihr könnt jetzt nach Confluentes zurückkehren!"
Die beiden salutieren etwas erstaunt, irgendwie hatten sie sich den Abschied wohl „formaler" vorgestellt. Aber wenn ein Zenturio befiehlt... Die beiden machen sich mit erleichterten Mienen sofort auf den Heimweg und sind schon nach kurzer Zeit nicht mehr im Gewimmel der Leute zu sehen. Ich denke den beiden gallischen Landeiern war das große Mogontiacum sowieso zu hektisch, einfach zu sehr Großstadt.
Am Abfluss eines großen Neptunbrunnens, bei dem das Wasser in Fontänen aus den Mäulern bronzener Fische und Delfine strömt, säuft Tanta erstmal ausgiebig, dann setzen wir uns zu viert auf die Stufen des Isistempels und beratschlagen die Lage.
„Habt ihr nochmal unseren Spion gesehen?"
„Nein." Berowulf scannt trotzdem die Menschenmenge intensiv.

---

[62] Isis, römische Göttin ägyptischen Ursprungs
[63] Mater Magna, römische Göttin („Erd- oder Urmutter"), deren Kult ursprünglich aus Kleinasien stammt

„Ich denke, wir haben ihn abgehängt". Tja, sieht ganz so aus.

„Und nun?"
Unser Reiseführer Quintus hat die Antwort. „Wir quartieren uns erstmal in einem mir sehr gut bekanntem Gasthaus ein."
Allgemeines Staunen, das überrascht mich jetzt doch. „Ich dachte wir müssen uns sofort beim Legaten, also im Legionslager, melden. Habe ich was verpasst?"
Irgendwie verheimlicht Quintus mir etwas.
„Was soll also die Geheimniskrämerei? Ich dachte, den Spion sind wir los. Oder verfolgt dich hier in Mogontiacum eine von dir sitzengelassene gallische Schönheit und wir müssen daher erstmal untertauchen?"
Leicht genervt verdreht Quintus die Augen „Unsinn Hans. Nein, hört zu, wir haben vielleicht ein Problem."
Quintus rückt nun raus mit der Sprache, nämlich dass die ganze Sache eben doch nicht so sicher für mich sein könnte. Entscheidend ist anscheinend, wer gerade kommissarischer Statthalter in Mogontiacum ist. Na super! Ich wusste doch, dass die Sache stinkt!
„Und wieso kommst du erst jetzt mit der Story an?"
„Story?"
Ach verdammt nochmal, verplappert. „Mit der Geschichte meine ich, verflucht nochmal. Ich lass mich keineswegs wieder als Gefangener behandeln, das kannst du vergessen!"
Das war ziemlich laut, einige Leute gucken erstaunt zu uns rüber. Mir doch egal!
Quintus legt mir beruhigend die Hand auf den Arm und versichert, dass wir nur mit seinem Freund, dem Legaten Julius Frontinius sprechen und keinesfalls den Legaten Marcus Rubrius aufsuchen werden.
„Und wie willst du das anstellen?"

Wenigstens etwas, Quintus hat einen Plan. „Ich werde erstmal meine Kontakte in Mogontiacum nutzen um herauszufinden, wer aktuell das Kommando hat. Der Olivenhändler Rudiobus ist mir noch was schuldig und er beliefert die Garnison. Den werde ich noch heute Abend aufsuchen, damit wir schnell Bescheid wissen."
„Und wieso gehst du nicht selber, Quintus?" fragt Berowulf leise.
„Tja Berowulf, überleg mal. Die werden mich nicht einfach wieder gehen lassen, sondern zu Recht auf die Erfüllung des Befehls bestehen, Hans dem kommandierenden Legaten vorstellen."
Berowulf macht ein Gesicht als ob er in eine Zitrone beißt und nickt zustimmend.
„Solange ich keinen Kontakt mit der Legion habe, erfülle ich formal den Befehl. Und ich will ihn nur gegenüber dem Legaten Julius Frontinius erfüllen."

Ich versuche diese Informationen erstmal zu verdauen und mich durch das hektische Treiben um uns herum abzulenken. Doch Quintus steht nun energisch auf.
„Kommt, wir gehen jetzt erstmal in das Gasthaus, dort habe ich gute Freunde."
Na gut, der Magen hängt mir schon in den Kniekehlen und Tanta bestimmt auch. Ihr gefällt die laute, hektische Stadt mit den vielen Menschen sowieso nicht besonders, etwas ängstlich drückt sie sich an meine Beine, während wir das Gasthaus ansteuern.

Germania superior, 84 n.Chr.

Ein neuer Morgen und schlechte Nachrichten: der „falsche Legat", Marcus Rubrius, ist aktuell Provinzgouverneur! Und es kommt noch übler. Der „richtige Legat" ist gar nicht

in Mogontiacum sondern irgendwo in Germanien auf Truppeninspektion!
Sie halten in ihrem Gästezimmer Kriegsrat, die trübe Vormittagssonne scheint ins Fenster, Tanta liegt vor der Tür und hält Wache. Hans sieht frustriert aus und sagt müde „Verdammt noch mal, wie geht's jetzt weiter?"
Gute Frage, Quintus zermartert sich das Hirn. Können sie wirklich so lange unerkannt in Mogontiacum bleiben, bis der Legat Julius Frontinius wieder zurück ist? Unwahrscheinlich, hier kennen ihn zu viele Leute. Zudem weiß ja keiner, wann der Legat zurückkommt, kann Wochen dauern. Wenn sie „erwischt" werden und sich erklären müssten, werden Berowulf und vor allem Quintus als Offizier erhebliche Schwierigkeiten bekommen. Bis zur Möglichkeit der Auslegung als Befehlsverweigerung mit obligatorischem Todesurteil. Und Hans an den „falschen" Legaten auszuliefern kommt natürlich in keinem Fall in Frage. Zudem haben sie vielleicht doch noch diesen Spion an der Backe, der ihnen richtig Ärger machen kann, wenn der Tribun sie beim Legionskommandeur Marcus Rubrius anschwärzen würde!
Tanta tapst rüber zu Hans, der sie gedankenverloren krault. Beide sehen dabei verdächtig nach dem sprichwörtlichen Häuflein Elend aus.

Berowulf räuspert sich: „Und was wäre, wenn wir zum Legaten Julius Frontinius in Germanien gehen, statt hier auf ihn zu warten mit dem Risiko, dabei entdeckt zu werden? Ich kann euch gut führen, die Chancen den Legaten zu finden sind nicht schlecht, da er doch in meinem Stammesgebiet, in Mattiacorum, unterwegs sein soll."
Quintus schaut verblüfft. „Mensch Berowulf, das ist die Lösung! Wir verlängern einfach unseren Auftrag!"
Hans ist jetzt ganz aufgeregt und grinst breit. „Das ist die Idee", und gibt Berowulf einen freundschaftlichen Stoß. „Formal sind wir weiterhin gemäß Befehl auf dem Weg

zum Kommandanten. Eben ein längerer Weg und zum anderen Kommandanten!"

Jetzt sind sie richtig in Fahrt, eine Idee jagt die nächste. Schnell wird klar, dass sie nicht als Soldaten, also in Uniform, reisen können. Sie würden als Soldaten auf der Reise bestimmt häufig gefragt werden, wer sie sind, woher sie kommen, zu welcher Einheit sie gehören und welchen Auftrag sie haben und so weiter. Das birgt die Gefahr, dass ihre „halblegale", eigenmächtige Befehlsabänderung rauskommt und sie den Legaten Julius Frontinius doch nicht erreichen. Und sie, vielleicht sogar als Gefangene, nach Mogontiacum zurückkehren, mit allen negativen Folgen. Sie müssen also „getarnt", mit anderen Identitäten, unterwegs sein.
Und wer kann sich am besten frei und ohne aufzufallen auf der Straße bewegen? Händler!

Berowulf senkt, mit Blick zur Tür, die Stimme „Und was ist mit dem Spion, diesem Vulpis? Wenn der uns hier in der Stadt entdeckt, nützt uns die ganze Tarnung als Händler gar nichts."
„Oder macht es noch schlimmer", ergänzt Quintus frustriert.
Ratlos starren wieder alle auf den Boden. Jetzt ist es Hans, der die Stimmung mit einem Vorschlag aufhellt.
„Also wenn auf der anderen Rhenusseite dein Stamm wohnt, Berowulf, könnten wir diesen Vulpis nicht irgendwie bei deinen Stammesgenossen loswerden? Wir müssten ihn dahin locken und ihr nehmt den Kerl unter einem Vorwand in Gewahrsam, zumindest so lange, bis wir als Händler getarnt die Stadt verlassen haben."
Ja, das klingt gut! Auch Berowulf nickt zögernd und lächelt dann verschmitzt. „Eine wirklich gute Idee, Hans. Wir beide stöbern diesen Vulpis auf und sorgen dafür, dass er uns folgt. Dann besuchen wir meine Verwandten in Aquae

Mattiacorum[64], wo er dann ein paar Tage zu Besuch bei ihnen genießen darf. Mein Bruder Haldavo lebt mit seiner Familie in Aquae Mattiacorum, ich wollte ihn sowieso noch besuchen. Das werde ich heute gleich noch tun und mit ihm alles soweit vorbereiten." Er reibt sich erfreut die Hände.
„Und morgen schauen wir mal, ob wir diesen Vulpis finden."
„Abgemacht!" Hans ist ganz bei der Sache „Aber wird dein Bruder uns auch helfen, wenn ich dich das mal so unverblümt fragen darf?"
Die Antwort klingt etwas steif und verstimmt. „Wie gesagt, er ist mein Bruder, natürlich wird er uns helfen."
Nun ist Hans sichtlich verunsichert. „Gut, gut, entschuldige Berowulf, ich wollte weder dir noch deiner Familie zu nahetreten."
Berowulf akzeptiert das. „Natürlich, Hans". Er blickt dann zu Quintus rüber und murmelt fast unverständlich leise „Wir könnten den Spion auch endgültig verschwinden lassen…"
Quintus scheint das auch schon erwogen zu haben.
„Ja, wäre eine Alternative aber zu riskant", Quintus sieht beide an. „Die Idee, diesen verdammten Kerl nur vorübergehend festzusetzen, ist mir deutlich sympathischer."
„Ich bin auch dagegen den Typen einfach zu killen, ohne mich!" flüstert Hans.
Das war deutlich, sie sind sich einig.
„Wir machen es wie von Hans vorgeschlagen. Ich werde meine Kontakte nutzen, insbesondere zu unserem Wirt und zu dem Händler Rudiobus. So bekommen wir bestimmt heraus, wo dieser Vulpis abgestiegen ist."

Tanta knurrt, es kommt jemand!
„Quintus?" und ein Klopfen, Tanta springt bellend die Tür an.

---

[64] Aquae Mattiacorum: römischer Name einer zivilen Siedlung, heute die Stadt Wiesbaden

„Tanta, hierher!"
Es ist Quintus Freund, der Händler Rudiobus, etwas blass um die Nase.
„Bei Pluto und seinen Höllenhunden, habt ihr mich erschreckt, ich dachte hier lauert eine Bestie, aber dein Hund sieht ja richtig sympathisch aus."
Quintus umarmt seinen Freund. „Hallo Rudiobus, darf ich vorstellen: meine Gefährten Hans und Berowulf sowie unsere vierbeinige Beschützerin Tanta."
Sie schütteln sich die Hände.
„Wir haben übrigens eben gerade von dir gesprochen."
Quintus erklärt dann Rudiobus, was sie von ihm benötigen: Händlerkleidung für sie drei.
„Du meinst langärmelige, enggeschnittene Tunicas, lange Reitmäntel mit Kapuze sowie geschlossene Schuhe, also „zivile" Händlerkleidung?" fragt Rudiobus.
Quintus nickt.
„Kein Problem, ich besorge euch außerdem noch bronzene Ringe, die euch als Mitglieder der Händlervereinigung von Mogontiacum ausweisen, das könnte helfen."
„Vielen Dank Rudobus, jetzt hast du was gut bei mir!"
Der lacht „Ich komme darauf zurück, mein lieber Quintus!"

Mainz, April 2019

Mann tut das gut, der Masseur versteht sein Handwerk. „Ja bitte, noch eine Vollmassage", geölte Hände greifen kraftvoll und sanft zugleich in meine Schultermuskulatur. Einfach genial hier in den Thermen, abhängen, massieren lassen, im warmen Wasser plantschen und schönen Frauen auf den Arsch schauen. Genau mein Ding! Jep, hier sind Frauen und Männer gemeinsam in den Thermen.
Klar, es gibt auch getrennte Bereiche, aber eben auch solche, die gemeinsam genutzt werden. Und alles ist hier in den städtischen Thermen ein paar Nummern größer und

nobler als im Kastell von Confluentes. Aber das Beste sind die vielen kaum bekleideten Frauen in allen Variationen!
Einziger kleiner Wehrmutstropfen ist, dass Tanta nicht mit rein darf, sie wartet mit Knochen bestochen, schmollend in unserem Gästezimmer.
Im Halbschlaf auf der Massageliege laufen die letzten Tage vor meinem inneren Auge ab wie ein Spielfilm.
Nachdem wir beschlossen hatten, gemeinsam als Händler getarnt den „richtigen" Legaten in Germanien zu suchen, waren Berowulf und Quintus im Vorbereitungsstress. Dieser einheimische Händler Rudiobus, ein wirklich netter Kerl und ein absolutes Schlitzohr, hat uns zwar die richtigen Klamotten besorgt, nötig sind aber auch noch die Handelswaren, ohne Ware keine richtigen Händler.
Also besorgte Quintus über „Vitamin B" eine Händlerlizenz des Militärs sowie Kleidung, Proviant, Pferde und ein Muli als „Gepäckträger".
Als Handelsgut haben wir uns für Wein, feines Terra Sigillata Geschirr und Silberschmuck entschieden. Dürfte alles eine hübsche Stange Geld gekostet haben; aber Quintus kann es sich leisten, als Zenturio verdient er sehr gut, etwa fünfmal so viel wie ein gemeiner Soldat. Und wenn wir gut verkaufen, macht er vielleicht noch Gewinn.

Die andere Aktion war die „Beseitigung" des Spions. Das war lustigerweise total easy, lief wie am Schnürchen ab. Der Typ scheint nicht sehr helle zu sein, kein schlauer Fuchs, den Namen Vulpis trägt er zumindest zu unrecht.
Er lungerte sehr „unauffällig" vor dem Tor zum Kastell der Legion herum und ist uns dann sofort gefolgt. Ich hatte den Eindruck, er war fast froh uns zu sehen, der Depp.
Wir haben ihn dann schön zu Berowulfs Bruder Haldavo in das Städtchen Aquae Mattiacorum, heute die Stadt Wiesbaden, gelotst. Dort haben ihn die Germanen eingebuchtet mit der erfundenen Behauptung, er hätte Vieh gestohlen. Naja, nicht sehr geistreich aber wirkungsvoll. Sie werden ihn in ein paar Tagen bei der römischen Verwaltung abliefern mit

der Aufforderung, ihn zu bestrafen. Nach einer Befragung wird er dann wohl bald freikommen, zumal er ja tatsächlich unschuldig ist. Vielleicht wird ihm dabei auch seine Verbindung zu diesem Drecksack von Tribun helfen. Aber bis dahin sind wir über alle Berge.
War eigentlich ganz nett in Aquae Mattiacorum, ich hoffe die machen was aus den warmen Quellen, die es da gibt. Ob Berowulfs Bruder Haldavo so geschäftstüchtig ist? Er ist deutlich älter als Berowulf, sehr ruhig, irgendwie bin ich mit ihm nicht richtig warm geworden. Egal, er hat uns echt geholfen, das zählt.

Mmh, was duftet denn hier so abgefahren gut, ein betörendes Parfüm. Durch mein halbgeöffnetes Auge sehe ich eine feuchtglänzende, dunkelhaarige Schönheit feinster Sorte vorbeigehen. Ha! Sie hat mir unter ihren langen Wimpern eindeutige Blicke zugeworfen! Ich bin jetzt doch froh, dass ich auf dem Bauch liege, sonst wäre das hier peinlich geworden...

Ach, dieses Mogontiacum gefällt mir immer besser. Theater, Thermen, tolle Frauen. Zudem sehr „international" ausgerichtet, Volk aus aller Welt in den Straßen. Einerseits feine Damen in Sänften andererseits grobe Kerle in Pelz und Leder, und umgekehrt! Griechen, Afrikaner, Syrer, alle in traditionellen Gewändern, der Duft der vielen verschiedenen Garküchen. Irgendwie habe ich mir eine römische Stadt nicht so kosmopolitisch und abwechslungsreich vorgestellt.

Mogontiacum, das heutige Mainz, scheint primär als Militärstandort gegründet zu sein. Hier liegen zwei Legionen, die XIV. Gemina Martia Victrix, zu der Quintus gehört und die XXI. Rapax, zusammen über 12.000 Mann. Dazu kommen in gleicher Anzahl Auxiallartruppen zur Unterstützung der Legionen. Deren Mannschaften kommen aus dem ganzen römischen Reich, aus Spanien, Ägypten, vom Balkan,

Kreta, und natürlich Gallien (heute Frankreich), oft Spezialeinheiten wie Schleuderer, Bogenschützen oder Reiter.
Alle diese Soldaten müssen mit Essen und Trinken, Kleidung, Waffen, Werkzeuge aber auch mit Dienstleistungen wie Ärzte, Barbiere, Geschäfte, Gasthäuser, Bordellen etc. versorgt werden. Es fließt ziemlich viel Geld, die Stadt wächst, überall wird gebaut, auch öffentliche Gebäude wie Tempel, Thermen, Theater, Bibliotheken, Markthallen, Verwaltungsgebäude usw.
Ich denke die Stadt ist auf dem besten Weg, eine römische Großstadt zu werden, obwohl im Moment klar das Militär das Stadtbild und die Stadtentwicklung beherrscht.
Mit am besten finde ich die vielen Tempel und Kultplätze, da kann man oft exotische Dinge beobachten. Es gibt hier jede Menge verschiedener Religionen, neben den aus Asterix und Obelix und vielleicht aus der Schule bekannten römischen Göttern wie Jupiter, Mars, Merkur und Venus gibt es Götter aus dem Orient und Afrika wie Isis und die Mater Magna und diverse einheimische keltische Götter. In den Tempeln wird gesungen, gepredigt, Tiere geopfert oder seltsame Tänze aufgeführt. Christen habe ich noch keine gesehen. Na gut, das Christentum ist ja erst in seinen Anfängen und bestimmt noch nicht von der römischen Provinz Judäa, also Israel, bis hier vorgedrungen. Manchmal hätte ich Lust laut zu rufen "Vergesst den ganzen Stuss, in 400 Jahren seid ihr hier alle Christen!" Das käme aber wohl nicht gut; zwar sind die Römer ziemlich tolerant was Religionen angeht, es gibt wie gesagt alle möglichen Gottheiten, denen jeder wie er will anhängen kann. Aber der Kaiserkult sowie die Verehrung der „Staatsgötter" - also Jupiter und Co. - ist absolute Pflicht. Ketzer die nur an einen Gott glauben wollen, kommen bekannter Weise schnell mal ans Kreuz.
Wie auch immer, die Stadt ist wirklich beeindruckend mit den riesigen Theatern, Bibliotheken, den mächtigen Aquädukten, die das Wasser des Umlands herbeiführen. Und die

vielen Restaurants, die leckeres Essen aus aller Welt anbieten – Multikulti pur.

Gestern Abend saßen wir in einem urigen, bei Einheimischen beliebten Gasthaus im Marinehafen am Rhein. Und es gab Lachs. Ja Lachs und zwar aus dem Rhein! Einfach irre! Schmeckte super, ich hätte nie gedacht mal Lachs aus dem Rhein zu essen. Lachs ist hier weitverbreitet, also nichts Besonderes, ein „Brotfisch" für die einheimische Bevölkerung. Zu Hunderttausenden wandert der Lachs den Rhein hoch, erzählte mir der Wirt, verrückt! Der verstand gar nicht, warum ich so begeistert und interessiert war. Tja mein Lieber, du kennst eben nicht den Rhein, den ich kenne, von tot auf halbtot gepäppelt, Chemieunfälle, Kühlung für Kernkraftwerke, Bundeswasserstraße und die langjährigen Versuche, den Lachs wieder anzusiedeln.

Die Römer haben hier in Mogontiacum neben den Legionsstandorten außerdem eine große Marinebasis. Einige große Kriegsschiffe mit mehreren Ruderdecks, Rammsporn und Geschützen liegen an den Molen vor Anker. Aber auch die mir bekannten kleineren Flussliburnen wie unsere in Confluentes.
Auf dem Rhein ist hier sowieso immer eine Menge los, ich guck da gerne einfach zu, ist wie fernsehen. Zum Beispiel wird jede Menge Holz auf dem Rhein geflöst, manchmal hunderte Holzstämme gleichzeitig, die Jungs turnen dabei akrobatisch auf den zusammengebundenen Stämmen rum und lotsen die Stämme ans Ufer, wo sie dann für die Holzverarbeitung rausgezogen werden. Quintus meint, das Holz kommt von den Gebirgen am Oberrhein, vielleicht meint er den Schwarzwald oder die Vogesen?
Allerdings ist nicht alles groß und schön hier, es gibt auch so was Ähnliches wie Gewerbegebiete, da stinkt es gewaltig, ist laut und dreckig. Ist natürlich alles vorindustriell also Handwerk, es gibt ja keine Maschinen. Allerdings wird hier in großem Maßstab produziert. Zum Beispiel Schuhe,

ich habe in zwei Straßen an die 50 Schuhmachereien gezählt! Es gibt eine Straße, in der praktisch nur Reihen von Töpfereibetrieben stehen. Und das gleiche an anderer Stelle mit Schmieden, in denen vor allem Waffen und Rüstungen hergestellt werden. Nach Aussage von Quintus Freund, dem Händler Rudiobus, ist die Stadt für bestimmte Warengruppen das Produktionszentrum der ganzen Provinz und teilweise auch darüber hinaus.

Mit geschlossenen Augen und tiefenentspannt laufe ich in Gedanken noch durch die Straße im Schmiedeviertel, es riecht streng, nein, tut es nicht, was ist das? Wieder dieser Duft! Ich danke dem Masseur und gehe der hinreißenden, langbeinigen Schönheit hinterher. Sie kennt sich hier offensichtlich gut aus, um paar Ecken und kein Mensch ist mehr zu sehen, nur entferntes Lachen und Rufen sowie das Gesumm vieler Menschen beim „thermieren".
Ich steh in einem Raum mit mehreren Liegen, plötzlich fällt die Tür hinter mir ins Schloß.
„Na, hast du dich verlaufen?"
Ich schlucke, als sie ihr Handtuch grazil auf den Boden gleiten lässt.
„Nö, definitiv nicht, hier bin ich genau richtig!"

Kapitel 6

Germania magna, 84 n.Chr.

Dunst in rauchförmigen Säulen steigt aus den bewaldeten Hängen des Taunus auf, „Die Füchse kochen Kaffee" hat Hans diesen Anblick genannt, wieder so ein Wort, „Kaffee", das Hans nicht erklären wollte und konnte.
„Wir werden heute angenehmer übernachten, das verspreche ich euch", ruft Berowulf, während er seinen dunklen, aufgeladen tänzelnden Hengst locker zügelt.
„Das will ich hoffen mein Lieber, ich spüre die beiden Steine am Rücken und Arsch von heute Nacht jetzt noch", Hans reibt sich theatralisch und grinsend den Hintern.
Quintus und Hans treten die letzten Funken ihres Lagerfeuers aus und schwingen sich ebenfalls auf ihre Pferde. Tanta bellt kurz auf und wedelt freudig mit dem Schwanz, für sie ist das Ganze der perfekte Ausflug und um Klassen besser als der öde Aufenthalt in Mogontiacum.

Von dort waren sie gestern früh aufgebrochen, als Händler, die Waren im grenznahen rechtsrheinischen Gebiet verkaufen wollen. Ein Risikounternehmen, klar, denn das Gebiet in der Mainebene und am Taunus ist zwar befriedet und von römischen Bündnisgenossen, dem germanischen Stamm der Mattiaker, bewohnt. Aber eben nicht Teil des römischen Imperiums und in den letzten beiden Jahren mehrfach von den kriegerischen Chatten überfallen worden. Andere Händler in Mogontiacum, also "Kollegen", hatten ihnen deshalb von der Reise abgeraten. Aber sie hatten keinen Verdacht erregt, ihre Aussage, dass das Risiko zwar hoch sei aber dafür auch große Gewinne möglich sind, hatte überzeugt. So wurden sie nur als gierige Idioten angesehen, aber harmlos und man hat sie ziehen lassen.
Um für eine glückliche und erfolgreiche Reise zu bitten, hatten sie gestern noch am riesigen Denkmal, dem Tumulus

honorarius[65] des römischen Feldherren Drusus, Gebetstafeln mit ihren Wünschen hinterlassen. Hans war schwer beeindruckt von dem mächtigen, grandiosen und kunstvoll gestalteten Denkmal; aber auch von der Tatsache, dass es vom römischen Heer zu Ehren des vor 75 Jahren in Germanien tödlich verunglückten Feldherrn in Mogontiacum errichtet wurde.
„Was für ein Aufwand, und was für eine Dankbarkeit. Das muss ja ein echt fähiger und beliebter Feldherr gewesen sein, dieser Drusus."
„Richtig, Hans und er ist es heute noch!" gibt Quintus Auskunft. „So wird jedes Jahr an dem Denkmal die mehrtägige Supplicatio, also Gedenkfeiern zu Ehren des Drusus unter Beteiligung aller Repräsentanten, Kommandeuren und Vertretern aller Städte der gallischen und germanischen Provinzen, abgehalten. Mit mehreren tausend Zuschauern, das musst du dir unbedingt mal anschauen. Und die römischen Legionen aus Mogontiacum ehren ihren ehemaligen Heerführer dabei mit einer riesigen Parade!"
Sie blieben an diesem ihrem letzten Abend in Mogontiacum oben am Denkmal sitzen, den phantastischen Blick über die Stadt, den Rhenus und die fernen Berge Germaniens genießend, bis die Sonne unterging.

Heute früh im Morgengrauen hatten sie Mogontiacum über die imposante, über 1000 Fuss lange Rhenusbrücke verlassen. Diese mächtige Brücke ist nach Quintus Meinung allein schon durch das Aufmauern der riesigen Steinbrückenpfeiler mitten im Fluss eine Meisterleistung der römischen Militäringenieure. Sie hatten dann die gut ausgebaute Straße nach Osten genommen. Quintus hat darauf bestanden, dass sie ihre Rüstungen anziehen und darüber die extra

---

[65] Tumulus honorarius ist ein Denkmal bzw. Kenotaph, also „leeres Grabmal", als Erinnerungsort für eine bedeutende römische Persönlichkeit

weit geschnittenen, langarmigen Tunicas und die wasserfesten, geölten Reisemäntel tragen, sodass man die Kettenhemden nicht sieht. Wie beabsichtigt sehen sie so aus wie harmlose Händler, allerdings gut bewaffnet. Alle drei tragen Schwert und Dolch am Gürtel und einen Schild am Sattel. Berowulf hat zudem mehrere Wurfspeere in einem Köcher, der auf der rechten Seite des Sattels angebracht ist. Die Helme sind im Gepäck verstaut, sie wären zu auffällig und mit der Händlertarnung nicht vereinbar.

Sie haben die Abzweigung der Fernstraße nach Süden und die Straße nach Norden zum Vicus Aquae Mattiacorum nun schon vor längerer Zeit passiert. Während er neben Hans reitet, fällt Quintus auf, dass Hans aufmerksam die Gegend betrachtet, als ob er etwas suchen würde.
„Na Hans, nähern wir uns deinem Stammesgebiet?"
Kopfschütteln. „Nö, das sind bestimmt noch 100 Meilen oder so. Das ist doch hier eher die Heimat von Berowulf."
Jetzt schaut Hans Quintus direkt an.
„Aber ich war hier in der Gegend schon einmal, ist allerdings lange her. Gibt's hier eigentlich römische Siedlungen oder Stützpunkte der Armee?"
„Siedlungen mit römischen Zivilisten nicht, aber es gibt ein paar provisorische Holzkastelle, also bessere befestige Lager, die zeitweise benutzt werden. Die Legionen aus Mogontiacum holen in diesem Gebiet hier Holz und anderes Baumaterial, außerdem werden hier Übungen und Manöver abgehalten. Sollen wir einen Kartenhalt machen?"

Sie haben sich angewöhnt etwa alle zwei Stunden und damit etwa alle zehn Meilen anzuhalten, damit Hans seine Karte vervollständigen kann. Bislang lief die Straße fast schnurgerade immer nah an den Ausläufern des Taunus entlang, der nun aber nach Nordosten zurückweicht, während die Straße weiter konsequent nach Osten und somit vom Taunus weg, verläuft.

Sie sind abgestiegen, Hans zeichnet auf der Karte, Berowulf tränkt die Pferde und das Muli an einem Bach, der die Straße kreuzt; Tanta sucht im Unterholz „Verpflegung". Quintus legt seinen Mantel als Unterlage auf den Boden und genießt einfach die Sonne. Außer dem Gezwitscher von Vögeln und dem fernen Rufen einiger Kolkraben ist es absolut still.
Auf der Straße ist auch wenig los, bislang sind ihnen nur zwei Meldereiter einer Vexillation[66] der XXI. Legion begegnet, die weiter nordöstlich im Einsatz ist. Genaueres wollten die beiden Soldaten uns, den simplen, in ihren Augen irren bis leichtsinnigen, Händlern nicht sagen.

Berowulf pflockt jetzt die Pferde und das Muli an und verteilt etwas Brot und Obst. Dabei berichtet er wie beiläufig von einer Siedlung seines Stamms, die östlich von hier an dem Fluss Nida liegt und daher von den Römern ebenfalls Nida genannt wird. Dort könnten sie auch übernachten. Es ist warm geworden, sie lehnen an Bäumen am Straßenrand und lauschen kauend Berowulfs Erzählungen.
„Ich bin übrigens in dieser Siedlung Nida aufgewachsen, bei meinem Onkel." Er stochert mit einem Stock im Boden herum, etwas verlegen.
„Was? Das ist ja spannend!"
Hans verschluckt sich fast an seinem Brot, hustend und aufgeregt „Sag doch mal, wie ist es so, wieder mal nach Haus zu kommen?"
Aber Berowulf winkt ab „Ist `ne lange Geschichte, was für einen Abend am Lagerfeuer, also ein andermal. Ich schlage vor, dass wir jetzt aufbrechen, damit wir vor der Dunkelheit ankommen, was meinst du Quintus?"

---

[66] Vexillation ist die Bezeichnung einer taktischen Einheit der römischen Armee. Es kann sich dabei um eine kleinere oder größere Zahl von Soldaten einer Einheit (einer Kohorte, einer Legion) handeln, die für eine bestimmte Zeit und für einen bestimmten Auftrag abkommandiert werden

Der nickt zustimmend. Berowulf hat nicht wirklich Lust uns was von seiner Familie, dem Dorf oder sonst was von seiner Heimat zu erzählen, denkt Quintus, während er seinen Mantel einrollt und am Sattel festzurrt.
Sie steigen auf und reiten im gemächlichen Schritt weiter.
Gut, dass die Meldereiter vorhin nicht von seiner XIV. Legion waren, zwar bieten der mittlerweile sprießende Bart und die große Kapuze einen gewissen Schutz vor einem Erkennen, aber sicher ist das wirklich nicht. Aus diesen Gedanken schreckt Quintus etwas hoch, als er Berowulfs freudiges „Wir sind da!" hört.

Bei Frankfurt, Mai 2019

Bei Germanen zu Gast! Zunächst war das Aufregung und Spannung pur. Aber wie sich herausstellte, kennen alle Berowulf ziemlich gut und seine Verwandtschaft ist offensichtlich zahlreich und happy, ihn mal wieder zu sehen. Außerdem werden Gäste bei den Germanen, zumindest hier bei den Mattiakern, offenbar gerne gesehen und sehr freundlich behandelt.
Unsere Pferde wurden sofort versorgt von Leuten, die von Berowulf als „Unfreie" bezeichnet werden, anscheinend Leute ohne alle Rechte, so `ne Art Knechte oder Sklaven des Clanchefs. Meine hübsche Schimmelstute, die ich Corti nenne, gebe ich etwas ungern ab.
„Behandelt sie ja ordentlich!"
Schulterzucken, nix verstehen Latein, das dachte ich mir schon.
Höflich und wortreich und für mich unverständlich, werden wir in das Haupthaus eingeladen, sogar Tanta darf anstandslos mit.
Tja und dann, was soll man sagen, erfolgt der kulturelle Abstieg. Der vordere Hausteil ist ein dunkler, fensterloser Raum mit einer Feuerstelle, deren Rauch durch eine

Dachöffnung mehr schlecht als recht abzieht. Alles finster, verrauchte Luft zudem der Geruch von Tieren und Gülle, der nur partiell vom Rauch der Feuerstelle übertüncht wird. Puh, okay.
Nachdem es etwas zu trinken gibt (Wasser) passiert dann erstmal nicht mehr viel. Wir sitzen hier jetzt schon eine gefühlte Ewigkeit auf diesen fellbezogenen Bänken an einem groben Holztisch und blinzeln (wegen des Rauchs) mit brennenden Augen den uns gegenübersitzenden Trupp von Germanen an.
Berowulf hat das Reden übernommen, aber die Unterhaltung ist irgendwie schleppend, auf was warten die? Mein Darm macht sich bemerkbar, leichte Krämpfe, das Wasser, war wohl nicht keimfrei.
„Quintus, ich müsste mal aufs Klo. Hast du eine Ahnung wie man das hier so erledigt?"
„Nein. Berowulf, wo ist das Klo?"
Berowulf deutet mit dem Kopf nach rechts „Draußen, hinterm Haus, ein Häuschen beim Mist."
Na Super, nach Klo mit Marmorbänken und Wasserspülung machen wir hier ein auf Extremcamping.
Quintus schließt sich mir an. Draußen immer dem Geruch nach, das Klo ist nicht zu verfehlen und wie befürchtet tatsächlich ein Plumpsklo. Offensichtlich werden unsere Hinterlassenschaften mit dem Viehmist vereinigt.
„Ich geh zuerst, Pech Zenturio!"
„Hans, du sollst mich nicht Zenturio nennen, wer weiß, ob hier vielleicht doch einer Latein versteht. Wir sind Händler, vergiss das nicht!"
Soll er reden, der Bedenkenträger, ich erleichtere mich erstmal im „Freien Germanien". Hier müsste man mal ein Herz in die Klotür schneiden.
„Heh Quintus, ich vermisse jetzt schon die Thermen."
„Ja, ja, beeil dich mal."

Nach dem Klowechsel mit Quintus sehe ich mir das germanische Haus mal näher an. Das riedgedeckte Dach ist sehr

tief, fast bis zum Boden runtergezogen. Die Wände bestehen aus grob und lehmfarbig verputztem Fachwerk, Fenster gibt`s keine. Das Haus ist erstaunlich lang, gute 15m, und etwa halb so breit. Das Vieh, ziemlich kleine, fast mickrige Rinder, ist im hinteren Teil des Hauses untergebracht, nur durch eine Innenwand getrennt. Also Landluft überall. Naja vielleicht hat das im Winter Vorteile, da wärmen die Rinder das Haus mit und man muss zum Füttern nicht weit raus.
Neben dem Haupthaus gibt es noch einen Schuppen und einen weiteren kleinen Stall, der im Moment leer ist, vielleicht für Schafe oder Schweine?
Das ganze Ensemble ist mit einer Hecke eingefriedet. Im gleichen Stil stehen in Abständen von etwa 50 – 100m weitere Häuser bzw. Gehöfte, insgesamt sind es wohl an die zwanzig Stück, in der einsetzenden Dämmerung ist das schwer zu schätzen.
Die Siedlung liegt direkt an der Nida, also dem Fluss Nidda. Quintus ist mir gefolgt und zeigt über den Fluss.
„Irgendwo da hinten liegt eins unserer provisorischen Kastelle. Wir sollten schauen, dass wir mit den dortigen Truppen keinen Kontakt bekommen, ist besser für unsere Tarnung."
Wir grüßen einige Mädchen, die flüsternd und lachend an uns vorbei flanieren, ein netter Anblick. Ein Stoß in die Rippen – Quintus macht Druck.
„Komm, lass uns wieder rein gehen und verplapper dich nicht, am besten sagst du gar nichts, wir überlassen das Reden Berowulf."
Ach ja, mein Freund Quintus und seine Sorgen, ich klopf ihm auf die Schulter „Ist ja gut Quintus. Bin mal gespannt, was die germanische Küche als Abendessen so zaubert."

Drinnen ist es voller geworden und noch verrauchter, super.
„Da seid ihr ja", Berowulf zappelt nervös herum. „Also der Handel soll morgen laufen, es sollen noch paar andere Familien informiert werden, die wegen der Entfernung erst morgen kommen können. Das hier ist übrigens mein Onkel

Vadinus, neben ihm sitzt…"
Weiter kommt Berowulf nicht, da die Tür schwungvoll aufschlägt und ein älterer Herr in vornehmer Kleidung hereinkommt.
„Ich grüße dich Berowulf und deine Gefolgschaft", das kam in gutem Latein mit kehliger Stimme.
Gefolgschaft ist gut, Quintus verzieht keine Miene, schaut mich aber bedeutungsvoll an und zischt leise „Der versteht Latein, aufpassen!" Ja, hab`s kapiert.

Auf einmal werden alle laut und gesellig, das Essen kommt auf die Tische, sehr üppig und lecker duftend. Jetzt sind auch Frauen zu sehen, die uns begrüßen, aber mir gelingt kein Augenkontakt.
Offensichtlich haben alle auf den Hausherrn und Clanchef gewartet, der sich im Laufe des Abends auch als Art Bürgermeister oder Ortsvorsteher entpuppt.
Berowulf beugt sich zu mir und Quintus rüber: „Das ist Lagmerus, der Hausherr und ein angesehener Mann hier im Dorf. Um seine Funktion und Rang besser zu verstehen, könnt ihr ihn euch als eine Art „Bürgermeister" vorstellen, obwohl er das nicht ist. Er ist sehr romfreundlich und aufgeschlossen; er ist auch der Grund, dass ich mich als Späher bei der Armee beworben und schließlich auch genommen wurde."
Dieser Lagmerus ist interessant, er trägt eine kurze römische Tunica unter seinem Umhang, allerdings auch eine lange Hose. Das Schwert und der Schwertgürtel sind ebenfalls römisch. Auch ist er frisch rasiert, also ganz anders als die anderen Männer in dem Haus. Da er zudem fließend Latein spricht, kann man ihn insofern als „romanisierten Germanen" ansprechen. Ich würde mich zu gern mal intensiv mit ihm austauschen, leider sitzt er zu weit weg von mir, keine Chance auf small talk.
Der Abend wird zunehmend nett und gesellig. Chef Lagmerus ist offensichtlich ein hartnäckiger Interviewer, der aber

in Quintus bestimmt seinen Meister gefunden hat. Die beiden sind im intensiven Dialog, zu blöd, dass ich nichts mitbekomme.
Da meine Nachbarn kein Wort Latein sprechen, wende ich mich Berowulfs Onkel Vadinus zu, der mir gegenübersitzt. Leider ist der ein wenig kommunikativer Typ mit üblem Mundgeruch, der ständig schweigend mit dem Metgesöff anstößt und mich schließlich so abfüllt, dass ich bald nicht mehr viel mitbekomme.

Irgendwann ist das Gelage zu Ende und uns werden die Betten zugewiesen. Es handelt sich dabei schlicht um die bisherigen Sitzbänke, die nun mit einer zusätzlichen Lage gesteppter Wolle und Fell belegt werden, fertig ist das Germanenbett. Aber immerhin sind diese „Betten" deutlich angenehmer als der Waldboden der letzten Nacht. Im hinteren Teil des Raums schläft die Familie.
„Hoffentlich schnarchen die nicht so sehr", flüstere ich Quintus leicht lallend zu.
Der grinst nur, im schwachen Licht sehe ich, dass er heimlich seinen Dolch unter seine Decke schiebt. Das werte ich mal als ein nicht so gutes Zeichen, aber der Met wirkt dann doch ausreichend, dass mir das letztlich egal ist.

Germania magna, 84 n.Chr.

Die Nacht verläuft friedlich und ungestört, Quintus steckt den Dolch noch vor dem Morgengrauen weg, bleibt aber wach mit geschlossenen Augen liegen.
Nach viel Gemaule von Hans, der „seinen Rücken nicht mehr spürt, Schmerzen, alles taub und eingeschlafen" sowie einem kurzen, einfachen Frühstück, satteln Quintus und Hans die Pferde.
Hans will unbedingt die mäandernde Nida nach Süden her-

unter reiten bis zu deren Mündung in den Moenus, laut Berowulf der Moin, nach Hans der Main, und von dort weiter flussaufwärts bis kurz vor eine bestimmte Furt.
Sie folgen einem gut ausgebauten Weg, Tanta vorneweg.
Auf Quintus Frage, was denn gerade hier so interessant ist, macht Hans die typischen Ausflüchte und vertieft sich in die Details, die er in unsere Karte einträgt.
Das hier ist wieder so ein Ort mit besonderer Bedeutung für Hans. Quintus blickt sich von der Anhöhe, auf der sie angehalten haben, um.
Vor ihnen der Moenus, breit und träge dahinfließend, anscheinend ist das hier eine Furt durch den Fluss, die „Frankenfurt" wie Hans murmelt. Auf dem anderen Flussufer erstreckt sich Wald, der nach Süden bis zu dem im Morgendunst und etwa zwanzig Meilen Entfernung aufsteigenden Gebirge reicht. Quintus erkennt diesen Gebirgszug wieder, er ist auch vom Denkmal des Drusus über Mogontiacum aus zu sehen und wird Monte Auderienso[67] genannt.
Irgendwas hat die vor ihnen schwimmenden Ottern aufgeschreckt; fast gleichzeitig tauchen sie weg, eine kräuselnde Wasseroberfläche hinterlassend. Quintus kann nichts Alarmierendes sehen und blickt nach Westen, wo bei Mogontiacum der Moenus in den Rhenus mündet. Im Nordwesten erhebt sich der Monte Tauno[68] an dessen Nordseite die Laugana fließt, wo sie im letzten Jahr ihre Schlacht gegen die Chatten geschlagen hatten. Weiter im Norden und Osten ist nichts außer Wald zu erkennen.
Östlich von ihnen ist in etwa einer halben Meile Entfernung ein kleines Kastell zu erkennen. Es liegt knapp oberhalb des Moenus. Hoffentlich werden sie von der Garnison des Kastelles nicht entdeckt, auf eine unangenehme Befragung können sie gut verzichten.

---

[67] Monte Auderiensus ist ein von mir gewählter „künstlicher" Name für den Odenwald. Wie der Odenwald von den Römern genannt wurde, ist unbekannt.
[68] Monte Tauno, römischer Name für das Mittelgebirge Taunus

Plötzlich bellt Tanta aufgeregt, Hans beruhigt sie aber sofort. Sie schauen sich besorgt um. Da, ein Trupp Soldaten, der sich ihnen auf der schmalen Straße vom Kastell kommend nähert.
„Verdammt, Soldaten!"
Quintus Ruf, wird von Hans nickend quittiert.
„Also Hans, aufpassen, Schweigen ist Gold!"
„Alles klar, Chef!", kommt die lockere Antwort.

Sie warten, die Zügel ihrer Pferde in der Hand, bis die Soldaten heran sind.
Tanta knurrt leise, sie bemerkt die Anspannung.
"Halt! Heh ihr zwei, was macht ihr hier?"
Der Optio baut sich vor ihnen auf und mustert sie herablassend und gleichzeitig skeptisch.
„Wir sind Händler aus Mognontiacum."
„Ach, und wo ist eure Ware?"
„Drüben im mattiakischen Dorf Nida, dort haben wir auch übernachtet."
Der Optio umkreist sie argwöhnisch. „Mmh, und hier am Moenus, was gibt's da zu sehen?"
„Seit wann darf man sich denn nicht die Landschaft anschauen?"
Typisch Hans, Quintus zieht die Luft durch die Zähne, er weiß was jetzt kommt.
„Schau an, ein Schlaumeier, der uns das Leben erklären will. Hör zu Freundchen, wenn wir euch morgen hier noch antreffen sollten, gibt's eine schöne, ausgiebige und intensive Befragung in unserem Kastellkeller, haben wir uns verstanden? Euer Glück, dass wir in Eile sind. Also verpisst euch, ihr Pfeifen!"

Die Soldaten marschieren ab, Quintus und Hans ziehen schnell ihre Pferde zur Seite, um nicht Schläge oder Tritte zu riskieren. Hans knurrt „Arschlöcher", das kam zum Glück sehr leise.

„Ja, ziemliche Idioten, aber verschwinden wir", Quintus schwingt sich auf sein Pferd, „Berowulf und die Germanen warten bestimmt schon."
„Ja, ja ich komme schon", fast wehmütig blickt Hans sich nochmal um, bevor er sich auf seine geliebte Schimmelstute Corti schwingt.
Im Wechsel von Trab und Galopp reiten sie zügig zurück in das Dorf Nida, wo sie von den Mattiakern schon sehnsüchtig erwartet werden.

Wie besprochen hat Berowulf unsere Waren vor dem Haus des Clanchefs Lagmerus verkaufsgerecht auf mehreren Holzbänken drapiert. Es sind bestimmt an die hundert Leute da, bunt gemischt Männer, Frauen und viele Kinder, die sich um unsere Waren drängen.
„Fällt dir auf, wie jung sie hier alle sind", flüstert Hans Quintus zu, der gerade versucht, einer blonden Schönheit die Vorzüge des Terra Sigillata Geschirrs zu erläutern. Quintus überlässt die Dame Berowulf, der sofort als Verkäufer einspringt und sieht sich um. Tatsächlich, es sind keine Alten zu sehen, dafür viele Kinder und Jugendliche.
„Berowulf, wo sind denn die Älteren des Dorfs? Haben die was gegen uns?"
Berowulf wird ernst und seufzt „Meine Leute werden nicht so alt wie die Römer, sie sterben zu früh an Krankheiten oder Wunden. Leider betrifft das auch viele Kinder. Von meinen sieben Geschwistern leben nur noch zwei."
„Da muss man doch was machen!", ruft Hans fast empört. „Könnten nicht Ärzte aus der Provinz ab und zu vorbeikommen? Oder noch besser, lasst euch doch zu Ärzten ausbilden!"
Quintus schüttelt den Kopf „Arztausbildung geht in der Provinz nur beim Militär und da kann niemand vor Ende der Dienstzeit einfach irgendwohin spazieren. Klar, nach fünfundzwanzig Dienstjahren steht es jedem frei, wo er sich niederlassen will, er kann dann auch als Medicus zu seiner

Sippe zurückkehren. Aber die meisten bleiben als Veteranen in der römischen Provinz, stimmt`s Berowulf?"
Der nickt leicht betröppelt „So ist es. Wer will schon zurück in dieses einfache und gefährliche Leben, wenn er jahrelang das hohe Lebensniveau der Römer kennen und lieben gelernt hat? Ich versuche daher meine Leute schon seit langem davon zu überzeugen, wenigstens an die Grenze zu ziehen, aber sie wollen hier nicht weg. Mein Onkel Vadinus ist unheimlich stur."

Am Ende des Tages, nach viel Feilschen und Palaver ist das Ergebnis eher mager: wir haben kaum etwas verkauft, was aber vor allem daran lag, dass die Germanen weder Geld oder Edelmetalle und auch sonst wenig haben, was man für unsere Waren tauschen könnte. Wir haben ein schön verziertes Schwert, mehrere schlichte Ringe aus Eisen, drei Pelzumhänge und zwei Bahnen feines Wolltuch gegen zwei Sets Geschirr und fünf Liter Wein getauscht.

Zwischen Frankfurt und Butzbach, Mai 2019

Seit wir vor zwei Tagen die Mattiaker in Nida und damit auch die Region um Frankfurt, was es ja noch nicht gibt aber an der Stelle der Furt über den Main liegt, wo wir den kleinen Disput mit dem misstrauischen Optio hatten, verlassen haben, sind wir stetig auf einer Straße in Richtung Norden unterwegs. Und daher bekomme ich immer wieder so aufgeregte Anwandlungen. Und warum wohl? Weil wir uns meiner Heimat, der Region um Gießen, nähern! Fragen steigen in mir hoch: Wie sieht es dort wohl aus? Kann ich irgendwas wiedererkennen? Wie wird das sein, dort zu sein ohne dass alles Reale aus meiner Welt existiert?
Letzte Nacht hatte ich dazu wilde Träume und bin aus dem Schlaf hochgeschreckt, womit Tanta überhaupt nicht umgehen kann. Sie hat sich ängstlich an mich gekuschelt und mir

dann ausgiebig meine Hand geleckt. Ich schaue von Cortis Rücken zu ihr runter, als ob sie Gedanken lesen kann, sieht Tanta mich jetzt an.
„Ja, braver Hund!"
Schwanzwedeln. Sie ist mir richtig ans Herz gewachsen, ich hätte nie gedacht, dass ein Hund mir mal so wichtig werden könnte. Die Straße ist weiterhin ziemlich gut ausgebaut, Bäche werden mit Holzbrücken überquert, links und rechts laufen Gräben, die den Straßenbelag trocken halten, prima. Links von uns, also im Westen, sind ab und zu, ganz vertraut, die Höhenzüge des Taunus zu erkennen. Quintus meint, dass es sich bei dieser Straße um einen alten Heeresweg ins germanische Hinterland handelt und dass die Straße sich nach Hörensagen als Handelsroute noch hunderte von Meilen nach Norden ziehen würde.
Nach meinen Berechnungen und Karteneinträgen sowie von der Landschaft her, müssten wir so ziemlich dem Verlauf der Bundesstraße 3 folgen und uns im Moment etwa auf der Höhe von Friedberg bewegen. Leider hat man nur selten einen Fernblick, der Wald hier ist unberührt, dicht und wild.
Apropos wild, gestern Nacht haben wir Wölfe heulen gehört, klang ziemlich nah! Das hat Berowulf und Quintus aber nicht weiter tangiert, also sind Wölfe für uns wohl ungefährlich. Ich habe etwas gebraucht, auch Tanta davon zu überzeugen. Überhaupt ist viel Wild zu sehen, Rehe, Hasen, Fasane, Kaninchen sehen wir öfter, seltener Hirsche. Am besten finde ich die Biber, die hier total verbreitet praktisch an fast jedem Bach oder Flüsschen aktiv sind. Bieber in Hessen, echt super!
Bisher hat Berowulf immer bequem vom Pferd aus unser Abendessen erlegen können, ziemlich praktisch.

Plötzlich hebt Berowulf seine Hand, auch Tanta bleibt mit gespitzten Ohren erstarrt und angespannt stehen. Jemand nähert sich von vorne. Offensichtlich mit Pferden, also wohl keine Germanen.

Und richtig, eine Turma von Auxillartruppen kommt in zügigem Trab auf uns zu. Nicht schon wieder nervende Soldaten.
„Tanta, komm her, Fuß!"
Die Reiter umstellen sie schweigend, die Lanzen stoßbereit. Der Decurio stellt sein Pferd quer und versperrt ihnen damit den Weg.
„Ihr drei da, stehen bleiben! Was macht ihr hier, habt ihr Passierscheine?"
Ist das schon wieder so ein aufgeblasener Fatzke? Was will der denn?
„Passierscheine? Wozu das denn? Wir sind römische Händler, also können..."
Er brüllt mich an „Halt die Klappe, Freundchen! Also ihr habt keine Passierscheine – mitkommen! Und Hände weg von euren Schwertern sonst könnt ihr gleich Pluto Hallo sagen!"
„Pluto ist der Gott der Unterwelt" zischt Quintus mir zu, das soll mich wohl beruhigen.
Nach einem schweigsamen Ritt von etwa einer halben Stunde treffen wir in einem Kastell ein, das fast malerisch auf einem Bergrücken liegt. Ich bin mir ziemlich sicher, wir sind in Friedberg, nur dass statt der mittelalterlichen Burg nun ein römisches Kastell auf dem Burgberg steht.

Das Kastell ist aus Holz errichtet und im Inneren genauso aufgebaut wie unser Kastell in Confluentes, nur deutlich größer, ich schätze mal mit 1000 Mann belegt.
Auf dem Weg zum Prätorium wird klar, dass hier im Moment aber nur eine kleine Truppe stationiert ist, es sind kaum Soldaten zu sehen.
„Absteigen und mitkommen!"
Wir warten kurz in der Vorhalle, ah, da kommt ja schon der Präfekt.

„Ich grüße dich Präfektus Castrorum[69]! Diese drei Typen haben wir auf der Straße aufgelesen. Sie kommen von Süden und behaupten Händler zu sein."
„Danke Decurio. Mein Name ist Sextius Ursus, Präfekt Castorum der Cohors I Flavia Damascenorum sagittariorum milliaria equitata. Und wer seid ihr, wenn ich fragen darf?"
Der Blick von Quintus ist klar, ich soll die Klappe halten, ja, ja. Quintus übernimmt das Reden.
„Wir sind Händler aus Mogontiacum, wir wollen Handel mit den Germanen treiben."
Klingt sogar in meinen Ohren irgendwie wenig überzeugend.
„Ach so, ihr seid also drei lebensmüde Idioten, oder drei gierige Idioten? Auf alle Fälle Idioten!"
Der Präfekt mustert uns ausgiebig, aber weder verächtlich noch aggressiv, sondern eher neugierig. Er ist offensichtlich nicht der Idiot in dieser Runde.
„Shomâ az damascu mi-âyid?"
Das kommt von Quintus.
„Du sprichst meine Sprache?!"
Sextius Ursus starrt Quintus völlig baff an, dabei bemüht seinen Mund wieder zu zukriegen.
„Ja, ich komme aus Antiochia, Quintus Tilius ist mein Name, Händler und Geschäftsmann fern der Heimat."

Jetzt ist das Eis gebrochen, Sextius Ursus umarmt uns der Reihe nach und heißt uns wortreich herzlich willkommen. Wir folgen seiner Einladung zum Übernachten und Essen sehr gerne.
Die haben hier natürlich eine Therme, juhu! Und endlich wieder gute römische Küche!

---

[69] Präfektus Castrorum: römischer Offizier, der bei Abwesenheit des Legaten oder Präfekten das Kastell kommandiert. Er sorgt zudem als Verwaltungschef für den reibungslosen Dienstbetrieb

Wir geben Corti, die anderen Pferde und unser Muli ab, Ställe sind genügend frei.
Uns wird ein leeres Contubernium zugeteilt.
„Na Quintus, das ist doch mal was, hier in Germanien Leute aus Syria zu treffen, oder? Also Zufälle gibt es..."
„Das stimmt, ich freue mich wirklich, vielleicht erfahre ich was Neues aus der Heimat. Anderseits sind Bogenschützen aus Syria gar nicht so selten in den nördlichen Provinzen, ausgezeichnete Truppe übrigens."
Kleiner Lokalpatriot.
„Ja, klar, die müssen ja super sein, wenn sie aus der glorreichen Provinz Syria kommen, da gibt es ja nur Helden, habe ich gehört!"
Als Antwort fliegt Quintus Stiefel nur knapp an meinem Kopf vorbei.
„Ach ja, wie man sieht, sind nicht alle aus Syria so treffsicher!"
Der zweite Stiefel findet dann leider doch sein Ziel.

Während des Essens geht es dann zwischen Quintus und Sextius Ursus, dem Lagerpräfekten, nur um Sonnenuntergänge in der syrischen Wüste, Rezepte für Dattelkuchen, wer hat den schöneren Basar, Damaskus oder doch Antiochia, und so weiter.
Ich nutze eine Pause, als Quintus und Sextius beide gerade den Mund voll mit süß-sauren Fisch haben.
„Also ich geh jetzt in die Thermen, das wird ein Spaß, mein Körper schreit schon nach dem warmen Wasser und einer Super-Massage. Aber du kannst ja hier weiter verdreckt und verschwitzt mit dem Lagerpräfekten Erinnerungen an die Heimat austauschen. Was ist, Berowulf, gehen wir?"
Quintus blickt etwas unglücklich hinter uns her, ist aber auch gleich wieder mit Sextius im Heimatplausch versunken.
Später, in unserem Gästequartier, auf herrlich bequemen, gefederten römischen Betten liegend, informiert uns der

weiter ungewaschene Quintus über das, was er von seinem „neuen Freund" Sextius Ursus erfahren hat.
„Wie ihr am Namen erkannt habt, ist dies hier eine Einheit syrischer berittener Bogenschützen, erstklassige Soldaten, die hätten wir bei unserer Schlacht gegen die Chatten gut brauchen können."
Der sterbende Gaius taucht vor meinem inneren Auge auf, verdammt, tut immer noch weh.
„Der größte Teil der Truppe ist mit dem von uns gesuchten Legaten Julius Frontinius unterwegs, nördlich von hier, zu Aufklärungszwecken. Sie sind vor etwa einer Woche aufgebrochen. Sextius meint, dass sie wohl nicht weiter als 50 – 100 Meilen entfernt sind."
Wir breiten unsere Karte aus. Das in Frage kommende Gebiet müsste der Bereich des Gießener Beckens bis Marburg sein, Städte, die meine Freunde natürlich nicht kennen da es sie schlicht nicht gibt. Daher erkläre ich ihnen die Lage an Hand des Verlaufs der Lahn.
Wir starren nachdenklich auf die Karte.
„Mmh, also nicht weit von unserem letztjährlichen Schlachtfeld entfernt, östlich davon."
Quintus zieht mit dem Finger einen Kreis auf der Karte „Von hier ungefähr kamen damals auch die Chatten, die uns angegriffen haben. Ich denke die Armee hat auch deshalb hier die Kastelle am Fuß des Monte Tauno errichtet bzw. wieder mit Truppen besetzt und ausgebaut."
Ja, und wir sind ganz nah an Zuhause, ich muss da unbedingt hin, keine Ahnung wie ich das Quintus und Berowulf vermitteln soll, aber ich muss das einfach sehen.
„Dürfen wir denn weiterziehen oder will uns dein syrischer Freund hier einsperren."
Quintus grinst „Ja wir dürfen unsere Handelsreise fortsetzen und wir haben jetzt sogar einen schönen Passierschein".
Gähnend wickle ich mich in die Decke ein „Schön, das sind gute Nachrichten, ziemliches Glück, dass wir hier in der Pampa gerade auf eine syrische Einheit gestoßen sind und

einen syrischen Zenturio dabeihaben."
Ich höre wie Quintus Luft holt.
„Ups, natürlich nicht Zenturio, sondern ich meine, was wir für Glück haben, einen verschwitzen syrischen Händler dabei zu haben! Dann mal gute Nacht ihr beiden."
Tanta legt sich an meine Knie, ich bin augenblicklich eingeschlafen.

Germania magna, 84 n.Chr.

„Leise!" Berowulf schiebt die Zweige geräuschlos zur Seite, wir gehen in die Hocke, die Pferdedecken umgehängt.
Da sind sie, etwa 100 Fuß entfernt dampfend und tief brummend stehen sie fast bis zum Bauch im Wasser der Laugona. „Meine Fresse, das sind ja wirklich riesige Viecher, diese Auerochsen" hören sie Hans flüstern.
„Und sehr aggressiv. Wenn die uns riechen, greifen sie bestimmt an, da sie Kälber bei sich haben." Berowulfs Stimme ist kaum zu hören.
Sie sind alle dankbar für die stinkenden Pferdedecken, die ihren „menschlichen Eigengeruch" zuverlässig überdecken. Die malerische Morgenstimmung der rotgolden angeleuchteten, mächtigen tiefschwarzen Tiere mit den ausladenden Hörnern nimmt sie gefangen. Ein gigantischer Bulle schiebt sich nach vorne, trinkt ausgiebig, dann hebt er den Kopf, ein Wasserschwall läuft aus seinem Maul. Sein tiefffrequentes Brummen ist im Magen zu spüren.
Berowulf verpasst Quintus einen kleinen Rippenstoß, sie treten langsam und vorsichtig den Rückweg an.
Wieder bei den angepflockten Pferden und der sehr zu ihrem Missfallen angebundenen Tanta angekommen, erzählt ihnen Berowulf, dass das Erlegen eines Auerochsenbullen bei den Germanen deutlich mehr wert ist, als eine erfolgreiche Jagd auf Bären oder Wölfe.

„Das ist ja auch kein Wunder, Mann, wenn die dich mal auf dem Kicker haben, habt ihr die Hörner gesehen? Und der muskulöse Bulle? Der sah aus wie ein halber Elefant, also von der Größe her. Den hättest du echt sehen sollen, Corti." Hans ist noch völlig begeistert und streicht seiner Stute über die Nase.
„Hast du schon mal einen Elefanten gesehen, Hans?" Quintus ist neugierig und argwöhnisch „Wo denn?"
„Ach, nur auf einem Mosaik in Mogontiacum," Hans beschäftigt sich jetzt ausgiebig mit den Hufen seiner Schimmelstute. Um Quintus nicht anzuschauen? Will er was verbergen?
„Im Vergleich zu den dargestellten Menschen sahen die Elefanten jedenfalls riesig aus, daher mein Vergleich."
Hans blickt auf. „So, was ist - wollen wir mal los?"
Quintus nickt, ist sich aber nicht sicher, ob er dieser „Erklärung" mit dem Mosaik glauben kann.

Sie steigen auf ihre Pferde und reiten gemütlich los.
„Und nochmal vielen Dank, Berowulf, das war ein wirklich tolles Erlebnis!", Hans strahlt seinen germanischen Freund an.
„Kannst du mir sonst noch etwas Spannendes aus der Region hier berichten, zum Beispiel zu dem Berg, den wir dort sehen?", Hans deutet nach Südosten.
Schon seit sie vor drei Tagen das Kastell der 1. Kohorte Flavia Damascenorum verlassen haben, hat Hans Berowulf zu allen möglichen Dingen der Region ausgefragt, Bewohner, Straßen und Besonderheiten, was auch immer. Dabei hat Berowulf über das Vorkommen von Auerochsen in der Nähe von Flüssen, auch an der Laugona, berichtet. So kam es zu ihrem Ausflug.
„Mmh, nein zu diesem Berg wüsste ich nichts zu berichten, außer dass er nach den Erzählungen der Alten immer mal wieder besiedelt wurde. Von meinen Leuten lebt dort niemand, aber in den südwestlichen Bachtälern gibt es einige

Bauernfamilien. Was interessiert dich denn so an dem Berg?"
Hans wirkt aufgeregt und unruhig.
„Also ich bin da mal mit meinem Ausbilder, dem germanischen Seher, gewesen. Der Ort eignet sich für spirituelle Vorhersagen, zumindest sagte mein Lehrer das damals. Ich würde deshalb gerne nochmal dahin zurückkehren. Wäre das machbar?"
Berowulf blickt nickend und zugleich fragend zu Quintus herüber.
„Gut Hans, wir übernachten dort oben. Eigentlich wollte ich heute noch die Laugona überqueren und der Straße folgend an ihr entlang weiter nach Norden reiten."
Quintus blickt sich auf der Straße um, niemand zu sehen.
„Aber wir haben seit unserem letzten Kontakt mit meinen syrischen Freunden niemanden mehr angetroffen und keine Ahnung, in welche Richtung der Legat Julius Frontinius von hier aus weitergezogen ist. Aber dafür wirst du uns heute Abend am Lagerfeuer mal Rede und Antwort stehen, mein lieber Hans. Es ist an der Zeit mit dem Versteckspiel aufzuhören."
Hans nickt freudlos, den Blick versunken in die Ferne gerichtet.

Sie haben eine kleine Anhöhe erreicht, die vor einiger Zeit teilweise gerodet wurde. Das erlaubt einen weiten Blick. Im Nordwesten erhebt sich in einigen Meilen Entfernung ein markanter Berg, der das vor ihnen liegende Tal der Laugona beherrscht. Auf diesem Berg wurde einmal Dunumbriga, dieses ehemalige keltische Oppidum, errichtet. Quintus erinnert sich noch an die Patrouillenfahrt auf der Laugona im letzten Jahr, auf der sie Hans aufgegriffen hatten. Und bei der er Besiedlungsaktivitäten in Dunumbriga festgestellt hatte. Von hier aus ist der Berg zwar gut zu sehen, allerdings viel zu weit weg, um menschliche Aktivitäten erkennen zu können. Schade, zu gern würde Quintus diese ehemalige keltische Stadt mal aufsuchen. Was dort wohl vor sich geht? Aber ihr Ziel ist ja jetzt dieser andere Berg südöstlich von hier.

Gemächlichen Schrittes reiten sie zunächst auf der Straße zurück, auf der sie von Süden gekommen sind, um dann nach gut zwei Meilen einem schmalen Pfad entlang eines Bachlaufs nach Südosten zu folgen, der sie zu dem rätselhaften Bergrücken führt, zu dem Hans unbedingt nochmal zurückkehren will. Die gleichmäßigen, schaukelnden Bewegungen seines Pferds versetzten Quintus in eine Art Halbschlaf, seine Gedanken umkreisen Hans und dessen seltsame, rätselhafte Anspielungen. Immerhin weiß er jetzt, dass Hans entweder hier aus der Region stammt oder hier zumindest mal gelebt hat. Allerdings haben Hans und Berowulf so gar keine Gemeinsamkeiten oder Ähnlichkeiten, was dann doch eher dagegenspricht, dass Hans zu einem benachbarten Germanenstamm gehören könnte.

Sie haben ihr Ziel erreicht, der Wald auf dem Bergrücken ist stark gelichtet. Berowulf vermutet, dass die von ihm bereits erwähnten Bauern, die südlich und südwestlich von hier leben, zum Holzschlagen und Schweine mästen hierherkommen.
Nachdem sie ihr Lager errichtet, die Zelte aufgestellt und die Pferde versorgt haben, versammeln sie sich zu viert um einen Kessel mit Fleisch und Gemüse, der auf dem Feuer brodelt. Berowulf verteilt das Brot, Tanta nagt nah bei Hans liegend an einem undefinierbaren Knochen, den sie im Wald gefunden hat. Hans starrt etwas nervös ins Feuer. Der Rauch des Feuers steigt senkrecht nach oben, Berowulf folgt Quintus Blick.
„Meinst du, wir sind diesen Vulpis, diesen hinterhältigen Spion, endgültig los? Wenn nicht machen wir gerade ein Zeichen „Hallo hier sind wir!"
Das scheint Quintus auch gerade durch den Kopf gegangen zu sein. Er schüttelt den Kopf. „Kann ich mir nicht vorstel-

len. Der Typ ist Soldat, der kann nicht seine Truppe verlassen und so wie wir in Germanien rumstreunen und uns suchen. Und ob der intelligent genug dazu wäre, uns hier zu finden, wage ich zu bezweifeln."
Hans nimmt sich noch einen Nachschlag aus dem Kessel, leckt sich die Finger und fragt dann in die Runde.
„Stimmt schon, aber was ist, wenn er von diesem Scheiß-Tribun einen neuen Auftrag bekommen hat? Oder der miese Tribun paar germanische Späher hinter uns herschickt? Wäre doch möglich. So ein Tribun kann sicher einiges veranlassen, oder?"
Da hat er Recht.
„Gut, dann werden wir mal besser die Augen aufhalten. Vielleicht sollten wir ab und zu mal prüfen, ob uns tatsächlich jemand folgt. Was meinst du, Berowulf?"
„Ja gute Idee, ich werde morgen mal verstärkt nach möglichen Verfolgern Ausschau halten. Hier im Lager wird uns niemand überraschen, dafür sorgt Tanta schon!"
Er wirft ihr ein Stück Fleisch zu, das der Hund locker aus der Luft schnappt.
„Genau, sie ist die beste Wache der Welt, meine kleine Tanta", Hans kuschelt seinen Hund und rubbelt ausgiebig ihre großen Ohren.
Quintus lehnt sich an den Baumstamm und sucht eine angenehme Sitzposition.
„So mein lieber Hans, dann lass mal deine Geschichte hören", mit dieser Aufforderung nimmt Quintus einen großen Schluck aus seiner Feldflasche und schaut Hans aufmunternd an.

Kapitel 7

Am Schiffenberg, Mai 2019

Der Tag war richtig gut, erst haben wir Auerochsen in der Lahn gesehen, eine ganze Herde dieser echt riesigen schwarzen Tiere mit meterlangen Hörnern, noch größer als Pferde und dabei viel massiger – der Wahnsinn! Ausgestorbene Tiere in der freien Wildbahn, wie cool ist das denn!
Das Gefühl wieder „hier" zu sein ist irgendwie überwältigend und gleichzeitig ziemlich seltsam. Schon das Stück von Friedberg kommend durch die Wetterau und an Butzbach vorbei. Nachdem wir nun tagelang auf der gut ausgebauten Straße geritten sind ohne größere römische Aktivitäten zu sehen, mit Ausnahme des Kastells in Friedberg, sieht es hier anders aus. Auf einmal gibt es überall römische Wachstationen mit hölzernen, mehrstöckigen Wachtürmen.

Und vor allem haben die Römer kilometerlange, schnurgerade Schneisen in den Wald geholzt, bestimmt 50m breit, verrückt! Quintus meint, damit sollen feindliche Truppenbewegungen erkannt werden. Ich bin der Ansicht, dass es sich wohl um eine Vorstufe zum Limes handelt. Und gut, dass wir diesen Passierschein haben; ohne den wären wir nicht so ohne Weiteres an dieser „Grenze" vorbeigekommen.
So plötzlich wie diese extremen Schneisen und die vielen Wachstationen auftauchten, so schnell war auch wieder „germanische Ruhe", also nichts mehr als schweigender, unberührter Wald.
Hier im Gebiet um das nichtexistierende Gießen, fühlt es sich ein bisschen an wie „nach Hause kommen". Der Taunus sieht aus wie immer, die vertrauten Höhenzüge des Vogelsbergs in der Ferne und dann schließlich, dank gerodeter Flächen und einigen Feldern germanischer Bauern: der Blick runter ins Gießener Becken. Die Lahnauen und

wie immer im Hintergrund der imposante Dünsberg. Dieser, wie letztes Jahr schon bemerkt, unbewaldet und damit seltsam aussehend. Und davor die beiden markanten Basaltkuppeln, auf denen allerdings die Vetzburg und die Gleiburg fehlen. Irgendwie alles wie gewohnt und doch ein auch ein wenig fremd.

Um noch näher an „zu Hause" heran zu kommen, konnte ich Quintus überzeugen, dass wir auf den Schiffenberg reiten um dort zu übernachten. Damit sind wir ganz nah, Luftlinie weniger als ein Kilometer, an meinem Zuhause - in 2000 Jahren! - dran.
Der Nachteil ist, dass Quintus jetzt ultimativ verlangt, dass ich ihm was zu meiner Vergangenheit erzähle und ihm dabei wohl das ein oder andere erkläre. Er wird bestimmt auch auf den Wörtern und Begriffen rumreiten, die mir in den letzten Monaten so rausgerutscht sind.
Fuck, keine Ahnung was ich ihm sagen soll! Sicher nicht „Hallo Quintus, du errätst nie woher ich komme: aus der Zukunft! Tätäräh!" Ich muss mir unbedingt was Gescheites einfallen lassen.

Den ganzen Ritt von der Lahn auf den Schiffenberg bin ich total angespannt, allerdings habe ich nichts wiedererkannt. Die Gegend ist einfach total wild bewaldet, wir sind auf Wildwechseln geritten, Wege gibt's hier nicht.
Erst oben auf der Kuppe, dort wo ab dem Mittelalter das Kloster Schiffenberg stehen wird, ist der Wald teilweise gerodet und man kann nach Süden in Richtung der Orte Garbenteich und Hausen gucken, die natürlich nicht da sind. Dahinter die Wetterau, allerdings bewaldet mit wenigen freien Flächen, und anschließend der Taunus.
Herzklopfen, gleichzeitig zu Hause sein und es doch nicht zu sein.
Im abnehmenden Tageslicht konnte ich drei germanische Gehöfte in ca. 500m Entfernung erkennen, da möchte ich

morgen unbedingt mal runterreiten und mir die Gegend genauer ansehen.
Ich habe nämlich schon lange den Plan, an Stellen, die auch in der Zukunft unverändert sind, Dinge zu deponieren, falls ich wieder in meine Realität zurückkehre. Das wäre der Beweis, dass ich in der Vergangenheit gelebt habe bzw. dorthin gereist bin!
Ich habe dafür schon zwei römische Teller aus Terra-Sigillata präpariert, auf deren Rückseite ich ein Auto und Handys, mit dem „Apple-Symbol" sowie mit der Aufschrift „Sony", eingeritzt habe! Hah, wenn dann Archäologen die Echtheit und das Alter des Geschirrs bestätigen, ist es der Beweis, dass die 2000 Jahre alt und von mir sind!
Außerdem habe ich noch einen Dolch präpariert, in dessen Klinge ich meinen Namen sowie meine Telefonnummer eingeritzt habe. Tja, bist ein helles Köpfchen, Hans.
Die Frage ist nur, wo finde ich so einen Ort, der 2000 Jahre unverändert bleibt und an dem man diese Beweise unverändert wiederfindet? Außerdem muss ich die Beweise morgen verstecken, ich denke nicht, dass ich eine zweite Chance zum Verstecken bekommen werde. Ein Königreich für eine gute Idee, Mist, mir fällt einfach nichts Brauchbares ein.

„So, lange genug gegrübelt Hans, jetzt mal raus mit der Sprache!"
Na super, Quintus macht Druck und lässt nicht locker. Ich blicke ihn an, wie er mir am Lagerfeuer gegenübersitzt, daneben Berowulf, durch den wechselnden Schattenwurf des Feuers sind ihre Gesichter schlecht zu erkennen. Und schließlich Tanta an meiner Seite, von keiner Seite ist Erleuchtung oder Hilfe zu erwarten.
Oh Mann, also gut, ich räuspere mich.
„Was wollt ihr wissen?"
„Alles und der Reihe nach!"
Quintus der Verhörspezialist, na Klasse.
„Also in dieser Region war ich vor einigen Jahren mit meinem Lehrmeister, dem Seher. Hier gibt es nämlich heilige

Orte, die es fähigen Sehern möglich machen, in Gedanken in andere Zeiten zu reisen oder fremde Orte zu sehen.
Mein Lehrmeister hat mir das beigebracht. Ich bin lange nicht so gut wie er, aber manchmal gelingt es auch mir, etwas von der Zukunft zu sehen oder Dinge aus der Zukunft oder der Vergangenheit zu erlernen. Hilfreich sind dafür heilige Orte, die meine mythische Sehkraft unterstützen. So wie hier, an diesem Ort."
Puh, mehr geht keinesfalls, mal sehen ob Quintus das schluckt, Berowulf ist da einfacher gestrickt, der wird das bestimmt akzeptieren.
Prasseln des Feuers, knackendes Holz, wandernde Schatten, sonst nichts. Haben sie das geschluckt?
„Was ist mit meiner Zukunft oder meiner Vergangenheit, kannst du die auch sehen?"
Quintus lehnt sich bei seiner Frage nach vorne um mich besser sehen zu können. Was will er? Will er mich prüfen?
„Nein, ich kann zu einzelnen Personen nichts sagen, nur manchmal etwas zu Orten, zu Dingen oder wie sich etwas entwickelt hat oder woher etwas kommt."
Improvisiert und hoffentlich nebulös genug.

Wieder Pause, Tanta streckt sich grunzend und schläft ein.
Wieder ist es Quintus, der nachhakt.
„Gut, wie sieht Syria in der Zukunft aus, sagen wir mal in 1000 Jahren."
Mist. „Kann ich dir nicht genau sagen. Was ich sehe ist, dass neue Religionen entstehen werden, die für Syria und die ganze dortige Region sehr große Bedeutung haben."
„Was für Religionen?"
„Naja, genau kann ich das nicht erkennen, zumindest glauben die Menschen dann nur an einen Gott, nicht an viele Götter".
Wieder schweigen, dann erneut Quintus.
„Was ist mit der Zukunft des römischen Reichs, was weißt du dazu?"

Oh je, jetzt wird's gefährlich. Ich schließe die Augen, um Zeit zu gewinnen.
„Auch da sehe ich nicht viel. Entstanden ist das römische Reich aus sehr bescheidenen Anfängen und hat sich von Italien aus auf alle Gebiete um das Mittelmeer und weiter ausgedehnt."
„Das weiß ja praktisch jeder, mein lieber Hans", die Antwort kommt schnell „Ich frage dich wie es mit der Zukunft des Imperiums aussieht?"
Also gut, ich muss was irgendwas liefern.
„Das römische Reich wird in der Zukunft weiter eine große Bedeutung haben, Quintus, viel wird dabei übernommen werden und für viele wird es ein großes Vorbild sein."
Jetzt ist Quintus hellwach, ich spüre seinen eindringlichen Blick.
„Also wird es das Imperium in der Zukunft nicht mehr geben?"
Ich schnaufe durch, Vorsicht ist geboten.
„Quintus, du weißt selber, nichts ist für die Ewigkeit gemacht. Das Imperium wir noch hunderte von Jahren bestehen und sich auch noch vergrößern."
„Ja, ja, aber wer wird das Imperium vernichten, welche Feinde werden das sein?"
Ach du je.
„So wie ich es sehe, wird das Imperium überhaupt nicht vernichtet oder von Feinden überrannt werden, sondern sich über einen langen Zeitraum, nun ja, also langsam verändern, also zu etwas Neuem werden. Nach dieser Veränderung werden viele Dinge des römischen Lebens fortbestehen, andere eben nicht. Das römische Reich wird immer ein Vorbild sein, etwas, was wieder erreicht und wiedererrichtet werden soll."
Schweigen in der Runde.
Sehe ich da etwa feuchte Augen bei Quintus? Ja, er ist irgendwie beeindruckt und ergriffen. Leise, kaum zu verstehen, flüstert er „Das wäre wirklich schön…"

In mir steigt eine Welle der Sympathie und der Bewunderung für Quintus auf, er ist ein prima Kerl. Ich glaube, dass ziemlich viele, zumindest die intelligenten Römer, ähnlich denken wie er und sich eine Zukunft für die „Römische Idee", nicht unbedingt für ein römisches Imperium, erhoffen.

Erleichtert lehne ich mich zurück, die Fragestunde scheint zunächst einmal vorbei zu sein. Ich bin überzeugt, nicht gelogen zu haben und sehr froh, dass Quintus mir glauben kann.
Wie eine Wolke von Glühwürmchen wirbeln in großen Kreisen leuchtende Funken hoch zu den Baumkronen und in den schwarzen Himmel. Orange-schwarze Schatten tanzen in den Bäumen über uns. Ich reiße mich los aus dieser innigen, leicht getragenen Stimmung. Okay, bevor Quintus die nächste Runde einläutet, werde ich den Spieß jetzt aber mal ganz fix umdrehen.
„So ihr beiden, nachdem ich hier über die Zukunft geplaudert habe, möchte ich mal was von euch hören. Also wo kommt ihr her, was habt ihr bisher gemacht und was wollt ihr noch mit eurem Leben anfangen. Nicht so schüchtern, einer nach dem anderen, wie beim Klöße essen!"
Das hat geklappt, ich habe erfolgreich von mir ablenken können. Quintus und Berowulf schauen sich an.
„Gut, dann fange ich an", Berowulf setzt sich zurecht und schließt kurz zur besseren Konzentration die Augen, dann legt er los.

Germania magna, 84 n.Chr.

Wie sich herausstellt, ist Berowulf ein begnadeter Geschichtenerzähler, wer hätte das gedacht?
Aufgewachsen ist er auf einem Bauernhof nicht weit von hier, einige Meilen nördlich der Laugona, am Fuße eines

der Basaltkegel, die wir heute früh gesehen haben. Die Mattiaker sind ein vergleichsweise kleiner germanischer Stamm, der fast schon traditionell und häufig Streit mit dem nördlich siedelnden großen Stamm der Chatten hat. In den Jahren kurz nach seiner Geburt spitzte sich die Situation dramatisch zu. Immer wieder wurden mattiakische Dörfer überfallen und die Einwohner verschleppt, von den Chatten versklavt. Es gab blutige Gefechte zwischen Mattiakern und Chatten, die sich zu einem Krieg entwickelten.
Da die Mattiaker chancenlos und zudem prorömisch eingestellt waren, schlossen sie schließlich einen Freundschaftsvertrag mit den Römern, der eine gegenseitige Unterstützung vorsieht. In dieser kriegerischen, ja brutalen Zeit, sind Berowulfs Eltern bei einem Überfall der Chatten getötet worden, er hat praktisch keine Erinnerungen an sie.
Sein Onkel Vadinus, den wir ja im mattiakischen Dorf Nida schon kennen gelernt haben, hat sich dann um ihn gekümmert und ist mit ihm, dem damals Dreijährigen, in die Nähe von Nida gezogen. Die Mattiaker in Nida pflegen enge Kontakte zu den römischen Legionen in Mogontiacum.
Und Lagmerus, der jetzige Clanchef in Nida, aber auch Berowulfs Onkel Vadinus, waren damals als junge Männer als Kundschafter für die Legion tätig. Sie waren dabei sehr erfolgreich; viele wichtige Nachrichten über die Chatten wurden übermittelt und so mancher militärische Erfolg der Römer ging auf das Konto von Lagmerus und Vadinus. Als Dank für ihre Hilfe gegen die Chatten wurde den beiden daher vor zehn Jahren vom Legaten der Legion in Mogontiacum das römische Bürgerrecht verliehen.
Berowulf ist daher sehr romfreundlich erzogen worden und hat bereits als Kind Latein gelernt. Für ihn war schon früh klar und es ist weiter sein größtes Ziel, ebenfalls römischer Bürger zu werden. Wird das römische Bürgerrecht verliehen, sind die Familienangehörigen automatisch ebenfalls römische Bürger. Nicht aber andere Verwandte. Daher hat Berowulf sich bei der Armee als Auxillarsoldat anwerben lassen. Seit einigen Jahren ist er regulärer Fernspäher und

Übersetzter, ein idealer Posten für einen Mattiaker.
Berowulf strahlt sie an.
„Nach 25 Dienstjahren, also in 17 Jahren, wird es soweit sein, dann erhalte ich das römische Bürgerrecht!"
Er schlägt mit einem Stock begeistert ins Feuer, ein Funkenregen prasselt in den Nachthimmel.
„Dann lade ich euch beide auf eine große Sauftour ein!" Erschrocken starrt er Quintus an. In diesem Augenblick ist ihm wohl gerade gewahr geworden, dass Quintus ja sein Vorgesetzter ist.
„Entschuldige Zenturio, das war nicht korrekt, bitte verzeih meine ungebührlichen Worte!"
Quintus lächelt ihn an. „Entschuldigung angenommen und ich komme trotzdem zur Sauftour!"
Dankbar und sehr erleichtert und heiser lachend nickt Berowulf „Danke Zenturio, das wäre mir eine große Ehre".

Jetzt fängt Hans an, Berowulf über das germanische Alltagsleben zu befragen, während Quintus sich mehr für die Feinde der Mattiaker, die Chatten, interessiert.
„Unser Leben ändert sich gerade sehr, alle Mattiaker merken das und sind dadurch etwas verunsichert. Wir leben und achten natürlich unsere Traditionen, aber wir versuchen auch, viel vom römischen Leben zu übernehmen.
Als ich meinen Bruder Haldavo kurz vor unserer Abreise in Aquae Mattiacorum traf, sagte er mir, dass alle Mattiaker bald in römischen Städten und Gemeinschaften leben werden. Also das ganze Land, das wir in den letzten Tagen durchquert haben, soll bald zum römischen Reich gehören. Und vielleicht werden wir dann alle römische Bürger, wäre das nicht fantastisch?"
Quintus überlegt, woher der Bruder von Berowulf diese, zutreffenden, Informationen hat. Er dachte das wäre noch geheim und noch nicht final beschlossen. Was hat sich geändert, dass dies nun publik geworden ist? Quintus kann sich keinen Reim darauf machen. Entweder ganz große Politik oder das Resultat der Bewertung der militärischen

Lage. In jedem Fall kommt diese Entscheidung von ganz oben, also vom Kaiser Domitian persönlich. Sie stehen hier also inmitten einer hochpolitischen Situation, ob das gut ist?
Es ist bereits Mitternacht, als Berowulf seine spannende Geschichte fertig erzählt hat.
„Das war echt superinteressant, Berowulf, vielen Dank dafür!"
Hans sieht müde aber auch ganz beglückt aus mit seinen glänzenden Augen.
„Oh Mann bin ich kaputt, kommt lasst uns schlafen gehen", gefolgt von einem herzergreifenden Gähnen, in das Tanta einstimmt.
Mit nur noch halbgeöffneten Augen blickt Hans rüber zu Quintus „Und deine Geschichte, mein lieber Quintus, hören wir dann morgen Abend."
„Von mir aus", Quintus rollt sich in seinen Mantel, Tanta legt sich wie immer zu Hans Füßen, Berowulf zieht das Feuer auseinander, sodass nur noch etwas Glut leuchtet.

Dunkelheit und Stille breiten sich aus, nur das sanfte Rauschen der Baumkronen ist zu hören. Jetzt setzt der entfernte Gesang einer Nachtigall ein, dann das leichte Schnarchen von Tanta. Perfekter Hintergrund, um gemütlich einzuschlafen. Zu seinem Glück ist Quintus dann so rechtzeitig eingeschlafen, dass er Hans lautes Schnarchen, besser das Zusammensägen eines ganzen Waldes, nicht mehr mitbekommt.

Das laute Gezwitscher der Vögel weckt sie, die Sonne scheint, es verspricht ein warmer Tag zu werden.
Sie haben schon Routine in ihr „Lagerleben" gebracht: Schlafsachen zusammenpacken, Pferde versorgen, im Stehen eine Kleinigkeit essen, sporadisch waschen und das Feuer löschen, mit dem Spaten ein Gebüsch, also die Toilette, aufsuchen, die Pferde satteln und los geht's.

Dabei überlegt Quintus die ganze Zeit, warum Hans heute ganz freiwillig kurz nach Sonnenaufgang das Wasser geholt hat, das macht er doch sonst nie, der alte Langschläfer. Irgendetwas hat er doch ausgeheckt, da ist sich Quintus sicher.
Zunächst reiten sie, wie von Hans ausdrücklich gewünscht, als kurzen Abstecher zu den südlich in etwa einer Meile entfernt liegenden mattiakischen Gehöften.
Während sie am ersten Gehöft vorbeireiten, fällt Quintus erneut auf, wie klein und schmächtig das Vieh der Germanen ist, besonders die Rinder. Und wie kräftig und zahlreich die Kinder sind, die ihnen rufend und lachend nachlaufen.

Vor einem Brunnen steigen sie ab, ruckzuck sind sie von einer Schar Einwohner umgeben, die sie kritisch-neugierig mustern. Wie so oft bricht Hans mit Tanta das Misstrauen, so ein netter Hund, alle Kinder wollen ihn streicheln. Tanta lässt das Grabschen und Streicheln stoisch über sich ergehen, sie mag Kinder.
Berowulf befragt zwei ältere Männer, die hier offensichtlich das Sagen haben und berichtet dann, dass die mattiakischen Bauern Julius Frontinius mit seinen Truppen vor einigen Tagen gesehen haben. Die Römer wären in Richtung Norden vorbeigezogen. Sie hätten außerdem gehört, dass die Römer wohl vorhaben, die Gegend um das ehemalige keltische Oppidum Dunumbriga aufzusuchen.
Berowulf schaut rüber zu Quintus.
„Du hattest recht Quintus, unser gesuchter Legat ist hier vorbei nach Norden gezogen."
„Was hätte der arme Kerl auch sonst tun sollen, hier gibt's außer dieser einen Straße doch gar keine anderen Möglichkeiten. Also so schwer war die Vorhersage nun auch wieder nicht!"
Typisch Hans, immer einen Spott auf den Lippen, aber das macht ihn so liebenswert.
„Wie ist die Stimmung hier, Berowulf, haben die Bauern Angst vor Überfällen der Chatten?"

„Ja, haben sie, sie haben einen kleinen Vorposten unten an der Furt zur Laugona, der sie vor annähernden Chatten warnen soll. Außerdem haben sie sich mit den anderen weiter südlich und westlich liegenden Dörfern zusammengeschlossen. Sie warnen und helfen sich gegenseitig."
Berowulf befragt die Bauern erneut.
„Sie wissen nicht, ob sie hierbleiben können. Vielleicht ziehen sie hinter die Grenzbefestigungen, die die Römer gerade im Süden von hier errichten."
Das hört sich nicht gut an, die Konflikte hier im Grenzgebiet zwischen Chatten und Mattiaker scheinen zuzunehmen. Ist bestimmt hart für die Bauern, woanders neu anzufangen. Hans schaut auch ganz unglücklich, die mattiakischen Bauern tun ihm offensichtlich leid.
„Ich würde den Bauern hier gerne was schenken, einverstanden?" Hans schaut sie fragend an.
„Natürlich."
Berowulf nickt ebenfalls. Hans übergibt den Mattiakern mehrere Becher und Krüge aus unserem Warenlager sowie drei Amphoren Wein. Mit stolzem Blick aber offensichtlich sehr dankbar, nehmen die Mattiaker die Geschenke an und revanchieren sich mit einem lecker duftenden kalten Braten und einigen schrumpeligen Äpfeln aus dem Vorjahr.

Sie steigen auf, einen Abschiedsgruß winkend reiten sie auf einem gut ausgebauten Weg zunächst nach Westen, begleitet von der laut schreienden Dorfjugend, die dann aber bald zurückbleibt.
Nach einer guten Stunde erreichen sie wieder die in Nord-Süd-Richtung verlaufende Straße, der sie von Nida aus kommend schon in den letzten Tagen gefolgt sind. Sie biegen auf der Straße nach rechts, also nach Norden ab und folgen damit auch dem Legaten Julius Frontinius, der hier ja vor einigen Tagen in die gleiche Richtung zur Laugona heruntergezogen ist.

Waldgirmes und Dünsberg, Mai 2019

Außer dem Klatschen ihrer Hände, also den zornigen und frustrierenden Versuchen, der um sie herum schwirrenden Mücken Herr zu werden, ist praktisch nichts zu hören. Die drückendfeuchte Luft in den Lahnauen, diese schwüle Hitze eines sehr sonnigen Maitags geht mir zunehmend auf den Senkel. Auch Corti ist total genervt von den Mücken und Bremsen, heftig schlägt sie mit dem Schweif und schüttelt Kopf und Mähne.
„Wie weit ist es denn noch, Berowulf, du hast schon vor gut einer Stunde gesagt, wir wären gleich da."
Wetten, er dreht sich um und grinst nur? Genauso ist es, dazu ein leichtes Kopfschütteln.
„Danke mein Freund für die umfassende Auskunft!"
Ich reiche die Zügel des Mulis an Quintus rüber, der diese an seinem Sattel befestigt. Wir wechseln uns immer so alle halbe Stunde ab mit dem Führen des Mulis. Das Vieh hat die unangenehme Eigenart, ab und zu mal abrupt stehen zu bleiben, sodass man dadurch halb aus dem Sattel geworfen wird, total nervend. Also wer gerade die Mulizügel hat, ist der Loser.
„Wir haben echt nette und kommunikative Freunde, was Tanta?"
Bei ihrem Namen schaut Tanta nur kurz hoch zu mir. Liegt da ein kleiner Vorwurf in ihrem Blick? Um dann weiter hechelnd neben mir her zu trotten. Ihr ist definitiv zu warm und Durst hat sie auch.
Ich versuche meine Taktik des Tagtraums anzuwenden, um dieser Tristesse zu entkommen. Augen schließen und an etwas anderes denken.
Also heute früh habe ich die Sache echt geschickt angestellt. Im Morgengrauen mit dem Eimer als Tarnung zum Wasser holen. Im Eimer hatte ich das präparierte Geschirr und den beschrifteten Dolch versteckt. Ich habe mich an die Bachquelle am Schiffenberg erinnert. So ein Bach sollte ja

nicht so einfach verschwinden, vielleicht ändert er mal seinen Lauf aber die Quelle sollte doch bleiben wo sie ist. Zumindest für die nächsten 2000 Jahre.
Naja, das ist zumindest meine Hoffnung. Den Dolch habe ich in der Quelle versenkt, also tief in das Bachbett gestoßen und einige große Steine drüber gerollt. Ich habe mal gelesen, dass Metall sich in Wasser gut hält. Die präparierte Keramik, zum Schutz in eine dicht schließende Blechbüchse gepackt, habe ich dann genau zehn Schritte oberhalb der Quelle, gut 80 cm tief vergraben. Zum leichteren Wiederfinden habe ich alle handbreit ein Lage Kiesel aus dem Bach eingestreut.
Ob ich jemals die Sachen wieder ausgraben werde? Ob sie dann überhaupt noch da sind? Autsch, verdammt, Mückenstich Nr.20!

Durch das Klatschen meiner Hand ist das „Wir sind da!" von Quintus kaum zu hören.
Wir parieren die Pferde durch. Vor uns breitet sich die ehemalige römische Stadtanlage von Waldgirmes aus. Linker Hand eingerahmt von der Lahn, rechts beginnt Wald, die letzten Ausläufer des Westerwaldes.
Römische Stadt? Naja, sieht eher wie ein Trümmerfeld aus, sehr viel ist von der Stadt nicht übrig. Auffällig sind die palisadenbestückten Wälle mit vorgelagerten Gräben, sehr gut in Schuss, die Abwehr von Feinden scheint wichtig zu sein. Es gibt sogar drei Wachtürme aus Holz an den Toren. Und eine Einlasskontrolle wie wir feststellen, als wir uns dem vor uns liegenden Tor nähern.
„Ich dachte die Stadt ist verlassen?"
„Dachte ich auch", murmelt Quintus.
Berowulfs germanische Sprachkenntnisse und unser römischer Passierschein bewirken in Kombination, dass wir problemlos eingelassen werden.
„Macht kein Unsinn in unserer Stadt", also die Torwache kann zumindest Latein.

Der dazu passende Blick, den Quintus mir zuwirft, spricht Bände.
Berowulf räuspert sich „Ich hör ich mich mal um!", Quintus nickt, Berowulf gibt uns die Zügel seines Pferdes und macht sich auf den Weg.
Wir sind in der Mitte der „Stadt" abgestiegen. Vor uns das ehemals stolze Forum, bestehend aus einem gemauerten, früher sicher mal imposanten Hauptgebäude, der Basilika. Mit zwei Apsiden, mächtige 55m x 45m in den Abmessungen, nun aber größtenteils eingestürzt und abgebrannt.
„Das wurde offensichtlich absichtlich zerstört", Quintus zeigt auf eingerissene Wände und Decken.
In einer Ecke des Gebäudes hat sich eine germanische Familie angesiedelt, ein provisorisches Dach eingezogen und eine Feuerstelle angelegt. Ich sehe mich weiter in der Ruine um.
Moment, da gab es doch diese Geschichte, dass Archäologen hier in einem Brunnen Teile einer sehr kunstvollen, lebensgroßen und vergoldeten Reiterstatue gefunden haben.
Also die finden sie natürlich erst in knapp 2000 Jahren.
Ich erinnere mich, den prachtvollen Pferdekopf dieser Statue in einer Ausstellung bewundert zu haben.
Ist davon noch was von zu sehen? Nee, keine Statue, schade. Aber dort sind drei etwa einen Meter hohe und gut vier Meter lange, mit Marmor verkleidete Podeste, die in regelmäßigen Abständen vor dem Zugang zur eingestürzten Basilika stehen. Darauf könnten mal Reiterstatuen gestanden haben. Und der Brunnen, in dem die Teile der Reiterstatue lagen? Auch nicht zu sehen, vielleicht unter den Trümmern begraben.
Wir laufen über die Straße, die Pferde im Schlepptau. Alles in allem ein ziemlich trostloser Anblick. So sind nicht nur das Forum, sondern auch die großzügigen römischen Stadthäuser, sicher mehr als 40 Stück, die zahlreichen Läden, Lagerschuppen und Speicher alle mehr oder weniger zerstört.

Allerdings gibt es durchaus Leben in der „Stadt". So sind einige der halb eingestürzten und abgebrannten Häuser provisorisch in Stand gesetzt worden und werden von neuen germanischen Mietern bewohnt. Auch die Straßen sind in einem guten Zustand.
Endlich haben wir einen Brunnen gefunden, die Pferde sind vor Durst kaum zu halten, Tanta schlabbert ausdauernd mit offensichtlichem Genuss.
„Wann haben die Römer diese Stadt eigentlich verlassen, Quintus? Und warum?"
Er schüttet sich mit den hohlen Händen mehrmals Wasser über die verschwitzten Haare, gute Idee!
„Das war in der Regierungszeit des großen Augustus, einige Jahre nach dem Verrat der Cherusker und der damit verbundenen Niederlage des Varus. Der Kaiser hat dann entschieden, doch keine Provinz Germania magna zu errichten. Alle bis dahin errichteten Städte und zivilen Einrichtungen auf der rechten Seite des Rhenus wurden daraufhin planmäßig zerstört, damit die Germanen sie nicht nutzen können."
Quintus schüttelt den Kopf „Das hätte man sich schenken können, schau nur, sie haben es in über 60 Jahren nicht geschafft, die Stadt auch nur halbwegs wiederaufzubauen. Wir hingegen haben diese Stadt damals in knapp vier Jahren planmäßig in dieser Wildnis hier erbaut."

Wir bekommen Besuch, ein älterer Mann, angetan mit einem schönen, reichverzierten Wollumhang und einem mächtigen Schwert am Gürtel, kommt auf uns zu.
„Salve! Ich habe dich gehört, mein römischer Freund. Du hast wahr gesprochen. Aber es gibt auch gute Nachrichten und Initiativen, das zu ändern. Meine und viele andere Familien versuchen diese Stadt und damit auch die Idee, dass Germanen und Römer friedlich zusammenleben können, zu erhalten!"
Seine Augen leuchten jetzt und stolz blickt er sie an. Nun bin ich aber neugierig.

„Wer bist du, wie kommt es, dass du unsere Sprache so gut sprichst?"
Er klopft sich auf die Brust. „Mein Name ist Cingetorix und meine Eltern haben mir die Sprache der Römer beigebracht. Meine Großeltern haben hier seit der Gründung dieser Stadt zusammen mit vielen römischen Bürgern in guter Nachbarschaft gelebt. Sie hatten eine kleine Schmiede und waren sehr glücklich hier. Dass sie nach der Zerstörung diese Stadt verlassen mussten, haben sie nie überwunden."
Cingetorix unterbricht seine Rede und blickt traurig in die Ferne; ich finde ihn irgendwie sehr sympathisch.
„Mein Vater erzählte mir oft, wie hoffnungsvoll und stolz seine Eltern von dieser Stadt gesprochen haben, in der Römer mit Germanen und auch mit einigen Kelten friedlich zusammengelebt haben. Mein Vater und fünf weitere Familien haben dann vor 22 Jahren beschlossen, diese Stadt wieder zu bewohnen und aufzubauen."
Wieder dieser begeisterte Blick. „Ja ich weiß, es ist keine Stadt in euren Augen, aber uns bedeutet dieser Platz sehr viel."
Mit ausgestrecktem Arm deutet er auf die bewohnten Häuser. „Wir haben noch nicht so viel erreicht, aber einiges schon. So fließt das Wasser wieder in den Wasserrohren. Dafür haben wir die Quellen wieder neu gefasst, die Wasserleitungen repariert und erneuert. Wir haben eine ganzjährig funktionierende Wasserversorgung! Das Land um die Stadt ist wieder gerodet, die Felder geben genug Ertrag, um uns zu ernähren. Und die Häuser sind beheizbar und winterfest."
Er lebt zusehend auf. „Meine Eltern haben mit wenigen Leuten den Wiederaufbau begonnen, jetzt leben hier über 200 Menschen!"
Sein freudiges Gesicht verzieht sich auf einmal, er seufzt und schaut uns nun traurig an.
„Ihr habt bestimmt bemerkt, dass wir auch die Verteidigungsanlagen erneuert haben. Es sind unsere Brüder, die Chatten, die uns Sorgen machen. Letztes Jahr gab es hier

viele Kämpfe in der Gegend zwischen Römern und Chatten. Ja und zweimal wurden wir geplündert; von unseren germanischen Verwandten, nicht von den Römern."
Cingetorix wirkt nun frustriert, traurig den Kopf schüttelnd fährt er fort.
„Vielleicht wisst ihr es schon, dass sich seit diesem Krieg im letzten Jahr die Chatten in den Norden zurückgezogen haben. Ich bete jeden Tag zu Teiwaz[70], dass es nun Frieden geben möge."
Armer Kerl, ich würde ihm gerne was Nettes sagen, mir fällt aber nichts ein.

Berowulf kommt wieder zu uns und grüßt Cingetorix freundlich.
„Na Berowulf, was gibt's zu berichten?"
„Ich habe erfahren, dass unser Legat vor 3 Tagen hier vorbeigekommen ist."
Cingetorix nickt. „Ja, richtig, sie wollten nach Dunumbriga, zum ehemaligen Oppidum, und dann weiter nach Norden ziehen."
Wir drei gucken uns an, das ist dann auch unser Weg.
„Wir brauchen Proviant, Cingetorix, und Futter für die Pferde, kannst du uns helfen?" Quintus sieht den Germanen fragend an.
„Natürlich, kommt mit."
Während Quintus, Berowulf und Cingetorix abziehen, suche ich mir am zerstörten Forum ein abgelegenes Plätzchen und ergänze unsere Karte. Und lege eine Skizze vom zerstörten Ubiorum an.

Nachdem wir die Pferde gefüttert und unsere Wasserflaschen gefüllt haben, brechen wir auf. Cingetorix begleitet uns bis vor die Siedlung, um uns den Weg nach Dunumbriga zu zeigen.
„Friede sei mit euch", er senkt den Kopf.

---

[70] Teiwaz: Name des germanischen Gottes des Krieges und des Rechts

„Und mit dir!"
Wir grüßen ihn römisch mit Schlag auf die Brust.
Also ich finde Cingetorix echt sympathisch, vielleicht sehen wir ihn ja mal wieder, so weit ist es von Confluentes bis hier ja auch nicht.

Die Entfernung von Ubiorum, dem „heutigen" Waldgirmes, bis zum verlassenen keltischen Oppidum Dunumbriga beträgt etwa zehn Kilometer oder etwa sieben römische Meilen. Auf einem gut ausgebauten Weg, dem man deutlich ansieht, dass er erst vor einigen Tagen von einer sehr großen Zahl von Reitern genutzt wurde, geht es mäßig steil bergauf.
Auf einmal schießt mir ein Gedanke durch den Kopf.
„Wir haben ganz vergessen Cingetorix zu fragen, ob das Oppidum bewohnt ist und ob die Leute dort was gegen Römer haben!"
Quintus schaut mich mit seltsamer Miene an.
„Stimmt Hans, du denkst doch sonst immer an alles, was ist los mit dir?"
Das prustende Lachen von Quintus und Berowulf klingt seltsam dumpf in dem stillen, schattigen Wald. Was haben die beiden denn, geht's noch?
„Ich wüsste gerne mal, was daran so lustig ist, könnte doch sein, dass die Germanen oder von mir aus auch Kelten, die da hausen, aus den langjährig schlechten Erfahrungen mit Römern den Wunsch hegen, vorbeikommende römische Händler gepflegt aufzuspießen oder durch rituelle Gemetzel ins Jenseits zu befördern, oder?"
Quintus beugt sich grinsend zu mir rüber und boxt mir auf die Schulter.
„Komm schon, Hans, sei nicht eingeschnappt. Ich glaube einfach, dass sich der germanische Widerstand in Grenzen halten wird, da vor drei Tagen ein paar schwerbewaffnete römische Kohorten das Oppidum besucht haben."
Er sollte Recht behalten.

Germania magna, 84 n.Chr.

Die keltischen Holz-Erdemauern, Murus Gallicus, die die Ringwälle des ehemaligen Oppidums bilden, sind immer noch imposant, auch wenn sie zum Großteil eingestürzt sind und nun eher wie mächtige Erdwälle aussehen.
Sie reiten nun schon einige Zeit an den meilenlangen, immer noch zwischen 10 und 20 Fuß hohen Ringwällen entlang, die das ehemalige riesige keltische Dunumbriga umfassen.
Hans ist ganz aufgedreht und erzählt, dass er hier schon mal gewesen sei, früher, wieder mit seinem germanischen Seher zusammen. Der Blick von dem Berg nach Süden ist sensationell. In etwa 8 Meilen Entfernung die ausgedehnte Aue der Laugona, dahinter das Siedlungsgebiet der Mattiaker und die Bergketten des Mons Taunensis.

Sie umreiten eine ausgedehnte Wallrutschung, die Holz-Erdemauer ist hier auf eine Länge von gut 40 Fuß eingestürzt.
Irgendwie ist es unheimlich still, kein Vogel zwitschert, Quintus schaut sich leicht alarmiert um.
Da vorne, hinter dem Wall, sind bläuliche Rauchwolken zu sehen.
„Lagerfeuer, keine Herdfeuer von Häusern", wie Berowulf leise erklärt.
Ob das Germanen sind? Oder vielleicht doch Nachfahren der hier einmal ansässigen Kelten?
Sie nehmen leise ihre Schilder auf, Berowulf greift einen Wurfspeer aus seinem Sattelköcher.
Ein langes Zischen und mehrere kurz hintereinander aufschlagende trockene Geräusche. Die vibrierenden Pfeile stecken auf Höhe ihrer Köpfe in den benachbarten Bäumen.
Corti bricht erschrocken wiehernd aus, Tanta kauert sprungbereit und bedrohlich knurrend vor ihnen.
„Keine Bewegung", zischt Quintus „Sie haben uns im Visier!"

„Wir sind römische Händler! Wer will uns dafür erschießen?"
Quintus stöhnt, typisch Hans. Von oben aus Richtung des Walls kommt eine prompte Antwort.
„Gut, reitet weiter und kommt links durch die Maueröffnung, aber langsam und hintereinander!"
Die unsichtbare Stimme spricht immerhin Latein und das mit syrischem Dialekt, wie Quintus erleichtert feststellt.

Auf der Innenseite des Walls werden sie von einer abgesessenen Turma der 1. Kohorte Flavia Damascenorum sagittariorum milliaria equitata empfangen, also einer Einheit der Truppe, die sie vom Kastell Monte Tauno bereits kennen. Nach dem Vorzeigen des Passierscheins kann Quintus den Dekurio zusammen mit einem kurzen Bericht schnell von ihren freundschaftlichen Absichten überzeugen. Der Dekurio macht eine umfassende Armbewegung und zeigt auf die aufgestellten Militärzelte.
„Wir haben den Auftrag vom Legaten Julius Frontinius, hier im ehemaligen Oppidum Stellung zu beziehen und die Gegend zu erkunden. Wir halten Kontakt zum Lager der Kohorten, das etwa 20 Meilen Nordöstlich von hier an der Laugona liegt."
Gemeinsam gehen sie auf die gerodete Bergkuppe; hier haben sie einen grandiosen, weitreichenden Rundumblick.
Der Dekurio zeigt nach Nordosten, zwei bewaldete Hügelketten liegen zwischen dem Oppidum und dem Kohortenlager des Legaten Julius Frontinius.
„Quintus, schau doch, was für eine Aussicht! Einfach überwältigend, oder?"
Hans stellt sich neben Quintus. Der Mons Taunensis liegt im Süden vor ihnen mit seiner schwach im Dunst erkennbaren höchsten Erhebung, hinter der Mogontiacum liegt. Im Südosten ist der Bergrücken zu sehen, auf dem sie übernachtet haben, im Osten, Norden und Westen breiten sich bewaldete Berge und Hügel aus.

Wie vereinbart lenkt Quintus den Dekurio ab, ein Austausch über die syrische Heimat ist dafür mal wieder ein probates Mittel.
Während sie sich die beiden wieder herunter zu den Zelten begeben, hat Hans schnell ihre Karte ausgebreitet und ergänzt darauf zusammen mit Berowulfs Hilfe Orte, markante Berge, Straßen, Wege, Flüsse und Bäche. Auf ihrer Reise hat sich herausgestellt, dass Berowulf ausgezeichnet Entfernungen schätzten kann; und natürlich sind seine Angaben zu germanischen Besiedlungen und zu Wegen und Furten von unschätzbarem Wert. Das ehemalige keltische Oppidum mit dieser Fernsicht ist daher ein idealer Ort für die Verbesserung ihrer Karte.

Der Dekurio besteht darauf, ihnen zwei Mann als Führer mitzugeben, damit sie auf direktem Weg noch vor Sonnenuntergang das Lager der Kohorten erreichen können.
Mit einsetzender Dämmerung und nach einem gut fünfstündigen Ritt, sind sie da.

„Das hat ja gut funktioniert", Hans klingt ganz optimistisch.
Als sie die Toranlage des Kohortenlagers passieren, ermahnt Quintus seine Freunde aufzupassen und sich immer zu vergegenwärtigen, dass sie hier als Händler auftreten. Aber die Maskerade müssen sie hoffentlich nicht mehr lange aufrechterhalten. Sobald er mit dem Legaten Julius Frontinus sprechen kann, können sie die „Händlerhüllen" endgültig fallen lassen.
„Ihr könnt dort drüben beim Praefectus Castrorum nach einer Unterkunft fragen und auch wo ihr eure Pferde versorgen könnt", erklärt die Wache und gibt Quintus den Passierschein zurück und deutet mit dem Kopf auf ein großes Zelt links von ihnen.
„Danke."
Quintus winkt Berowulf und Hans, ihm zu folgen. Schweigend da müde ziehen sie los, die Pferde am Zügel führend.
Es wird bald dunkel sein, es wäre daher prima schnell eine

Unterkunft zu beziehen. Quintus massiert sich erschöpft seinen vom langen Ritt schmerzenden Nacken.
„Bist du das Quintus?"
Quintus dreht sich zum Fragesteller um, sein skeptischer Gesichtsausdruck wandelt sich in ein freudiges Erkennen
„Antonius Valerius, alter Haudegen! Was machst du denn hier?"
Die beiden geben sich grinsend die Hand.
„Du fragst mich was ich hier mache, Quintus der reisende Händler oder wie soll ich deine Verkleidung nennen? Schöner Bart übrigens!"
Lachend mustern sich die beiden.
„Freut mich echt, dich zu sehen, Quintus. Wie geht's dir?" Mit Blick auf Hans und Berowulf, „Und was macht ihr hier? Was soll die Verkleidung? Wer sind deine beiden Begleiter?"
„Tja Antonius Valerius, das sind viele Fragen. Wir wollen Julius Frontinus in einer wichtigen Angelegenheit sprechen. Aber ich darf dir erstmal meine Reisegesellschaft vorstellen: das ist Berowulf, Auxillarsoldat und mattikaischer Späher unserer Legion. Und das ist Hans Lanzspiel, Sanitäter bei der Cohors VII Raetorum Antoniniana equitata aus Confluentes. Und das ist Tanta, unsere Aufpasserin und Hans große Liebe."
Hans grüßt Antonius Valerius ebenfalls mit Handschlag.
„Ja stimmt, ich habe wenigstens jemanden, der auf mich steht, mein lieber Quintus, bei dir sieht es in der Hinsicht ja eher übel aus!"
Antonius Valerius grinst amüsiert.
„Na, die Dienstvorschriften sind wohl auf eurer „Händlerreise" etwas verloren gegangen. Ich bin Tribun, mein lieber Hans Lanzspiel, dem kannst du als einfacher Sanitäter nicht mal eben so die Hand geben."
Hans ist puterrot angelaufen und grüßt nun zackig-vorschriftsmäßig. Antonius Valerius winkt lächelnd ab.
„Mach dir keine Sorgen, Sanitäter. Außerdem warst du ja bis eben noch Zivilist" und an Quintus gewendet. „Ihr wollt

also zu Julius Frontinius. Das lässt sich machen, er wird sicher froh sein, dich zu sehen, Quintus. Allerdings hoffe ich sehr, dass es ihm bald etwas besser geht. Heute Morgen ist er vor Schmerzen nicht mal auf sein Pferd gekommen."
„Er ist ernsthaft krank?"
Quintus kann seine Sorgen, ja seine Bestürzung, nicht verbergen. Antonius Valerius nickt, nun ebenfalls mit erstem Gesicht.
„Ich schlage vor, ihr meldet euch zunächst beim Praefectus Castrorum, mit schönem Gruß von mir. Ich könnte mir vorstellen, dass ihr bei den Sanitätszelten noch Platz findet. Ich sag dem Medicus schon mal Bescheid, dass ihr dort übernachten könnt und er was zu essen besorgt. Wir treffen uns dann dort."
Die aufgereihten Zelte und das geschäftige Lagerleben werden nun vom Licht der Fackeln, die gerade entzündet werden, schwach beleuchtet.
„Gut Antonius. Und wann können wir den Legaten treffen?"
Der Tribun überlegt kurz „Am besten gleich morgen früh, noch vor der Befehlsausgabe. Ich kündige euch bei Julius Frontinus an, das geht in Ordnung denke ich."
„Vielen Dank, Antonius. Ach ja und herzlichen Glückwunsch zu deinem Rang als Tribunus augusticlavius, das müssen wir bei Gelegenheit unbedingt mal feiern!"
Antonius Valerius lacht „Danke und ja, das machen wir!", dann verschwindet er im Dunkeln.

Zwischen Gießen und Marburg, Mai 2019

Mann das war ein irrer Tag! Meine Fresse, selten so viel Schiss und Stress gehabt!
Ich kann nur inständig hoffen, dass alles gut ausgehen wird. Anderseits haben wir heute auch irgendwie Geschichte geschrieben, also in medizinisch-historischer Hinsicht.

Vielleicht gehen die Kopfschmerzen weg, wenn ich die Augen geschlossen halte. Jetzt könnte ich wirklich einen ausgedehnten Thermengang vertragen, aber Fehlanzeige hier im Feldlager ist nix mit süßem Badeleben.
Die gleichmäßige Geräuschkulisse des Lagerlebens dringt durch die Zeltwand, ich merke wie extrem müde ich bin.
Ja, ein kurzes Nickerchen wäre jetzt prima.
Die ledernde Zeltplane wird geöffnet, ah, es ist Quintus, dachte ich mir schon.
„Wie ist es gelaufen, Hans, wie geht es dem Legaten?"
Tja, das ist die Preisfrage, wie geht es dem eigentlich. Eine bleierne Müdigkeit breitet sich in mir aus, ich bin irgendwie völlig erledigt. Mit halboffenen Augen schau ich Quintus an.
„Weiß nicht, der Medicus und ich haben jedenfalls unser Bestes gegeben. Ich habe aber keine Ahnung, ob wir Erfolg hatten, das werden die nächsten Tage zeigen."
Er setzt sich neben mich.
„Du siehst total erschöpft aus, mein Freund. Kannst du mir trotzdem bitte erzählen, was ihr gemacht habt? Ich durfte ja nicht anwesend sein."
„Niemand außer dem Medicus und seinem Gehilfen durften dabei sein, Quintus, das hatte nichts mit dir zu tun."
Er wird nicht lockerlassen.
„Also gut, weil du es bist, hier ist die Geschichte."
Mit geschlossenen Augen beginne ich alles zu erzählen.

Heute Morgen haben wir den Legaten Julius Frontinius aufgesucht, begleitet von Quintus Freund Antonius Valerius, dem Tribun der XIV. Legion. Der Legat sieht sehr schlecht aus, kann kaum stehen und meist nur verkrampft sitzen. Trotzdem hat er sich sehr über Quintus Anwesenheit gefreut, die beiden scheinen wirklich gut befreundet zu sein.
Der altgediente Medicus ordinarius der Legion, Aulus Geminius, der ebenfalls vor Ort ist, freut sich ebenso und seltsamer Weise auch über meine Anwesenheit. Anscheinend ist mir ein gewisser „medizinischer" Ruf vorausgeeilt. Er

erzählt dann tatsächlich, dass er Julius Maximus, unseren Medicus in Confluentes, gut kennt. Die beiden sind seit vielen Jahren befreundet und er kannte die Story mit dem gelungenen Luftröhrenschnitt, naja.
Wir haben jedenfalls nicht lange rumgeredet, der Medicus will, dass ich mir den Legaten sofort anschaue. Ich frage also Julius Frontinius, was er für eine Krankheit hat.
„Verdammt nochmal, es ist die Seitenkrankheit."
Mein fragender Blick wird vom Aulus Geminius dahingehend beantwortet, dass es sich um eine Entzündung im Bauchraum handelt. Er doziert, dass der Patient starke Berührungsempfindlichkeit im Unterbauch zeigt, insbesondere unterhalb des Bauchnabels. Ihm sei oft übel, er hatte sich schon mehrmals übergeben und seit Tagen nichts mehr gegessen, was eine gute Nachricht ist, wie sich noch herausstellen sollte.
Natürlich bin ich kein Arzt aber ich hatte im Rettungsdienst mehrere Fälle von akuten Blinddarmentzündungen in die Klinik gebracht, bei gleicher Symptomatik. Die Sache ist also klar, und ich bitte Aulus Geminius zum „Fachgespräch" ins Sanitätszelt. Der Medicus sieht mich ruhig an „Er wird voraussichtlich in den nächsten drei oder vier Tagen sterben, das ist ziemlich sicher. Der Darm zerreißt, er bekommt sehr hohes Fieber und stirbt daran. Wir können nichts tun. Beten hilft auch nichts. Der Legat weiß das, er hat schon Verfügungen für die Zeit nach seinem Tod vorbereitet. Julius Frontinius ist ein echter Römer, Stoiker und ein tapferer Mann, er wird die Schmerzen bis in den Tod ertragen."
Soviel vom Medicus. Fieberhaft überlege ich, was man machen kann. Wir müssen natürlich operieren. Nachteile: Die Narkose ist nicht erfunden, steriles operieren ist nicht erfunden, bisher hat hier niemand diese OP durchgeführt.
Na gut, wenn man keine Chance hat, sollte man diese ergreifen!

„Hör zu Aulus, wir müssen ihn operieren, also den Bauch aufschneiden, das entzündete Gewebe entfernen und wieder zunähen. Kannst du das?"
Der Medicus schaut mich lange und prüfend an.
„Ich habe schon einiges von dir gehört, Hans Lanzspiel. Wenn du sagst wir müssen operieren, dann wird das gewiss richtig sein. Ich weiß aber nicht, was dabei zu tun ist und der Legat wird dabei sicher sterben. Und die Schmerzen der von dir geplanten Behandlung hält auch kein Mensch aus."
Jetzt bin ich es, der ihm ernst in die Augen sieht.
„Vertraust du mir?"
Aulus Geminius nickt.
„Ja du hast Recht, der Legat kann bei der Operation sterben. Aber ohne Operation wird er sicher sterben, stimmst du zu?"
Er nickt etwas zögernd.
„Wirst du mir helfen und wird der Legat einer Operation zustimmen?"
Er bestätigt das entschlossen. „Ja, ich werde dir helfen und ich bin mir sicher, dass der Legat zustimmen wird, zumindest, wenn die kleine Chance besteht, dass er die Operation übersteht. Wie gesagt, Julius Frontinius ist ein mutiger und tapferer Mann."
Ich gebe ihm die Hand „Also abgemacht, lass uns sofort die Vorbereitungen treffen!"
Jetzt sind tausend Dinge zu tun. Wir haben hier im Lager alles, was die römische Medizin zu bieten hat. Das römische Lazarettwesen scheint mir sowieso die Speerspitze des medizinischen Fortschritts zu bilden.
Ich konzentriere mich, zweites Semester Biochemie, antike Medizin, historische Produktionsweisen, erste Ansätze der Ätherherstellung, wie war das noch gleich?
Ich schnapp mir eine Wachstafel und Griffel.
„Ich brauche sofort folgende Dinge: mehrere Liter sehr starken, konzentrierten Alkohol. Er muss mindestens brennbar sein, am besten brennbar und erneut destilliert."
Aulus nickt.

„Außerdem brauchen wir für drei Personen Leinentuniken mit engen Ärmeln, sechs Paar sehr enge Digitales, also Leinenhandschuhe und mehrere große Leinentücher. Kennst du Oleum Vitrioli dulce?"
Er runzelt nachdenklich die Stirn. „Meinst du die ätzende Flüssigkeit, Vitriolöl, gewonnen aus gläserner Schusterschwärze?"
Jetzt bin ich unsicher, aber das müsste es sein, Schwefelsäure. „Ja." Er nickt. „Sehr gut!"
Ich erkläre ihm, wie er dem Vitriolöl in einer Destille portionsweise reinen Alkohol zuführen soll und er das Destillat auffangen und luftdicht in eine Flasche füllen soll.
„Wir brauchen mindestens einen Liter dieses Destillats, ich nenne es Äther. Ruf mich, wenn du es aufgefangen hast, ich werde es dann testen.
Wir brauchen außerdem einen großen Topf kochendes Wasser. Darüber hängen wir ein Gitterrost, auf dem alle medizinischen Geräte, die wir für die Operation brauchen, außerdem die Leinentücher und Tunikas sowie die Handschuhe, liegen. Alles muss mindestens zwei Stunden im kochend heißen Wasserdampf hängen, solange bis wir mit der OP anfangen."
Aulus Geminius hat seinerseits alles bedachtsam notiert, obwohl das Meiste für ihn sicher völlig unverständlich ist. Er fängt dann sofort an, zusammen mit seinen Sanitätern, die Aufträge abzuarbeiten. Sie brauchen dafür gute sechs Stunden, eine super Leistung!
Am Nachmittag besuchen wir den Legaten und ich erkläre ihm, was ich vorhabe. Er hört sich meine Operationsplanung ruhig und interessiert an.
„Du willst mir den Bauch aufschneiden, was rausholen und wieder zunähen und das soll ich alles ertragen? Die Schmerzen hält niemand aus, stimmt`s Medicus?"
Der schaut auf den Boden. Auf diesen berechtigten Einwand bin ich vorbereitet und starte meinen Versuch der Erklärung.

„Legat, ich werde versuchen, dich zum Schlafen zu bringen, damit du keine Schmerzen verspürst. Ich weiß, das ist etwas völlig Neues, die ganze Operation ist Neuland. Aber aus meiner Sicht ist dies deine einzige Chance."
Mit prüfendem Blick schaut der Legat uns an und überlegt, dann sagt er schließlich.
„Ich werde sterben, das weiß ich. Aber soll ich vorher noch mehr leiden durch deine seltsame Operation?"
Er stöhnt und schaut mich mit schmerzverzerrtem Gesicht an, seine heftigen Bauchschmerzen kommen in Wellen und werden zunehmend stärker, aber noch hat er kein Fieber, der Blinddarm ist also noch nicht durchgebrochen.
„Ich werde versuchen alles zu tun, dass du nicht leiden musst. Aber es ist natürlich deine Entscheidung, Legat."
Er nickt und fragt dann seinen Medicus.
„Aulus, mein Freund, kann man ihm trauen?"
Und der sagt mit fester, entschlossener Stimme „Ja, Julius Frontinius, ich würde ihm mein Leben anvertrauen. Dieses Vorhaben, die Operation, ist sehr gewagt, das stimmt. Niemand hat sowas bisher versucht, und ja, das alles ist mit einem sehr ungewissen Ausgang verbunden. Aber ich glaube fest daran, dass es zumindest auch eine echte Chance ist. Ich werde die Auguren… "
Der Legat winkt energisch ab „Nein, du weißt was ich von dieser Sippschaft halte, danke nein, keine Inspektion von Eingeweiden und keinen Vogelflug für mich."
Er schließt die Augen, legt seinen Kopf in den Nacken und atmet hörbar aus. Betet er? Ich weiß es nicht. Mit einem Ruck steht er auf, sein Blick ist fest.
„Gut, wir machen es. Wann?"
„Sofort, wenn möglich."
Er schaute mich fast heiter und anerkennend an und nickt.
„Dann los!"

Den Äther hatte ich vorher getestet, er ist nicht sehr stark aber er funktioniert. Hoffentlich reicht die Menge um den

Legaten während der ganzen Operation bewusstlos zu halten. Wir sind dann rüber in das vorbereitete Sanitätszelt gegangen, der Legat, der Medicus mit einem Sanitäter und ich.
Nachdem er sich entkleidet hat, helfen wir dem Legaten, sich auf den vorbereiteten hohen Tisch zu legen.
Dieser ist mit einem heißen, da gekochten Leinentuch bedeckt.
Wir drei vom OP-Team ziehen uns die ebenfalls gekochten, noch sehr heißen Leinentunicen an, binden Leinentücher über Mund und Nase und streifen die kochendheißen Leinenhandschuhe über. Alle medizinischen Geräte liegen in konzentriertem Alkohol griffbereit.
„Fertig Legat?"
„Fertig. Bin gespannt, ob ich gleich Pluto oder Jupiter sehe."
„Ich wünsch dir Venus, Legat."
Er grinst mich an. Ich nehme ein Leinentuch und tunke es in den Äther.
„Bitte tief einatmen!"
Der Legat atmet durch das Tuch, und ja, Gott sei Dank, er wird umgehend bewusstlos.
„Du musst ihn unbedingt schlafend halten, sobald das Tuch trockener wird, tunkst du es schnell in den Äther und legst es ihm sofort wieder über das Gesicht."
Der Sanitäter nickt beeindruckt, seine staunend-großen Augen über der Leinenmaske sind auf den Legaten gerichtet.
„So, Aulus, jetzt geht's los."
Wir sind die Operation vorher mehrmals durchgegangen, auch unter Verwendung aller medizinischen Geräte, damit ich die Assistenz hinbekomme. Ich habe ihm dabei in groben Zügen erklärt, was uns erwartet und was er machen soll. Den Blinddarm und daran den entzündeten Wurmfortsatz finden und diesen dann wegschneiden. Blutendes Gewebe wollen wir mit Hitze, also mit glühendem Stahlstab, kauterisieren, Gefäße abbinden und vernähen und schließ-

lich die Wunden vernähen. Diese Techniken haben die römischen Ärzte im Prinzip drauf.
Wir bedeckten den nackten Legaten mit heißen Leinentüchern, nur der Bauch bleibt frei, ich reibe die Bauchhaut mit Alkohol ab. Der Medicus setzt gekonnt einen etwa acht Zentimeter langen Schnitt über die besonders druckempfindliche Stelle unterm Bauchnabel. Der Legat zeigt keine Reaktion, die Betäubung ist offenbar ausreichend tief. Ich halte mit Haken und Spreitern die Haut auseinander, der Medicus schneidet durch die Muskulatur und dann durch die Bauchdecke, jedes Mal halte ich das durchtrennte Gewebe auseinander.
Er ist unheimlich routiniert dabei. Zwei Gefäße bluten stark, er verödet sie schnell und sicher mit einem rotglühenden Eisenstab, kein Zucken vom Legaten. Wir haben Glück und müssen nicht lange suchen, der entzündete Blinddarmfortsatz liegt wie erwartet direkt im Operationsfeld. Mehr Licht wäre gut, aber im Zelt ist es vergleichsweise hell.
Plötzlich fällt dem Medicus das Skalpell runter, er will es aufheben.
„Nein!" rufe ich „Lass es liegen, nimm ein neues aus der Alkoholschale!"
Puh, das war knapp, das hätte meine Anstrengungen zumindest „semisteril" zu arbeiten, komplett vernichtet.
Aulus bindet den entzündeten Wurmfortsatz im Gesunden ab, ich schneide darüber ab und lege das entzündete Gewebe mit einer Pinzette in eine Schale.
„Die Ätherflasche ist halbleer" murmelt der Sanitäter hinter seinem Mundtuch.
Aulus und ich schauen uns an, Mist, das wird sehr knapp!
Er holt die vorbereitete Nadel mit der feinen Schweinesehne als Faden aus dem Alkoholbad und vernäht den Blinddarm.
„Ich mache eine Naht wie bei größeren Gefäßen, also zum Beispiel bei einer offenen Beinarterie. Das müsste halten."
Ich nicke ihm zu und denke hoffentlich hält die Naht, hoffentlich gibt's keine Entzündung durch die Naht und keine

Unverträglichkeitsreaktionen gegen die Schweinesehne. Zunächst näht er das Bauchfell, dann die Muskulatur zusammen.
„Die Flasche ist jetzt leer, das letzte Tuch liegt auf!"
Wieder der Sanitäter. Verdammt nochmal, reicht die Zeit?
Äußerst lässig näht der Medicus die Haut mit zehn Stichen zu, geschafft!
Wir treten zurück, ich bin völlig nass, einmal durch die nass-klamme Leinentunica aber auch durch den Schweiß der Anstrengung und Anspannung.
Der Sanitäter legt nun einen Verband an, mit Alkohol getränkt. Dann ziehen wir unsere Operationsklamotten aus.
Die Anspannung fällt nun langsam von mir ab, ich muss mich setzen. War echt anstrengend und stressig.
Aber ich bin auch total erleichtert, es lief doch ganz gut.

Dann merke ich, dass Aulus und der Sanitäter vor mir stehen. Und ja, der alte Medicus hat Tränen in den Augen während der Sanitäter mich anschaut wie ein Rockidol. Sie halten und drücken meine Hände, sie sind fassungslos und schauen mich schweigend an. Ich lächle sie an.
„Ok Jungs, halb so wild, alles gut, das habt ihr prima gemacht."
Sie halten weiter meine Hände.
Aulus Geminius räuspert sich und sagt mit rauher Stimme
„Hans Lanzspiel, es ist mir die größte Ehre mit dir zusammen gearbeitet zu haben. Aesculapius[71] ist bei uns, er segne dich, er segne diese unvergleichbare Tat.
Der alte Spruch des Hippokrates „Alles, was die Heilmittel nicht heilen, heilt das Eisen. Alles, was das Eisen nicht heilt, heilt das Feuer. Was aber das Feuer nicht heilt, das muss als unheilbar gelten", gilt seit heute nicht mehr.
Dies ist ein großer, wundervoller Tag für die Medizin!"

---

[71] Aesculapius: römischer Gott der Heilkunst

„Heh ihr drei, wolltet ihr mich nicht operieren? Ich habe immer noch Bauchschmerzen!"
Bei diesen müden Worten fahren wir drei herum, der Legat ist aufgewacht!
„Mein Legat, dieser vortreffliche Mensch, Hans Lanzspiel, hat dich bereits operiert! Es ist alles gut gegangen!"
Aulus strahlt abwechselnd den Legaten und mich an, immer noch fassungslos.
„Das stimmt nicht ganz, Legat, der Medicus hat dich operiert, ihm musst du danken. Ich habe nur assistiert. Versuche zu schlafen, das ist das Beste jetzt."
Der Legat nickt benommen und schläft tatsächlich wieder ein.
Ich schaue mein Operationsteam an.
„So ihr Helden, wollen wir heute Abend was gemeinsam essen und trinken und die Sache ein bisschen feiern? Ich zieh mich jetzt erstmal um und hau mich dann aufs Ohr, bin ziemlich erledigt. Aber dann geht's los!"
Aulus Geminius legt seine Hände auf meine Schultern und lacht „Natürlich, heute Abend wird richtig gefeiert!"

Die Augen sind mir beim Erzählen fast zugefallen, ich schaue müde zu Quintus, der mich fasziniert anschaut.
„Du guckst jetzt fast wie der Sanitäter nach der OP, ich bin`s nur, der Hans!"
„Ja, du bist Hans, mein undurchsichtiger und sensationell begabter Freund! Darf ich heute Abend mitfeiern?"
„Na klar, solange du zahlst ist alles gut."
Wir grinsen uns an.
„Ich penne jetzt ne kleine Runde. Vor der Orgie lass uns aber nochmal nach dem Legaten schauen, mal sehen wie es ihm heute Abend geht."

Kapitel 8

Germania magna, 84 n.Chr.

Sie sind wieder Soldaten, die Händlerverkleidung hat, zumindest vorerst, ausgedient.
Auf Quintus Wunsch hin wurden sie der berittenen Kohorte Flavia Damascenorum sagittariorum milliaria equitata zugeteilt. Diese Vexillation umfasst etwa 600 Reiter, gegliedert in zwanzig Turmae und kommandiert vom Präfekt Publius Gavius. Der Präfekt war mit dieser Zuteilung sofort einverstanden, wobei sicher auch der Passierschein, den ihnen Sextius Ursus, der Praefectus Castorum des Heimatkastells der Einheit am Monte Tauno, ausgestellt hat, eine Rolle gespielt hat.
Als Publius Gavius im Gespräch mit Quintus zudem erfuhr, dass Quintus und Berowulf Spezialisten für Fernaufklärung sind, hat er sie sofort in seinen Dienstplan integriert.
Die berittene Vexillation hat den Auftrag, das Gebiet um das Lager in einem Radius von etwa 30 Meilen durch ausgedehnte Patrouillenritte aufzuklären und Aktivitäten der Chatten zu beobachten. Daher sind jeden Tag vier oder fünf Turmae auf Patrouille und jede Nacht zwei weitere.
Wie zu erwarten wurde Hans hingegen sofort vom Medicus Aulus Geminius und den Sanitätern in Beschlag genommen. Er dient also wieder als Capsarius im Kohortenlazarett, genauso wie in Confluentes.

Quintus massiert sich seine verspannte Schultermuskulatur und stöhnt leise. Nun sind sie schon zehn Tage hier und immer noch war es nicht möglich, Julius Frontinius unter „6 Augen" zu sprechen. Klar, in den ersten Tagen nach seiner Operation war dies natürlich nicht möglich, der Legat musste erstmal zu Kräften kommen. Aber jetzt sollte das doch mal langsam machbar sein. Quintus zieht ein letztes Mal sein Gladius über den Wetzstein, gut so, schön scharf.

Die Operation des Legaten ist im Lager immer noch das Gesprächsthema Nr. 1, die Soldaten machen ein Riesending daraus. Zu Recht! Und Hans ist nun bekannt wie ein bunter Hund. Wenn er durchs Lager geht, hat er immer ein paar Leute um sich, die etwas von ihm wollen. Gesundheitstipps, ob er Verwandte operieren könnte, wie er zu dieser oder jener medizinischen Theorie steht und so weiter.

Ist das von Nutzen für uns? Quintus kommt zu keinem Ergebnis und macht sich auf die Suche nach Hans. Die besten Chancen ihn zu finden sind die Sanitätszelte, vor allem wenn dort ein Haufen von Leuten rumsteht, so wie jetzt. Hans hält Sprechstunde…
Und da kommt auch sein Freund der Tribun Antonius Valerius, sieht wichtig aus.
„Hallo Quintus, gut, dass ich dich treffe. Der Legat möchte dich sofort sprechen!"
Antonius Valerius deutet dabei mit dem Kopf in Richtung Kommandantenzelt.
„Sehr gut. Macht übrigens echt was her, dein Muskelpanzer. Und dieses prächtige Paludamentum[72]. Antonius der Tribunus angusticlavius, nachmal Gratulation!"
„Danke Quintus, ich bin aber weiterhin der Alte geblieben, keine Sorge. Ach ja, der Legat will auch den Medicus und den Sanitäter, der ihn operiert hat, sprechen. Hans Lanzspiel ist sein Name, oder?"
Quintus nickt „Komm mit, ich war sowieso auf dem Weg zu ihm."
Sie finden Hans und den Medicus in einem der Operationszelte, die Sprechstunde scheint vorüber zu sein.
„Mmh Quintus, hast du eine Ahnung, was der Legat von uns will? Und wieso gerade jetzt dieses Treffen?"

---

[72] Paludamentum: römischer Militärmantel, getragen von höheren Offizieren

Hans unterbricht das Bürsten von Tanta, die nun freudig auf Quintus zuspringt und sich von diesem kraulen lässt. Quintus zuckt die Schultern.
„Lass uns einfach hingehen, dann werden wir es erfahren".
Jetzt sieht Hans, dass Quintus nicht alleine ist. Hektisch springt er auf, die Liege kippt dadurch um, Verbandsmaterial fällt zu Boden.
„Salve Tribun!"
Ein sehr zackiger und korrekter Gruß.
„Salve Capsarius Hans Lanzspiel. Und zu deiner Information, der Legat will natürlich über die Operation sprechen, die er offensichtlich gut überstanden hat."
Hans nickt stumm, Quintus grinst, Hans ohne Worte, sehr selten.
Zu viert verlassen sie zügig das Sanitätszelt, um der Aufforderung des Legaten nachzukommen. Vor dem Zelt des Kommandanten, dem Prätorium, verabschiedet sich Antonius Valerius von ihnen „Na dann viel Erfolg!"

„Ah, da kommen ja meine Gäste, hereinspaziert, nehmt Platz", Julius Frontinius lächelt und sieht gut aus, fast schon wieder der Alte.
Sie grüßen vorschriftsmäßig und belegen die Liegen um den reich gedeckten Tisch. Wein, Säfte und kühles Wasser werden ausgeschenkt, das Personal zieht sich diskret zurück.
„Bitte entschuldigt, dass ich euch jetzt erst einladen konnte, aber die letzten Tage waren sehr hektisch, es gibt neue Befehle aus Rom und unerfreuliche diplomatische Verwicklungen. Naja, ich will euch mit diesen politischen Themen nicht langweilen. Greift zu, die Küche hat alles gegeben. Und bitte, keine übertriebenen Formalitäten, ihr seid meine privaten Gäste, wir sind sozusagen unter uns!"
Hans räuspert sich.
„Vielen Dank, mein Legat. Wenn du erlaubst, ich habe dir etwas mitgebacht."

Hans reicht ihm eine kleine Schatulle, der Legat öffnet sie und rümpft die Nase.

„Mmh, sieht unappetitlich aus, was ist denn das?"

„Dein entzündeter Blinddarmfortsatz, den wir, genauer der Medicus, dir rausoperiert haben."

„Wirklich? Das Ding sieht so übel aus, wie ich mich gefühlt habe, als es noch in mir steckte. Ist in Alkohol eingelegt wie man riecht, hätte ich sonst glatt an deinen Hund verfüttert!"

„Ach, Tanta ist da nicht wählerisch!"

Alle lachen, die Stimmung ist entspannt und die nächsten Minuten widmet man sich dem wirklich ausgezeichneten Essen. Ein echter Vorteil, wenn man beim Legionskommandanten eingeladen ist.

Schließlich richtet der Legat sich auf, auf sein Zeichen werden die Reste ihres Mahls zügig abgeräumt. Julius Frontinius legt seine Fingerspitzen zusammen und schaut sie ruhig an.

„Also, ich weiß sehr wohl, dass diese Operation etwas ganz Besonderes war, etwas Außergewöhnliches, noch nie Dagewesenes. Nein, jetzt keine Unterbrechung. Und ich verdanke euch, insbesondere dir, Hans Lanzspiel, mein Leben."

Aulus Geminius und Quintus nicken zustimmend und blicken Hans strahlend an.

„Ich stehe daher tief in deiner Schuld, die ich gerne zumindest etwas begleichen würde. Also Hans Lanzspiel, bitte sage mir, was kann ich für dich tun? Und egal um was es sich dabei handelt, dein Einsatz für mein Leben ist nicht aufzuwiegen!"

Hans und Quintus schauen sich an, leichtes Nicken.

„Mein Legat, ich danke dir. Wäre es möglich das Gespräch nur zu Dritt fortzuführen? Das was ich ansprechen möchte ist, nun ja, delikat, wir möchten den Medicus da nicht mit reinziehen."

Quintus ergänzt „So ist es, die Sache ist zudem von hoher militärisch-politischer Relevanz und nach meiner Meinung geheim zu halten."
Der Legat ist etwas erstaunt, der Medicus ist dagegen schon aufgestanden.
„Ich darf mich für die Einladung bedanken und bitte mich zurückziehen zu dürfen. Und ich bin euch wirklich nicht böse", das war an Hans und Quintus gerichtet.
„Danke Aulus, ist wirklich besser so, bis später."
Nachdem die Zeltplane hinter dem Medicus gefallen ist, kommt der Legat zur Sache.
„So, geheim sagst du, Quintus? Du bist doch sonst nicht so formal. Na gut. Wache! Umstellt mein Zelt in zehn Schritten Abstand, niemand darf den Kreis betreten, bis ich einen neuen Befehl gebe!"
Der Optio der Leibwache grüßt knallend-zackig, draußen sind seine Befehle zu hören, dann Stille.

Jetzt sind sie allein. Quintus fängt an zu erzählen, von Hans und seinen seherischen Fähigkeiten, von der Zeit in Confluentes, schließlich zeigen und erklären sie dem Legaten ihre Karte. Der Legat hört ihnen zunächst verblüfft aber dann zunehmend konzentriert zu.
Er studiert versunken die Karte, dabei gedankenvoll die Hand vor den Mund haltend, schließlich nickt er leicht.
„Gut, gut. Aber ich will mir selber ein Bild machen."
Er schaut nochmal auf die Karte und holt dann Papyrus und Schreibgriffel, die er vor Hans auf den Tisch legt.
„Also Hans Lanzspiel, zeichne mir mal Britannien und das Festland gegenüber."
Er blickt Hans dabei über die Schulter.
„Verdammt! So sieht also der Norden Britanniens aus? Und ja, das Land der Friesen und diese hochragende Landspitze im Norden, das ist richtig, so haben wir es auch auf unserer Expedition mit der Classis Germanica, an der ich vor einigen Jahren teilgenommen habe, notiert. Nur deine Karte ist viel besser. Wir haben dabei am Horizont im Norden Inseln

gesehen. Kennst du die auch? Weißt du, was dort im Norden liegt?"
Hans nickt. „Ja, hinter den Inseln gibt es ein sehr großes, raues und kaltes Land mit hohen schneebedeckten Bergen. Einige nennen es Skandinavia. Es zieht sich über 1000 Meilen nach Norden, dabei wird das Land immer kälter und unwirtlicher. Hier, ganz oben im Norden, herrscht immer Winter und alles ist mit Schnee und Eis bedeckt, auch das Meer."
Hans zeichnet Skandinavien und grob die Umrandung der Ostsee ein.
„Das Meer hier nenne ich die Ostsee, du siehst, der Ozean geht hier nicht weiter, eure Karten sind falsch, wahrscheinlich weil da noch kein Römer war. An diese Ostsee schließt sich nach Osten hin eine riesige Landfläche an, viel größer als das Land hier um das Mittelmeer, das ihr kennt."
Der Legat tippt auf die Zeichnung.
„Dieses unbekannte Land hier im Osten, ist es bewohnt?"
Hans zögert leicht, dann nickt er „Ja ist es, aber darüber weiß ich nichts Genaues, nur wie gesagt, dass dieses Land riesig ist, viele tausend Meilen groß."

Schweigen im Zelt, zu hören sind nur das einsetzende Konzert von Regentropfen auf dem Zeltdach und der näherkommende Donner eines Gewitters.
„Was machen wir mit dir, Hans Lanzspiel", dieser leise Satz des Legaten ist kaum zu verstehen.
Quintus antwortet ebenso leise. „Du erkennst die Tragweite, Julius? Ich grübele über diese Frage schon bald ein Jahr lang. Im Ergebnis bin ich der Meinung, dass Hans für uns eine einmalige Chance ist! Wenn Hans mit uns kooperiert, können wir unendlich viel über unsere Gegner und die Gebiete, in denen diese leben, erfahren. Wir hätten dadurch sehr große strategische Vorteile!
Aber wir brauchen dabei eine positive Zusammenarbeit, wir müssen Hans unterstützen. Alle Zwangsmaßnahmen gegen ihn wären kontraproduktiv!"

Der Legat schaut sie abwechselnd an, sehr nachdenklich.
Ein lauter Knall, der Donner lässt alles erbeben.
„Das scheinen die Götter ebenfalls so zu sehen, Jupiters Zeichen sind eindeutig. Und ich stimme dir in der Analyse zu, Quintus. Anderseits hätte eine Verwahrung den Vorteil, dass uns Hans nicht abhandenkommt. Was sagst du selbst dazu, Hans Lanzspiel?"
Hans hat sich aufgerichtet und schaut dem Legaten fest in die Augen.
„Ich habe Angst, dass du mich einsperrst, schon die ganze Reise lang. Quintus hat mich aber überzeugt mit dir zu sprechen, da er sich sicher ist, dass du ein ehrenhafter Mann und ein intelligenter Anführer bist. Das glaube ich auch, jetzt wo ich dich kennengelernt habe. Und außerdem habe ich noch einen Wunsch frei, so dein Versprechen, oder?"
Der Legat fixiert Hans ausdauernd mit undurchdringlicher Miene, dann lacht er los.
„Ha, also gut, überzeugt. Natürlich arbeiten wir zusammen, das bin ich meinem Lebensretter schuldig und auch Rom. Denn ich wiederum schätze dich so ein, dass wir in einem Kerker deutlich weniger aus dir herausholen würden als wenn wir dich weiter als Sanitäter in der Armee einsetzen, so wie bisher."
Der Legat gibt Hans feierlich die Hand.
„Capsarius Hans Lanzspiel, ich gebe dir mein Ehrenwort, dir zu helfen und deine Freiheit zu schützen. Allerdings verlange ich im Gegenzug Aufrichtigkeit und Engagement in unserer gemeinsamen Sache: Aufklärung der Germania magna als Vorbereitung auf den kommenden Krieg und alle Unterstützung, die du uns durch dein Wissen geben kannst!"
Sie bilden zu Dritt einen kleinen Kreis.
„Und du, Zenturio Quintus Tilius, bist der Zeuge dieser Vereinbarung!"
Der Legat gibt beiden nacheinander die Hand, ihr Pakt ist geschlossen.

„Das wäre also geklärt. Es gilt absolute Geheimhaltung, niemand erfährt etwas, es sei denn, wir drei sind uns darüber einig."
Die Dämmerung hat eingesetzt und das Gewitter ist nun direkt über ihnen, ein Blitz erhellt das Zelt.
Quintus blickt nach oben und erklärt ergriffen „Hört, Jupiter selber hat den Pakt bestätigt!"
Julius Frontinius nickt „Ja, das hat er. Nun, es ist spät geworden, lasst uns die Details morgen besprechen. Vielen Dank für euren, ja ich muss schon sagen, „denkwürdigen" Besuch."

In Nordhessen, Juni 2019

Wir sind wieder unterwegs, das bewährte Viererteam. Vor allem Tanta ist damit mehr als zufrieden, endlich wieder kilometerlang laufen und das zusammen mit dem Chef, das bin ich, und dessen Kumpels Quintus und Berowulf.
Vom Kohortenlager oberhalb der Lahn sind wir zunächst über den Ebsdorfergrund weiter nach Nordosten geritten. Der Weg, besser gesagt viele parallele Wege, Fahrspuren und Reitwege, ist erstaunlich gut. Ich hätte nicht gedacht, dass so tief im „freien Germanien" derart stark frequentierte Straßen existieren. Ich hatte mir eher so verschlungene, schmale Waldwege vorgestellt. Das ist hier zumindest völlig anders.
Ab und zu kommen uns kleinere Trupps germanischer Händler oder Bauern mit Karren, aber auch einzelne Fußgänger und selten Reiter entgegen oder wir überholen sie auf unseren Pferden.
Wir haben ganz automatisch unsere Reise-Rollenverteilung wieder aufgenommen: Quintus und ich nehmen abwechselnd unser Gepäckmuli als Handpferd und Berowulf reitet

regelmäßig voraus, um die Lage zu checken und um den Weg vor uns auszukundschaften.
Ich pariere Corti durch, Berowulf kommt im Trab von einem dieser Kundschafterritte zurück.
„Na Berowulf, was gibt's Neues?"
Er wiegt den Kopf „Naja, wir erreichen gleich einen größeren Fluss, der nach Norden fließt. Parallel zum Fluss läuft ein gut ausgebauter Weg in Nord-Süd-Richtung. Oberhalb des Ufers gibt es einen guten Rastplatz mit weitem Blick, sodass wir nicht leicht überrascht werden können."
Ich bin erleichtert. „Hört sich gut an, mein Hintern schmerzt und Tanta hat bestimmt Kohldampf, stimmt`s?"
Freudiges und zustimmendes Schwanzwedeln auf Seiten meiner vierbeinigen Freundin.
„Sag ich doch. Was meinst du Quintus?"
„Klar, lass uns rasten, bevor Hans und Tanta vor Schwäche umfallen."

Kurz darauf sitzen wir im duftenden Gras und schauen auf den vor uns liegenden Fluss, der dicht von Erlen und Weiden begrenzt wird.
„Also was ist jetzt eigentlich genau unser Auftrag?"
Berowulf ist mit seinem vollen Mund kaum zu verstehen.
„Ab 100 Gramm wird's undeutlich."
„Was ist Gramm?"
„Vergiss es!".
Quintus erläutert den Befehl: der Legat hat uns den Auftrag gegeben, wieder als Händler getarnt die Wege ins Kernsiedlungsgebiet der Chatten auszukundschaften. Ein gefährlicher Job, auch wenn es einen offiziellen Waffenstillstand gibt, den die Chatten letztes Jahr erbeten haben. Julius Frontius glaubt „den Brüdern", wie er die Chatten nannte, nicht und vermutet vielmehr, dass diese einen neuen Krieg vorbereiten.
„Was meinst du Quintus, liegt der Legat richtig, wird es einen neuen Krieg gegen die Chatten geben?"
Quintus lehnt sich zurück und blinzelt in die Sonne.

„Gut möglich, der Legat hat da sicher den besseren Überblick als ich. Von unserer Seite aus wird es davon abhängen, ob die Chatten den Druck auf unsere Grenzen einstellen und ob sie sich uns und unseren Verbündeten gegenüber friedlich verhalten."
Bei „Verbündete" schau ich rüber zu Berowulf, der meinem Blick begegnet und dann die Stirn runzelt.
„Wie Cingetorix in der ehemaligen römischen Stadt an der Laugona schon sagte, die Chatten haben uns häufig angegriffen und akzeptieren die Kooperation der Mattiaker mit den Römern nicht." Berowulf nickt langsam, „Ja, ich denke, sie werden erneut kämpfen, sie glauben an ihre Stärke. Sie wollen ihre traditionelle Lebensart nicht ändern. Und ihr oberstes Ziel ist es, die Römer zu besiegen. Dann wären sie der vorherrschende Stamm unter allen Germanen."
Größere Sorgen scheint er sich dabei nicht zu machen, so entspannt wie er daliegt. Ich finde diese kriegerischen Aussichten alles andere als cool, besonders da wir gerade auf dem Weg zu den Chatten sind.
„Na super, ich wusste gar nicht, dass wir auf ein Himmelsfahrtkommando geschickt wurden."
Quintus lächelt leicht. „Komm schon Hans, so ist das nicht, die Chatten werden niemals so dumm sein, jetzt römische Händler anzugreifen. Sie verspielen damit ihren strategischen Vorteil, die Römer zu überraschen."
Finde ich nicht überzeugend „Wissen die Chatten das auch, also das mit dem strategischen Vorteil?"

Ich ergänze mal wieder unsere Karte, der Fluss, an dem wir gerade lagern, müsste die Schwalm sein. Wenn wir ihr nach Norden folgen, sollten wir ins Stammland der Chatten kommen. Auf dem Weg bis hierher sind wir an vielen germanischen Bauernhöfen und Ansammlungen von Häusern vorbeigekommen, auch jetzt, wenn ich mich umsehe, sind mehrere kleine Siedlungen zu erkennen. Überall sind Felder

angelegt und kleine Viehherden zu sehen, die von Teenagern bewacht werden.
Soweit ich weiß, nennt man die Region hier die westhessische Senke, also die Flusstäler, die zwischen Knüll und osthessischem Bergland im Osten und dem Kellerwald und dem westhessischen Bergland im Westen liegen. Hier gehen die Autobahnen A5 und A7 durch in Richtung Nordhessen. Wie oft bin ich diese Autobahnen schon entlanggefahren, ohne mir je Gedanken über chattische Siedlungsgebiete zu machen.
Tja, das Leben kann schon seltsam sein, zumindest meins.

„Von Norden kommt ein Trupp die Straße runter, sehen bewaffnet aus", Berowulfs Stimme ist eine leichte Anspannung anzuhören.
„Vielleicht meinen die uns gar nicht."
Quintus hat sich auch erhoben.
„Ich schlage vor, wir ziehen wie geplant weiter nach Norden, ihnen entgegen. Schließlich sind wir Händler auf der Suche nach einem Marktplatz oder ähnlichem. Sie hier zu erwarten oder abzuhauen bringt auch nichts, macht uns eher auffällig, falls wir schon länger beobachtet werden."
Wir brechen betont gemütlich auf und reiten den Germanen langsam entgegen.
Ich schwitze, die Tunika klebt mir an der Brust und am Rücken, meine Anspannung ist groß. Verdammt, gleich treffen wir auf Germanen, die tatsächlich bewaffnet sind und wer weiß was im Schilde führen.
„Es sind Chatten!", zischt Berowulf.
Na super, dann sehen wir auch gleich mal, was unser toller Passierschein wert ist. Und Quintus Theorie mit dem strategischen Vorteil.
Jetzt sind sie heran, die Germanen umstellen uns, die Framen[73] auf uns gerichtet, na Klasse!

---

[73] Frame: germanischer Speer mit scharfen Schneiden, zum Stoßen und Schlagen geeignet

Wir halten unsere Pferde an, Quintus sagt leise. „Ruhig bleiben, Hände weg von den Waffen, das macht keinen Sinn."

„Ach was, da wäre ich gar nicht draufgekommen", platzt es mir heraus, okay das kam von mir jetzt ziemlich sarkastisch rüber, aber ich bin echt angespannt.

Ich reibe meine schweißnassen Hände nervös an meiner Reithose ab, während ich mir die Chatten möglichst neutral ansehe.

Der Anführer des Trupps, ein kräftiger Kerl und der Einzige, der auf einem, wenn auch ziemlich kleinen Pferd sitzt, kauderwelscht los, Berowulf antwortet und übersetzt uns dann.

„Er nennt sich Thorbrand und will wissen, wer wir sind. Händler aus Mogontiacum hab ich ihm gesagt. Und was wir wollen. Handel treiben mit den Chatten. Er sieht nicht überzeugt aus."

Die Germanen starren uns an, wir sitzen betont locker auf unseren Pferden. Dann ein gebrüllter Befehl.

„Wir sollen absitzen, wir werden zum Chef des Clans gebracht."

Berowulf steht schon auf dem Boden, wir folgen. Sind wir festgenommen? Zumindest werden wir eng bewacht begleitet, die Chatten blicken uns in einer Mischung aus Überlegenheit und Aggressivität an. Super Urlaub, das lässt sich ja gut an.

Die Pferde und das Muli werden uns abgenommen. Zum Glück lässt sich Tanta von mir überzeugen, mit dem Knurren aufzuhören, ich habe Angst, dass die Kerle sie kurzerhand aufspießen. Quintus flüstert mir zu „Immerhin haben sie uns nicht die Waffen weggenommen, das ist ein gutes Zeichen."

„Ja ist klar, Quintus, die wollen bestimmt bei Kaffee und Kuchen nur bisschen mit uns plaudern, genau so sehen die aus!"

Mein Gefühl sagt mir, dass wir ziemlich in der Tinte sitzen.

Germania magna, 84 n.Chr.

„Ist nur eine Fleischwunde, Achtung gleich brennt es!"
„Das stimmt, Quintus beißt die Zähne zusammen.
Der Alkohol, den Hans ihm über den tiefen Schnitt gießt, brennt wie alle Höllen Plutos.
„Es wäre besser, den Schnitt zu nähen, aber ich habe nichts mit, außerdem kann ich das eigentlich auch gar nicht richtig. Ich verbinde dich jetzt erstmal, dann schauen wir weiter."
Hans macht sich geschickt ans Werk.
Die Sache mit der Gefangennahme entwickelte sich schlechter als erhofft, wofür sich Quintus betrübt die Schuld gibt.
Sie sitzen niedergeschlagen mit hängenden Köpfen in einem Viehstall eines chattischen Langhauses, mit Ketten an den Füßen, die Tür ist mit einer schweren Kette verschlossen, mehrere Wachen stehen davor.
„Mann, wie es hier stinkt, puh."
Typisch Hans, der Geruch stört ihn am meisten oder was?
„Heh Quintus, mach dir keine Vorwürfe, dass die Typen unsere Kettenpanzer unter der Händlerkleidung entdeckt haben. Auch wenn wir römische Soldaten sind, haben die null Rechte uns einzubuchten, oder? Und außerdem gilt doch noch das fabelhafte Abkommen zwischen Römern und Chatten. Das werden die bestimmt nicht leichtfertig brechen."
Hans will sie aufheitern, nett gemeint. Quintus stöhnt leise, sein Arm lässt sich nur unter Schmerzen bewegen.
„Ja Hans, das denke ich auch. Allerdings habe ich keine Ahnung, was im Waffenstillstandsabkommen genau vereinbart wurde. Wir bleiben aber bei unserer Argumentation: wir sind Händler, die aus Eigenschutz die Kettenpanzer tragen und bewaffnet sind. Wie man sieht, ist diese Befürchtung ja durchaus angebracht."
Die Situation hatte sich plötzlich zugespitzt, nachdem sie in das ziemlich große Dorf der Germanen gekommen waren.

Ein Chatte stieß Berowulf nach vorne und bemerkte dabei wohl den Kettenpanzer unter der Tunika. Auf einmal schrie alles durcheinander, wildes Gestikulieren, Speere wurden gehoben oder auf sie gerichtet. Sie zogen ihre Schwerter und stellten sich Rücken an Rücken, um sich zu verteidigen, Tanta knurrend und Zähne fletschend neben Hans. Dann der Versuch, Tanta zu erstechen, den Hans mit seinem Gladius abwehrte und dem angreifenden Germanen einen heftigen Tritt mit seinen genagelten Militärsandalen verpasste. Das nahmen dann mehrere Chatten zum Anlass, sich auf sie zu stürzen. Sie verteidigten sich natürlich, es gab Verletzungen, eine Frame schnitt Quintus linken Oberarm auf.
Dann eine laut donnernde Stimme, wahrscheinlich „Sofort aufhören" oder ähnlich, jedenfalls ließen die Chatten schnell von ihnen ab. Der Befehlshaber oder Clanchef oder was auch immer, gab dann den Befehl sie zu entwaffnen. Dem kamen sie auf Grund der Überzahl ohne Gegenwehr nach.
Und dann wurden sie eingesperrt, in einen Viehstall. Immerhin haben sie ihnen Teile ihres Gepäcks gelassen, besser gesagt mit Schwung in den Stall geworfen.
Da sitzen sie nun auf Viehtrögen, Berowulf hält sich den Kopf, er hat einen heftigen Schlag auf den Kopf bekommen, laut Hans aber keine Gehirnerschütterung, nur eine ordentliche Prellung und eine Platzwunde. Hans hat gar nichts abbekommen, dafür aber Tanta mindestens eine Stich- und mehrere Schnittverletzungen.
„Und wie sieht es mit Tanta aus, Hans?"
„Nicht so schlimm", erklärt Hans ohne das Verbinden des Hundes zu unterbrechen „Sie hat Glück gehabt, wie wir alle. So, probier mal ob es geht, Tanta."
Der Hund läuft hinkend und mit unglücklich runtergeklappten Ohren auf drei Beinen herum.
„Naja, wird schon, meine Tapfere. Und denk daran, ein paar Germanen müssen jetzt ihre Bisswunden verbinden."

Hans krault sie ausgiebig, Tanta wirft sich auf den Rücken und lässt sich verwöhnen. Ein zähes Tier, Quintus grinst „Stimmt, soo schlecht scheint es ihr nicht zu gehen!"
„Was meinst du Berowulf, was haben sie mit uns vor?"
Berowulf hebt vorsichtig und schmerzverzerrt den Kopf und stöhnt. „Schlecht zu sagen, töten werden sie uns nicht, wir sind zu wichtig. So wie ich den Clanführer verstanden habe, sollen wir woanders hingebracht werden. Da wird dann über unser Schicksal entschieden werden."
Hans überlegt laut "Woanders hinbringen? Wo könnte das sein und wer soll da dann entscheiden? Der oberste Oberchef der Chatten oder wer?"
Berowulf betastet unglücklich seine Beule und die kaum noch blutende Kopfwunde. „Keine Ahnung, Hans. Ich denke es wird der Hauptort der Chatten oder irgendein Versammlungsraum, ein Thingplatz, sein."
Erschöpft schließt er die Augen. „Bitte verschon mich jetzt mit weiteren Fragen, ich versuch mal zu schlafen, mein Kopf dröhnt und pocht wie verrückt."

Quintus überdenkt ihre Optionen. Grundsätzlich könnte man bei Gelegenheit fliehen, falls sie danach wieder erwischt werden, würden die Chatten sie aber wohl umlegen und nicht weiter aushorchen.
Die Alternative ist, das Spiel der Chatten mitzuspielen, um das Beste draus zu machen. Quintus sieht den besorgten Blick von Hans. Um Berowulf nicht zu wecken flüstert er.
„Wird schon, wir sind wichtig, die werden uns nichts tun. Je höher die Person steht, mit der wir es zu tun bekommen, umso besser sind unsere Aussichten. Und vielleicht ergibt sich ja mal eine gute Chance zu fliehen. Die Option haben wir ja auch noch."
Hans schaut ihn ernst und leicht spöttischen an.
„Quintus mein Freund, ich bin kein Kleinkind, du kannst offen mit mir reden. Du glaubst ja selber nicht was du da sagst." Quintus legt Hans beruhigend die Hand auf den

Arm. „Doch, genau das ist meine Meinung. Vielleicht können wir uns für sie noch interessanter machen, aber das müssen wir abwarten."
Hans schüttelt den Kopf „Zu blöd, dass die jetzt die Kopie der Karte haben, falls sie die Karte in dem Sattelversteck finden."
„Bei den Göttern, stimmt ja, die Karte! Wenn die Chatten die in die Hände kriegen, das wäre mehr als ärgerlich und natürlich gefährlich für uns!"
Das war laut, Quintus schaut schnell rüber zu Berowulf, der aber weiter fest schläft. Hans, der ihn schweigend ansieht, nickt zustimmend.

Die Nacht ist unruhig, allein die Schlafgeräusche der Menschen, die direkt hinter der Holzwand schlafen, sorgt für „Unterhaltung". Vorsorglich haben sie sich in drei Wachen eingeteilt, aber sie werden in der Nacht nicht weiter behelligt.
Früh am Morgen werden sie unsanft aus dem Stall gezerrt. Ohne Essen und Trinken müssen sie losmarschieren, an den Händen gefesselt. Der sich anschließende fünfstündige Marsch ist vor allem für Berowulf anstrengend, dessen Kopf immer noch heftig schmerzt.

In Nordhessen, Juni 2019

Es ist früher Nachmittag, dichte Wolken wechseln sich mit kurzem Sonnenschein ab, es weht ein unangenehm kühler Wind, für die Jahreszeit definitiv zu kühl.
Sie haben einen großen Ort, offensichtlich die Hauptstadt der Chatten, erreicht. Ihre Ankunft scheint schon vorab verkündet worden zu sein, jedenfalls begleitet sie eine große Zahl von Männern, Frauen und Kindern auf den letzten paar hundert Metern bis zum Stadtrand.

Alle schweigen und starren uns an. Die Stimmung schwankt zwischen unheimlich und bedrohlich. Es sind jetzt bestimmt 300-400 Menschen, die in einem großen Kreis um uns herumstehen, Stimmengemurmel, irgendwie warten alle.
Jetzt teilt sich die Menge und eine Art Abordnung kommt auf uns zu.
„Wir sollen das überziehen," übersetzt Berowulf.
Es handelt sich um grauweiße Wollumhänge, die bis zum Boden reichen. Was? Auch noch Fußfesseln?
„Heh, nicht so fest, du Grobian!"
Eine Faust zieht mir an der Kehle den Wollumhang zusammen, die Luft wird knapp, der Typ knurrt mich nur leise an, ich kann die Wut in seinen funkelnden Augen sehen.
„Gut, gut, ich habe verstanden!"
Hastig atme ich durch, als der Chatte mich los lässt, Quintus Blick spricht Bände „Was soll das, Hans?" oder so was ähnliches will mir sein Blick sagen, Klugscheißer.
Nachdem uns auch die Füße gefesselt wurden, geht's nun kostümiert und mit kleinen Trippelschritten los quer durch die Stadt. Es gibt einige Handwerker hier, Schmiede, Töpfereien und Tuchmacher. Allgemeine Infrastruktur wie öffentliche Gebäude oder gepflasterte Straßen, kann ich nicht ausmachen. Es ist viel los, die Stadt brummt geschäftig, alle sind irgendwie unterwegs.
Die Häuser sind langgestreckt und sehen solide aber einfach aus, keine Fenster, fast bodentiefe Dächer, Fachwerk oder Lehmwände, keine Steinbauten. Also germanische Standardbauweise, genauso wie in Nida bei den Mattiakern. Interessant sind aber die Menschen, viele Jugendliche, irgendwie scheinen die gut drauf zu sein. Einige Männer tragen ihre langen Haare echt schräg, mit einem Knoten an der Kopfseite.
„Das sind Sueben", flüstert Berowulf, der wohl meine Blicke gesehen hat. „Ein großer, stolzer Stamm, der im Nordosten von hier lebt."

Ah ja, Sueben also. Hat Lucius Frontinius nicht die Ostsee als „Mare Suebicum" bezeichnet? Würde ja passen von der Himmelsrichtung.
„Die Sueben sind in vieler Hinsicht die Vorbilder anderer germanischer Stämme. Es ist gar nicht gut, so viele suebische Krieger hier bei den Chatten zu sehen", murmelt Berowulf so leise, dass ich ihn kaum verstehe.
„Was ist an den Sueben denn so Besonderes?"
Ein jäher Schmerz durchfährt mich, mir bleibt die Luft weg. Der Stoß mit dem hölzernen Schaft der Frame in die Seite raubt mir kurz den Atem, dazu ein gebrüllter Befehl. Auch ohne Berowulfs Übersetzung ist die Message klar, Klappe halten.

Jetzt erreichen wir einen Wald, der fast einem angelegten Park ähnelt und durch eine gepflegte Hecke von der Stadt getrennt ist. Ich trau dem Braten nicht, irgendetwas geht hier vor, das wir noch nicht durchschauen.
Wir sollen warten, offensichtlich ist dieser Wald unser Ziel. Dieser Platz hier, ja, wie soll man den nennen.
„Ein heiliger Hain", sagt Berowulf mit unglücklichem Gesicht.
Also gut, ein heiliger Hain. Ein „gepflegtes Waldstück" würde ich sagen, keine Blätter auf dem gefegten Boden, altarähnliche Steinhaufen mit unappetitlichen Dekorationen und primitiv-abstrakte, bemalte Holzfiguren, laut Berowulf „Symbole für unsere Götter."
Bemalte Baumstämme sind hier also Götterfiguren, naja, das nenn ich mal einen Abstieg im Vergleich zu den wundervollen Bronze- und Marmorstatuen in römischen Tempeln.
Die Zuschauermenge um uns herum steht schweigend, wartend. Auf was warten die?
Jetzt erscheinen einige germanische Würdenträger oder was auch immer, denen wir folgen sollen. Aber in gebührlichem Abstand, wie uns die bewaffneten Wächter klar machen.
Tanta muss vor dem Wald warten, ein Germane nimmt sie

an eine Leine. Verdammter Mist!
Mein mulmiges Gefühl verfestigt sich zunehmend.
„Wollen die uns hier opfern oder was?"
Der darauffolgende Stoß mit dem Lanzenschaft ist so heftig, dass mir der Schmerz kurz das Bewußtsein trübt. Ist ja gut, ihr Arschgeigen, ich halte die Klappe.
Die vor uns gehenden Clanchefs oder Anführer oder was auch immer bleiben stehen und richten eine kurze Ansprache an uns.
„Wir dürfen nur sprechen, wenn wir dazu aufgefordert werden", übersetzt Berowulf.
Quintus blickt aufmunternd zu mir rüber, der ist aber auch ein Optimist, bald schlimmer als ich selber.
Diese Steinpodeste und Altäre - haben die Germanen eigentlich Menschen geopfert? Ich kann mich dunkel erinnern, dazu mal was gehört zu haben - ich denke, dass sie das haben, super Urlaub!

Ein Raunen geht durch die Menge, als eine Art Prozession bestehend aus neun Personen, offensichtlich alles Frauen, mit würdevollen Schritten auf uns zu kommt. Vorneweg eine Frau mit dunklem Gewand und langen, geflochtenen blonden Haaren, die von einem metallisch glitzernden Stirnreif gekrönt sind. Sie hält ein Stück geschnitztes Hirschgeweih in den Händen, auch die anderen Frauen tragen verzierte Gegenstände oder Geweihstücke, zwei bedienen bei jedem Schritt rhythmisch eine Rassel.
Der Damentrupp bleibt etwa fünf Meter vor uns stehen, die Clanchefs verneigen sich, Berowulf auch, Quintus und ich beeilen uns, es ihm nachzumachen.
Die Anführerin des Ganzen starrt uns halbinteressiert an, während einer der Clanchefs zu einer längeren Rede ansetzt. Offensichtlich geht es dabei um uns, da er immer wieder auf uns zeigt. Einige „Prozessionsdamen" haben zwischenzeitlich auf einem der Steinhaufen ein Ferkel gekillt und den Bauch aufgeschnitten. Die warmen Gedärme quellen nach außen, ein unangenehmer Geruch breitet sich im

Wald aus. Die blonde Anführerin geht nun zum Kadaver rüber, wir sollen folgen. Ah ja, die Germanen lesen also auch aus den Eingeweiden die Zukunft oder was? In diesem Fall unsere Zukunft?
„Verdammte Scheiße!", geflüstert und auf Deutsch, ist mir so rausgerutscht.
Die Anführerin wirbelt herum und starrt mich an.
„Was hast du eben gesagt?" fragt sie. Auch auf Deutsch!
Jetzt bin ich echt sprachlos. Kommt nicht oft vor, ist aber so.
„Du hast doch eben etwas gesagt, wiederhol das sofort!"
Das kommt jetzt von Berowulf als Übersetzung des Kauderwelsches, was die Dame nachgeschoben hat. Ich entgegne wieder auf Deutsch.
„Ich glaube das war „Verdammte Scheiße". Verstehst du mich etwa?"
Sie starrt mich an, in einer Mischung aus Schock und Interesse. Sie atmet heftig, ihr Busen hebt und senkt sich beeindruckend, ihr Atem ist in der Stille gut zu hören, rote Flecken überziehen ihren Hals und die Wangen. Dann, auf Germanisch, gibt sie mehrere laute Befehle, in deren Folge wir getrennt werden, also Quintus und Berowulf werden aus dem Hain abgeführt und ich soll bleiben. Auch alle anderen Germanen müssen gehen, die Damentruppe zieht sich diskret einige Meter zurück.

Wir sind jetzt praktisch alleine, die Anführerin ist ganz aufgeregt und sprudelt los, sobald alle anderen außer Hörweite sind.
"Das glaub ich jetzt nicht, wer bist du? Wo kommst du her? Wie bist du hierhergekommen?", fragt sie wieder auf Deutsch!
„Ich heiße Hans Lanzspiel und wer bist du?"
„Mein Gott, das kann doch nicht wahr sein!"
Sie fasst meinen Arm an und lässt wieder los.
„Also ich bin kein Geist, wenn du das meinst, ich komme eigentlich aus der Nähe von Gießen aus einem kleinen

Dorf, das wird dir aber bestimmt nichts sagen. Uneigentlich komme ich aus Confluentes am Rhein beziehungsweise aus Mainz also aus Mogontiacum, wie die Römer es nennen."
Sie sieht eigentlich ganz nett aus, sympathisch.
„Aber wieso sprichst du deutsch, woher kannst du das? Und nochmal, wer bist du, wie ist denn dein Name?".
Statt darauf zu antworten sagt sie „Komm mit!"
Sie führt mich auf einem mit hellen Steinen eingefassten Weg durch den Wald bis zu einem größeren Wohnhaus, niemand folgt uns. Wir setzten uns auf die Holzbank vor dem Haus, sie streicht ihre Haare zurück.
"Ich heiße Anette Ohfen und komme auch aus Gießen! Mein Gott, das gibt's doch gar nicht! Wie kommst du hierher?"
Jetzt bin ich wirklich platt, da kann ich ihr nur zustimmen, das gibt's wirklich nicht! Ich bin nicht der Einzige, der eine Zeitreise gemacht hat! Ich merke, wie meine Kopfhaut kribbelt und mein Mund vor Aufregung staubtrocken ist. Ich räuspere mich und trotzdem krächzt meine Stimme.
„Bist du auch hier in die Römerzeit gebeamt worden?"
Sie nickt. „Ja, vor gut einem Jahr, keine Ahnung wie das funktioniert, ich war plötzlich hier, war schrecklich!"
Wir tauschen uns aus und erkennen die Gemeinsamkeiten: wir sind am gleichen Tag aus der Umgebung von Gießen in der Region um Gießen gelandet, nur gut 2000 Jahre in der Vergangenheit. Sie war ebenfalls nackt und wurde in dem Zustand von Germanen aufgegriffen und mitgenommen.
„Mein Glück waren meine Tattoos und Piercings, die ich an äh, nun ja, „delikaten" Stellen trage."
Sie ist dabei rot geworden, was sie mir gleich noch sympathischer macht.
„Daher halten mich die Germanen für eine „Besondere", was man am besten mit einer „heiligen" Frau übersetzen kann. Gerettet hat mich schließlich meine Arbeit beim Deutschen Wetterdienst in Offenbach. Da ich paarmal besondere Wetterlagen und einige kosmische „Erscheinun-

gen", also Asteroidenschwärme, Sternschnuppen und Kälteeinbrüche voraussagen konnte, wurde ich als „Seherin" anerkannt, was viele Vorteile hat."
Ich grinse sie an.
„In noch warmen Kadavern rumzuwühlen gehört nicht zu den Vorteilen, oder?"
Sie möchte anfangen zu lachen, schlägt sich aber erschrocken mit der Hand auf den Mund.
„Oh Gott, vorsichtig, ich darf nicht lachen, das gehört nicht zum Status einer Seherin. Wenn sie mich dabei erwischen könnte es sein, dass ich dann wieder eine „Probe" bestehen muss. Das will ich auf keinen Fall riskieren!"
„Probe bestehen, was soll das sein?"
Sie schaut sich um, da kommt ihr Gefolge aus dem Hain. Schnell zieht sie sich die Kapuze ihres Umhangs über den Kopf und flüstert. „Erklär ich dir alles später, jetzt muss ich erstmal für euch sorgen. Keine Angst, sie werden euch nichts tun, solange ihr in meiner Obhut seid. Ich nehme dann Kontakt auf, mach`s gut Hans!"
„Ja, bis dann Anette."

Ich bin immer noch geplättet, es gibt noch mehr von meiner Sorte hier bei den Römern, oder eben bei den Germanen! Was bedeutet das? Kann ich das Quintus erzählen? Und Berowulf? Natürlich nicht, dass wir aus der Zukunft kommen, aber vielleicht dass wir „Seher-Freunde" sind?
Tanta ist auch wieder da, unverletzt und guter Dinge, prima, eine Sorge weniger.
Diesmal ist unsere Unterkunft besser, allerdings bleiben die Fußfesseln. Wir haben jetzt eine eigene kleine Hütte mit einfachen Betten, Holz für ein Feuer, Trinkwasser und eine Art Getreide-Gemüse-Eintopf in einem großen eisernen Topf, den wir uns bei Bedarf über dem offenen Feuer aufwärmen können.
Quintus inspiziert den Eintopf „Das reicht für mehrere Tage, ein gutes Zeichen."

Berowulf nickt bestätigend. „Was hast du mit der Seherin gesprochen, was war das für eine Sprache?"
Quintus ist gleich beim entscheidenden Punkt.
„Tja Jungs, ich habe meine Beziehungen spielen lassen, so unter Sehern geht da Einiges."
Zum ersten Mal seit ihrer Gefangennahme ist die Stimmung wieder etwas gelockert, wir grinsen uns an. Ich erzähle ihnen die Halbwahrheit, also dass ich und Anette uns als Seher kennen, aber in verfeindeten Clans lebten und dass diese Bekanntschaft daher keinesfalls publik werden darf, sonst droht ihr und uns das Schlimmste.
„Und die Sprache ist eine heilige Sprache der germanischen Seher."
Berowulf und Quintus schauen sich erstaunt an.
„Davon habe ich noch nie etwas gehört", meint Berowulf verstört.
„Ach so Berowulf, du kennst dich also mit den Geheimnissen der Seher aus? Dann lass mal hören was du sonst so alles weißt. Ich hoffe, dir ist klar, was demjenigen blüht, der sich als Nicht-Seher geheimes Wissen angeeignet hat!"
Berowulf ist ganz blass geworden und schluckt.
„Verzeih mir, ich weiß gar nichts, tut mir leid, entschuldige bitte!"
Okay, das war gemein, aber den Schuss vor den Bug braucht Berowulf; und Quintus vielleicht auch. Ich muss auf „meinem Seher-Terrain" einfach absolut sicher sein.
„Schon gut Berowulf, ich bin doch dein Freund. Es ist ja zu deinem Schutz, wenn ich dich vor zu viel Leichtsinnigkeit warne."
Berowulf, der Arme, schwitzt sogar, atmet jetzt aber hörbar und erleichtert aus. „Danke Hans!"
Dieser Aberglaube, einfach schrecklich, welche Macht er über die Menschen hier hat. Auch Quintus nickt bestätigend, wenngleich er mich eher prüfend anschaut, der schlaue Fuchs.

Germania magna, 84 n.Chr.

Jetzt, nach zehn Tagen in germanischer Obhut, haben sie ihre Pferde und Gepäck wiederbekommen, sogar ihre Schwerter.
Hans ist ganz glücklich, seine Schimmelstute Corti unversehrt zurück zu haben. Alle anderen Waffen und die Kettenpanzer haben die Chatten behalten. Die Handelsware natürlich auch.
Vorgestern wurden ihnen auch die Fesseln abgenommen. Diese positive Entwicklung haben sie der germanischen Seherin Anette zu verdanken.
Und der Tatsache, dass diese heilige Frau sich offensichtlich ausgezeichnet mit Hans versteht. Mehrmals wurde Hans abgeholt, um die Seherin Anette zu treffen. Hans Berichte zu diesen Treffen waren jedes Mal sehr knapp und ziemlich nichtssagend. Quintus ist sich daher sicher, dass die beiden ein Geheimnis teilen, das weit über eine „berufliche" Verbindung unter Sehern hinaus zu gehen scheint.

„Berowulf, hast du Hans gesehen, wir sollten so langsam los."
Sie sind dabei, die Pferde zu satteln und das Gepäck zu verstauen. Da sie ihr Muli nicht wiederbekommen haben und auch nicht ihr Zelt, werden die Nächte sicher „angenehm" werden.
„Er wollte sich doch noch von Anette der Seherin verabschieden und dann gleich zurückkommen, naja, kennst ihn ja."
Quintus befühlt wie zufällig die Innenseite des Sattels, um sich nochmal zu überzeugen, dass ihre Karte, die sie dort versteckt haben, noch da ist. Glück gehabt, ist zwar nur eine Kopie, das Original hat ja der Legat Julius Frontinus behalten. Aber auf der Kopie sind nun mal alle Einträge ihrer Reise vom Kohortenlager bis hier eingezeichnet. Es wäre ein großer Verlust, wenn die Karte weg gewesen wäre.

Falls die Chatten die Karte entdeckt hätten, ob sie damit etwas hätten anfangen können?
„Von mir aus kann es losgehen, Tanta ist auch dafür!",
Hans steht jetzt mit fragendem Blick neben Quintus und zeigt mit dem Kopf auf den Sattel, Tanta springt aufgeregt um sie herum, sie merkt es geht wieder los.
„Sie ist noch da", flüstert Quintus, Hans nickt kaum merklich.
Aus den um sie herumstehenden Chatten löst sich Thorbrand, der wuchtige Anführer, der sie auch gefangen genommen hat. Ein schlauer Kerl, irgendwie undurchsichtig und intelligent. Und imposant mit seinen rotgefärbten langen Haaren und den breiten Eisenreifen an den muskulösen Armen. Berowulf übersetzt.
„Glaubt nicht, dass ich euch die Sache mit den Händlern abkaufe! Ihr seid Spione, nur leider kann ich das bisher nicht beweisen. Ich hoffe ihr gebt mit Gelegenheit, euch mal unbeobachtet anzutreffen, dann klären wir das, auf meine Weise."
Hans baut sich vor ihm auf, bevor Quintus das verhindern kann.
„So, das möchte ich erleben. Solltest du uns anrühren werde ich dich und deine Sippe verfluchen!"
Hans und Thorbrand starren sich in einem Fuß Abstand böse an. Quintus legt Hans die Hand auf die Schulter.
„Lass uns aufbrechen, es ist alles gesagt."

Langsam reiten sie aus der großen Siedlung, bei der es sich um die Hauptstadt der Chatten handelt, nach Norden, begleitet von etwa 30 chattischen Kriegern. Thorbrand ist glücklicherweise zurückgeblieben.
Ein tiefer Ton erklingt, sie drehen sich im Sattel um und erkennen Anette vor ihrem erhöht liegendem Haus, die einen glitzernden Stab hochhält, ein letzter Gruß sozusagen.

Nach einiger Zeit bleiben die Chatten zurück, sie sind wieder zu viert.

„Mann, das ist ja nochmal gut gegangen!"
Berowulf lacht laut heraus, auch Quintus und Hans merken, wie die Anspannung langsam von ihnen weicht. Ja, alles gut gegangen, sie sind frei und werden, zumindest nicht offensichtlich, verfolgt.
„Kommt, lasst uns erstmal Abstand zu der chattischen Siedlung gewinnen."
Sie galoppieren los, der Straße weiter nach Norden folgend. Gute zwei Stunden geht es zügig voran, im Wechsel von Schritt, Trab und Galopp, Tanta ist ganz glücklich, wieder richtig rennen zu können.
An einem Bach tränken sie die Pferde und legen eine kurze Rast ein. Während er Brot und Trockenfleisch verteilt, spricht Hans das Offensichtliche als erster an.
„Und jetzt? Was machen wir nun, wohin reiten wir? Haben wir nicht den Auftrag des Legaten erfüllt und die Chatten ausreichend ausspioniert?"
Quintus stimmt zu. „Ja", antwortet er, „Das sehe ich auch so. Ich würde nur gerne noch ein Stück nach Norden reiten bis wir den Fluß Lupia[74] erreichen. Damit hätten wir das komplette chattische Land durchquert und vermessen. Das wäre für uns von entscheidender Bedeutung."
Berowulf kaut und nickt zustimmend, Hans sieht skeptisch aus.
„An der Lupia werden wir voraussichtlich auf römische Truppen stoßen. Und wir können von dort vielleicht sehr schnell per Schiff zum Rhenus und von dort nach Confluentes zurückreisen."
Dabei schaut er Hans aufmunternd und augenzwinkernd an. In Confluentes wartet doch Livia auf Hans, zumindest nach Quintus Beobachtung.
Die kurze Rast ist beendet, sie steigen wieder auf ihre Pferde.

---

[74] Lupia, römischer Name für den Fluß Lippe

„Der Fluss im Norden, den du meinst, nennen wir Lipia", Berowulf zügelt sein Pferd „Hans, kannst du an Hand der Karte abschätzen, wie weit es bis dahin ist?"
Hans breitet die Karte vollständig aus, was im Sattel etwas beschwerlich ist.
„Wo mündet denn die Lupia oder auch Lipia in den Rhenus? Fließt sie eher direkt nach Westen oder wie?"
Quintus erzählt, dass das Legionslager Vetera Castra[75] an der Stelle liegt, wo die Lupia in den Rhenus mündet. Und dass der Fluss zwar sehr mäandert aber grundsätzlich stark in Ost-West-Richtung fließt.
„Ich denke es handelt sich um den Fluss Lippe, unter dem Namen kenne ich ihn zumindest. Dann sind es noch etwa 70, maximal 80 Meilen von hier, würde ich schätzen. Also zwei bis drei Tage, ja nachdem, wie der Weg beschaffen ist."

Sie reiten weiter nach Norden, bis es langsam dunkel wird. Berowulf führt sie an einen Bach, der ihren Weg kreuzt. Um ihre Spuren zu verschleiern, reiten sie im Bachbett etwa eine halbe Stunde nach Westen bis Berowulf rechts auf eine Anhöhe zureitet.
„Lasst uns hier übernachten."
Berowulf verwischt im letzten Tageslicht ihre Spuren zum Bach, so dürften sie zumindest nicht leicht zu finden sein, falls sie verfolgt werden.
„Was, kein Feuer? Und was sollen wir essen? Was machen wir eigentlich, wenn es regnet, so ohne Zelt?"
Hans mault ausgiebig vor sich hin. Quintus überlegt, welche Gründe das haben kann. Hans war für ihn ganz untypisch auf dem ganzen Ritt sehr schweigsam, praktisch seit sie die chattische Siedlung verlassen haben. Seltsam, was steckt dahinter?

---

[75] Vetera Castra: Legionslager in der Nähe der heutigen Stadt Xanten

Im Mondlicht ist die Strecke zum Bach schwach aber dennoch zu erkennen. Verfolger sollten sie daher früh sehen können und Tanta wird sie noch früher bemerken.
„Gut gemacht, Berowulf, ein sehr guter Rastplatz. Wir halten abwechselnd Wache. Wer möchte die erste Wache übernehmen? Keiner? Na gut, dann mach ich das" sagt Quintus und nimmt die Wachposition ein, während Tanta sich an Hans kuschelt und Berowulf sich seine Kapuze ins Gesicht zieht. Ob dieser Thorbrand nur eine leere Drohung ausgesprochen hat? Quintus ist sich ziemlich sicher, dass sie diesen Thorbrand nicht zum letzten Mal gesehen haben.

Quintus muss doch fast eingenickt sein, denn er wird durch ein leises, tiefes Knurren wach.
„Leise Tanta, alles gut, bestimmt nur Wildschweine", der Zenturio legt dem Hund beruhigend die Hand auf den Kopf. Tanta knurrt unbeeindruckt weiter und starrt Richtung Bach. Ist da was? Quintus kann nichts erkennen, der Mond ist zudem gerade hinter einer Wolke verschwunden, die Nacht ist schwarz und daher kaum etwas zu erkennen. Doch, halt, da hat sich was bewegt! Quintus kniet neben Tanta und umfasst mit der Hand ihre Schnauze. Sie hört sofort auf zu knurren, das hat ihr Hans beigebracht.
Der Mond kommt wieder raus und jetzt sieht Quintus sie auch: vier Mann, je zwei auf jeder Bachseite, die ihre Pferde führen und sich langsam und vorsichtig bewegen. Die suchen uns! Quintus überlegt Hans und Berowulf zu wecken, entscheidet sich aber für Stille und Beobachten. Ihre Verfolger sind nun an der Stelle vorbei, wo sie vor ein paar Stunden das Bachbett verlassen haben. Jupiter sei Dank, sie haben ihre Spuren nicht gefunden.
„Nochmal gut gemacht, Berowulf", flüstert Quintus vor sich hin. Kann es sein, dass dies ihr „alter Spion" und Verfolger, dieser Vulpis ist? Und wer sind die anderen drei? Als die Verfolger außer Sicht sind, weckt Quintus seine Freunde. Sie beratschlagen, was zu tun ist. Berowulf und

Quintus sind die Spezialisten für sowas, Hans hält sich daher zurück.
„Es gibt zwei Optionen: entweder wir lauern ihnen am Bach auf. Oder wir versuchen Abstand zu ihnen zu gewinnen und gehen durch den Wald nach Norden bis zum nächsten Tal und reiten von dort zur Straße."
Berowulfs Stimme ist kaum zu hören.
„Ja, sehe ich auch so", bestätigt Quintus nachdenklich.
„Aber wenn wir jetzt aufbrechen und sie vielleicht noch in Hörweite sind, haben wir unseren Vorteil verspielt. Nachts durch den Wald zu gehen wird nicht geräuschlos möglich sein."
Gedankenvolles Schweigen, bis sie die ersten Tropfen abbekommen. Auf einmal prasselt ein heftiger Schauer auf sie nieder.
„Fortuna sei Dank, das ist es, in dem Regen hören sie uns garantiert nicht!"
„Ja, lasst uns jetzt sofort aufbrechen und einen möglichst großen Abstand zu unseren Verfolgern gewinnen!"
In ihre Mäntel gehüllt, die Kapuzen tief ins Gesicht gezogen, ziehen sie im schnellen Schritt durch den Wald, der vom starken Rauschen des Regens erfüllt ist.

In Nordhessen und Teutoburger Wald, Juni 2019

Wir werden also verfolgt. Na toll, gerade jetzt, wo mir eigentlich ganz andere Dinge wichtig sind.
Und dann noch dieser Regen, alles ist nass und klamm. Wenn ich jetzt keine Erkältung bekomme, wann dann? Das nervt alles ziemlich. Und dann noch Quintus mit seiner betont guten Laune. Immer will er uns aufmuntern, also ich brauch das nicht, mir wäre es lieber, wenn er...
„Hans, passt du noch auf?"
Was? Ja, ich habe Wache.

„Natürlich, was soll ich hier denn sonst machen als Wache stehen? Und was soll man hier auch sehen? Alles ist nass, es regnet wie aus Eimern und natürlich ist keine Sau bei dem Scheißwetter auf der Straße!".
Schnell überzeuge ich mich davon, dass es auch stimmt. Glück gehabt, tatsächlich niemand zu sehen. Quintus hat schon Recht, man muss sich auf denjenigen verlassen, der Wache hat, aber ich bin ja wirklich nur ganz kurz gedanklich abwesend gewesen.
Dieses Versteckspielen geht jetzt schon zwei Tage so. Wir sind irgendwie auf der Flucht vor vier geheimnisvollen Typen, die uns verfolgen. Und vielleicht ist auch dieser Idiot Vulpis dabei.
Was wollen die von uns? Uns nur beobachten? Oder Schlimmeres? Berowulf und Quintus sind sich da bisher nicht einig. Ah, da kommt ja Berowulf von seinem Aufklärungsritt zurück.
„Und?"
Berowulf nickt nur, auch gut. Die Kombination aus Mistwetter und verfolgt werden geht uns offensichtlich allen zunehmend auf die Nerven.
Wir brechen auf, schweigend verlassen wir den Schutz des Waldrands und biegen wieder auf die verschlammte Straße nach Norden ab, wie die letzten Tage auch schon. Die einzige, die weiter guter Dinge ist, ist Tanta. Auch wenn sie Regen ebenfalls nicht so toll findet, ihrer Motivation scheint das keinen Abbruch zu tun. Braver Hund! Allerdings stinkt sie eindeutig nach „nassem Hund", diese Geruchsbelästigung ist nachts auch nicht so prickelnd, wie Berowulf und Quintus maulend anmerken. Mir egal, da müssen die beiden durch.

Der Regen hat nachgelassen und das Beste ist: sie haben für die Nacht eine trockene Stelle unterhalb einer Steinklippe gefunden. Diese Felswand ragt sogar über die Baumwipfel, was der Grund dafür ist, warum Berowulf sie letztlich gefunden hat.

„Und was ist mit Feuer? Vielleicht ein ganz, ganz kleines Feuer?"
Berowulf und Quintus gucken sich an.
„Mal sehen, wenn wir es so abschirmen können, dass man es nicht von Weitem sieht", grummelt Berowulf, sichtlich wenig überzeugt, dieser Sicherheitsfanatiker. Aber sie haben nicht nein gesagt, ist ja schon mal was.
„Ich gehe mal kurz für kleine Legionäre."
Den Spruch kennen die beiden schon, der Griff zu einem dicken Stock macht die Sache klar. Der Regen hat jetzt ganz aufgehört, aber es tropft noch überall von den Blättern. Hier im Buchenwald ist bis auf das vielfältige Geräusch der Tropfen, die aus den Baumkronen auf den Boden platschen, nichts zu hören.
Halt, doch, Quintus und Berowulfs Stimmen sind leise aber hörbar, obwohl ich bestimmt 20m entfernt bin. Das ist vielleicht die Felswand, die die Stimmen reflektiert. Also müssen wir heute Nacht noch leiser sein als sonst, das werde ich den Beiden gleich mal sagen. So, mit dem Stock habe ich mir ein hübsches Loch gegraben, Blätter und ein paar nasse Lappen, die ich für die Zwecke immer mitführe, liegen bereit. Ist ja Natur pur, dieses Waldklo, grinse ich vor mich hin. Mit geschlossenen Augen konzentriere ich mich aufs Wesentliche.
Wo ist eigentlich Tanta hin? Jagen tut sie doch eigentlich nicht. Ich öffne die Augen um nach meinem Hund zu schauen. Doch von dem ist nichts zu sehen, dafür aber ein schleichender Germane mit einer unappetitlich scharf aussehenden Frame und einem fiesen Grinsen auf dem Gesicht! Erschrocken falle ich zurück, mit meinem nackten Hintern genau in mein Waldklo!
Das war mein Glück, denn der Germane hat auf meinen Kopf gezielt und so über mich hinweggestochen. Durch den Schwung seines Angriffs und wegen meiner ausgestreckten Beine, kommt er ins Stolpern und strauchelt, meine Chance! Ich rolle mich zur Seite, aus der Gefahrenzone raus. Mist, mein Gladius habe ich oben im Lager gelassen!

Der Typ hat sich wieder gefangen, mit federnden Beinen und stossbereiter Lanze steht er da, bereit für einen neuen Angriff. Ich ziehe meinen Pugio, den Militärdolch.
Der Germane ist klar im Vorteil, mit dem kurzen Dolch ist gegen eine Lanze wenig auszurichten. Berowulf und Quintus! Ich muss sie um Hilfe rufen! Der Germane entscheidet sich blitzschnell zum Wurf, auf diese Entfernung von etwa vier Metern muss er treffen, verdammt!
Lautes Knurren und rascheln. Tanta! Der Germane hat es auch gehört und fährt herum, sein Fehler!
Nach einem Schritt und einem Hechtsprung lande ich auf seinem Rücken, er stürzt nach vorne. Tanta ist heran und beißt sich in seinen Arm fest. Ich reiße seinen Kopf zurück, den Dolch an seiner Kehle, wie in der Nahkampfausbildung gelernt. Wutentbrannt starrt er mich an. Erst ein sanftes Ritzen und die daraufhin blutige Dolchklinge überzeugen ihn dann doch. Er lässt seine Frame fallen und wird ganz schlaff, er hat sich ergeben, gut so.
„Tanta, aus!"
Sie guckt mich über dem Arm des Germanen hinweg an, den Biss gelockert aber nicht loslassend. Ich nehme die germanische Lanze und setzte sie an seinen Hals.
„Los!"
Entweder versteht er Latein oder diese Aufforderung ist „international". Halbgebückt wegen Tanta, die weiter seinen Arm festhält, geht bzw. schleppt sich mein Gefangener vor mir her in Richtung unseres Rastplatzes. Ein leiser Ruf, Berowulf und Quintus kommen mit gezückten Schwertern auf uns zu gerannt.
„Hier ihr beiden Helden, nehmt mir mal diesen Idioten ab, nicht mal in Ruhe Scheißen kann man hier!".
Dieser Spruch sollte in unsere Lagerfeuer-Annalen eingehen, ebenso der Teil „Also ich sitze friedlich auf meinem Waldklo und auf einmal kommt ein unfreundlicher Germane vorbei, der mich killen will…".

Das Verhör geht über Stunden, Quintus und Berowulf ergänzen sich vortrefflich, aber der gefangene Germane ist ein harter Gegner. Sie bekommen wenig aus ihm heraus. Von seinem Outfit und Sprache her ist er ein Chatte. Die bei der Leibesvisitation zum Vorschein gekommenen zwei Goldmünzen sind natürlich römisch, offensichtlich der Sold für diesen Job.
„Was meint ihr, gehört er zu unseren Verfolgern?"
Quintus runzelt die Stirn und zuckt die Achseln.
„Mmh, ich denke eher schon. Woher soll ein Chatte sonst zwei Quinarius aureus[76] aktueller Prägung haben? Aber sagen tut er nichts, ich denke auch unter Folter würde er wohl eher nichts preisgeben."
Entsetzt schau ich ihn an „Du willst den doch nicht etwa foltern? Vergiss es, kommt nicht in Frage!"
Quintus schüttelt den Kopf „Nein, Hans, sowas mache ich nicht. Ich will nur sagen, dass der Kerl ziemlich hart und nicht einfach zu knacken ist."

Es ist Nacht geworden, der Gefangene liegt gefesselt und geknebelt an der Felswand, Tanta lässt ihn nicht aus den Augen. Und natürlich machen sie kein Feuer, war ja klar.
„Und jetzt? Was ist mit den anderen Verfolgern? Also falls er zu unseren Verfolgern gehört, laufen ja noch drei von denen hier rum, oder?"
Im Dunkeln sind die Gesichter von Berowulf und Quintus kaum zu sehen.
„Ja, stimmt", Quintus spricht leise, „Berowulf und ich machen uns auf die Suche nach ihnen. Hier zu warten ist gefährlich, noch haben wir den Überraschungseffekt auf unserer Seite. Was meinst du, Berowulf?"
„Ja, seh ich auch so. Hans, du kommst doch mit dem Gefangenen klar, oder?"
„Ja, ja, geht ihr nur, Tanta und ich kriegen das schon hin."
„Gut, unser Erkennungszeichen sind zwei Stockschläge

---

[76] Quinarius aureus: römische Goldmünze von erheblichem Wert

hintereinander an einen Baum. Nicht dass du uns aus Versehen für Germanen hältst, wenn wir zurückkommen."
Ich muss etwas schlucken, alleine bleiben im dunklen Wald, mit paar rumschleichenden Germanen im Killermodus. Gut, dass Tanta da ist, da werden die mich zumindest nicht überraschen können.
„Ist gut. Passt auf euch auf, ich hab keinen Bock, euch wieder mal zusammen zu flicken."
Wir geben uns zum Abschied schweigend die Hände, kurz darauf sind die beiden wie Schatten im Wald verschwunden.

Germania magna, 84 n.Chr.

Ihre Überlegung, dass der gefangene Germane wohl als Späher unterwegs war und die anderen Verfolger sicherlich die Straße benutzen werden, bestimmt ihr Vorgehen. Leise aber zügig gehen sie durch den nächtlichen Wald bergab in Richtung Straße. Dabei bleiben sie immer wieder kurz bewegungslos stehen, um nach verdächtigen Geräuschen zu lauschen, denn sehen tun sie in der Dunkelheit praktisch gar nichts.
„Wie in alten Zeiten" geht es Quintus durch den Kopf. Das erinnert ihn doch sehr an die Fernaufklärungen im Feindesland, damals in Dalmatia bei der Legion IV Flavia Felix. Sie waren dort ebenfalls häufig nachts unterwegs gewesen, um die aufständischen Bergstämme auszukundschaften.
Er ist hellwach und konzentriert, Berowulf ebenfalls. Plötzlich Schatten, Baumstämme, der Mond kommt jetzt ab und zu raus, die Sicht wird dadurch besser. Da, die Straße! Am Straßenrand knien sie sich an einer Pfütze und beschmieren ihre Gesichter und Hände mit Schlamm. Ein Gesicht kann man bei Mondschein über viele hundert Fuß erkennen.
Mit Zeichen verständigen sie sich, am Straßenrand nach Süden zu gehen. Sie sind sich sicher, dass die Verfolger sie

bisher nicht überholt haben, deshalb nach Süden und nicht nach Norden.
Berowulf ist ein absoluter Profi, Quintus lächelt erfreut vor sich hin, sein vor ihm schleichender Freund macht praktisch keine Geräusche beim Gehen. Immer wieder halten sie an und lauschen, nichts. Wie lange sind sie nun schon auf der Straße? Eine halbe Stunde oder doch weniger?
Berowulf erstarrt plötzlich. Sie horchen konzentriert. Quintus schließt dabei die Augen, keine Ablenkung. Dann zuckt er mit den Schultern, da ist nichts. Berowulf tickt mit seinem Finger an seine Nase. Was riecht er? Nein – oder doch? Ja, jetzt riecht Quintus es auch, Pferd!
Sie schleichen gebückt und noch vorsichtiger am Waldrand voran. Da, ein angepflocktes Pferd auf einer kleinen Lichtung. Sie beobachten die Lichtung. Sonst ist niemand da.
„Das ist das Pferd unseres Gefangenen, nehme ich an", Berowulfs Stimme ist ein Hauch, Quintus kann ihn nur verstehen, weil Berowulf ihm praktisch ins Ohr flüstert.
Ja, das ist wohl richtig. Das kann allerdings bedeuten, dass ihre Verfolger noch sehr weit weg sind, zumindest, wenn sie ein Nachtlager aufgeschlagen haben.
Sie gehen langsam zu dem Pferd, es bleibt erfreulich ruhig, kein Wiehern oder Tänzeln. Ein gut erzogenes römisches Militärpferd. Berowulf zieht die Wurflanzen aus dem Sattelköcher, Quintus nimmt seinerseits den Schild, den der Germane ebenfalls am Sattel befestigt hat. Nach kurzem Überlegen entscheiden sie, das Pferd dazulassen. Es mitzunehmen wäre zu gefährlich, da es auf der Straße viel zu laut und auffällig wäre. Sie reiben ihre Hände am Fell des Pferdes und streichen dann über ihre Arme, Nacken und Oberkörper. Nach Pferd zu riechen statt nach Mensch hat klare Vorteile, gleiche Vorgehensweise wie damals bei den Auerochsen an der Laugona.
Sie gehen zurück zur Straße und wieder vorsichtig weiter Richtung Süden. Der Mond kommt nun häufiger hervor, einerseits schlecht für die Tarnung, andererseits gut, um Feinde zu entdecken. Wenn die Verfolger ein Nachtlager

aufgeschlagen haben, werden sie sicher eine Wache aufgestellt haben, die die Straße beobachtet und auf die Rückkehr ihres Kundschafters wartet. Quintus und Berowulf beschließen daher, die Straße zu meiden und parallel durch den Wald zu gehen. Dadurch kommen sie allerdings deutlich langsamer voran.

Quintus überlegt gerade, wann der richtige Zeitpunkt ist, die Suche aufzugeben und zu Hans zurück zu kehren, als er das Geräusch hört. Er fasst Berowulf an die Schulter, der daraufhin in der Bewegung einfriert. Da war es wieder, undefinierbar aber eindeutig ein Geräusch, was nicht hierhergehört. Sie hocken sich hinter einen großen Stamm und warten. Nach einer Weile ist das eindeutige, saftig-klatschende Geräusch von Pferdehufen zu vernehmen, das entsteht, wenn man auf einer schlammigen Straße reitet.

Die links von ihnen liegende Straße können sie im wechselnden Mondlicht etwa 150 Fuß weit einsehen, Berowulf nimmt eine Wurflanze zur Hand. Schemenhaft erscheinen ihre drei Verfolger, zu Pferd nähern sie sich im Schritt, die Kapuzen ihrer Reisemäntel verhüllen ihre Gesichter.

Ob die Kerle Germanen oder Römer sind, ist nicht zu erkennen.

Quintus legt Berowulf beruhigend die Hand auf den Arm. Kein Wurf mit dem Speer, Berowulf nickt, ohne den Blick von ihren Gegnern zu wenden. Nun sind die drei vorbei, ohne sie zu entdecken. Quintus kommt es so vor, als ob nur der vordere Reiter wach ist, die anderen beiden, die hinter ihm reiten, sind so im Sattel zusammengesackt, dass sie wohl im Halbschlaf vor sich hindösen. Ein Plan reift in Quintus Kopf heran, das könnte funktionieren!

Sie lassen ihre Verfolger passieren, dann schleichen sie vorsichtig hinterher. Quintus macht Berowulf per Zeichensprache klar, was er vorhat: den letzten Reiter geräuschlos außer Gefecht setzen! Berowulf nickt und zeigt dann auf sich, Quintus schüttelt den Kopf und zeigt mit den Daumen auf sich, er übernimmt das. Solche Überfälle, bei denen es vor

allem auf das richtige Timing, Schnelligkeit und Geräuschlosigkeit ankommt, hat er damals in den Bergen von Dalmatia öfter erledigt.
Sie halten einen Abstand von etwa 30 – 40 Fuß zu den drei Reitern, der richtige Moment ist entscheidend. Quintus blickt ärgerlich in den Himmel, der Mond ist nun immer öfter wolkenfrei am Himmel, nicht gut für sein Vorhaben.
Das mittlere Pferd wird auf einmal langsamer, das hintere Pferd trottet langsam an seinem „Vordermann" vorbei. Wieso bleibt das Pferd stehen? Das Klatschen der Pferdeäppel auf die matschige Straße ist deutlich zu vernehmen. Quintus reagiert blitzschnell, in Sekunden hat er das äppelnde Pferd erreicht, die beiden anderen Reiter sind nun gut 40 bzw. 80 Fuß vor ihm. Mit einer Bewegung zieht er den halbschlafenden Reiter am Arm seitlich vom Pferd, gleichzeitig umschließt seine Hand blitzschnell den Mund seines überraschten Gegners.
Berowulf hat fast zeitgleich die Zügel des Pferds ergriffen und streichelt ihm beruhigend die Nüstern. Das Pferd tänzelt nur kurz zwei, drei Schritte zur Seite, schnaubt einmal kräftig, dann hat es sich beruhigt, offensichtlich auch ein römisches Militärpferd.
Quintus legt dem immer noch völlig überraschten Mann den Arm fest um den Hals, gleichzeitig zieht er ihn, die andere Hand immer noch fest auf seinem Mund gepresst, rückwärts von der Straße in den angrenzenden Wald. Erst dort fängt sein Gegner an, sich zu wehren und versucht sich aus Quintus Würgegriff zu befreien. Berowulf ist mit dem Pferd am Zügel gefolgt und hält dem Gegner nun die Spitze seines Schwerts vor die Augen. Der Mann wird sofort ruhig in Quintus Armen, er zeigt keinen Widerstand mehr. Routiniert und blitzschnell knebeln und fesseln sie ihren neuen Gefangenen und binden ihn an einen Baum fest. Schwer atmend lauschen sie in die Nacht.
Was machen die anderen Beiden? Haben die wirklich nichts mitbekommen?

Es ist nichts zu hören, sie grinsen sich an. Langsam schleichen sie zur Straße zurück. Das Zischen des Wurfspeers und das anschließende dumpfe Vibrieren des in dem Baum neben ihnen steckenden Speers ist das nächste Geräusch, das sie hören. Verdammt, das war knapp! Quintus presst sich auf den Waldboden. Es war eben ZU ruhig, sie hätten eigentlich noch den Hufschlag hören müssen, Anfängerfehler!
„Wo sind die Mistkerle?"
Berowulfs Stimme klingt dumpf, er liegt also auch platt auf dem Boden. Quintus rollt sich hinter einen Baum und lugt vorsichtig zur Straße. Wo stecken die Beiden? Etwa 60 Fuß vor ihm sieht er einen Mann, der versucht sein störrisches Pferd in den Wald auf der anderen Straßenseite zu ziehen. Gut, und wo ist Nummer Zwei? Ein Ruf und eine zornige Antwort.
„Der andere ist im Wald auf unserer Straßenseite!", flüstert Berowulf, als er sich neben Quintus schiebt.
Ein Nicken, sie schleichen in Richtung dieses Gegners, Berowulf einen Wurfspeer in der Hand, Quintus mit erhobenem Schild. Der Mann springt plötzlich auf die Straße und wirft sofort einen Speer, der Berowulf leicht an der Schulter trifft. Schon saust der zweite Speer durch die Luft, den Quintus gekonnt mit dem Schild abfängt.
Ein neuer Speer fliegt heran, verdammt der Kerl ist wirklich gut!
Wenn jetzt auch noch der Andere angreift.
„Berowulf, bist du in Ordnung?"
Keine Antwort, Quintus fängt an zu schwitzen, die Sorge um Berowulf und der Schild, den er kaum noch halten kann, da mittlerweile drei Speere darin stecken.
Quintus nimmt den Schild und schleudert ihn brüllend wie einen riesige Diskusscheibe auf seinen Angreifer, der aber gekonnt mit einem Sprung ausweicht. Berowulfs Wurfspeer trifft ihn direkt in die Brust, gerade in dem Augenblick, wo ihr Feind seinerseits zum Wurf auf Quintus ansetzen will.

Quintus springt mit gezogenem Gladius auf die Straße, ein gezielter Stich und der Gegner sinkt tot zu Boden.
Heftig atmend halten sie Ausschau nach ihrem letzten Gegner.
„Ist nur eine kleine Schnittwunde an der Schulter, ich bin in Ordnung", stößt Berowulf heiser hervor.
„Ich ergebe mich!"
Der Ruf kommt aus dem Wald gegenüber. Im schönsten Latein! Der Mann kommt mit ausgestreckten Händen hervor und wirft sein Schwert und einen Dolch auf die Straße. Im Mondschein ist er nun gut zu erkennen, es ist ihr Freund Vulpis, der "Meisterspion".

Kapitel 9

Teutoburger Wald und Nordhessen, Juli 2019

Ich lag richtig, wir haben drei Tage bis an die Lippe gebraucht. Das Land ist flach, Beginn der norddeutschen Tiefebene. Die Lippeauen sind hier sehr ausgeprägt sicher gut ein Kilometer breit, überall Alt- und Totarme der Lippe, Teiche und sumpfige Stellen.
Ohne Berowulf, der irgendwie in jeder Gegend einen passablen Rastplatz für die Nacht findet, würden sie hier ganz schön spärlich gucken.

Auf dem Rücken liegend, mit geschlossenen Augen die nachmittägliche Sonne genießend, gehe ich im Kopf die Sache mit den Gefangenen noch mal durch.
Sie hatten noch in der Nacht der Gefangennahme beschlossen, schnell weiter zu ziehen, zumal nicht klar war, ob sie weitere Verfolger haben. Die Gefangenen saßen dabei tagsüber gut verschnürt auf ihren Pferden, abends hat Quintus dann versucht, sie auszuhorchen, ohne Folter oder sonstige Brutalitäten, da waren wir uns einig. Ein bisschen Engagement für die Menschenrechte schadet hier in der Römerzeit nun wirklich nicht.
Die beiden gefangenen Germanen, wohl vom Stamm der Ubier, waren von diesem Vulpis angeheuert worden. Die Bezahlung, römische Goldmünzen, haben wir ihnen natürlich abgenommen. Dieser Vulpis hatte erstaunlich wenig Bares dabei. „Bestimmt irgendwo versteckt", so Quintus Vermutung.
Aus den Germanen war nichts rauszukriegen. Ganz anders dieser Vulpis, ein römischer Soldat, genauer ein Schreiber, also ein Actuarius. Und ein Mitglied unserer Kohorte in Confluentes, wie wir ja schon wussten. Der erzählte jeden Tag wortreich eine andere Geschichte.

„Der ist davon überzeugt, dass wir ihn töten werden, daher redet er, um sein Leben zu retten", vermutet Quintus, der Verhörspezialist.

Dieser Vulpis war angeblich mal Händler, mal wurde er von Germanen entführt, mal suchte er verschollene Verwandte, mal war er dienstlich in Germanien unterwegs, eine blühende Fantasie und viele Nebelkerzen.

Den Kontakt zum hinterhältigen Tribun Balbus Nonius bestritt er dagegen vehement. Erst als wir ihn mit unseren Kenntnissen konfrontierten, also dem Empfehlungsschreiben des Tribuns und mit unseren Beobachtungen, dass er uns seit Mogontiacum verfolgt, klappte er zusammen.

„Bitte tötet mich nicht, bitte. Ich tue alles was ihr wollt, ich kann den Tribun Balbus Nonius für euch ausspionieren, oder was immer ihr wollt!"

Naja, Quintus hat sich das Geständnis und die Angebote schriftlich geben lassen, gute Idee.

Schließlich haben sie die drei heute Morgen dann freigelassen. Mit ihren Pferden aber ohne Waffen, ohne Sattel, ohne Mantel, ohne Verpflegung nur mit jeweils einer Wasserflasche. Und das waren Quintus Abschiedsworte.

„Ihr habt nur eine Chance, reitet entlang der Lupia nach Westen. Dann werdet ihr irgendwann auf römische Vorposten stoßen. Dort lasst ihr euch gefangen nehmen und nach Confluentes bringen. Nur wenn ihr das tut, werde ich mich bei meiner Rückkehr für euer Leben einsetzen."

Seitenblick zu mir.

„Euer Leben habt ihr übrigens Hans Lanzspiel, meinem Freund hier, zu verdanken. Ich hoffe für euch, dass ihr das nie vergessen werdet."

Beredtes Schweigen von den beiden Germanen, tausend sülzig-schleimige Dankesworte von diesem Vulpis. Dann sind sie los, ihr Glück wohl kaum fassend.

Für mich ist das okay, Berowulf und Quintus hätten eine andere Lösung bevorzugt...

Ach die Sonne ist einfach herrlich und ein Nickerchen wäre nett. Aber jetzt wird es gerade interessant, Quintus erzählt von den vergangenen römischen Feldzügen, bei denen die Lippe als Vormarschroute gewählt wurde.

„Es gibt natürlich die Berichte der Feldzüge im Staatsarchiv, die können wir dann mit unseren Eintragungen und Messungen abgleichen. Wir haben jetzt eine sehr detaillierte Karte vom Main bis zur Lupia, einfach phantastisch!"

Quintus ist seine Begeisterung auch mit geschlossenen Augen anzumerken. Parallel zu der Geschichte bereitet er mit Berowulf zusammen unser Abendessen vor: Fisch aus der Lippe mit den Resten des germanischen Gemüseeintopfs.

Ich öffne träge die Augen.

„He Berowulf, wieso haben wir heute eigentlich den ganzen Tag niemanden getroffen und keine einzige Siedlung gesehen? Ich habe fast den Eindruck, als ob das Land hier absichtlich nicht genutzt wird."

Er nickt, während er geschickt den Fisch ausnimmt. „Das stimmt auch, die Chatten halten immer ein Gebiet von einer Tagesmarschbreite zwischen sich und den Nachbarstämmen frei von Besiedlungen und Feldern. Das machen andere germanische Stämme meist auch so, dient dem Schutz vor Überfällen."

Ich reckel mich im warmen Sandboden und finde eine noch bequemere Liegeposition. In meiner Phantasie ist der Sandboden jetzt ein Strand, ist fast wie im Urlaub hier.

„Was ich euch schon immer mal fragen wollte: warum haben uns die Chatten eigentlich gehen lassen? Klar, mein Einfluss bei Anette war sicher wichtig. Aber vielleicht spielte unser gutes Abschneiden bei diesem germanischen Wettbewerb auch eine Rolle?"

„Das war kein Wettbewerb, sondern ein Fest zu Ehren unserer Göttin Nertha[77]."

Berowulfs Stimme klingt irgendwie leicht „verschnupft".

---

[77] Nertha: germanische Göttin der Erde und Fruchtbarkeit

„Als sie uns eingeladen haben daran teilzunehmen war bereits klar, dass sie uns gehen lassen."
Das gibt's doch nicht, dieser Mistkerl! Ich blinzle zu ihm rüber, Berowulf nickt mir grinsend zu.
„Ach ist ja schön, dass du das wusstest, Berowulf. Und warum hast du uns nicht an deinem großen Wissen teilhaben lassen? Ich hatte mir halb ins Hemd gemacht und mir vorgestellt, dass wir vielleicht doch auf einem dieser netten Altare in diesem heiligen Hain geopfert werden, wie das arme Ferkel damals."
Ich versuche ihm im Liegen einen Tritt zu verpassen, dem er lachend ausweicht.
„Das gibt Rache, mein lieber Berowulf, da kannst du drauf wetten!"
Der grinst nur vor sich hin.
„Naja ich vermute mal, dass wir schon durch den Schwertkampf, bei dem wir Platz eins und zwei belegt haben und durch unser passables Abschneiden bei dem Wettsaufen - ja Berowulf, auch wenn es einen religiösen Hintergrund hatte, war es ein Wettsaufen! – Anerkennung gefunden haben.
Das hat sicher auch dazu geführt, uns mit Anstand gehen zu lassen, stimmt`s Berowulf?"
Zustimmendes Nicken, Quintus ergänzt.
„Und der Gesangswettbewerb natürlich. Habt ihr gesehen, wie den Leuten die Lachtränen kamen, als Hans zu seinem gruseligen Gesang ansetzte?"
Quintus und Berowulf lachen schallend los.
„Ja, ja, lacht ihr nur, die wahren Genies werden in ihrer Zeit selten als solche erkannt."
Ich schließe wieder die Augen, das Aufklatschen des Fischkopfs auf mein Gesicht ist echt ekelhaft, ich setzte mich erschrocken auf.
„Los du Faulpelz, hol uns mal Feuerholz."
Da sowohl Berowulf als auch Quintus erneut laut lachen, kann ich den „Absender" des Fischkopfs nicht zweifelsfrei feststellen.
„Auch das merke ich mir, ihr zwei Fischköppe!"

Mücken umsummen mich, während ich durch den angrenzenden lichten Wald laufe und möglichst trockenes Holz vom Boden aufsammle.
Seit unserer Abreise aus der chattischen Siedlung geht mir das geheime Gespräch mit Anette nicht mehr aus dem Kopf. „Die werden mich hier irgendwann töten, Hans. Das ist total klar. Mit Sehern, die Fehler machen, wird nicht lange gefackelt. Für die Chatten zeigen solche Fehler den Unmut der Götter, die sich vom Seher abgewandt haben. Und damit besteht die Gefahr, dass die Götter sich auch vom Stamm abwenden, was Elend, Krankheiten oder Missernten bedeutet. Solche „gottverlassenen" Seher werden rituell getötet und die Leichen in Mooren oder Tümpeln versenkt!"
Anettes schreckensgeweitete Augen und ihre zitternde Stimme werde ich nie vergessen. „Hilf mir Hans, bitte hilf mir, ich muss hier weg!" Sie tut mir sowas von Leid und selbstverständlich werde ich ihr helfen. Nur wie? Und sicher nicht alleine…
Durch unsere Verfolger und den Kämpfen mit ihnen ist meine Rettungsplanung etwas in den Hintergrund getreten. Aber jetzt muss ich Quintus und Berowulf unbedingt meinen Plan offenbaren, Anette zu befreien.

Als die Sonne untergeht haben sie sich wieder einen provisorischen Wetterschutz gebaut, es wird langsam dunkel, das Feuer knackt vor sich hin und dann platzt es aus mir heraus „Ich brauche eure Hilfe, ich muss Anette befreien!"
Sprachlosigkeit. Berowulf starrt mich mit offenem Mund völlig baff an, Quintus Blick ist eher prüfend, Pokerface. Er zeigt sich wenig beeindruckt oder überrascht und fragt sofort.
„Wieso sollten wir das tun, Hans?"
Jetzt gilt es.
„Ich bin mit ihr befreundet, also sie gehört zu meiner Sehergemeinschaft. Und ihre Seherkraft ist schwankend. Einige

Chatten beginnen daher zu glauben, dass die Götter sie verlassen und dem Stamm damit Unheil droht."
Berowulf schaut fast entsetzt und nickt ernst. „Bei den Göttern, ja, das kann gut möglich sein, nichts ist für einen Stamm schlimmer, als der Verlust der Unterstützung durch die Götter!".
„Eben, aber es stimmt einfach nicht, Anette ist eine der größten und begabtesten Seherinnen die ich kenne."
Gut, es ist die einzige „Seherin", die ich kenne, aber das müssen die beiden ja nicht unbedingt wissen.
„Sie kann häufig das Tun der Götter vorhersehen. Sie wird dem Stamm der Chatten eine blutige, kriegerische Zukunft voraussagen. Denn die Götter werden als Zeichen den Mond rot färben, in genau vier Tagen!"
Das sitzt, die beiden sind schwer beeindruckt, selbst Quintus ist sichtlich betroffen und fragt dann aufgeregt.
„Sie wird einen roten Mond voraussagen? Und das genau in vier Tagen?"
„Ja, das wird sie. Und wenn es stimmt, ist das nicht ein mächtiges Zeichen, wie gut sie mit den Göttern in Verbindung steht?"
Allgemeines ehrfürchtiges Nicken in der Runde.
„Doch wie gesagt, sie befürchtet, dass der Stamm sie bei der nächsten unzutreffenden Vorhersage töten wird. Wenn wir sie befreien, würden wir ihre Fähigkeiten nutzen können und damit die Chatten entscheidend schwächen. Quintus, wäre das nicht total wichtig und nützlich? Wenn sie für uns arbeiten würde, wäre das nicht für Rom, für die Armee, eine großartige Sache?"
Allgemeines Schweigen breitet sich aus, nur ab und zu durch das flüsternde Flattern der Fledermäuse unterbrochen, die uns bei ihrer Jagd nach Insekten umkreisen.
Quintus hebt schließlich den Blick und schaut mich intensiv an.
„Und dein persönliches Interesse an der Seherin? Welche Rolle spielt das?"

Ich muss ihnen einfach vertrauen, sie sind meine Freunde.
„Du hast Recht, es geht dabei auch um meine Freundschaft zu Anette. Was wäre, wenn du in ihrer Lage wärst, Quintus? Auch du bist mein Freund und ich würde alles tun, um dich zu befreien!"
Jetzt bin ich es, der die beiden angespannt und bittend anschaut.
„Die Sache ist gefährlich, ich kann daher natürlich nicht von euch verlangen, mir zu helfen. Das ist mir völlig klar. Aber ich werde auf alle Fälle versuchen, Anette zu befreien, ich werde das durchziehen, auch mit Tanta alleine."
So jetzt ist es raus. Habe ich überzogen? Der letzte Satz ist mir so rausgerutscht, ohne Überlegung, Mist, vielleicht hätte ich doch taktischer vorgehen sollen.
Wieder langes Schweigen. Dann ist es ist wieder Quintus, der zuerst redet.
„Keine Ahnung wie du auf die Idee kommen kannst, dass wir dir nicht helfen. Mit Tanta allein landest du jedenfalls sicher im chattischen Kerker und die Seherin Anette gleich mit, stimmt`s Berowulf?".
Der nickt und grinst breit. „Ja klar, ohne uns bist du jetzt schon verloren. Und den Chatten eins auszuwischen ist mir immer eine große Freude! Wenn die Seherin recht hat mit dem Blutmond, dann wäre sie für uns wirklich eine mächtige Verbündete!".
„Ja!"
Jubelnd reiß ich die Fäuste hoch.
„Ihr seid die Besten!"

Bis spät in die Nacht schmieden wir unseren Befreiungsplan. Dabei komme ich bald auf den zentralen Punkt, über den ich schon seit Tagen nachdenke.
„Nach der Befreiung müssen wir einen Rückweg wählen, den die Chatten nicht auf dem Schirm haben."
„Schirm? Was soll das sein?"
Quintus sieht mich interessiert an.

„Äh, also ich meine einfach einen Weg, den die Chatten nicht voraussehen."
Berowulf zeigt auf der Karte von der chattischen Hauptstadt nach Norden und Süden.
„Hier laufen die Straßen, die wir nehmen können. Nach Osten wollen und können wir nicht, die angrenzenden germanischen Stämme sind gegenüber den Römern negativ eingestellt und es wäre zudem ein riesiger, unsicherer Umweg. Nach Westen gibt es keine Straßen oder Wege. Am schnellsten wären wir im römischen Gebiet, wenn wir die Straße des Hinwegs nehmen würden, also nach Süden. Vielleicht ist der Legat noch mit den Kohorten an der Laugona, da hätten wir Schutz."
Quintus schüttelt den Kopf.
„Das stimmt zwar, aber wir bräuchten mindestens drei eher vier Tage bis dahin. Da haben uns die Chatten lange eingeholt, oder Berowulf?"
„Ja, sie werden sehr schnell reiten, Pferde wechseln und auch nachts Kundschafter schicken. Spätestens am Ende des zweiten Tages haben sie uns eingeholt. Die Kundschafter würden uns schon früher überholen und die entlang der Straße liegenden Orte und Clans alarmieren. Ab dem zweiten Tag werden uns also auch die vor uns siedelnden Chatten suchen. Wir würden durch feindliches Gebiet reiten müssen. Das gleiche gilt bei der Wahl der Straße nach Norden, nur dass wir dann noch viel später auf römische Unterstützung hoffen können."
Die beiden schauen trübe vor sich hin, was wir jetzt brauchen ist Optimismus und einen guten Plan.
Ich richte mich auf, jetzt kommt es drauf an.
„Hört zu, ich habe folgenden Plan für unseren Rückweg: wir gehen nach Westen! Zunächst hier entlang der Eder oder der Adrana, wie ihr den Fluss nennt, bis zu deren Quelle."
Ich fahre mit dem Finger die Karte entlang.
„Dann weiter nach Südwesten, da müssten wir bald auf die Sieg stoßen, keine Ahnung wie ihr den Fluss nennt. Dieser

Fluss fließt nach Westen und mündet in der Nähe von Bonna in den Rhenus."
Berowulf reibt sich das Kinn.
„Du könntest die Sikkera[78] meinen, sie liegt nördlich von unserem Stammesgebiet, aber wir gehen dort nicht hin, ich war zumindest noch nie dort."
„Da ist doch bestimmt nur undurchdringlicher Wald. Niemand geht dorthin, es wird dort keine Wege und natürlich erst recht keine Straßen geben", Quintus schüttelt den Kopf.
„Ich war einmal kurz auf der anderen Seite des Rhenus bei Bonna, wir haben da zwei Tage lang Holz geflößt, der Name des Flusses ist mir entfallen. Wege gibt's da nicht, ich glaube auch keine Siedlungen, also reine, undurchdringliche Wildnis."
Ich fahre nochmal die Strecke mit dem Finger ab.
„Es dürften etwa 100 Meilen sein. Und ja, eine üble, wilde Gegend. Aber genau darauf setze ich ja! Niemand geht dahin, die Chatten eben auch nicht, das ist unsere Chance! Am Fluss haben wir außerdem immer Wasser und Fische, auch Feuerholz ist kein Problem. Wir werden außerdem das Gebiet kartieren. Vielleicht ist hier ein neuer, schneller Vormarschweg möglich, vom Rhein direkt ins Herz der Chatten! Was meint ihr?"
Das waren alle meine Trümpfe, ich habe keine weiteren Argumente.
Ich spüre mein Herz aufgeregt klopfen. Naja, es geht ja auch um unser gemeinsames Schicksal, nicht nur um das von Anette. Quintus und Berowulf sind die Profis für die Aktion, sie müssen entscheiden.
Beide starren auf die Karte und denken nach, schließlich sieht Quintus Berowulf an, der nickt kaum merklich.
„Ist die einzige Chance."
Jetzt grinst Quintus mich an. „Ja, ein guter Plan!". Meine Erleichterung ist riesengroß.

---

[78] Sikkera, vermutlich keltischer Name für den Fluss Sieg

„Dann lasst uns die Chatten mal richtig verarschen! Danke Jungs!"

Germania magna, 84 n.Chr.

Quintus schaut in den silbernen, von der gerade untergegangenen Sonne noch erhellten Himmel. „Jupiter sei Dank, die Wolken verziehen sich immer mehr, es dauert nun nicht mehr lang, bis der Mond hinter den Bergen erscheinen wird" flüstert er. Und damit die spannende Frage beantwortet wird, ob die Seherin recht hatte, wird es ein Blutmond sein?
Er sieht zu Hans rüber, der angespannt durch die Zweige späht. Vor ihnen liegt eine Wiese, die von einem kleinen Bächlein durchzogen wird, dahinter zeichnet sich in der einsetzenden Dämmerung der heilige Hain der Chatten ab, etwa 200 Fuß entfernt.
Den Weg von der Lupia bis hier sind sie nachts geritten während sie tagsüber geschlafen, gejagt und Essbares gesammelt haben. Das war Berowulfs Idee; so hat niemand bemerkt, dass sie kehrtgemacht haben und nun wieder am chattischen Stammessitz eingetroffen sind. Sie sind nachts nur einmal chattischen Reitern begegnet, denen sie aber glücklicherweise unbemerkt ausweichen konnten. Der vorausreitende Berowulf hatte die Reiter früh bemerkt und mit einem dreifachen Käutzchenruf gewarnt, sodass Quintus, Hans und Tanta schnell und unerkannt die Straße verlassen und sich verstecken konnten.
Es wird zunehmend dunkler, der heilige Hain ist kaum noch zu erkennen.
„Da, der Mond. Und er ist rot!"
Hans zeigt flüsternd und aufgeregt in den Himmel. Tatsächlich, ein milchig-roter Vollmond steigt langsam über die Berge. Je länger sie ihn beobachten umso intensiver wird das Rot. Also sind die Götter der Seherin Anette doch hold,

Quintus ist beeindruckt, sie kann tatsächlich eine mächtige Verbündete werden. Mal sehen was Berowulf, der mit Tanta bei ihren Pferden wartet, dazu sagen wird.
„Wann sollen wir los?"
Hans ist kaum zu halten.
„Es muss noch dunkler werden. Vorher kann Anette doch nicht die Feierlichkeiten verlassen, hast du gesagt."
Hans nickt ein paarmal und späht wieder in Richtung des heiligen Hains. Plötzlich ist in der Ferne ein vielstimmiger Chor, viele menschliche Stimmen, zu hören, ein ritueller Gesang?
Haben die Germanen eine Mondgöttin? Quintus nimmt sich vor, die Seherin danach zu fragen.
Der Chor verstummt abrupt, außer dem leisen Plätschern des Bachs ist wieder nichts zu hören.
Sie prüfen die Lage: niemand zu sehen oder zu hören.
Quintus klopft Hans auf die Schulter.
„Los!"
Geduckt und leise aber zügig überqueren sie die Wiese, der Mond scheint zunehmend heller, hoffentlich wird das kein Problem auf ihrer Flucht.
Vorsichtig gehen sie durch den heiligen Hain. Gut, dass nichts auf dem Boden liegt, so können sie sich praktisch geräuschlos bewegen. Hans macht eine Armbewegung und hockt sich hin. Da, ein schwacher Lichtschein! Es ist die Fackel, von der Anette gesprochen hat. Und dort steht sie selber, kluges Mädchen, kaum zu erkennen außerhalb des Fackelscheins. Sie guckt in unsere Richtung.
Quintus zieht sein Schwert und dreht es sanft, die Klinge reflektiert das Fackellicht. Jetzt hat sie es gesehen und eilt herbei.
Leise und in ihrem Seher-Kauderwelsch, begrüßen sich Hans und Anette. Die Seherin gibt Quintus dankbar die Hand, im schwachen Mondlicht sind die Tränen in ihren Augen gut zu erkennen. Er lächelt sie aufmunternd an und

legt ihr beruhigend kurz die Hand auf die Schulter. Sie machen sofort kehrt und verlassen auf dem gleichen Weg wie sie kamen den heiligen Hain.
„Sie fragt, was wir jetzt machen", flüstert Hans.
„Wir können ruhig laut reden, wir sind weit genug entfernt. Sag ihr wir gehen zur Straße und treffen dort Berowulf, ab da geht's zu Pferd weiter. Und frag sie mal, wann sie von den Chatten vermisst werden wird."
Wieder diese unverständliche Sehersprache.
„Frühestens ein bis zwei Stunden nach Sonnenaufgang, erst dann werden ihre Priesterinnen sie suchen gehen."
Das ist gut und bedeutet mehrere Stunden Vorsprung.
Da, wieder ein doppelter Käutzchenruf, das Signal von Berowulf, der sich vor der Seherin Anette verneigt, beide sprechen germanisch, sie legt ihm kurz die Hand auf den Kopf.
„Du hast recht, Hans, sie ist eine große Seherin! Der rote Mond!" Berowulfs Stimme bebt.
„Ja, Berowulf, das ist sie. Und nun ist sie bei uns!"
Hans breites Lächeln ist im Mondlicht gut zu sehen.

Sie geben der Seherin Hans zweite Reithose, Berowulf zeigt ihr, wie sie den provisorischen Reisemantel anziehen kann, den er für sie aus den Wetterschutzdecken für das Gepäck zusammengenäht hat.
„Kann sie reiten?"
Natürlich nicht.
„Sag ihr, dass sie sich hinter mich setzen und sich beim Reiten an mir festhalten soll", Quintus macht dabei entsprechende Gesten, die Seherin nickt, während Hans übersetzt.
„Wir müssen los!", Berowulf drängt zum Aufbruch.

Nach einem schnellen langen Ritt erreichen sie mit Tagesanbruch die Adrana, oder die Eder wie Hans sie nennt. Jahreszeitlich bedingt führt der Fluss sehr wenig Wasser, vielleicht zwei Fuß tief. Sie reiten in eine Furt und dann im Fluss nach Westen, um keine Spuren zu erzeugen.

„He Berowulf, werden sie nicht sehen, dass unsere Hufspuren am Fluss aufhören?"
„Nein Hans, das Gute an der Straße ist, sie ist voller frischer Hufspuren, ich habe euch extra auf frischen Spuren geführt und wir sind deshalb auch hintereinander geritten. Auch für sehr gute Kundschafter wird es schwer sein, uns zu verfolgen."
Quintus gratuliert sich zum wiederholten Mal, Berowulf mitgenommen zu haben. Hans schaut ihn lächelnd und nickend an, da sind sie sich einig.
Im Morgenlicht stellen sie allerdings mit Erschrecken fest, dass das Adranatal entgegen ihrer Hoffnungen durchaus bewohnt ist. Sie verlassen daher bald den Fluss und reiten einen bewaldeten Hügel hinauf. Nach etwa einer halben Meile steigen sie ab.
„Wir bleiben hier und reiten erst heute Abend weiter, alles andere ist zu gefährlich."
Berowulf schneidet einige große Zweige ab, bestreicht die frischen Schnittstellen mit Erde und geht den Weg zurück zur Adrana, um ihre Spuren auf dem Boden zu verwischen. Während dessen richten sie ihren Lagerplatz ein.
„Ich schau mal, ob ich eine Waldlichtung oder ähnliches finde, damit die Pferde was zu fressen finden."
Als Quintus loszieht erklärt Hans gerade Anette, wie man provisorische Betten baut; ihr skeptischer Blick spricht Bände.
Von Hans erfährt Quintus, dass sich die Seherin wund geritten hat.
„Trotz meiner tollen Reithose. Die passt ihr eben nicht, war zu erwarten. Was nun? Ich habe zwar Salbe, die bisschen helfen wird, aber eigentlich müsste sie einige Tage aufs reiten verzichten."
Was natürlich nicht geht.
„Sie soll sich morgen quer aufs Pferd setzen, ist zwar wackelig, schont dafür aber die zarten Beinchen."
Hans lacht „Genau so werde ich ihr das übersetzen!"

Die nächsten zwei Tage laufen ziemlich identisch ab. Sie reiten nachts so leise wie möglich, also keine Gespräche und im Flussbett der Adrana, da das Tal weiterhin, wenn auch nur sporadisch, von chattischen Bauern bewohnt ist. Tagsüber verstecken sie sich im Wald, wobei immer im Wechsel einer mit Tanta Wache hält, während die anderen und Anette schlafen oder essen besorgen (meist Berowulf). Hans trägt mit Berowulf jeden Tag die absolvierte Strecke, die Entfernungen, Informationen zu den Chatten sowie Merkmale der Umgebung wie Furten, Siedlungen und vor allem Wege, in die Karte ein.

Wie sie feststellen, läuft auf der Südseite der Adrana die ganze Zeit parallel zum Fluss ein passabler Weg, der auch von einer Legion gut genutzt werden könnte. Dieser gut ausgebaute Weg verbindet die im Adranatal verstreut liegenden kleinen Ansiedlungen und Gehöfte und wird tagsüber durchaus genutzt, wie sie häufig beobachten können.

Am dritten Tag hört die Besiedelung langsam auf, ebenso die Straße. Das Flusstal wird enger und ist nun häufig bis zum Flussufer bewaldet. Sie trauen sich jetzt, auch tagsüber zu reiten, auf Wildwechseln oder im Flussbett, denn Wege gibt es hier nicht mehr. Menschen haben sie schon lange keine mehr gesehen.

Am Ende des vierten Tages machen sie ihr erstes Lagerfeuer.

„Ah, endlich warmes Essen statt kaltem Eintopf mit Waldbeeren, herrlich!"

Alle stimmen Hans erleichtert zu.

Rothaargebirge und Westerwald, Juli 2019

Sie haben uns entdeckt, verdammte Scheiße!
„Hans, lauf sofort mit Anette runter zum Fluss und versteckt euch da! Nein, lasst die Pferde hier, zu Fuß, los verschwindet!"

Quintus Befehle schwirren wie reflektierende Echos durch meinen Kopf, vermischt mit meinem stoßförmigem Atem, wir rennen bergab, durch das Unterholz, springen über Baumstämme. Tanta links, Anette rechts neben mir. Ein Schrei, Anette ist gestolpert.
„Geht's?"
Sie nickt, los weiter, schneller. Brombeeren reißen an meinen Beinen, die Hände sind von den Dornen aufgerissen, egal nur weiter!
Anette fällt fast erneut, stößt sich im letzten Moment an einem Baumstamm ab, sie kann aber nicht ganz verhindern, dass sie mit Schwung an den Baum prallt. Schmerzverzerrt hält sie sich die Schulter, Gott sei Dank, sie läuft schon wieder los, bergab, weiter, schneller!
Dass sie uns nun doch erwischt haben, obwohl wir so vorsichtig waren. So ein verfluchter Mist! Was ist…, autsch, das tat richtig weh!
„Anette Vorsicht! Hier ist eine Böschung!"
Mit einem leisen Schrei aber mit vollem Gewicht fliegt sie auf mich herunter. Ich liege auf dem Rücken und versuche Luft zu bekommen, ihr besorgtes Gesicht über mir.
„Geht schon", japse ich, jetzt schleckt mir Tanta besorgt über die Nase. „Ist gut meine Kleine", ich rapple mich wieder auf.
Sie stehen am Ufer, besser gesagt halb im Wasser der Sieg, die hier eine scharfe Wendung macht, daher das Steilufer, das wir runtergeflogen sind. Von den Chatten, aber auch von Berowulf und Quintus ist nichts zu hören oder zu sehen.
„Komm, schnell auf die andere Flussseite, da verstecken wir uns!"
Wir waten durch den Fluss und durchdringen das Uferdickicht, ein Stück bergauf, ja hier ist es gut, hinter die hohe Wurzel der umgefallenen Tanne. Anette blickt heftig atmend zu mir rüber.
„Bist du verletzt?"
„Nö, und du?"

Sie schüttelt den Kopf und reibt sich die Schulter. Wir spähen durch die Baumwurzeln auf den gegenüberliegenden Wald – nichts.

Die Sorge um Quintus und Berowulf schnürt mir die Brust ein, meine Hände sind eiskalt. Ich muss ihnen helfen, verflucht nochmal, wo sind sie nur? Haben die Chatten sie überwältigt?
Es waren mindestens zwanzig oder eher mehr Chatten, die plötzlich mit Gebrüll auf uns zu gerannt kamen. Was wollen die beiden dagegen ausrichten?
Was war das eben? Wiehern von Pferden, schwach und weit weg wie es scheint.
Eine Hand krallt sich schmerzhaft in meinen Oberarm.
„Da sind welche!"
Anette lässt mich los und deutet nach schräg links.
Verdammt, fünf Chatten kommen langsam und spähend aus dem Wald und suchen das Ufer ab. Tanta knurrt leise.
„Pst, ruhig Tanta1"
Die Germanen haben die Stelle gefunden, an der wir die Böschung runtergefallen sind, war nicht zu verfehlen. Jetzt teilen sie sich auf, drei kommen auf unsere Flußseite, die anderen beiden gehen auf der anderen Seite flussauf- bzw. abwärts.
„Kannst du mit einem Dolch umgehen?"
Anette schaut mich entsetzt an
„Natürlich nicht! Willst du etwa gegen die kämpfen?"
Es sind keine Profi-Krieger soweit ich das beurteilen kann, sondern Bauern, einer mit Pfeil und Bogen, die beiden anderen haben jeweils eine Frame dabei. Keiner hat ein Schwert oder Schild. Ich schau Anette an.
„Hör mir zu Anette. Sie werden uns auf alle Fälle finden, wir werden daher kämpfen müssen. Aber wir werden sie überraschen, versuch du bergauf zu fliehen, wenn es los geht, ich werde dann…"
Mit einem Satz ist Tanta knurrend losgeschnellt, direkt auf die Chatten zu.

„Tanta!"
Ich ziehe mein Gladius und stürze hinterher. Der erste Chatte fliegt, von Tanta angesprungen rückwärts den Hang herunter. Der ein paar Meter vor mir stehende Germane legt gerade den Pfeil auf die Sehne mit Blickrichtung zu Tanta, den Dritten sehe ich nur rechts im Augenwinkel. Mein Geschrei lässt den Bogenschützen herumfahren, jetzt zieht er die Sehne an, aber mein Gladius dringt ihm fast widerstandslos in den Hals, ich ziehe das Schwert nach links raus und rolle mich wie im Drill gelernt zu Boden, sprühendes chattisches Blut begleitet mich dabei.
Wo ist Anette, wo ist Tanta? Letztere kommt mit blutigem Maul hechelnd und schwanzwedelnd auf mich zu, hinter ihr versucht ein Chatte mit blutiger Schulter und hängendem Arm das gegenüberliegende Ufer zu erreichen. Mein schneller Blick bergauf.
„Nein!"
Brüllend springe ich auf. Der dritte Chatte läuft mit beidhändig gehaltener, stoßbereiter Frame auf Anette zu, die stocksteif dasteht. Er ist gleich bei ihr!
Plötzlich wirbelt sie herum, die Frame stößt in den Boden, der Tritt ans Kinn lässt den Chatten straucheln, der zweite Tritt in den Magen lässt ihn wie ein Messer zusammenklappen. Tanta ist schon bei ihm und verbeißt sich wütend in sein Bein. Das gibt's doch nicht, kann Anette etwa Karate? Ich renne weiter, der Chatte brüllt vor Schmerz oder Wut und versucht sich aufzurichten, er greift Tanta an den Kopf und zieht ein langes Messer. Das ist das letzte was er auf Erden tut, denn mein Gladius zerschneidet ihm erst den Messerarm und dringt dann tief in seinen Brustkorb ein. Anette schüttelt mich und ruft irgendwas, was ich nicht höre, erst jetzt merke ich, dass ich die ganze Zeit laut schreie. Mein Speichel tropft, ich wisch ihn weg, ekliger Blutgeschmack im Mund.
Die anderen beiden! Ich schaue schwer atmend zum Fluss. Die beiden Germanen, die auf der anderen Flussseite geblieben sind, haben ihren verwundeten Kameraden in die

Mitte genommen und verschwinden schnell, sich laufend umblickend, im Wald.
„Sie rennen weg! Sie rennen weg!"
Anettes Stimme schallt laut in meinen Ohren. Ich blicke herunter auf mein Gladius, blutverschmiert, widerlich. Schlagartig wird mir schlecht und ich kotze schwungvoll auf den Waldboden. Mein Kopf dröhnt, meine Ohren rauschen mächtig, wie der Atlantik in Südfrankreich.

Kniend wische ich mir den Mund ab. Wir haben sie vertrieben, mein Gott, sie sind tatsächlich geflohen. Anette hockt sich neben mich, ihre Hand ruht auf meinem zitternden Arm.
„Bist du verletzt?"
Gute Frage, ich mach paar Bewegungen, alles gut.
„Nö, und du?"
„Nein."
Und Tanta offensichtlich auch nicht, aufmerksam sitzend schaut sie mich an, tatendurstig.
„Kannst du Karate, oder was war das eben?"
„Taekwondo, Vize-Hessenmeisterin 2012."
Tränen laufen über ihr Gesicht, sie zittert wie Espenlaub, ist der Schock. Ich lege einen Arm um sie.
„Es ist vorbei, alles gut, das war bisschen viel, alles okay, Weinen ist gut."

Quintus! Berowulf! Was ist mit ihnen? Verdammt Hans, reiß dich zusammen! Ich schlucke und versuche die widerliche Geschmackskomposition von Kotze und Blut aus dem Mund zu kriegen.
Tanta bellt.
„Sei ruhig Tanta! Mein Gott Hans, der Hund muss leise sein!"
Anettes Stimme quietscht vor Angst.

Das Bellen klingt freudig, ich drehe mich um und sehe Quintus, der Berowulf auf den Schultern trägt, die gegenüberliegende Uferböschung runterrutschen. Ich renne los, durch den Fluss zu den beiden hin.
„Was ist mit Berowulf?"
Quintus ist schweißgebadet und blass vor Erschöpfung, getrocknetes Blut im Gesicht und auf seiner Tunika, er versucht hektisch Luft zu bekommen und schaut mich mit heißen Augen an.
„Ist er... ?"
Er schüttelt den Kopf.

Wir tragen Berowulf durch die Sieg und ein Stück in den Wald rein. Berowulf atmet, scheint aber bewusstlos zu sein. Er blutet irgendwo am Oberkörper, sogar sein Mantel ist durchgeblutet; im Oberschenkel steckt ein abgebrochener Pfeil.
Wir legen ihn in einer Bodenmulde ab, sodass wir von der anderen Flussseite nicht zu sehen sind.
Berowulf, komm schon, halte durch. Ich schneide ihm die Klamotten vom Leib. In der Brust und in der linken Lende klaffen blutende Schnittwunden, der linke Arm scheint gebrochen zu sein. Eine stumpfe, blutende Verletzung am Kopf hat wohl zur Bewusstlosigkeit geführt, der Schädelknochen ist aber intakt. Der Pfeil im Oberschenkel scheint nur im Muskelfleisch zu stecken, blutet kaum.
Die größten Sorgen macht mir die Bewusstlosigkeit.
Aus Berowulfs zerschnittenen Klamotten mache ich Druckverbände für die tiefen Schnittwunden und einen Kopfverband.
„Kann ich irgendwas tun?"
Die zarte Stimme von Anette ist kaum zu hören. Ich schüttle den Kopf.
"Wo ist Quintus?"
Anette zeigt zurück über den Fluss, der Abend dämmert bereits, zwischen den Baumstämmen wird es zunehmend dunkler. Was macht Quintus allein da drüben, spinnt der?

Mein Gott bin ich fertig. Ich zwinkere um den Schweiß aus den Augen zu kriegen, Berowulf stöhnt leise.
„Berowulf, hörst du mich?"
Er stöhnt lauter, seine Augenlieder flattern.
„Bleib ruhig, du bist verletzt, nicht bewegen, alles ist gut!"
Er sieht mich kurz an und versucht zu nicken.
„Anette, such mal paar frische etwa fingerdicke, möglichst gerade Stöcke, um den Arm zu schienen."
Sie nickt, ich gebe ihr meinen Dolch, sie zieht los.
Völlig erschöpft lehne ich mich an einen Baumstamm. Wir müssen Berowulf so schnell wie möglich zu einem römischen Medicus bringen. Aber wie? Die Entfernung ist riesig, wie soll das gehen? Sind die anderen Chatten wirklich weg oder droht gleich der nächste Überfall? Und wo steckt Quintus, verdammt! Verzweiflung macht sich in mir breit, verfluchte Scheiße nochmal!
„Wie gehts ihm?"
Quintus ist zurück, sein Gesicht ist in der Dämmerung unter den Bäumen kaum noch zu erkennen.
„Schlecht, allerdings scheint er wach zu werden. Sein Arm ist gebrochen, die Wunden sind teilweise tief, ein Pfeil steckt in seinem Bein."
Ich merke wie mir die Tränen fließen, Erschöpfung pur.
„Ihr habt zwei getötet. Ich habe ihre Waffen und Proviant eingesammelt."
Quintus deutet auf das Bündel zu seinen Füßen.
Mensch, was redet Quintus da! Berowulf stirbt hier vielleicht und er redet von Proviant!
„Wir müssen hier weg und zwar schnell."
„Vergiss es, wir dürfen Berowulf nicht bewegen!" zische ich Quintus an, diesen Ignoranten.
„Hier ist das Holz, ich hoffe es ist was Passendes dabei."
Anette reicht mir ihre gesammelten Werke. Quintus hilft mir beim Schienen des Arms, Berowulf stöhnt etwas, seine leichte Bewusstlosigkeit lässt ihn aber vergleichsweise wenig mitbekommen.

„Hör zu Hans, ich verstehe dich und du hast recht mit Berowulf. Nur wenn wir nicht sofort verschwinden, werden wir von den Chatten wieder aufgespürt werden. Und dieses Mal werden sie uns alle töten."
Empört fahre ich ihn an „Willst du ihn etwa hierlassen? Kommt nicht in Frage!"
Er legt mir beruhigend die Hand auf den Arm.
„Natürlich nicht. Ich habe einen Plan, wir haben sowas schon mal in Dalmatia gemacht. Wir binden Berowulf auf ein Floß aus Baumstämmen. So können wir ihn im Fluss sehr sachte transportieren. Komm mit, wir müssen das letzte Tageslicht ausnutzen."
Anette und Tanta bleiben bei Berowulf während ich Quintus zur Sieg runter folge. Am Ufer liegen einige Stämme, nach etwa einer knappen Stunde haben wir eine Art Floß gebastelt. Die Stämme binden wir mit Hilfe der in Streifen geschnittenen Klamotten der beiden toten Chatten zusammen.
Auf einer provisorischen Trage bringen wir Berowulf ans Flussufer. Der Ärmste wird dabei wach und stöhnt, zwar nur sehr leise aber herzerweichend. Ein echt harter Hund, dabei muss er extreme Schmerzen haben.
Die Sieg ist hier einen knappen Meter tief, wir halten das „Berowulf-Floß" möglichst in Flussmitte und bewegen uns halb watend halb schwimmend voran, flussabwärts nach Westen in die Nacht hinein.

Germania magna und Germania inferior, 84 n.Chr.

Der Gesichtsausdruck von Hans spricht Bände, Berowulf geht es schlechter. „Er entwickelt Fieber, das ist nicht gut."
Hans legt erneut seine Hand prüfend auf Berowulfs Stirn. „Komm mit", Quintus winkt Hans, sie gehen ein Stück flussabwärts, besser Berowulf und Anette bekommen das

nicht mit.
Sie sind jetzt gut zwei Tage unterwegs auf der Sikkera oder Sieg, wie Hans sie nennt. Da die Sikkera sehr zügig fließt und das Wetter stabil und warm ist, konnten sie lange Strecken, sich am Floß festhaltend, schwimmend bewältigen. Anette und Tanta saßen dagegen meist beim liegenden Berowulf auf dem Floß. Quintus schätzt, dass sie bisher etwa 40 Meilen geschafft haben. Sie setzten sich auf eine Kiesfläche am Ufer.
„Hans, was denkst du, wie weit ist es noch bis Bonna?"
Sie studieren die Karte.
„Mmh, vielleicht 40 oder 50 Meilen, also zwei bis drei Tage bei unserem bisherigen Tempo. Ob Berowulf das schafft? Keine Ahnung."
Das Tal der Sieg ist bislang unbewohnt, Wege oder Siedlungen haben sie nicht gesehen, dafür jede Menge Wasservögel und Wild. Einerseits ist das gut, keine Gefahr durch Germanen und mögliche Verfolger. Die haben es auf dem wegelosen Landweg deutlich schwerer als wir. Ihre Pferde bringen ihnen keine Vorteile in diesem steilen bewaldeten Gelände, ohne Wege.
Anderseits haben ihnen ihre Pferde einen guten Dienst erwiesen, als sie vor zwei Tagen überfallen wurden. Quintus und Berowulf hatten die Pferde los gemacht und durch Schläge und Geschrei zum Flüchten gebracht. Die Mehrheit der Chatten ist den Pferden, also der Beute gefolgt, vielleicht hat sie auch die Aussicht auf einen Kampf abgeschreckt.
Von den übrigen zehn Chatten hatte Berowulf zwei durch Pfeile so verletzt, dass sie nicht mehr kämpfen konnten oder wollten. Der Bogen, den Berowulf vom chattischen Hauptort mitgenommen hat, hat ihnen also nicht nur auf der Jagd sondern auch im Kampf gute Dienste geleistet. Die Chatten waren keine ausgewiesenen Kämpfer, sondern Bauern aus dem Adranatal, die Beute machen wollten. Klar, jeder männliche Germane ist seit Jugendzeit im Umgang mit Waffen geschult, aber sie hatten wohl alle noch nicht

gegen römische Soldaten gekämpft. Das wurde schnell klar, Quintus konnte zwei von ihnen sehr schnell erheblich verletzen, was auf einige abschreckend wirkte. So hatten Berowulf und er es jeweils immer nur mit zwei Chatten zu tun. Wenn er und Berowulf Schilder und Rüstungen gehabt hätten, wäre der Kampf wohl glimpflich ausgegangen und sie hätten die Chatten ohne weiteres besiegen können. So dauerte der Kampf lange. Quintus und Berowulf erhielten mehrere Verletzungen, die sie schwächten. Sie hatten gerade den sechsten Chatten außer Gefecht gesetzt, als Berowulf den Pfeil ins Bein bekam und er dadurch nicht mehr stehen konnte.

Quintus stürzte sich auf die letzten Chatten, die noch kämpfen wollten und tötete einen. Ein anderer traf ihn mit dem Speer an der Schulter, allerdings nicht voll sondern streifend. Dieser Mistkerl, Quintus sieht das Gesicht des Chatten noch vor sich, als Nächstes wollte der Berowulf erledigen. Mit letzter Kraft konnte Berowulf den Hieb des Germanen ablenken, wurde aber voll am Kopf getroffen. Quintus schleuderte sein Schwert rotierend aus 20 Fuß Entfernung und traf den Chatten am Kopf, was diesen flüchten ließ, zusammen mit seinen letzten Kameraden.

Bevor nun der chattische Trupp, der ihre Pferde verfolgte, zurückkam, nahm Quintus den bewußtlosen Berowulf auf die Schulter und folgte so schnell wie möglich Hans und Anette, bergab zur Sikkera.

„Wie schwer sind eigentlich deine Verletzungen, Quintus? Ich hab sie mir noch gar nicht richtig angesehen."

„Halb so wild, paar Schnitte und Prellungen. Hier an der Schulter ist der tiefste Stich, hab ich provisorisch verbunden."

„Zeig mal"

Hans öffnet den Verband.

„Ja, sieht zwar übel aus, fängt aber schon an zu heilen, keine Entzündung, alles gut."

Das Floß mit Berowulf, Tanta und Anette schaukelt sanft im glitzernden Wasser des Flusses. Seufzend steht Hans auf

„Ich muss gerade an meine Corti denken, mein braves Pferdchen. Hoffentlich hat sie es gut bei den bekloppten Chatten." Tiefer Seufzer. „Na gut, wir haben keine anderen Optionen, lass uns weiter schwimmen."
Quintus nickt.

Bis in die Nacht herein sind sie auf dem Fluss, wie immer Anette und Tanta mit Berowulf auf dem Floß, Quintus und Hans im Wasser, mal gehend, mal schwimmend.
Gegen Mitternacht vertäuen sie das Floß am Ufer um zu rasten.
„Das ist übrigens das letzte Essen, was wir haben."
Anettes Stimme aus dem Dunkel klingt beunruhigt.
Hans übersetzt.
"Und Quintus, entschuldige dass ich dich nach dem Kampf so angemacht habe, wegen des Proviants der Chatten, den du eingesammelt hattest. Bist doch schlauer als ich dachte. Hattest da schon unsere Flucht geplant, stimmt`s?"
Quintus grinst vor sich hin „Einer muss hier ja vorausdenken!"
Am nächsten Morgen fällt das Frühstück aus, es ist nichts mehr zu essen da. Sie machen sich wieder auf den Weg, Berowulfs Zustand ist unverändert.

Alle paar Meter stehen Reiher im Fluss, die dann regelmäßig träge auffliegen, wenn sie vorbeitreiben. Die Sonne brennt heute heftig, Quintus taucht kurz unter, um sich abzukühlen.
„Da vorne ist etwas!"
Anettes ängstliche Stimme schallt über den Fluss.
Sie versuchen, das Floß zu stoppen und spähen nach vorne.
Tatsächlich, da steigt Rauch von Lagerfeuern auf, Boote liegen am Ufer. Ein Hornsignal ertönt, erschreckend laut und wiederhallend durch das Tal.
Das sind Römer, verdammt, was für ein Glück!
Quintus holt gerade Luft, als Hans ruft.

„Das sind Römer, Signal heißt „Feinde!", stimmt`s Quintus?"
Der lacht „Ja, stimmt, Capsarius Lanzspiel!"
Am Ufer tauchen nun mehrere Soldaten auf, die Pila wurfbereit. Quintus steht nun im Fluss, die Arme gespreizt.
„Ich bin Zenturio Quintus Tulius, XIV. Legion. Das sind Soldaten meiner Einheit!"
„Und ich bin der Kaiser persönlich!", schallt es zurück, immerhin haben sie auf Grund der Ansprache auf Latein und beim Wort „Zenturio" ihre Waffen sinken lassen.
„Komm erstmal allein ans Ufer, die andern bleiben am Floß!"
Der kräftig gebaute Optio, gut an seinem Helmbusch zu erkennen, winkt Quintus heran.
Die Sache ist schnell geklärt, trotz Bart und zerrissenen „Zivilistenklamotten" kann Quintus mit seiner natürlichen Autorität als Zenturio und plausiblen Erklärungen schnell überzeugen. Der Optio berichtet seinerseits, dass sie zur Legion I. Minervia aus Bonna gehören und seine Einheit hier Holz einschlägt für die Erweiterung des Hafens von Bonna. Die Baumstämme werden dann flussabwärts geflößt. Quintus hört sich den Bericht aufmerksam an.
„Danke Optio. Wir müssen so schnell wie möglich zu einem Medicus, unserem Kameraden geht es schlecht. Ich muss zudem dringend auf Befehl des Legaten der XIV. Legion, Lucius Frontinius, dem Armeekommando berichten. Kannst du uns unverzüglich nach Bonna bringen?"
„Natürlich Zenturio!"
Der Optio dreht sich um und brüllt paar Befehle, umgehend wird eine der beiden Flussliburnen klar gemacht.
Nachdem sie Berowulf auf eine Trage an Bord genommen haben, geht es mit hoher Fahrt die Sikkera oder wie der Optio sagte, den Sicerus, hinunter. Der lecker duftende, warme Dinkel-Puls mit gebratenem Speck und Mohrrüben, das frische Brot sowie der verdünnte Wein schmecken einfach himmlisch. Anette sieht total glücklich aus, sie arbeitet sich das Essen in Hochgeschwindigkeit rein.

„Was ist das denn Leckeres?" fragt sie mit vollem Mund.
„Tja Anette, das ist die normale Verpflegung bei der römischen Armee!"
Hans ist mit seinem vollen Mund kaum zu verstehen.
„Ich habe das aber auch nicht mehr so köstlich in Erinnerung, ist bestimmt auch der Hunger."
Sie schüttelt den Kopf.
„Nein, das ist definitiv das Beste, was ich in seit dem Beginn meiner Zeitreise gegessen habe!"
Sehr spät am Abend erreichen sie den Rhenus und legen auf der anderen Flussseite im dunkel daliegenden Hafen von Bonna an. Im Hafen ist es jetzt nach Sonnenuntergang ruhig, aber die Wachen des Marinehafens haben sie bemerkt und helfen beim Vertäuen des Schiffs.
„Schnell, holt Sanitäter mit einer Trage!"
Hans schaut Quintus besorgt an.
„Hoffentlich ist es nicht zu spät, er hat jetzt echt hohes Fieber."

Kapitel 10

Bonn, August 2019

„Mehr Licht!" Der grauhaarige Medicus ordinarius des Legionslagers in Bonna (dem heutigen Bonn), gibt unwirsch seine Kommandos. Das vierte Kohlebecken wird aufgestellt, zusammen mit den zwei mehrarmigen bronzenen Ölleuchten ist das „OP-Licht" nun halbwegs passabel. Der arme Berowulf liegt fixiert auf dem Tisch, vom hohen Fieber schon vor der OP halb weggetreten, hat ein halber Liter Schnaps und ein Aderlass ihn dann sanft einschlummern lassen.
Vor der OP gab`s eine kleine Grundsatzdiskussion. Ich konnte mich aber insofern durchsetzen, dass alle OP-Werkzeuge wie Skalpelle, Zangen, Nadeln, Faden, Spreizer und Klammern durch Erhitzen und anschließendem Einlegen in Alkohol desinfiziert werden. Weitere Sterilmaßnahmen ließ der alte Medicus nicht zu.
„Wir machen das so, wie ich das schon immer mache oder wir machen es gar nicht!"
Ende des medizinischen Fortschritts und der Diskussion.
„Du assistierst mir zusammen mit meinem Sanitäter hier."
Die Pfeilwunde am Bein hat sich stark entzündet, Geruch von Eiter und absterbendem Gewebe machen sich breit, als der Medicus mit schnellen Schnitten die Wunde eröffnet. Berowulf stöhnt nur leicht auf, gut so.
„Sieht böse aus", murmelt der Alte, „Keine Ahnung, ob der danach noch richtig laufen kann. Festhalten!"
Er schneidet gut fingerdickes Muskelgewebe weg, Berowulf wird wach, brüllt und versucht sich aufzurichten.
„Heißeisen!"
Es riecht nach verbranntem Fleisch, Berowulf brüllt erneut und fällt schweißgebadet zurück. Armer Kerl, Narkose ist schon ein Segen.

Das Zunähen bekommt Berowulf aber kaum noch mit, auch das läuft rasch und routiniert. Mir wird erneut klar, Geschwindigkeit und Sorgfalt sind die Tugenden eines römischen Operateurs, sonst überlebt man nicht und die Schmerzen sind unvorstellbar.
„Danke Medicus, das war eine erstklassige Operation!"
Er nickt nur und murmelt im Weggehen „Wunde sauber halten und beobachten. Wenn das Fieber wieder so hochsteigt, wird er sterben."
Da hat er wohl leider recht.

Soviel zur gestrigen OP. Wir haben jetzt Wellness gebucht, seit Stunden sind wir schon in den herrlichen, weitläufigen Thermen in Bonna. Quintus stöhnt und seufzt, der Masseur hat ihn wohl gerade schwer am Wickel.
„Siehst du das auch so mit dem Fieber?"
Quintus ist in seiner Bauchlage schlecht zu verstehen. Ich überlege kurz.
„Ja leider, morgen oder übermorgen wissen wir, ob Berowulf es geschafft hat."
„Wir sollten für ihn am Altar des Aeskulapius und für Berowulfs Genius und seinen Laren[79] opfern, das wird helfen."
Es wundert mich immer wieder, einerseits ist Quintus so rational und effektiv und anderseits ist da dieser irgendwie rührende Glaube an Götter und persönliche Schutzgeister, ein typischer Römer eben. Dieses Pflichtbewusstsein den Göttern gegenüber, die „Pietas" wie die Römer sagen, ist ihnen so unglaublich wichtig. Auch Quintus ist fest davon überzeugt, dass die Römer nur wegen ihrer ausgeprägten Pietas zu so einem großen, die antike Zivilisation beherrschenden Volk wurden.
Und für ihn ist glasklar, die Römer werden diesen hervorgehobenen Status nur solange behalten, wenn sie ihre religiösen Pflichten gegenüber den Göttern enthusiastisch und in

---

[79] Laren sind Schutzgötter von Personen oder von Orten

korrekter Form nachkommen. Also kein Schlendrian bei den religiösen Pflichten und auf keinen Fall die Götter kränken oder veralbern.
Es fällt mir ehrlich gesagt schon ab und zu schwer, dieses religiöse Tamtam immer halbwegs ernst mitzumachen.
Ich schlendere rüber zum Heißwasserbecken. Es ist irgendwie fast unwirklich, wie in einem irren Traum: gestern noch auf der Flucht mit dem schwerverletzten Berowulf und der verstörten Anette auf diesem selbstgebastelten Floß. Und heute in der wohltemperierten Therme des Kastells baden und sich massieren lassen.
Ich grüße zwei Soldaten, die mit hochroter Haut aus dem Becken steigen.
Das ist eine vortreffliche Therme hier, die riesigen, hohen Räume mit dunkelrot gestrichenen Wänden aus wasserfestem Putz, verziert mit in Weiß, Gelb und Schwarz ausgeführten filigranen geometrischen Figuren. Und die feinen, polierten Marmorböden mit den unglaublich aufwändigen, eingelegten Mosaiken, einfach fantastisch.
„He Hans, was guckst du denn so?"
Quintus klopft mir auf die Schulter. „Wir haben zu tun, also los, lass uns gehen!"

Im Vorhof der Therme treffen wir Anette, die mir mit frischer Tunika und gewaschenen Haaren begeistert erklärt, dass sie sich noch nie so gut gefühlt hätte wie jetzt.
„Hans, ich bin sowas von geplättet! Diese Thermen sind einfach der Hammer! Ich geh hier nie wieder weg, fantastisch!"
„Ja, das ging mir bei den ersten Malen auch so, die Römer verstehen echt zu leben. Du musst nur schnell Latein lernen, damit du dich verständigen und selbstständiger werden kannst."
Sie nickt „Du hast recht, ich muss mich umstellen, wird aber nicht so einfach werden."
„Also sobald wir in Confluentes sind, gebe ich dir mein Latein-Deutsch-Wörterbuch, das ich mir zusammengestellt

habe. Quintus war mir ein guter Lehrer, ich habe viele Redewendungen notiert und Smalltalk für bestimmte Gelegenheiten und so weiter."
Anette lächelt dankbar. „Das wäre total nett von dir, Hans. Leider hatte ich Französisch in der Schule. Ich konnte ja nicht wissen, dass ich mal bei den Römern leben werde!" Sie grinst und ich stimme ihr lachend zu.
„Und noch was Ernstes: ich glaube wir sollten hier nicht erzählen, dass du eine germanische Seherin bist. Das wird gelinde gesagt Irritationen auslösen, vielleicht musst du wie ich fürchten, wegen deiner Fähigkeiten eingesperrt zu werden, oder Schlimmeres. Oder bestehst du darauf?"
Anette schaut mich betroffen an „Das habe ich mir noch gar nicht überlegt! Nein, natürlich, du hast völlig recht. Mein Gott, jetzt bekomme ich richtig Angst! Was mach ich bloß? Hans, was schlägst du vor, wie soll meine Vita sein?"
Ja, wie? Die Frage geht mir schon länger durch den Kopf. Also germanische Seherin geht gar nicht, das ist klar. Anette muss aber auch frei sein, sich selbstverantwortlich hier in der römischen Welt bewegen können. Als Frau sind die Optionen dafür leider deutlich reduzierter als für einen Mann, der patriarchisch geprägten römischen Gesellschaft sei Dank. Auf eine auch nur formale Gleichstellung von Frau und Mann wird man hier leider noch knapp 2000 Jahre warten müssen…
„Vorausgesetzt Berowulf stimmt zu, was er sicher tun wird, würde ich vorschlagen, dich als Mattiakerin auszugeben, die als Kleinkind von den Chatten entführt wurde und nun glücklicherweise entkommen ist. Das würde auch erklären, warum du chattisch aber nur eingeschränkt mattiakisch und kein Latein sprichst. Gleichzeitig wärst du als Mattiakerin, als Verbündete der Römer, hier anerkannt und niemand könnte dich versklaven oder ähnlich unerfreuliche Dinge tun. Was meinst du?"
Annette lächelt und nickt „Klingt doch gut!"
Ja, das klingt tatsächlich ziemlich glaubwürdig und stimmt ja auch ein wenig.

"Was redet ihr da die ganze Zeit?"
Quintus Höflichkeit ist am Ende. Ich erkläre ihm die Problematik und meinen Vorschlag für Anettes neue Vita.
Er nickt anerkennend „Eine gute Idee, das müsste klappen. Aber was soll Anette tun, wo soll sie leben?"
Ich schau die beiden an.
„Tja, auch dazu habe ich mir Gedanken gemacht und setzte hier ganz auf Livia in Confluentes. Ich werde sie bitten, Anette bei ihnen in der Taverne aufzunehmen. Sie kann dort aushelfen, bedienen oder sich sonst nützlich machen."
Quintus schaut irritiert.
„Was meinst du mit „nützlich machen"? Ich glaube nicht, dass Anette der Typ dafür ist oder das machen will."
Was meint er bloß? Quintus macht eine eindeutige Bewegung mit seinen Händen.
„Spinnst du?!"
Ich verpasse ihm einen freundschaftlichen Schlag, dem er lachend ausweicht.
„Ich denke an Dinge wie kochen, Einkäufe erledigen und so weiter, nicht das was du denkst!"
„Geht's hier um mich? Ihr habt meinen Namen genannt."
Anette schaut mich und Quintus skeptisch an. Ich erkläre ihr die „harmlose" Variante und lasse, ganz der Gentleman, der ich nun mal bin, den anrüchigen Teil weg.
„Prima, wenn die Familie in Confluentes wirklich so nett ist wie du sagst, freue ich mich schon darauf. Und du hast recht, ich muss schnell Latein lernen: Ein paar Brocken kann ich ja schon." Dann zu Quintus.
„Ich Rom spreche gut und schnell!"
Er lacht, „Ja ich helfe dir dabei. Wenn Hans das gelernt hat, schaffst du das spielend."

Im Anschluss an unseren Thermengang besuchen wir den Tempel des Aeskulapius, Quintus spendet dort ein großzügiges Opfer, einen Schafsbock, ich schließe mich mit einem Trankopfer aus Milch und Honig an. Nachdem wir dann auch noch Berowulfs kleine, wenige Zentimeter große Genius- und Larenstatuen, etwas Wein und kleine Kuchen als Opfergaben dargeboten haben, ist Quintus schließlich beruhigt. Religiöse Pflichten erfüllt.

Wir holen Tanta bei den Legionären, die sich um die Kampfhunde der Legion kümmern, ab (Hunde dürfen nicht in die Thermen) und besuchen dann Berowulf im Valetudinaria, dem Lazarett des Kastells.
Der Arme ist immer noch halb weggetreten, allerdings hat er nur wenig Temperatur, sehr gut! Komm schon Berowulf, du schaffst es. Mit diesem lautlosen Wunsch verlassen wir das Lazarett.

Bonna und Confluentes, 84 n.Chr.

Sobald es klar ist, dass Berowulf wieder gesund wird, besteht Quintus darauf, umgehend aufzubrechen um dem Legaten Lucius Frontinius Bericht zu erstatten, so wie sie es vor einigen Wochen im Feldlager an der Laugona vereinbart hatten.
Der Legat der in Bonna stationierten Legion I, Vipsanius Agrippa, hat dieses Ersuchen sofort unterstützt und Quintus Grüße an Lucius Frontinius aufgetragen.

Sie sitzen und stehen um Berowulfs Bett im Lazarett, er sieht trotz der Verbände schon wieder ziemlich kräftig aus.
„Macht euch keine Sorgen, ich komme nach sobald es geht. Natürlich melde ich mich bei meiner Einheit in Confluentes, da treffen wir uns dann. Und Anette, herzlich willkommen im Stamm der Mattiaker!"
Berowulf klingt schon wieder ganz positiv und bekommt sogar ein breites Grinsen hin.
Als sie schließlich aufbrechen, hält er lange Quintus Hand beim Abschied, stumm und mit feuchten Augen.

„Alles wird gut, Berowulf!"
Quintus drückt ihm fest die Hand.
„Möge Aesculapius und deine Schutzgeister weiter über dich wachen. Bis bald mein Freund."

Da sie nun erneut mit Pferden und Packmuli unterwegs sind, legten sie die 44 Meilen von Bonna bis Confluentes problemlos in zwei Tagen zurück, inklusive einer Übernachtung in einem Mansio bei Antunnacum[80].
So erreichen sie am frühen Nachmittag des zweiten Reisetages Confluentes.
Während sie auf die Moselbrücke zureiten, schaut Hans zu Quintus rüber und meint halblaut „Ist bisschen wie nach Hause kommen, oder?"
Quintus nickt „Ja hast recht. Schau mal dort, die Taverne Moselblick, wollen wir da heute Abend Essen gehen? He Hans, schau mich nicht so an, war eine Frage ohne jeden Hintergedanken!"
„Ja ist klar, Quintus, und der Froschkönig ist auch ein schönes Märchen!"
„Froschkönig?"
„Ach, vergiss es..."

Die Wache am Kastell grüßt sie begeistert und fast ehrfurchtsvoll. Ihre Ankunft scheint allgemein bekannt zu sein. Dann folgt das ganz große Hallo mit dem Medicus Julius Maximus und Hans vier Kollegen der Sanitätsabteilung.
„Jetzt lasst uns doch erstmal absteigen!"
Immer mehr Soldaten umringen sie.
„Ganz genau, lasst unsere Helden mal ankommen!"
Der Kommandant Cornelius Sulla bahnt sich einen Weg durch die Schaulustigen.
„Zenturio Quintus Tilius und Capsarius Hans Lanzspiel melden sich zurück!", sie grüßen zackig und vorschriftsmäßig mit Faustschlag auf die Brust und kurzem Kopfsenken.

---

[80] Antunnacum: römischer Name für die Stadt Andernach

Der Kommandant gibt Quintus die Hand und nickt Hans zu.
„Ich möchte umgehend einen Bericht, sobald ihr Quartier bezogen habt."
Er zieht Quintus zur Seite „Wer ist denn die Frau?"
„Eine Mattiakerin, die wir aus den Händen der Chatten befreien konnten. Sie wurde als Kind von den Chatten entführt und hat dort sehr Schlimmes mitgemacht. Sie hat uns auf der Flucht aus Germanien sehr geholfen. Ihr Wunsch ist es nun, hier in der Provinz Germania superior das römische Leben kennen zu lernen und ihrem Schicksal eine neue Wende zu geben."
Der Kommandant schaut Anette interessiert an und nickt dann zustimmend „Lass uns später darüber sprechen."

Wie sie feststellen mussten, ist Quintus Wohnung von seinem Nachfolger, einem Zenturio mit Namen Gnaeus Scipio, belegt. Dieser kommt aus der Stadt Leptis Magna in der Provinz Africa und macht ihnen das großzügige Angebot, seine Zenturioenwohnung solang sie im Kastell bleiben zu überlassen und für sich selbst woanders Quartier zu nehmen.
„Vielen Dank, Gnaeus", erleichtert und dankbar gibt Quintus ihm die Hand. Gnaeus Scipio nickt
„Gerne doch, ich habe schon nach deinem Sklaven geschickt, ah da kommt er ja."
Automedus und Quintus umarmen sich zur Begrüßung
„Schön dass du gesund zurück bist, Quintus."
Hans und Automedus geben sich grinsend die Hand. „Herzlich willkommen, mein Freund."

Sie verstauen ihr Gepäck, dann melden sich Quintus und Hans zum Rapport beim Kommandanten. Kaum sind sie von dort zurück, machen sie sich zu viert auf den Weg zur Taverne „Moselblick", angetrieben von Hans, der plötzlich ganz aufgeregt ist.
„Hans!" der freudige Aufschrei wird vom hellen Klingen des auf dem Boden der Taverne zerspringenden Geschirrs

begleitet. Livia und Hans liegen sich in den Armen, Tränen laufen.
„Kommt, setzt euch, ihr müsst uns unbedingt eure Abenteuer erzählen, ganz Confluentes summt von Gerüchten um eure Reise!"
Sie setzen sich an einen großen Tisch, die übrigen Gäste begrüßen sie ebenfalls lautstark. Livia hält mit Hans Händchen, mit der anderen Hand krault sie Tanta, die sich als erster Hund überhaupt im Gastraum der Taverne aufhalten darf.
Beim Essen, auf Hans Wunsch hin mal wieder „Gallisches Huhn", schaut Quintus in die Runde, in die lachenden und aufgeregten Gesichter. Auch Anette ist mittendrin, sehr gut. Der Kommandant Cornelius Sulla war von ihrem Bericht sehr angetan, neben militärischen Fragen zur Stärke und Dislozierung der Chatten interessierte ihn vor allem die Aktion zur Befreiung von Anette.
„Warum habt ihr sie mitgenommen? Das ist mir nicht klar."
Hans und Quintus haben sich auf diese Fragen vorbereitet.
„Sie hat uns im Gefängnis der Chatten zusammen mit anderen Dienerinnen Essen und Trinken gebracht. Sie hatte gehört, dass Berowulf ein Mattiaker ist, so wie sie, und hat sich uns dann anvertraut. Wir haben mit ihr die Flucht geplant und sie in der Nacht nach einem chattischen Fest dann mitgenommen."
„Verstehe. Dass euch die Chatten dann verfolgt haben zeigt mal wieder ihre Aggressivität und antirömische Einstellung. Es wird zum erneutem Krieg kommen, da bin ich mir sicher."
Quintus war bei dieser Geschichtenerzählerei etwas unwohl, da er den Präfekten sehr schätzt. Jupiter sei Dank, dass Cornelius Sulla die Geschichte schluckte und er ihm nicht noch mehr Halbwahrheiten auftischen musste. Und dann war da ja noch die delikate Sache mit diesem Drecksack Vulpis und dem Tribun Balbus Nounius.
„Es gibt noch einen weiteren Punkt, Präfekt, den ich aber gerne unter vier Augen mit dir besprechen würde."

Cornelius Sulla hebt die Augenbrauen. „Wichtig?"
„Ja leider, ist eher unerfreulich. Ist eigentlich der Tribun Balbus Nonius im Kastell oder ist er gerade dienstlich unterwegs?"
Der Präfekt verschränkt die Arme und schaut ihn mit erstaunter Miene an. „Wieso fragst du? Hat das was mit unserem Vieraugengespräch zu tun?"
Quintus räuspert sich verlegen und wiegt vielsagend den Kopf.
„Balbus Nonius hat uns wieder verlassen, er ist vor zwölf Tagen nach Rom zurückgekehrt. Dort übernimmt er den Posten eines Questors, also das nächste typische Amt im Cursus Honorum[81]."
Er schaut fragend „Also was ist nun, Quintus?"
„Präfekt, vielleicht ist das von mir erbetene Gespräch doch nicht nötig, ich muss noch ein paar Dinge klären und werde mich bei dir melden, wenn du einverstanden bist."
Cornelius Sulla runzelt die Stirn, nickt aber schließlich. „Wie du meinst. Ich wusste gar nicht, dass du so geheimnisvoll sein kannst, Quintus. Wegtreten!"

Kaum hatte sich die Tür hinter ihnen geschlossen, erging sich Hans mit Beschimpfungen.
„Dieser Mistkerl von einem Tribun! Macht sich einfach vom Acker, dieses ach so hochangesehene Senatorensöhnchen! Quintus, du willst den doch hoffentlich nicht einfach so davonkommen lassen, oder?"
Sie betreten die Straße und grüßen die beiden ihnen entgegenkommenden Decurionen. Quintus beißt grimmig die Zähne zusammen. „Was können wir ihm denn konkret vorwerfen, Hans? Welche Beweise haben wir denn? Dass der Kerl jetzt in Rom ist und neue Aufgaben übernimmt, ist ja

---

[81] Cursus Honorum: Bezeichnung für die senatorische Ämterlaufbahn, die von Angehörigen des römischen Senatorenstandes durchlaufen wird, um höchste Staatsämter zu bekleiden.

irgendwie von Vorteil, dann kommt er uns wenigstens nicht mehr in die Quere."
Hans bleibt skeptisch „Ja vielleicht. Soll er doch in Rom Intrigen spinnen und den Leuten da auf die Nerven gehen. Aber diesen Vulpis knöpfen wir uns auf alle Fälle vor, Quintus, das ist mal klar!"
„Ja natürlich, lass uns morgen…"
„Quintus, hallo, bist du noch da?"
Allgemeines Gelächter, aufgeregte, lächelnde Gesichter schauen Quintus erwartungsvoll an. „Was ist?"
Hans schüttelt den Kopf „Mein lieber Zenturio, wir wollen wissen was du von der Idee hältst, dass Annette hier in der Taverne mithilft. Sie bekommt sogar ein eignes Zimmer unterm Dach!"
„Sehr gute Idee, was meint der Chef des Hauses?"
Der Wirt nickt sichtlich erfreut „Ich suche schon lange nach einer tüchtigen Verstärkung, da ich die Taverne erweitern und ein Mansio anbauen möchte. Es kommen immer mehr Leute, die Geschäfte laufen sehr gut. Und wir hätten endlich jemanden, der gut germanisch spricht, das wird unsere germanischen Gäste erfreuen!"
Anette steht auf, den Becher erhoben „Viele Dank und ich bald spreche besser und viel gut die Zukunft!"
Allgemeiner Jubel und Hans gibt eine Lokalrunde aus.
Den Heimweg muss Quintus allein antreten, Hans und Livia verabschieden ihn vergnügt, bevor sie im hinteren Teil der Taverne verschwinden.

Die Nacht ist lau, fast warm. Automedus löscht grade die Öllampen, als Quintus die Wohnung betritt.
„Komm Automedus, lass uns über die Syra und Antiochia, unsere Heimat, sprechen, diese Nacht und das Sternenglitzern sind dafür genau richtig. Ich habe solange schon nicht mehr den Klang unserer schönen Heimatsprache vernommen."
Quintus und Automedus gehen runter an den Rhenus. Automedus öffnet seine Tasche.

„Ich habe das schon kommen sehen, daher habe eine kleine Amphore Wein und süße Datteln dabei."
So sitzen sie noch lange unter dem klaren Sternenhimmel am Ufer des Rhenus, Geschichten aus der fernen Heimat wechseln sich mit langen Pausen ab, bis sie schließlich leicht angezwitschert und glücklich den Heimweg antreten.

Bonn und Mainz, August 2019

Keine Chance, diesem eindringlichen Befehl des Legaten mussten wir sofort nachkommen. Die beiden berittenen Melder aus Mainz bestanden darauf, dass wir sie noch am gleichen Tag zurück nach Mainz, also nach Mogontiacum, begleiten.
Wir sind eilig am Packen, die uns zugeteilten Pferde stehen schon bereit.
Ich binde die Tragtasche am Sattel fest und komme zu dem Punkt, der mir schon lange durch den Kopf geht
„Sag mal Quintus, hast du eigentlich irgendwas von unserem speziellen Freund, diesem Vulpis, gehört? Hat der Typ etwa wieder seinen Dienst hier beim Stab der Kohorte angetreten, als ob nichts wäre?"
Quintus schaut von seinem Packsack auf „Ich habe mich schon gefragt, wann du damit ankommst, mein lieber Hans. Also ich habe den Präfekten schon zu der Sache befragt. Unser Freund ist weg und zwar weit weg, nach Rom!
Ja, ich war auch ziemlich baff. Dieser Vulpis, der mit richtigem Namen übrigen Lucro Niger heißt, ist seinem Fürsprecher, dem Tribun Balbus Nonius nachgeilt. Ich schätze der wusste, was ihm sonst hier blüht."
Ich bin stocksauer „Was? Verflucht nochmal, wie hat er denn das hingekriegt? Für so eine Versetzung braucht die Verwaltung doch sonst viele Monate. Wieso ging das denn so schnell?"

Quintus befestigt seine Gepäcktaschen und macht dabei ein grimmiges Gesicht „Das stimmt. Ich nehme an, die speziellen Beziehungen zum Tribun haben die Sache beschleunigt. Ich könnte mich schwarzärgern, dass sowas in unserer Armee möglich ist, wo doch immer Wert auf eine korrekte Vorgehensweise gelegt wird. Möge Fortuna ihr Haupt verhüllen bei allen Taten, die die beiden Kerle planen!"
Wenn dieser „Wunsch" mal hilft, ich würde die beiden Säcke lieber in Ketten sehen. Wir nehmen unsere Pferde am Zügel und verlassen den Stallbereich.
„Zumindest hat Cornelius Sulla mir versprochen, den Punkt beim nächsten Treffen der Präfekten mit dem Legaten in Mogonitacum anzuspechen. Vielleicht gelingt es ja, diesen Vulpis wieder zurück nach Confluentes zu beordern und vor Gericht zu stellen."
Da bin ich skeptisch „Tja Quintus, schauen wir mal, die Hoffnung stirbt ja bekanntlich zuletzt."

Mein Versuch, Livia die Nachricht meiner erneuten Abreise schonend beizubringen, ging spektakulär schief.
Mein Spruch „Mogonitacum liegt doch nur wenige Tagesreisen entfernt. Du kannst mich doch besuchen kommen", wurde von ihr nicht kommentiert.
Zum Abschied gab es dann aber doch Tränen und einen sehr versöhnlichen Kuss.
Wie besprochen, habe ich Anette mein mit Quintus letztes Jahr erstelltes „Lexikon", das mir so gute Dienste beim Lateinlernen geleistet hat, übergeben.
„Danke Hans, vielen Dank für alles. Ich stehe tief in deiner Schuld, keine Ahnung wie ich das jemals gut machen soll."
„Ach Quatsch Annette, alles okay. Wir sollten aber auf alle Fälle Augen und Ohren aufhalten, vielleicht gibt es noch mehr „Zeitreisende" wie uns. Falls ich nicht sobald wieder nach Confluentes zurückkommen kann, schicke ich dir Nachricht. Wir bleiben über Briefe in Kontakt, das schult auch dein Latein!"
Sie lacht wird aber sofort ernst, als sie meine Miene sieht.

Ich fasse sie an den Arm und schaue ihr eindringlich in die Augen.
„Sag niemals und niemanden, dass du aus der Zukunft kommst! Überlege dir jetzt schon Ausreden, falls dir was rausrutscht. Denke immer daran: wenn etwas in der Richtung rauskommen sollte, ist dein Leben in Gefahr!"
Sie schluckt und nickt betroffen.

Wieder in Mogontiacum. Der Legat Lucius Frontinius erwartete uns schon ungeduldig in dem Prätorium des Legionslagers. Kurzes militärisches Grüßen, wir sind zu dritt (Tanta darf sich in die Ecke legen, großes Privileg!).
„Da seid ihr ja und an einem Stück, wie es aussieht. Kommt, berichtet und zeigt mir eure Karte, ich bin schon sehr gespannt!"
Nach einer guten Stunde Berichten und intensiven Ausfragen, bringt der Legat den Knaller.
„Der Kaiser ist hier!"
Quintus ist ganz blass und schaut fassungslos.
„Das ist ja toll, können wir ihn auch mal sehen? Also vielleicht von Weitem, so ganz unauffällig?"
Der Legat grinst mich an „Das wird nicht möglich sein."
Schade, das wäre doch der Hit, einmal den echten römischen Kaiser sehen! Quintus hat sich wieder berappelt.
„Mein Legat, was macht der Kaiser hier? Steht etwa ein neuer Feldzug an?"
Der Legat schaut sich kontrollierend um und sagt mit leiser Stimme „Ja, ist aber noch absolut geheim. Der Kaiser ist hier um einen Feldzug im nächsten Jahr vorzubereiten. Natürlich gegen die Chatten."
Und auf einmal grinst er breit, fast schon diebisch.
„Und ratet mal, wen er zu der Strategiebesprechung morgen hinzu gebeten hat?"
Was meint er – doch nicht etwa…
„Uns?", platze ich raus, „er will uns dabeihaben?"
Der Legat nickt grinsend, Quintus schaut wie betäubt von einem zum anderen, der Ärmste hat`s noch nicht realisiert:

wir treffen den römischen Kaiser! Yes! Wie geil ist das denn!
Der Legat schenkt Wein aus und gibt Quintus einen Becher, der sich hingesetzt hat und offensichtlich einen Schluck vertragen kann.
„Was will der Kaiser von uns?"
Ach, Quintus kann doch noch reden! Der Legat erklärt, dass er dem Kaiser von unseren besonderen Karten und dem Kundschafterauftrag berichtet hat. Und natürlich von unserer glücklichen Heimkehr.
„Er will sich persönlich von euch berichten lassen und die Karten sehen. Vielleicht will er euch auch befragen, aber ich denke eher, dass ihr nur kurz hinzugebeten werdet und dann wieder verschwinden dürft."

Zu meiner großen Erleichterung hält der Legat sein Versprechen: die große Karte mit Europa und den angrenzenden Gebieten wird der Kaiser nicht zu sehen bekommen, diese Karte bleibt weiter geheim.
Wir bekommen dafür den Auftrag, unsere Reisekarte zu überarbeiten und zu kopieren, damit wir die Kopie morgen den anwesenden Kommandeuren aushändigen können.
„Wir sehen uns dann morgen zur Mittagszeit hier in diesem Raum. Seit pünktlich. Wegtreten!"

Unsere Gästezimmer liegen im ersten Obergeschoss der Principia, benachbart zum Prätorium.
Wir haben uns mit Käse, Oliven, Datteln und Brot versorgt und sind nun schon seit Stunden am Vervollständigen und Kopieren unserer Reisekarte. Quintus hat sich wieder gefangen, jetzt ist er stolz wie Bolle, der Kaiser will uns sehen!
„Welche Ehre! Hans, kannst du das überhaupt begreifen? Was er wohl wissen will? Und wenn wir keine Antworten haben, wird er dann ärgerlich sein?"
Betont locker und ohne aufzublicken, eine kleine Eintragung auf der Karte vornehmend, erwidere ich.

„He Quintus, mach dich locker, es ist doch nur der Kaiser, alles cool"
Er schaut mich kopfschüttelnd aber grinsend an.
„Wir geben einfach unser Bestes und der Rest kommt von allein. Mensch, das müssen wir haarklein Berowulf, Livia, Annette, ach einfach allen in Confluentes erzählen. Die werden vor Neid und Bewunderung tot umfallen! Apropos tot umfallen. Ich bin total erledigt und hundemüde. Komm, Tanta noch eine letzte kleine Gassirunde und dann ab ins Bett."

Mogontiacum, 84 n.Chr.

"Wie lange dauert das denn noch?"
Typisch Hans, immer einen Spruch parat. Anderseits es stimmt schon, sie stehen jetzt bestimmt schon eine gute Stunde vor dem Beratungszimmer im Prätorium der XIV. Legion und warten. Außer leisen Stimmen ist durch die große, schwere zweiflügige Tür nichts zu hören. Die Doppelwachen der Prätorianer vor der Tür stehen bewegungslos wie Statuen.

Es tut sich was, die Tür geht auf, der Legat Lucius Frontinius schaut heraus und winkt ihnen zu. „Ihr könnt reinkommen."
Quintus ist sehr aufgeregt, sein Herz schlägt bis zum Hals, er wischt sich noch schnell die feuchten Hände ab, los geht's.
Der große Raum ist bis auf einen sehr mächtigen Tisch leergeräumt, das durch die Fenster einfallende Sonnenlicht akzentuiert den Raum in helle und dunkle Bereiche.

Um den Tisch stehen mehrere Kommandeure, Tribune und die Primipilaris[82] der beiden Legionen in Mogontiacum, alle in Galauniform.
Der Kaiser ist nicht zu sehen.
Doch halt, dort im Gegenlicht unter dem Fenster sitzt jemand, umgeben von mehreren Personen. Ob das der Kaiser ist?
Quintus und Hans grüßen zackig.
„Ah Quintus Tilius, wie schön dich zu sehen. Und wie heißt du nochmal, Soldat?"
Es ist der Legat der Legion XXI Rapax, Marcus Rubrius, der sie anspricht.
„Hans Lanzspiel, Capsarisus der Cohors VII Raetorum Antoniniana equitata in Confluentes."
„Sehr schön. Dann lasst uns beginnen, zunächst euer Bericht. Wie ich gehört habe, wollt ihr auch Karten oder ähnliches vorlegen?"
Quintus räuspert sich und berichtet knapp über ihren Auftrag und den Verlauf der Reise.
„Wir haben unsere Route und alle unsere Erkenntnisse in diese Karte eingetragen. Straßen sind rot, gute Wege blau, schlechte Wege oder Pfade grün eingezeichnet. Die Zahlen zwischen den Strichen geben die Entfernungen in Meilen und die geschätzte Zeit bei normaler Marschgeschwindigkeit an. Die chattischen Siedlungen sind schraffiert, die Zahlen bedeuten…"
Quintus bemerkt, dass die Personen aus dem Hintergrund ebenfalls an den Tisch getreten sind. Bei allen Göttern, ihm wird bewusst, dass er rote Ohren wie ein kleiner Junge hat.
Quintus schluckt und räuspert sich heiser, seine Stimme versagt, Frosch im Hals, verdammt!
„Genau, wie der Zenturio schon erklärte, haben wir hier, hier und hier größere Befestigungen der Chatten gesehen.

---

[82] Primus Pilus: ranghöchster Zenturio einer Legion und Sprecher aller Zenturionen der Legion

Außerdem scheinen sie hier und hier Siedlungen mit Vorratsschuppen angelegt zu haben und…"
Quintus ist steif vor Schreck, Hans ergreift einfach das Wort, hier in der Runde der höchsten römischen Kommandeure und vor dem Kaiser. Als einfacher Sanitäter! Hektisch schaut er zu Hans rüber und greift ihm an den Arm, dabei sieht er den Kaiser Domitian gegenüber am Tisch stehen und – lächeln!
Der Kaiser, im grandios gefertigten Muskelpanzer und prächtigem Feldherrnmantel, sieht Quintus an und schüttelt leise den Kopf. Quintus lässt Hans daraufhin wieder los, der sich im Übrigen nicht im Redefluss hat unterbrechen lassen. Als Hans endlich endet herrscht Stille am Tisch.
Mit zornigem Gesicht holt der Legat Marcus Rubrius Luft – da fragt der Kaiser leise.
„Rüsten die Chatten zum Krieg oder halten sie ihr Versprechen und bewahren den Frieden?"
Hans und Quintus schauen sich kurz an, Quintus räuspert sich „Das wissen wir nicht, aber wir haben mehrere Führer der Sueben und von anderen germanischen Stämmen im Hauptort der Chatten gesehen. Die Sueben sind ja gut an ihrer Haartracht, dem Suebenknoten, zu erkennen.
Die von uns befreite Mattiakerin konnte berichten, dass in den letzten Monaten viele germanische Führer diverser Stämme zu den Chatten kamen und diese umgekehrt benachbarte Stämme besuchten. Das könnte der Versuch einer Koalitionsbildung sein."
Allgemeines Raunen am Tisch.
„Das ist zunächst ja nur eine Vermutung. Wie ist denn die Einstellung der Chatten zu uns Römern. Hassen sie uns?"
Diese Frage kommt von einem der jungen Tribune, der sie aufmerksam anschaut. Quintus überlegt noch seine Antwort als er Hans sagen hört.
„Ja, sie hassen alles was römisch ist, sie hassen auch die Mattiaker, ihr Brudervolk, da diese mit den Römern zusammen arbeiten. Sie hätten uns gerne getötet, aber sie hielten

das wohl nicht für opportun. Sie haben Respekt vor der römischen Armee, aber ihre Niederlage haben sie nicht akzeptiert."
Quintus sieht nun alle Blicke auf sich gerichtet, er schaut den Kaiser an „Ja, das ist auch meine Meinung. Wenn sie können, werden sie uns vernichten."
Der Primus Pilus der Legion XIV. beugt sich vor.
„Diese Karte ist Gold wert, das chattische Land liegt wie auf einem Präsentierteller vor uns. Die Einschätzung von den Beiden deckt sich mit den Berichten unserer Späher und von Kaufleuten, die in den letzten Monaten durch das chattische Gebiet gezogen sind. Die Frage ist nun, was wollen wir tun. Abwarten und uns verteidigen? Oder sollen wir angreifen?"
Es setzt eine lebhafte Strategiedebatte ein. Der Legat Lucius Frontinius flüstert Quintus zu „Ihr könnt nun gehen."
Quintus nickt und gibt Hans ein Zeichen. Sie setzen leise und langsam ein Fuß nach dem anderen rückwärts, um die Tür zu erreichen, den Blick stets auf den Kaiser gerichtet. Dann die Stimme des Kaisers. „Moment, wo wollt ihr beiden hin? Lucius Frontinius, ich habe noch Fragen an die beiden."
Mit gesenktem Kopf steht Quintus wieder am Tisch, Hans neben sich.
„Wie viele chattische Krieger habt ihr gesehen und wie ist ihre Bewaffnung? Wie immer nur Schild und Speer? Was glaubt ihr, wie viele Reiter werden sie aufstellen können? Wo habt ihr Pferde gesehen und wie steht es um die Qualität dieser Pferde?"
Quintus gibt die Antworten. Der Kaiser fragt weiter, erstaunlich detailliert. Er will Vorschläge für Lagerstandorte, fragt nach Furten und zur Bodenbeschaffenheit sowie der Lage der landwirtschaftlichen Flächen. Fast alle Fragen kann Quintus an Hand der Karten erklären.
Schließlich nickt der Kaiser schweigend, die Arme auf den Tisch gestützt.

„Eure Karte und Angaben sind sehr hilfreich, ausgezeichnete Arbeit. Wir können nun deutlich besser und fundierter eine Strategie für den Feldzug planen." Er richtet sich auf. „Ja meine Herren, mein Entschluss steht fest. Ich werde nächstes Jahr die Chatten angreifen und abschließend schlagen. Nur so ist eine Vorfeldsicherung für den von mir geplanten Limes zu erreichen. Eine friedliche Entwicklung der germanischen Provinzen kann nur durch die Beseitigung der chattischen Bedrohung erreicht werden. Ich darf alle Anwesenden auf die absolute Geheimhaltung dieser Pläne nachdrücklich hinweisen."
Hans tribbelt herum, Quintus versucht mit Blicken ihn zum Schweigen anzuhalten, zu spät.
„Großer Kaiser, darf ich einen Vorschlag für den Feldzug machen?"
Quintus zieht die Luft durch die Zähne, ungläubige Rufe, Entrüstung unter den hohen Kommandeuren. „Bursche du wagst es, dem Kaiser etwas vorzuschlagen? Bist du von Sinnen? Na warte – Wache!"
Kaiser Domitian erhebt die Hand.
"Keine Wache. Hans Lanzspiel, weißt du, dass man mit deinem Rang den Kaiser nicht ansprechen darf?"
Hans sieht erschrocken und total verängstigt aus. „Nein", kaum zu hören.
Der Legat Lucius Frontinius räuspert sich „Verzeihung mein Kaiser, der Capsarius ist erst seit gut einem Jahr in der Armee, er kennt sich nicht mit den Gepflogenheiten auf Kommandoebene aus. Und sicher ist er vorlaut, aber kein Idiot und keinesfalls respektlos."
Der Kaiser nickt. „Danke, das sehe ich genauso. Nun Hans Lanzspiel, dann lass mal deinen Plan hören."
„Jupiter, steh uns bei!", flüstert Quintus, der sich am Tisch abstützen muss, Schweißtropfen auf der Stirn. Die Stimmung um den Tisch ist eisig bis gereizt, nur der Kaiser und der Tribun, der sie eingangs befragt hat, sehen Hans freundlich aufmunternd an.

Hans räuspert sich. „Äh ja, also die Chatten konnten bisher ihre Geländekenntnisse ausnutzen, um den römischen Truppen immer wieder auszuweichen und so eine Entscheidungsschlacht verhindern. Ich würde daher vorschlagen, hier im Süden entlang des Moenus und weiter nach Osten eine Sperrfront aufzubauen, die verhindert, dass die Chatten nach Süden oder Südosten ausweichen können. Hier entlang der Lupia sollte eine zweite Front gleichermaßen das Entkommen der Chatten nach Norden verhindern."
Hans deutet auf die Karte. „Nach Osten können sie nicht, die Gebirge hier scheinen ohne Wege zu sein. Die Süd- und Nordfronten müssten zeitgleich stehen, was auf Grund der Entfernungs- und Zeitangaben auf der Karte gut möglich sein sollte. Entscheidend ist dann der Vorstoß von Westen entlang der Laguna und vor allem entlang des Sicerus oder auch Sikkera genannt, und der Adrana. Schnell und direkt ins chattische Herzland. Damit rechnen sie nicht, sie werden wieder denken, dass sie den von Norden und Süden anmarschierenden Römern mit ihren Frauen und Kindern sowie dem Vieh bequem nach Westen ausweichen können. Da werden sie dumm gucken, wenn wir von Westen auftauchen, zumal sie in dem Augenblick ihre meisten Krieger nach Norden und Süden geschickt haben werden. Sie sitzen also in der Zange und zudem ist ihr Volk uns ausgeliefert. Der Erfolg des Plans beruht auf der Koordination der drei römischen Armeeteile und auf dem Überraschungseffekt."

Hans schaut in die Runde, man könnte eine Stecknadel fallen hören, alle starren auf die Karte und gehen offensichtlich im Kopf den dargelegten Plan durch.
Der junge Tribun, der neben den Kaiser steht, schaut als erster auf und lächelt in die Runde.
„Wir können alle Mars danken, diese Ideen gehört zu haben!"
Alle Augen ruhen nun erwartungsvoll auf dem Kaiser, der weiter ernst und versunken auf die Karte schaut.

Jetzt richtet er seinen ersten Blick auf Hans an und nickt leicht. „Ihr beiden könnt jetzt wegtreten."
Quintus und Hans grüßen zackig und gehen rückwärts zur Tür, die bereits für sie geöffnet ist.
Der Schweiß läuft Quintus in den Nacken, verdammt, das war knapp.
„Hab ich Mist gebaut, Quintus?" Hans schaut unglücklich zu ihm rüber.
„Keine Ahnung, das werden wir bald wissen. Bei Jupiter und allen Göttern! Hans, warum kannst du nicht einfach mal die Klappe halten?"

Kapitel 11

Mainz und Koblenz, September 2019

Das Pilum rauscht knapp am Sandsack vorbei, Mist.
„Nochmal!"
Der Optio, ein vierschrötiger Kerl mit Knollnase, brüllt den Befehl über den Übungsplatz und ich laufe mit den anderen Rekruten los, um mein Pilum aufzuheben.
„Erst wenn ihr dreimal hintereinander getroffen habt, gibt's eine Pause!"
Dieser Optio ist ein echter Schleifer, darauf hat Quintus absichtlich geachtet, als er mich zu dieser weiteren Ausbildung verdonnert hat. Na warte, das zahl ich dir bei Gelegenheit heim, mein lieber Quintus.
„Achtung! Werfen!"
Jetzt fängt es auch noch an zu regnen, super!

Sie sind nun schon zehn Tage hier in Mainz. Und Quintus war nach der Besprechung mit dem Kaiser echt sauer. Zuerst habe ich gar nicht kapiert, wieso. Er hat mich dann aber nachhaltig aufgeklärt.
„Erstens: was ist, wenn der Kaiser bereits ähnliche Pläne hatte, soll er jetzt einen Plan umsetzten, den ein Sanitäter vorgeschlagen hat? Wie sieht das denn aus, das geht gar nicht! Er könnte uns also umbringen oder verschwinden lassen, damit wir für ewig die Klappe halten!
Zweitens: einfach den Kaiser ansprechen, dass hättest du niemals tun dürfen. Ich ärgere mich schwarz, dass wir vorher nicht die Verhaltensregeln durchgegangen sind. Auch wenn der Kaiser sehr großzügig war, wir haben jetzt paar Feinde mehr bei den Kommandeuren!"
Unser Gesuch, wieder zu unserer Kohorte nach Koblenz zurück zu kehren, wurde uns dann auch prompt verweigert, ohne Angabe von Gründen.

Formal gehört Quintus ja auch zur Legion XIV, meine Truppenzugehörigkeit ist wohl irgendwie unklar oder egal. Naja, jedenfalls hat Quintus die Situation ausgenutzt, meine Ausbildung als Soldat zu vervollständigen, wie er sich so schön ausdrückte.
„Ich will, dass du nicht nur mit dem Gladius und Schild sondern auch mit dem Pilum umgehen lernst. Es wird Kämpfe geben, also musst du das können."
Ja, ja, großer Zenturio, zu Befehl,

Es ist mal wieder ein Festtag, schon der zweite in diesem Monat. Die XIV. Legion ist vollständig angetreten, natürlich in blitzblanker Paradeuniform.
Gefeiert wird heute der Geburtstag des Legionsadlers. Fast schon herzbewegend, dass die Kollegen hier ihre Adlerstandarte so verehren. Entsprechend hoch angesehen ist der Job des Aquilifer, also des „Adlerträgers", der die Standarte trägt und bewacht.
Ich versuche auf Zehenspritzen zwischen den behelmten Köpfen der vor mir stehenden Soldaten hindurch nach vorne zu spähen, aber es ist von hier inmitten der 6000 Mann kaum etwas vom vorne ablaufenden Ritus zu sehen. Nur der auf einem Podest stehende goldene Legionsadler, unser höchstes Feldzeichen, schön mit Blumen und Lorbeerkranz geschmückt, ist für alle gut zu sehen.
Den Opferritus führt Lucius Frontinius als Legat der Legion aus, eskortiert von den Auguren und Haruspices[83] der Legion. Blöd, dass ich so wenig sehe. Aufgrund des lauten Muhens scheint ein Stier geopfert zu werden.
Ah ja, jetzt sehe ich den Legaten, typisch für den Opfernden mit über den Kopf gezogener Toga.

---

[83] Auguren und Haruspices sind Personen, die den Willen der Götter erkunden sollen, z.B. an Hand des Vogelflugs oder der Eingeweide von Opfertieren

Auf einmal hört man ein irgendwie zischend-fließendes Geräusch, ein Raunen, beginnend von vorne links, ganz ähnlich wie das an- und abschwellende Rauschen des Winds in einem Gerstenfeld „Der Kaiser ist anwesend!" flüstern die Soldaten aufgeregt einander zu.
Oh, das ist ja was Besonderes! Ich gehöre mit meinen 1,75m Körpergröße zwar klar zu den „Großen" unter den Soldaten, hilft mir hier allerdings auch nichts zwischen den ganzen behelmten Kollegen. Zu schade, ich hätte den Kaiser gerne nochmal gesehen.
Auf einmal ein lautes, aus 6000 Kehlen donnerndes „Jupiter sei Dank, Ehre unserem Adler! Es lebe der Kaiser!"
Erinnert mich an ein Fußballstadion wenn alle „Tor!" schreien. Die Vorzeichen scheinen günstig gewesen zu sein und unser Legionsadler ist wieder ein Jahr älter, na dann "happy Birthday!"
„Legionäre! Der Kaiser beehrt uns durch seine Anwesenheit! Wir werden diese besondere Gelegenheit dankbar nutzen, um die anstehenden Auszeichnungen und Beförderungen vorzunehmen."
Der Legat ist jetzt gut zu sehen und zu hören, er ist auf das Podium neben den geschmückten Legionsadler getreten, in glänzender Rüstung, der prächtige Helmbusch wippt bei jeder Bewegung. „Zenturio Marcus Crispus, vortreten!"
Der Legat ruft nun die Beförderten einen nach dem anderen auf, das kann erfahrungsgemäß dauern.
„Zenturio Quintus Tilius, vortreten!"
Das ist ja super, Quintus wird befördert! „Jawohl, Bravo!"
Ein schmerzhafter Stoß in meinen Rücken „Klappe Soldat!"
Das war der Optio unserer Zenturie, autsch, das gibt einen schönen blauen Fleck.
„Capsarius Hans Lanzspiel, vortreten!"
Was? Ich? Die Soldaten vor mir bilden eine Gasse, ich gehe aufgeregt nach vorne. Was muss ich denn jetzt nochmal tun, Mist, ich war schon paarmal bei Beförderungen dabei,

hab dabei aber nie richtig aufgepasst. Ich steige auf das Podest, der Legat Lucius Frontinius erwartet mich mit ernstem Blick.
„Auf Grund der hervorragenden Aufklärungsmission im Gebiet der Chatten und der dabei gezeigten Tapferkeit, befördere ich dich hiermit zum Miles Medicus. Als Anerkennung und für Jeden erkennbare Auszeichnung, erhältst du als Ehrenzeichen die Armillae[84] in Bronze. Trage sie mit Stolz und in Ehren. Der Senat und das Volk Roms danken dir!"
Er streift mir die beiden bronzenen Armreifen jeweils über ein Handgelenk und gibt mir die Hand. „Danke sehr", stammle ich unbeholfen.
„Du kannst jetzt wegtreten", flüstert der Legat.
Ich dreh mich um und will gerade das Podium verlassen.
„Du hast vergessen zu grüßen, du Depp!" durchfährt es mich schaurig. Ich wirble herum, zackiger Gruß mit puterrotem Kopf. Klasse Hans, vor 6000 Mann und dem Kaiser schön vermasselt, ganz großes Kino!

Beim Verlassen des Podiums kann ich ganz kurz aus dem Augenwinkel den Kaiser auf seinem Pferd sehen und dann steht da Quintus vor seiner Zenturie, der lächelnd den Kopf schüttelt.

Germania superior, 84 n. Chr.

Es hat dann doch geklappt, Lucius Frontinius hat Hans und ihn wieder zum Fernpatrouillendienst nach Confluentes abgeordnet.
„Ich möchte außerdem, dass du dich umgehend beim Legaten Vipsanius Agrippa der Legion I in Bonna meldest und

---

[84] Armillae: metallische Armreifen, militärische Auszeichnung in der röm. Armee

ihm dieses Schreiben übergibst. Darin sind erste Befehle für das Anlegen einer strategischen Vormarschstraße entlang des Sicerus[85] und die Einrichtung von Versorgungslagern enthalten. Alles streng geheim, denke daran. In einem Begleitschreiben habe ich ihm außerdem deine und Hans Lanzspiels Hilfe angeboten. Ich erwarte volle Kooperation, da sind wir uns ja einig. Gutes Gelingen!"
Bei diesen Worten seines Legaten, die ihm ständig durch den Kopf gehen, beobachtet Quintus wie Hans, Anette und Livia im Gästeraum der Taverne herumturteln. Quintus sieht Hans Gesicht bei der Nachricht der erneuten Abreise direkt schon vor sich.
Quintus hat außerdem mit Decimus gesprochen, einem aus dem aktiven Dienst als Optio ausgeschiedenen ehemaligen Gladiator, der als Veteran mit seiner Familie hier in Confluentes lebt. Decimus schuldet ihm noch einen Gefallen und hat daher in die „besondere" Ausbildung von Hans eingewilligt.
Die erste Ausbildungseinheit war heute Morgen, Hans hat komischerweise noch gar nichts erzählt.
„Wenn die Damen meinen Freund mal kurz entbehren könnten? Danke."
Hans rutscht auf der Bank zu Quintus „Was gibt's Zenturio? Muss wichtig sein, wenn du dich traust mich von Livia wegzulotsen."
„Ich wollte nur wissen, wie das Fechttraining mit Decimus heute war. Du hast gar nichts erzählt. Du und schweigsam, bist du etwa krank?"
Hans trinkt grinsend einen Schluck Wein und erzählt völlig begeistert von dem Veteranen Decimus. „Der hat echt Tricks drauf, Mann. Und die Stories aus seiner Zeit als Gladiator, echt harte Sachen und superspannend."
Quintus verkneift sich die Frage, was „Stories" sind, Hauptsache es läuft gut mit dem Spezialtraining. Quintus winkt die Bedienung heran, Weinnachschub, und berichtet Hans

---

[85] Sicerus, fiktiver römischer Name für den Fluss Sieg

von ihrem Geheimauftrag in Bonna und am Sicerus, oder der Sieg, wie Hans den Fluss nennt. Wie vorausgeahnt, ist Hans alles andere als begeistert, stimmt aber immerhin, wenn auch grummelnd, zu, in einigen Tagen aufzubrechen.
„Salve zusammen!"
Alle Blicke gehen zur Tür.
„Berowulf!" Quintus und Hans springen auf und stürzen auf ihren Freund zu.
„Na alter Knabe, wie sieht`s aus? Komm setz dich, was gibt's Neues bei dir? Gut siehst du aus!"
„Naja, wie ihr seht kann ich wieder laufen!"
Berowulf nimmt im Kreis seiner Freunde Platz.
„Aber das verletzte Bein ist schwächer seit der Operation. Der Medicus sagt, das wird auch so bleiben. Mit Aufklärung und Fernpatrouillen ist daher Schluss. Aber ich habe dafür jetzt eine neue Aufgabe im Stab des Präfekten: Dolmetscher und Verbindungsadjudant zu den Mattiakern. Ist das nicht toll?!"
Berowulf strahlt sie an, allgemeines Jubeln, Glückwünsche von allen Seiten.
„Quintus, ich weiß genau, das habe ich alles dir zu verdanken, du hast dich bei den Oberen für mich eingesetzt. Ich stehe tief in deiner Schuld, ich weiß gar nicht, wie ich das verdient habe."
Er hat Quintus Hand ergriffen, schluckt und kämpft mit den aufsteigenden Tränen. Es ist plötzlich mucksmäuschenstill im Schankraum. Quintus räuspert sich verlegen.
„Nein, wir alle haben dir zu danken, Berowulf, ohne dich wären wir nie heil von den Chatten zurückgekommen!"
„Ganz genau, mein Freund, ohne dich würden wir jetzt bestimmt in einem chattischen Kerker schmoren oder prächtige Opfer für die germanischen Götter abgeben!"
Hans hat seinen Arm um Berowulfs Schulter gelegt.
„Danke mein Freund! Und dein neuer Job klingt so, als ob du dabei ganz gut verdienen würdest, stimmts?"
Berowulf nickt lächelnd. „Also – Lokalrunde! Auf den frischgebackenen Verbindungsadjudanten!"

„Und auf unsere Hochdekorierten, Quintus und Hans!" ergänzt Anette.
Bis tief in die Nacht ist der fröhliche Lärm aus dem „Moselblick" zu hören, sehr zum Missvergnügen der Nachbarn.

Wieder am Sicerus, nur ein kleines Stück flussabwärts von der Stelle, an der sie beim letzten Mal ihren dramatischen Kampf bestanden hatten und ihre Flucht auf dem Floß begann.
Ihr Atem steht wie kleine Wolken in der Luft, es hat ersten Nachtfrost gegeben, die Pfützen sind an den Rändern leicht angefroren, einzelne Schneeflocken tanzen in der Luft.
Quintus und Hans beobachten die Legionspioniere, wie sie letzte Hand an die Brücke legen, die hier nun über den Fluss führt. Sie ist gut 20 Fuß breit, sodass Transportkarren im Gegenverkehr passieren können. In zwei Tagen fertiggestellt, das soll uns mal einer nachmachen, Quintus ist sichtlich stolz auf die Pioniere der I. Legion, der Legion, zu der sie abgeordnet wurden.
Die Legion I Minervia hat außerdem eine Straße von der Sicerusmündung bis hier fertiggestellt, und daran mehrere große Versorgungslager mit Baumaterial und Verpflegung eingerichtet.
Quintus ist mit Hans heute zum dritten Mal hier. Seit dem letzten Mal, so vor knapp zwei Wochen, haben die Pioniere die Straße um gut 5 Meilen verlängert.
„Komm Hans, dann lass uns die Brücke mal ausprobieren, wir reiten zu den Vorposten."
Auf dem anderen Ufer nehmen sie den bereits von den Ingenieuren und Vermessern abgesteckten Weg, der noch als Straße ausgebaut werden muss, immer bergauf. Hier war der Kampf, bei dem Berowulf so schwer verletzt wurde.
Sie geben ihre Pferde zur Verwahrung, aus Sicherheitsgründen geht es die letzten zwei Meilen zu Fuß durch den dichten Wald; die Chatten dürfen keinesfalls etwas von den Aktivitäten entlang des Sicerus mitbekommen.
In einem weiten Bogen haben die getarnten Vorposten das

hintere Ende des Adranatals umstellt und beobachten die vereinzelten chattischen Bauernhöfe und die weiter talabwärts an der Adrana gelegene kleine germanische Siedlung. Sie ziehen die Kapuze ihrer Mäntel über den Kopf und robben auf dem Bauch zum Doppelposten vor ihnen.
„Salve!", flüstert Quintus, die beiden gut getarnten Posten nicken ihm und Hans unmerklich zu.
Es fängt nun stärker an zu schneien, vor ihnen liegt in etwa einer halben Meile Abstand das erste Gehöft der Chatten. Gerade holt dort jemand Wasser mit einem Eimer aus der Adrana und geht zum Wohnhaus zurück.
„Wie sieht es aus?", fragt Hans. Der Posten verändert nicht seine Position und beobachtet weiter das Vorfeld.
„Wenig Aktivitäten bisher, allerdings werden sie jetzt im einsetzenden Winter vielleicht jagen gehen, das könnte problematisch werden."
Der Posten zieht seinen dicken, mit Fell gefütterten Mantel enger um sich.
„Was wollt ihr dann machen, sie abfangen?"
„Nur wenn es anders nicht geht. Denn wenn jemand verschwindet, werden sie den bestimmt suchen. Das wäre eine Kettenreaktion, es würden weitere Chatten kommen. Wir versuchen daher, unentdeckt zu bleiben."

An der Eder, April 2020

„Geh doch zur Seite, verdammt nochmal!"
Hastig springe ich zurück.
Ich bin so fasziniert von den Artilleriegeschützen, dass ich fast von dem neu hinzugerollten Onager[86] umgefahren wurde.

---

[86] Onager: römisches Torsionsgeschütz, dass z.B. große Steinkugeln schleudert

Ich stehe auf einer terrassenförmigen Erhebung oberhalb des linken Ufers der Eder, also der „römischen" Adrana, mein Blick geht nach Osten in Richtung der chattischen Hauptstadt, die etwa 3 km entfernt zu erkennen ist. Die durchaus unangenehmen Erinnerungen an den letzten Sommer, als wir hier zunächst festgesetzt wurden und schließlich Anette befreien konnten sowie unsere anschließende Flucht, sind mir wieder sehr präsent.
Ein lautes Rumpeln, weitere Geschütze werden in Position gebracht.
Die Römer haben drei Arten von Geschützen aufgefahren. Hier ganz hinten stehen die echt großen Dinger, Onager, also „Wildesel" genannt, keine Ahnung wieso. Es sind massive, wirklich große hölzerne einarmige Schleuderkatapulte auf Rädern, etwa 6 m lang, gut 4 m breit und 4-5 m hoch. Legionäre laden die Munition von den Munitionskarren ab. Neben massiven Steinkugeln gibt es Beutel mit Metallstücken, die wirken wohl wie Schrapnells, echt fies. Außerdem irgendwas Brennbares in Ledersäcken, mit Zündschnüren. Weiter vorne in Richtung Front, am Rand des Abhangs, stehen die sogenannten Ballista, sehen aus wie extrem überdimensionale Armbrüste, ca. 3m lang, 2 m breit und knapp 2m hoch mit querstehenden zweiteiligen Wurfarmen.
Die dritte Geschützart sind die kleineren Ballistae, „Skorpione" genannt. Die Dinger hatten wir auch auf den Flussliburnen beim Gefecht gegen die Chatten, damals an der Lahn. Jede Zenturie hat einen Skorpion, das macht für eine Legion also 60 Stück. Sie sind als Reihe vor den aufmarschierten Legionären positioniert. Beide Typen von Ballista verschießen arm- bzw. unterarmlange Bolzen mit massiven, dreikantigen Eisenspitzen.
Wie die Geschütze wohl funktionieren?
„He Optio, kannst du einen Unwissenden mal in die Geheimnisse deiner Geschütze einweihen?"
Der hünenhafte Kerl wischt sich den Schweiß von der Stirn, fixiert mich kurz und erklärt dann ziemlich unwirsch.

„Die Schussenergie beruht auf dem Verdrehen der Seilbündel. Diese Kraft wird in den Verformungen des Rahmens beziehungsweise der Wurfarme gespeichert bis zum Auslösen. Und wenn nicht irgend so ein hergelaufener Soldat uns beim Aufbau stört, können wir vielleicht sogar den Feind damit beschießen!"
„Danke, hab`s kapiert, bin schon weg."
Alter Sack, war ja nicht sehr ergiebig diese Auskunft. Ein langes Hornsignal, was von vorne links kommend bis hier auf den Hügel fortgesetzt geblasen wird. „Unsere Aufklärer sind zurück!"
Ah, das klingt spannend, im Laufschritt erreiche ich Quintus, der beim Legaten Vipsanius Agrippa der Legion I aus Bonna steht.
„Hans, wo warst du denn die ganze Zeit, du kannst hier nicht rumrennen wie ein aufgescheuchtes Kaninchen! Melde dich sofort bei deiner Einheit!"
Er ist kaum zu verstehen, weil die Legion I Minervia aus Bonna gerade an uns vorbei nach vorne marschiert, um sich für die Schlacht aufzustellen. 6.000 in Rüstungen, mit Schildern, Pila und Gladius ausgerüstete Soldaten im Gleichschritt, das ist laut und echt furchteinflößend. Dazu kommt der Lärm von weiteren Legionärs- und Auxillareinheiten sowie mindestens 4.000 Reitern, die irgendwie alle aktiv, aber offensichtlich mit System von A nach B unterwegs sind.
„Ich habe mir die Geschütze auf dem Hügel da drüben angesehen, echt fette Teile!" schreie ich zurück.
Ein Melder pariert sein Pferd vor uns durch.
„Zenturio und du Sanitäter, sofort mitkommen, zum Kaiser!"
Wir rennen hinter dem Reiter her wieder den Hügel hinauf, dort werden gerade mehrere sehr große Zelte aufgebaut. Offensichtlich ist das hier sowas wie ein Feldherrnhügel.
Mehrere leicht gestresst aussehende Melder stehen mit ih-

ren schweißnassen, schaumbedeckten Pferden vor dem Kaiser und seinem Stab. Der Kaiser schaut kurz zu uns rüber und nickt dann den Meldern zu.

„Vor der Stadt sind etwa 6.000 chattische Krieger in Position gegangen, davon etwa 300 Berittene. Sie scheinen nicht auf uns vorrücken zu wollen.

Von Norden nähert sich eine viel größere Anzahl von Germanen, die Zahl ist nicht zu ermitteln aber sicher mehr als 30.000, davon mindestens 2.000 Berittene. Sie müssten in einer knappen Stunde hier sein."

„Sind unsere Späher aus dem Süden zurück?"

„Nein, mein Kaiser. Wir haben nur den Bericht der XIV. Legion, die gestern im Kampf mit etwa 15.000 Chatten stand. Die Germanen haben sich anschließend zurückgezogen, als die zur Verstärkung anrückenden Cohors VII Raetorum Antoniniana equitata aus Confluentes sie von der Seite angriff. Wir vermuten im Süden aber weitere germanische Truppen, sodass wohl von Süden mit einer ähnlich großen Anzahl von Chatten wie die jetzt aus dem Norden anrückenden, also ebenfalls etwa 30.000 Mann, zu rechnen ist."

Nach meiner Rechnung rücken also etwa 70.000 Chatten gegen uns vor, zusätzlich zu den etwa 6.000, die schon da sind. Und wieviel Mann sind wir? Quintus meinte gestern, so etwa 40.000.

Jetzt sollen wir nach vorne kommen, Quintus Blick, den er mir dabei zuwirft, ist glasklar: Klappe halten!

Auf einem großen Tisch ist ihre Karte ausgebreitet. Der junge Tribun, den sie von der Unterredung mit dem Kaiser schon kennen, weist in die Lage ein.

„Julius Frontinus mit der XIV. Legion ist hier im Kampf gewesen. Laut eurer Karte können die Chatten also frühestens morgen Abend hier sein – richtig?" Mmh, es sind von Wettenberg, dem Gebiet nördlich von Gießen, wo das Gefecht der XIV. Legion stattfand, knapp 100km also etwa 75 Meilen bis hier.

„Quintus, wie schnell kann man 3 Tage hintereinander marschieren?" flüstere ich.
„15, maximal 20 Meilen bei guten Straßen" raunt er zurück. Quintus richtet sich auf.
„Bis frühestens morgen Abend können sie es nur in Eilmärschen oder ihre Reiter schaffen. Kämpfen könnten sie nach dieser Anstrengung dann nicht sofort, zumindest nicht effektiv. Das Gros der Chatten von Süden dürfte daher erst frühesten in zwei bis drei Tagen hier sein."
Allgemeines Nicken. „Danke Zenturio, wegtreten."

Wir gehen nach Osten, also nach vorne zur Front. Dort haben sich die Legion XI Claudia, die mit dem Kaiser aus Italien kam, sowie „unsere" Legion I Minervia aus Bonn in Schachbrettmuster aufgestellt: Jeweils eine Kohorte (also fünf Zenturien, 500 Mann) steht als Block, 100 Mann in Front und fünf Glieder tief gestaffelt. Zwischen jedem Block ist eine Lücke von ca. 50 m. Die nächste Linie aus Kohorten steht versetzt, d.h. hinter jeder Lücke steht in der nächsten Linie eine Kohorte als Block und so weiter. Insgesamt bilden die 12.000 Mann der beiden Legionen drei Linien aus Blöcken a` 500 Mann über eine Breite von etwa 1,5 km! An den Seiten der beiden Legionen gehen grade mehrere Kohorten von Auxillartruppen, darunter viele Bogenschützen, als Flankendeckung in Stellung.
Ich starre auf diese Masse von Truppen, total unübersichtlich, wo ist bloß unsere Zenturie?
Aber Quintus geht zielgerichtet auf einen der Blöcke in der 2. Reihe zu „Die Aufstellung ist die gleiche wie im Lager. Die Gefährten eines jedes Contuberniums stehen und kämpfen zusammen, die Zenturie steht exakt so wie die Unterkünfte bzw. die Zelte im Lager stehen. Also ist es ganz einfach sich hier zurecht zu finden."
Ah ja, jetzt sehe ich auch unseren Optio hinter der hinteren Linie stehen und unser Signum, eine hohe Stange mit einer silbernen Hand an der Spitze, darunter eine grüne Fahne mit einem weißen Stier, die an einer hölzernen Querstange

befestigt ist. Die Feldzeichenträger, Signifer, sehen echt wild aus mit ihrem echten Wolfskopf über dem Helm, das Wolfsfell fällt über den Rücken und ist mittels der Vorderläufe auf der Brust verknotet.
„Ich muss nach rechts vorne, auf meinen Platz. Hans, wir sehen uns nach der Schlacht wieder. Sei vorsichtig und tapfer, mögen die Götter mit dir sein."
Ich gebe ihm die Hand „Na klar, lass uns diesen Chatten mal richtig in den Arsch treten!"
Ich muss schlucken und fühle mich gar nicht mehr so sicher. „Und sei du auch vorsichtig, mein Freund, und mögen die Götter über dich wachen. Bis später Quintus."
Er schlägt mir auf die Schulter, blickt mir in die Augen und nickt ernst, dann dreht er sich um und brüllt im Weggehen „Ruhm und Ehre!" und die ganze Kohorte antwortet begeistert „Ruhm und Ehre!"
Ein Höllenlärm bricht los, als alle Legionäre der Kohorte mit dem Pilumschaft auf ihre Schilder schlagen. Die Nachbarkohorten greifen das auf und im Nu ist ein andauerndes Donnern wie von einem mächtigen Gewitter zu hören, 12.000 brüllende und auf ihre Schilder schlagende Männer!
Ich habe Gänsehaut am ganzen Körper, als ich zu meinen Sanitätskollegen gehe.
Der Medicus dreht sich kurz um „Ah, Hans Lanzspiel. Wir haben hier genug Sanitäter. Der Präfekt meint daher, ich soll dich zum Signifer der Kohorte als zusätzlichen Leibwächter schicken. Dein Pilum und Schild haben wir dir mitgebracht, liegen da drüben. Viel Glück!"
„Ja euch auch, falls ihr mich doch braucht, wisst ihr ja wo ich zu finden bin."
Ich hole mein Schild und das Pilum. Tja, was soll ich davon halten, Schutz des Signifer. Ist das eher gut oder schlecht? Der Signifer hat seinen Platz sicher nicht ganz vorne in der Schlachtlinie, dafür ist er zu wichtig. Andererseits so weit hinten wie die Sanitäter steht er bestimmt auch nicht.
„Hans Lanzspiel, melde mich als Schutz des Signifer!"

Der Signifer nickt mir zu, sein Gesicht wird von einer vergoldeten Metallmaske verdeckt, die mit einem Scharnier an seinem Helm befestigt ist. Darüber schauen mich die künstlichen schwarzen Augen des Wolfskopf an, die Schnauze mit den Reißzähnen ragt über sein Gesicht. Der dadurch erzeugte starre „Gesichtsausdruck" zusammen mit dem Wolfsschädel wirken sehr beeindruckend, der Signifer sieht fast wie ein künstliches, unnahbares Wesen aus.
Neben ihn stehen die Signalgeber, also die beiden Hornbläser (Cornicines) sowie der mit einer Trompete „bewaffnete" Tubicen; sie tragen ebenfalls Raubtierfelle, Bären und Füchse, keinen Wolf, über Helm und Rücken und nicken mir grüßend zu.
Wir stehen in Front vor unserer Kohorte wie die anderen Signifer und Signalgeber der anderen Zenturien. Hier vorne ist auch der Platz der Kommandeure, also der Zenturionen. Ich winke Quintus zu.
„Was machst du denn hier?" ruft er. „Ich bin..."
Weiter komme ich nicht, da plötzlich Signale geblasen und Befehle gebrüllt werden. Es geht los, die Schlacht beginnt!

Germania superior, 84 n. Chr.

Der Boden bebt, das Donnern tausender Hufe, Quintus beobachtet wie Teile der Auxillarkavallerie auf den rechten Flügel verlegt werden. Die gut 2.000 Reiter galoppieren dicht hinter ihren Linien nach Süden, also auf den rechten Flügel der beiden angetretenen Legionen. Als weiteres Manöver nehmen kretische Bogenschützen hinter der ersten Linie der Kohorten Aufstellung. Sie tragen an ihrem linken Arm kleine Rundschilde sowie einen Köcher mit Pfeilen auf ihrem Rücken. Ein weiterer gefüllter Köcher steht vor ihnen als Reserve auf dem Boden. Wieso ist Hans nicht bei den Sanitätern?

„Optio, übernehm mal kurz, bin gleich wieder da!"
„Zu Befehl, Zenturio!"
Er geht rüber zu Hans, den Signalbläsern und dem Signifer der Zenturie, bei dem der Signifer-Leibwächter steht, ein riesiger Kerl, mit einer langstieligen Pionier-Axt bewaffnet.
„Hi Quintus, alles klar bei dir?" Hans blickt ihn nervös an.
„Hat man dich zum Schutz des Signifer abgeordnet?"
„Jep, Befehl vom Präfekten. Hier sieht man ja auch viel mehr als da hinten."
Geschrei von vorne, die leichten Plänkerer kommen im Laufschritt heran und laufen durch die Lücken der vorderen Kohorten. Quintus grüßt kurz „Ruhm und Ehre!" und geht zügig zurück auf seinen Posten rechts vor der Zenturie. Kommandos ertönen, die vor der Kohorte aufgestellten leichten Geschütze, die Skorpione, werden geladen und schußbereit gemacht. Geschäftig stapeln die Ballistrari, die Geschützbedienungen, die Munition und legen Werkzeuge und Ersatzteile bereit.
Ah, da kommt der Präfekt der Kohorte, zusammen mit seinen Adjutanten. Er reitet in Front der Kohorte, eine imposante Erscheinung in prächtiger, teils versilberter Rüstung; ein begnadeter Reiter, sein rassiger, schweißnasser Hengst schnaubt und tänzelt auf der Stelle. Der schwarze Helmbusch passt gut zu seinen tiefschwarzen Haaren, zusammen mit dem dunklen Teint stammt der Präfekt wohl aus der Provinz Africa oder Mauretania.
„Legionäre, dies ist ein Tag, auf den wir lange gewartet haben. Die Chatten hassen uns Römer. Sie wollen unsere Provinzen am Rhenus zerstören. Sie wollen nicht friedlich, wie beispielsweise unsere Freunde, die Mattiaker, mit Rom zusammenleben. Nein, sie wollen zerstören und töten. Wir sind heute hier, um ihnen die passende Antwort Roms zu geben! Wir sind hier, um unsere Provinzen dauerhaft zu schützen und deren friedliche Zukunft sicherzustellen! Wir, die stolze und ausgezeichnete Legion I Minervia sind heute hier, um zusammen mit unseren Brüdern der Legion XI Claudia, den großartigen Prätorianern und unsere tapferen

Auxillarkohorten, den Chatten eine Lehre zu erteilen, die sie nie vergessen werden! Der Kaiser hat die Götter befragt, sie sind mit uns! Darum auf, stolze Legionäre, seid mutig und tapfer im Kampf, zeigt dem Kaiser, dass die Legion I seine beste Legion ist! Ruhm und Ehre!"
Ein ohrenbetäubendes „Ruhm und Ehre" zusammen mit dem donnernden Dröhnen der Pilae auf den Legionärsschildern ist die Antwort. Gut gesprochen, freut sich Quintus.

Da, das Vormarschsignal! Quintus brüllt „Signifeeer – Zentrum!" Die Legionäre bilden einen Korridor, der Signifer und die Signalbläser gehen ins Zentrum der Zenturie. „Zenturieeee – Marsch!"
Sie füllen die Lücke zwischen den Kohorten der ersten Linie, es ergibt sich daraus eine durchgängige Front. Zwei Zenturien bleiben als Reserve hinter jeder Kohorte der Frontlinie stehen. Dahinter stehen noch die vier Kohorten als zweite Linie ihrer Legion. Ihre Nachbarlegion, die XI. Claudia, stellt sich in gleicher Weise auf.

Plötzlich wildes Geschrei von vorne. Der Feind, sie kommen!
Quintus richtet nochmal seinen Helm, dann zieht er seinen Gladius und hält die kühle Klinge kurz an seine Wange. Dann befiehlt er: „Zenturieee – Achtung!"
Die Legionäre heben die Schilder und heben die Pila an. Auf einmal erfüllt ein anhaltendes Heulen und Rauschen die Luft. Zischend ziehen die Geschosse der Onager und der schweren Ballista über sie hinweg in die Reihen der Chatten, die jetzt etwa 200 Schritt vor ihren Linien Aufstellung nehmen. Jetzt nehmen auch die 60 Skorpione ihrer Legion den Beschuss auf. Das laute Anschlagen der Wurfarme und das Surren der abgeschossenen Bolzen mischt sich in den Lärm der schweren Geschütze.
Quintus zählt bis hundert, in dieser Zeit hat der vor ihm stehende Skorpion sechs Bolzen verschossen. Das sind gut

360 Bolzen, die unsere Legion auf die Chatten verschossen hat, nur in dieser kurzen Zeit!
Die Reihen der Chatten sind in Unordnung geraten, Tote und Verletzte liegen auf dem Boden, andere laufen herum und gestikulieren. Quintus atmet tief durch, ihre Artillerie zeigt Wirkung.
Der Optio der Artillerie gibt ein Zeichen, sein Hornbläser signalisiert „Umformieren". Sie haben ihre Munition verschossen.
Quintus brüllt „Zenturie – Skorpion durchlassen!"
Die Legionäre bilden wieder eine Gasse, der Skorpion vor ihnen wird schnell in zwei Teile zerlegt und von der Bedienmannschaft im Laufschritt nach hinten transportiert.
„Reihen schließen!"
Die Geschosse der schweren Artillerie ziehen weiter kontinuierlich über sie hinweg gegen den Feind.

Ein Ruf „Sie kommen!" Ja, Quintus hat es auch gesehen.
Mit Geschrei stürmen die Chatten auf sie zu.
„Pilum klar!" Quintus wartet den richtigen Moment ab.
„Pilum werfen!" Die erste Reihe der Legionäre läuft fünf Schritt nach vorne, die Pila fliegen als Salve gegen die Germanen.
„Pilum klar" – „Pilum werfen!" Die Pilumsalve der 2. Reihe geht raus.
„Zenturie – Reihen schließen! Gladius!"
Schreiend sind die Germanen heran, manche springen hoch, um über die Schilder der ersten Reihe der Legionäre zu gelangen, vergeblich. Der Aufprall, Schilder krachen laut auf Schilder, Römer und Germanen pressen die Schilder gegeneinander. Es ist so eng, dass man weder ein Schwert und erst recht keine Lanze benutzen kann.
Ein mächtiges Geschiebe setzt ein, die hinteren Reihen der Zenturie drücken die erste eigene Reihe gegen den Feind.
Die Germanen tun das gleiche, nur deutlich undisziplinierter und unkoordinierter. Wo die eigenen Reihen vor dem

Druck der Gegner zurückweichen, helfen die beiden Zenturien der Reserve, indem sie nun ebenfalls die Kameraden nach vorne drücken.

Verdammte Kerle, Quintus muss einen Schritt zurückgehen, er beißt die Zähne zusammen und presst mit ganzer Kraft sein Skutum (Legionärsschild) gegen das Schild des vor ihm stehenden Germanen. Der rutscht aus, sein Schild gleitet ab, Quintus hat etwas Platz und schlägt seinen Schildbuckel ein paarmal nach vorne. Treffer! Der Germane liegt am Boden, Quintus wird von seinen Kameraden nach vorne gedrückt, er steht jetzt zwangsweise mit einem Fuß auf dem liegenden Germanen. Verdammt, das ist zu wacklig! Quintus befindet sich jetzt quasi in der ersten Reihe der Germanen, der rechts von ihm stehende Germane bemerkt das und brüllt ihn an, Speichel sprüht in Quintus Gesicht. Offensichtlich verringert der Germane dabei etwas den Druck nach vorne, sodass er zurückgedrückt wird. Eine Lücke! Quintus sticht dem Germanen sein Gladius mehrmals in den Oberkörper. Der eher kurze und mörderisch scharfe Gladius ist als Stich- und Hiebschwert genau für diesen Nahkampf in Formation gemacht. Er schließt kurz die Augen, als ihn eine Blutfontäne trifft.

Sein nächster Angriff geht über sein Schild zum Kopf des vor ihm stehenden Germanen. Der Druck vor ihm lässt daraufhin kurz nach. Er hat ihn erwischt! Die direkt links und rechts von ihm kämpfenden Legionäre haben durch Quintus Aktion jetzt auch etwas Platz und schlagen und stechen heftig auf ihre Gegner ein. Die Chatten versuchen sich neu zu formieren, weichen aber zurück.

Der jahrelange Drill der Legionäre, in Formation koordiniert mit den Kameraden der eigenen Stube und der Zenturie zu kämpfen, kommt nun voll zur Geltung.

Als erfahrene Berufssoldaten kämpfen die Legionäre äußerst effektiv, routiniert und diszipliniert, während die Kampfkraft der Germanen sehr heterogen ist und allein vom individuellen Können abhängt.

Die Lücken werden größer.

Zwar können die Chatten durch die Lockerung ihrer Aufstellung nun teilweise ihre Framen nutzen, aber die meisten Treffer prallen wirkungslos von den Schildern, Panzerungen und Helmen der Legionäre ab. Umgekehrt verursacht jeder Stich oder Hieb der Legionäre bei den ungepanzerten, lediglich einen Schild führenden Chatten, erhebliche bis finale Verletzungen.
Quintus bekommt einen Schlag an den Helm, harmlos, genauso wie die kleine Wunde am rechten Oberarm. Die Formation der Chatten löst sich weiter auf, das ist die Chance.
„Vorwärts Legionäre, zeigt`s ihnen!"
Die Hornbläser geben Signal zum Angriff, alle Römer gehen brüllend vor. Quintus schreit ebenfalls laut und schlägt mit seinem Schild nach links, während er mit dem Gladius eine Frame zur Seite haut. Der Kampf wird auf einmal sehr dynamisch, die Chatten weichen weiter zurück, die Römer drängen sofort heftig fechtend nach. Quintus Kohorte hat an dieser Stelle der Front klar die Überhand gewonnen.

An der Eder, April 2020

Um uns herum pressen sich die Legionäre nach vorne, alles stöhnt oder brüllt vor Anstrengung, Schreie, Schweißgeruch. Keiner kann seine Waffe nutzen, irgendwie ein seltsamer Kampf. Ich kann inmitten der Truppe auch gar nichts vom Kampf vorne sehen. Der Signifer neben mir hält das Signum hoch, mehr ist von uns nicht zu tun.
Auf einmal hört das Rumgeschiebe auf und alles drängt nach vorne. Ich habe Quintus Ruf zum Angriff gehört, er ist also okay, sehr gut!
Horn und Trompete geben jetzt Signal „Angriff", alles rückt brüllend vor, der Signifer geht etwa drei Meter hinter der kämpfenden Linie ebenfalls vor. Die Reihen der Legio-

näre um sie herum lichten sich, da die Chatten deutlich zurückweichen und sich daher die enge Formation zusehends auflöst. Überall wird jetzt in Gruppen gekämpft.
„Haben wir sie besiegt?" Der Hornbläser neben mir zuckt die Achseln. „Abwarten" erklingt es dumpf hinter der Maske des Signifer.
Da, ein Trupp chattischer Reiter vor uns, das sind doch deren Anführer! Vielleicht ist ja auch Thorbrand dabei, das wäre ja mal ein Wiedersehen!
Die Legionäre vor ihnen weichen den germanischen Reitern aus, die ihrerseits von ihren Pferden herab, laut brüllend auf alles einschlagen.
„Achtung! Da kommen welche!" Der Leibwächter des Signifer geht in Stellung, ich stelle mich neben ihn und hebe mein Schild, die unbewaffneten Signalbläser gehen hinter uns in Deckung. „Schützt den Signifer!" Die Bläser geben ein Signal, die Legionäre um uns herum bilden einen Kreis, von hinten kommt rennend unser Optio mit mehreren Männern heran.
Verdammt, diese chattischen Reiter sind echt gut, sie schlagen wie die Wilden mit ihren langen Hiebschwertern auf die Legionäre herab, die sich hinter ihre Schilder ducken müssen. Man muss irgendwie die Pferde scheu machen „Blast so laut und schrill ihr könnt!"
Die Signalgeber gucken mich leicht panisch und verständnislos an. „Los, blast den Pferden ins Ohr!"
Jetzt haben sie es kapiert, ein ohrenbetäubender Lärm setzt ein, tatsächlich scheuen mehrere Pferde der Germanen und weichen aufbäumend zurück. Ich schlage dem vor mir tänzelnden Pferd das Schwert über die Seite, Blut sprudelt, das Tier macht einen Riesensatz, der Reiter muss sein Schild fallen lassen, um nicht herunter zu fallen. Auch andere Reiter haben Probleme.
Aber nun kommen weitere Chatten zu Fuß heran, verflucht, wo kommen die denn her? Ich wische mir schnell den Schweiß aus den Augen. Ich glaube die wollen unser Feld-

zeichen erobern! Der Leibwächter hat bereits zwei der angreifenden Speerkämpfer getötet, aber jetzt steckt ein Speer in seinem Bein, sein Schild ist kaum noch nutzbar, da mindestens fünf Lanzen darin stecken.
„Scheiße nochmal! Schützt den Signifer!", meine Stimme klingt flach in dem Schlachtenlärm. Ich wehre einen Lanzenstoß ab und zerschlage mit dem Gladius die Lanze, ein Stoß mit dem Schildbuckel und der Chatte fällt um. Eine Wurflanze surrt heran, routiniert fange ich sie mit dem Schild ab, die nächste sehe ich nicht, ein heftiger Schmerz an meiner linken Hüfte, verflucht nochmal!
Ein schneller Blick, mein Segmentpanzer, die Lorica Segmentata, hat gehalten!
Der Chatte vor mir hat Schild und Schwert und er ist gut damit! Ein Anführer oder so, er trägt sogar einen verzierten Helm und ein Kettenhemd. Wir fechten heftig, er trifft mich Schlag auf Schlag, kaum zu parieren, ich komme nicht zum Angriff. Ein brutaler Schlag auf meinen Helm, mein Schädel dröhnt, ich gehe in die Knie, mir ist kurz schwarz vor Augen. Zwei schnelle Schläge auf mein Schild. Du mieses Schwein! Ich höre die Stimme von Decimus, meinem Gladiator-Lehrer: „Manchmal ist ein Gegner scheinbar zu stark. Dann weiche aus und wende eine neue Technik an!"
Als der Germane wieder zuschlägt, lasse ich meinen Schild fallen und rolle mich ab, dabei ziehe ich meinen zweiten Dolch aus der Scheide am Unterschenkel, Gladius und Dolch wechseln blitzschnell die Hand. Der Chatte setzt an, mit erhobenem Schwert, mein Dolch saust durch die Luft und steckt in seiner Brust. Erstaunt bleibt er stehen, lässt Schild und Schwert fallen und zieht den Dolch heraus. Blut quillt nach, er geht auf die Knie.
Ein Schrei lässt mich herumfahren, ein weiterer Chatte im Angriff. Meine linke Hand greift Gras und Erde und schleudert diese ins Gesicht meines Gegners. Das reicht, um unter seinen ungezielten Schlag hindurch zu tauchen. Mein Hieb mit dem Gladius trennt seinen Unterarm ab, schreiend wendet er sich von mir ab.

Da liegt mein Schild, schnell hebe ich es an und blicke mich hektisch um. Doch es sind erstmal keine Gegner in der Nähe zu sehen. Der Leibwächter des Signifer und ein Hornbläser liegen tot am Boden, aber der Signifer lebt, hält sich aber den linken Arm.
„Was ist mit dir, zeig mir mal deine Verletzung!"
Der Arm ist gebrochen, die Wunde tief aber nicht lebensgefährlich. „Du musst zu den Sanitätern!" Er schüttelt den Kopf „Ich bleibe hier."
„Dann mache ich dir wenigstens einen Verband, der deinen Arm hält."
Ich mache aus meinem Focale, dem Halstuch, ein Dreieckstuch und lege es ihm um den Hals, sodass er seinen gebrochen Arm ablegen kann.
„Zenturie - sammeln!"
Unser letzter Hornbläser gibt das Signal, der Signifer hebt das Feldzeichen gut sichtbar in die Höhe. Um uns herum formieren sich die Legionäre. Ich bin auf einmal total erschöpft. Ich habe wieder mindestens einen Menschen getötet und überall ist Blut an mir. Ekelhaft!
„Hans, alles klar?"
„Quintus! Ja soweit alles gut. Und bei dir?"
Er sieht im Gegensatz zu mir ziemlich motiviert und fit aus. An seinem Helm fehlt die linke Wangenklappe, sein Schild ist schwer deformiert und der Brustpanzen an mindestens zwei Stellen kaputtgeschlagen. Auch hat er an Armen und Beinen leichte Schnittwunden, sein Gesicht ist blutverschmiert, aber er grinst!
„Wie du gesagt hast, wir haben den Chatten richtig in den Arsch getreten! Gerade sind die Prätorianer im Angriff, hättest du sehen sollen wie die in glitzernden Reihen vorgerückt sind. Prächtig! Viele Chatten sind schon bei diesem Anblick geflohen! Unsere Reiter verfolgen versprengte Chatten nach Süden."
Er wischt sich den Schweiß aus dem Gesicht „Ich denke in Kürze werden wir in die chattische Hauptstadt einmarschieren."

Er sieht mich prüfend an. „Du hast aber auch ganz schön was abbekommen. Ihr seid von den chattischen Anführern angegriffen worden, habe ich von weitem gesehen, ich konnte euch aber nicht helfen, der Kampf war zu heftig."
„Wir sind gut alleine klargekommen wie du siehst."
Was ist das denn, jetzt fang ich hier gleich an zu heulen oder was? Ich schlucke ein paarmal und zieh die Nase hoch. Quintus legt mir seinen Arm um die Schulter.
„Alles gut mein Freund, das ist normal nach so einer Schlacht, du hast Schlimmes erlebt.
Hier, trink einen Schluck."
Ist irgendwas Hochprozentiges, brennt wie Feuer, aber hilft.
„Danke", schnief ich.
„Roma victor!"
Begeistert setzt sich der Ruf durch die Kohorten fort.
„Roma Victor! Wir haben gesiegt!"
Alle sind total aus dem Häuschen, auch ich schlage enthusiastisch mit meinem Gladius auf mein Schild. Gewonnen und fast unverletzt überlebt, die Schlacht ist vorbei.

Kapitel 12

Germania magna, 85 n. Chr.

Quintus steht vor dem großen Zelt, das als Prätorium dient und das am Eingang der chattischen Hauptstadt aufgestellt ist. Von hier ist das Schlachtfeld gut zu sehen. Die gestrige Schlacht war ein großer Sieg, mehr als 8.000 Chatten sind gefallen, ebenso viele verwundet und eine noch größere Zahl ist gefangen genommen worden. Der Großteil der Gefangenen wurde direkt an die im Tross mitgereisten Sklavenhändler verkauft.
Die römischen Verluste waren viel geringer, Quintus hat von etwa 600 Toten und gut 1000 Verwundeten gehört. Leider ist auch der Legat Lucius Frontinius gefallen, ein großer Verlust. Der Tod seines Freundes verschattet den Sieg. Niedergeschlagen blickt Quintus sich um, er hätte jetzt gerne Hans hier zum Reden; der ist aber voll eingespannt im Lazarett, kein Wunder bei dieser Vielzahl an Verwundeten.
Die Prätorianerwache vor dem Zelt bittet ihn einzutreten, die Verhandlungen mit den Chatten beginnen. Er soll als „Kenner der Chatten", also als eine Art Berater, teilnehmen. Auch versteht er dank der langen Zusammenarbeit mit Berowulf ein paar germanische Brocken.
Auf römischer Seite führt natürlich der Kaiser Titus Flavius Domitianus die Verhandlungen. Für die Chatten sprechen die Kriegerführer, in Ketten, aber auch mehrere Stammesälteste, nicht gefesselt.
Quintus stellt sich unauffällig an die Längsseite, links von ihm der Kaiser und die römischen Kommandanten, rechts die Chatten. Dann erkennt er Thorbrand, der verwundet aber mit Stolz erhobenem Kopf bei den anderen Chatten steht. Offensichtlich hat er Quintus nicht erkannt.
Der Kaiser erhebt sich von seinem Stuhl und hält eine Ansprache, die simultan für die Chatten übersetzt wird.

Dabei legt er fest, dass die Chatten zukünftig nur noch östlich der Flüsse Schwalm und Fulda siedeln dürfen. Alle Waffen müssen abgegeben werden, ebenso alle Reitpferde. Die Hälfte der Krieger geht in die Sklaverei, die chattische Hauptstadt muss geräumt und zerstört werden.

Mit ruhiger Stimme fährt er fort und erklärt, dass zwischen Rom und den Chatten ein dauerhafter Vertrag geschlossen werden soll, der die Chatten verpflichtet, die Römer zu unterstützen und den friedlichen Handel auf ihrem Gebiet zuzulassen.

Die chattischen Anführer müssen zur Besiegelung des Vertrags jeweils einen ihrer Söhne für zwanzig Jahre als Geisel stellen. In dieser Zeit genießen diese Geiseln in Rom Gastrecht und werden auf Wunsch zu Offizieren der römischen Armee ausgebildet.

Wenn diese Bedingungen angenommen werden, dürfen die Chatten weiter als Stamm in Germanien magna leben. Es wird ihnen auch gestattet, sich in der römischen Provinz Germania superior anzusiedeln, in Gebieten, die ihnen die Römer zuweisen. Dies ist als großes Entgegenkommen und als römische Freundschaftsgeste zu verstehen.

Der Kaiser macht eine kurze Pause und streicht mit einer eleganten Bewegung seinen Feldherrnmantel zurück, sodass nun an seiner Seite das Schwert am Gurt erkennbar ist. Mit steinerner Miene fährt er fort: werden diese Bedingungen hingegen abgelehnt, wird die Lebensgrundlage des Stamms zerstört, das heißt alle Gebäude und Brunnen werden zerstört, ebenso alle Geräte, alles Vieh beschlagnahmt und alles Saatgut vernichtet. Sämtliche Männer zwischen zwanzig und vierzig Jahren werden in die Sklaverei verkauft. Die Römer werden jedes Frühjahr wiederkommen, und die Aussaat bzw. die Ernte zerstören.

Nach dieser Rede ist es still im Zelt, nur das leise Knarren der Zeltbahnen im Wind ist zu hören. Dann setzt bei den Chatten eine zornige, tief emotionale Diskussion ein.

Laut geht es hin und her, schließlich setzten sich die Stammesältesten gegen die wütenden und stolzen Kriegerführer durch und nehmen die Bedingungen zähneknirschend an. Allerdings wird kein Chatte in die römische Provinz ziehen, diese Freundschaftsgeste wird also ausgeschlagen.

Quintus ist sich nicht sicher, was ihn mehr beeindruckt. Die eben gehörten römisch-germanischen Verhandlungen oder der Anblick vieler hundert verletzter römischer Soldaten hier im Lazarett. Hans ist schwer beschäftigt, überall muss operiert oder Verbände gewechselt werden. Er grüßt Quintus müde, sie gehen kurz vor den Eingang des Lazaretts.
„Hans, wir müssen unbedingt die Karte von Lucius Frontinius besorgen! Keinesfalls darf jemand anderes an die Karte herankommen."
Hans nickt besorgt. Aber Quintus hat schon einen Plan.
„Ich habe darum gebeten, dass wir eine der Totenwachen für den Legaten übernehmen. Das wurde gewährt. Da Lucius Frontinius in seinem Zelt aufgebahrt ist und sich dort auch all sein Gepäck befindet, sollten wir an die Karte kommen. Wenn er sie überhaupt mitgenommen hat."
Hans schmunzelt anerkennend „Haste schlau eingefädelt, die Idee hätte von mir kommen können."

Ab Mitternacht stehen sie neben der Leiche des Legaten. Man hat ihm pietätvoll einen Helm mit Gesichtsmaske angezogen, um seine schrecklichen und letztlich tödlichen Verletzungen im Gesicht zu verbergen. Sie grüßen mit gesenktem Kopf und stiller Andacht ihren Freund und Unterstützer.
Dann machen sie sich schnell ans Werk. Wie besprochen hält Quintus am Zelteingang Wache während Hans das Gepäck des Legaten durchsucht.
„Und?" flüstert Quintus. „Nichts!" Bei den Göttern, wo könnte der Legat die Karte versteckt haben? Quintus ist sich sicher, dass der Legat die Karte auf den Feldzug mitgenommen hat. Die Karte war ihm wichtig, sie ist nicht klein, auch gefaltet nicht. Sie sollte schnell greifbar sein…

„Schau mal dort drüben in dem Genius- und Larenschrein nach."
Hans überprüft mit den Fingern den hölzernen Altar. Und richtig, die Rückwand lässt sich öffnen. „Ich habe sie!", Hans verstaut die Karte schnell unter seiner Tunica.
Quintus kniet vor dem Schrein nieder. Er flüstert: „Ich weiß, du möchtest, dass wir die Karte wieder an uns nehmen und unser gemeinsames Geheimnis damit schützen. Ich danke dir, Lucius Frontinius und werde dich stets in Ehren halten."

Von Nord- und Mittelhessen an den Rhein, Mai 2020.

Der Kaiser ist bereits gestern aufgebrochen und auch unser „Gastkommando" bei der I. Legion ist beendet. Wir haben daher unseren Marschbefehl und sind auf dem Rückweg nach Mogontiacum, zum Standort unserer XIV. Legion.
Diesmal reisen wir aber nicht alleine, sondern haben uns einer Auxillarkohorte angeschlossen, die den gleichen Weg hat. Ist auch sicherer, denn es könnte durchaus sein, dass versprengte Chatten noch ihr Unwesen treiben und auf einen neuen Kampf habe ich echt keine Lust.

An der Lahn bei Gießen (das es ja noch nicht gibt) verlassen wir die Kohorte und folgen der Lahn weiter nach Westen, wieder auf den Spuren unserer Reise im letzten Jahr. Ich möchte unbedingt Cingetorix in Waldgirmes, also in der halbzerstörten Stadt Ubiorum, nochmal treffen.
Quintus ist nicht nur einverstanden, irgendwie hat er ebenfalls ein großes Interesse an dieser Stadt und ihren sympathischen Bewohnern entwickelt.

Wie beim letzten Mal werden wir am Tor zur Siedlung kurz gestoppt, können dann aber problemlos passieren.

Cingetorix ist wirklich schwer begeistert, uns wiederzusehen, seine Umarmungen wollen gar nicht enden. Dann lädt er uns in die seit Anfang des Jahres neueröffnete kleine Taverne ein. Der Gastraum ist echt winzig und teilweise noch provisorisch, vier Tische für vielleicht zwanzig Gäste. Wir sind die Einzigen an dem Abend.
„Erzählt von der großen Schlacht gegen die Chatten! Wisst ihr auch, dass es hier in der Nähe, drüben an den beiden Bergkuppen, ebenfalls eine Schlacht gab? Auch die haben die Römer gewonnen!"
Cingetorix ist ganz aufgedreht und freut sich riesig über die römischen Siege, er spendiert eine Lokalrunde, also Wein und Met für uns drei.
Wir berichten ausführlich über die Schlacht, dann frag ich ihn ganz direkt. „Was erhoffst du dir, Cingetorix? Glaubst du wirklich, es kann hier in dieser ehemaligen römischen Stadtgründung, in Ubiorum, nach diesem römischen Sieg und dem Vertrag mit den Chatten wieder aufwärts gehen?"
Er wischt sich den Metschaum vom Mund und nickt mit leuchtenden Augen. „Ja, das glaube ich. Es gibt hier in der Gegend noch viele Menschen, die so sind wie ich es bin, solche vom „Alten Volk" wie wir sagen oder „Die Stadtmenschen", wie uns die Germanen nennen. Ihr nennt uns Kelten, aber das ist unwichtig, sind nur Namen."
Er schließt kurz die Augen und streicht sich dabei über den Bart.
„Frieden, Handel, genug zu essen, schöne Künste und medizinische Versorgung. Alle Menschen wünschen sich das. Es ist doch egal, aus welchem Volk man kommt oder welche Sprache man spricht, oder?"
Er kommt mir ziemlich idealistisch und modern vor, in 2000 Jahren würde er bestimmt „Die Grünen" wählen. Wie auch immer, ich finde seine Ideen ziemlich sympathisch.
„Ich hoffe sehr, dass du recht hast, Cingetorix. Und es gibt hier also tatsächlich noch einige Kelten, die an ihren Traditionen festhalten, die in Städten leben wollen, zusammen

mit Römern und Germanen? Hast du das gewusst, Quintus?"

„Nein, gewusst nicht, aber doch vermutet. Auch ich finde deine Absichten sehr ehrenhaft und unterstützenswert, Cingetorix. Wäre es dir recht, wenn ich in der Provinzverwaltung fragen würde, ob nicht auch die Römer die Neubesiedelung hier unterstützen wollen? Einige römische Siedler und Handwerker würden doch sicherlich hilfreich sein, oder?"

Der alte Kelte schaut Quintus ungläubig und mit offenem Mund an. „Das würdest du tun? Das wäre einfach phantastisch und mehr als ich je zu hoffen wagte! Meine Freunde – ich darf euch doch so nennen? Dies ist ein wunderbarer Abend, kommt lasst uns feiern! Auf unsere Siedlung und das friedliche Miteinander von Römern, Kelten und Germanen!"

Ich proste ihm zu „Jawohl, auf Waldgirmes Teil 2!"

Quintus und Cingetorix gucken mich mit hochgezogenen Brauen erstaunt an. „Waldgirmes? Was ist das?"

„Ach Quintus, du musst nicht alles wissen, stimmt`s? Vielleicht erkläre ich dir das mal bei Gelegenheit. Aber jetzt wird erstmal gefeiert!"

Zu blöd, dass mir sowas immer noch mal rausrutscht. Ich werde Quintus nicht mehr lange hinhalten können; und was soll ich ihm sagen? Die Wahrheit? Sicher nicht.

Am nächsten Tag geht es nach einem fröhlichen Abschied und der Zusage von Cingetorix, dass er uns mal in Confluentes besuchen kommen wird, weiter nach Westen entlang der Lahn auf der mittlerweile ziemlich gut ausgebauten Straße nach Confluentes. Als wir am Abend des zweiten Tages gegen die tiefstehende Sonne über die Rheinbrücke reiten, erinnert Quintus mich nachdrücklich daran, dass wir „dienstlich verpflichtet sind, uns umgehend bei der Legion in Mogontiatum zu melden" und wir daher keinesfalls „hier in Confluentes tagelang eine lustige Zeit verbringen können."

„Ach Quintus, du alter Miesepeter, wird Zeit dass du mal eine Frau kennenlernst!"
Ich gebe meinem Braunen die Sporen und im Galopp, verfolgt von einem Zenturio, der zwischen Lachanfall und zornigen Befehlen hin und her schwankt, erreichen wir Confluentes.
Im Trab nehmen wir die zweite Straße rechts zum Moselufer, die Taverne mit angeschlossenem kleinen Mansio „Moselblick" liegt vor uns im warmen Abendlicht.
Ein brauner Blitz schießt um die Ecke, jetzt freudig bellend. „Tanta!" Mein Hund ist außer sich vor Freude, beim Absteigen reißt Tanta mich halb zu Boden. Sitzend und den Hund zwischen meinen Beinen versuche ich lachend, Tanta davon abzuhalten, mein Gesicht zum fünften Mal abzuschlecken. Zwei Arme legen sich von hinten sehr angenehm um meinen Hals, an meinem Ohr höre ich Livias Stimme flüstern „Du bist wieder da, du bist wieder da, den Göttern sei Dank!"

Nach dieser ersten Begrüßung besuche ich mit Quintus wie versprochen zunächst den Tempel des Merkur (um für unsere glückliche Reise zu danken), des Mars (um für den glücklichen Schlachtenverlauf zu danken) und des Jupiters (ich glaube um uns nochmal grundsätzlich für Alles zu bedanken). Wir opfern überall sehr üppig und vorschriftsmäßig. Ohne dass wir es besprechen mussten, besuchen wir anschließend das Grabmal unseres Freundes Gaius. Ich schließe die Augen, mein Gott was habe ich seitdem alles erlebt...
„Dachte ich es mir doch, dass ich euch hier treffe!"
„Berowulf! Siehst gut aus, nicht totzukriegen, dieser Germane!" Er lacht „Ja, mir geht's gut, ich hinke etwas, aber das ist kein Problem. Doch wisst ihr schon das Allerbeste? Man hat mir die Civitas Romana, das römische Bürgerrecht verliehen! Ist das nicht phantastisch?!"

„Mensch Berowulf, super!" Quintus haut ihm lachend und glücklich auf die Schulter, „Das ist ja wirklich prima. Berowulf, mein Glückwunsch! Und du hast es aber auch verdient, beim Jupiter, jawohl das hast du!"
Er nickt strahlend. „Ja, das Bürgerrecht wurde als Anerkennung für meine Verdienste auf unserer Erkundungsreise im Land der Chatten verliehen!"
Er sieht sowas von glücklich aus. Das römische Bürgerrecht, sein Traum, das wollte er doch immer haben. Berowulf legt seine Arme um Quintus und mich. „So ihr beiden und jetzt lade ich euch zum Feiern ein. Los, kommt!"

Wir sitzen mal wieder alle um einen großen Tisch, die Taverne „Moselblick" ist gerammelt voll, die Stimmung grandios. Ich blicke mich um „Wo ist denn Anette? Ich habe sie noch gar nicht gesehen?"
Der Wirt blickt sich ebenfalls um. „Stimmt, seltsam, sie sollte noch ein paar Kräuter und frischen Fisch am Hafen besorgen. Eigentlich müsste sie längst zurück sein. Naja, sie kommt bestimmt gleich. So, lasst es euch schmecken!"
Berowulf steht mit seinem Becher auf und räuspert sich.
„Auf euch, meine Freunde und auf den Frieden!"
„Auf unsere Helden!" ruft jemand und die ganze Taverne stimmt begeistert ein.
„Auf meinen Helden", murmelt Livia leise in mein Ohr.

Mittelhessen

Das hört sich gut an, wohlig strecke ich mich und kuschel mich in die Decke, meine Hand sucht tastend die Matratze neben mir ab.
„Willst du nicht mal langsam aufstehen, du fauler Sack? Es ist gleich 9.00 Uhr, wir wollten doch diesmal pünktlich sein!"
Fauler Sack? Das hat sie ja noch nie gesagt!

„Stau von vier Kilometer Länge auf der A5 Richtung Frankfurt. Und nun zum Themenschwerpunkt der Woche, ein Interview mit der Meteorologin Anette Ohfen vom Deutschen Wetterdienst in Offenbach. Guten Tag Frau Ohfen, die Wetterkapriolen der letzten Tage…"
Was ist? Wer? Ich reiße die Augen auf, die LED-Lampe blendet mich.
Jetzt wird mir die Decke weggezogen.
„Es reicht Hans, los jetzt, aufstehen. Echt wieder typisch!"
Mira steht neben dem Bett, ihr Gesichtsausdruck wechselt von genervt zu besorgt.
„Hast du was? Ist dir schlecht? Du bist ja käseweiß im Gesicht!"
Mein Hals ist trocken wie die Sahara, laut pocht das Blut in meinen Ohren und ja, tatsächlich ist mir etwas übel.
Ich versuche mich aufzusetzen, Mira sitzt neben mir und hilft mir dabei, jetzt definitiv mit einem sehr besorgten Ausdruck im Gesicht.
„Hans sag doch, was ist denn los?"
Ich sortiere meine Worte damit ich ihr nicht auf Latein antworte.
„Wo war ich die letzten zwei Jahre?" krächze ich heiser.
Als Antwort legt sie mir ihre Hand auf die Stirn, nimmt ihr Handy und murmelt „Wie war noch die Nummer von Dr. Becker?"
Ich rüttle sie am Arm „Was ist passiert?"
Sie schaut mir ruhig in die Augen „WAS soll denn passiert sein, Hans? Nichts ist passiert, gestern warst du noch gesund, normal kann man bei dir ja schlecht sagen. Und nun überlege ich mir, was mit dir los ist. Wenn das eine neue Masche ist, dass wir den Besuch bei meinen Eltern in letzter Minute canceln, hast du dich verrechnet.
Du hast es mir versprochen, keine Ausflüchte!"
Sie schaut mich prüfend an „Du bist gar nicht krank, stimmt`s? Oh Mann, Hans du nervst!"
Sie steht abrupt auf, reißt die Vorhänge auf und rauscht aus dem Zimmer.

Ich kann mich nicht halten und falle in die Kissen. „Das gibt`s doch nicht..."
Mit geschlossenen Augen versuche ich, mich zu fassen, die Gedanken springen herum und sind nicht zu stoppen. Ich muss mich vergewissern, dass das alles mit den Römern kein Traum war. Natürlich, meine vergrabenen „Beweise"! Ich muss sie ausgraben! Und wenn ich nichts finde? Vielleicht hat sie jemand in den letzten 2000 Jahren gefunden oder sie sind schlicht verrottet? Oder ich finde sie einfach nicht mehr. Was beweist das? Nichts...

Ich öffne wieder die Augen, meine Hände vorm Gesicht. Mein Gott, was soll ich tun, was ist Realität, was sind Träume? Mein Spiegelbild am Kleiderschrank, ich erschrecke heftig. Mein erstes Ganzkörper-Spiegelbild seit etwa zwei Jahren. Ein muskulöser, austrainierter und gut gebräunter Hans schaut mich an, die Frisur klar römisch. An den Handgelenken jeweils etwa vier Zentimeter breite helle Streifen. Das kommt von meinen Armreifen, den Armillae, meinen Auszeichnungen!
„Was stehst du hier nackt rum, wir müssen..."
Mira steht mit offenem Mund und aufgerissenen Augen hinter mir. „Was, wieso, Hans was ist los, wie siehst du aus? Was ist passiert?"
Ich suche ihren Blick „Wie soll ich dir das erklären."

Ich schließe die Augen. „Meine Freunde, Quintus und Berowulf und Livia und Tanta, ich vermisse euch", flüstere ich im schönsten Latein.